KB100370

그럼에도
우리는

그럼에도 우리는

초판 1쇄 찍은 날 | 2017년 01월 26일
초판 2쇄 펴낸 날 | 2017년 02월 24일

지은이 | 박정아
펴낸이 | 서경석

편 집 책 임 | 조윤희
편   집 | 이은주
　　　　　 최고은
디 자 인 | 박보라

펴 낸 곳 | 도서출판 청어람
등록번호 | 제387-1999-000006호
등록일자 | 1999. 5. 31
어람번호 | 제5-458호

주소 | 경기도 부천시 부일로 483번길 40 서경B/D 3F
　　　(우) 14640
전화 | 032-656-4452 팩스 | 032-656-4453
http://www.chungeoram.com
E-mail | chungeorambook@daum.net

ⓒ 박정아, 2017

ISBN 979-11-04-91101-9   03810

Chungeoram romance novel

그럼에도
우리는

박정아 장편소설

도서출판 청어람

애초에 우리는 시작하지 말았어야 할 사이
관심조차 갖지 말았어야 할 관계
그럼에도 불구하고 나는 당신을 사랑합니다

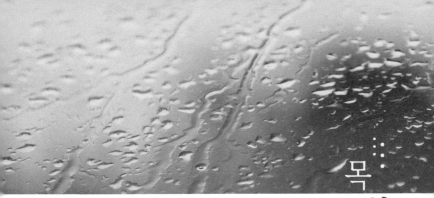

목차

프롤로그

"세상에, 세상에. 어떻게 저런 나쁜 놈이 다 있어!"

"왜, 뭔데요, 엄마?"

"저기 저놈, 약혼녀도 버젓이 있는 놈이 세상에, 그걸 속이고 양다리를……. 여자는 그것도 모르고 몸 줘, 마음 줘. 그러고서 남자가 청혼하기만 기다리고 있지 뭐야."

"에이, 말도 안 돼. 어떻게 그걸 몰라요. 바람피우는 남자 감이 딱 오지 않나?"

"작정하고 속이는데 그럼 어떻게 알아? 당연히 모르지."

"엄마는 참. 어떻게 그걸 몰라? 저렇게 속이는 거 보면 저 여자를 진심으로 사랑하는 것도 아니잖아. 딴짓하는 남자는 조금만 살펴보면 다 티 나는 법이라고요."

"네가 겪어봤니? 세상을 알아? 인생이 그렇게 만만한 거 같아?"

"그걸 꼭 겪어봐야만 아나. 아우, 엄마. 저런 막장 드라마 보지 마. 하등 도움도 안 돼."

"도움 안 되긴. 저기에 다 인생이 있고, 철학이 있는 거야. 저게 막장 같아 보이지? 그래서 네가 세상을 모른다는 거야, 이것 아."

지영과 점심을 먹고 들어오는 길이었다. '최서윤 씨?' 하고 이름을 부르며 다가온 여자는 해야 할 이야기가 있다며 서윤을 이끌고 카페로 발을 들였다.

갈색의 긴 생머리에 아름다운 얼굴. 하얀 티셔츠와 청바지의 수수한 차림인데도 여자에게서는 아름다움이 넘쳐흘렀다. 저도 빠지는 외모는 아니라지만 그 여자에게서는 그것과는 또 다른 자신감이 느껴졌다.

여자의 말을 들으며 서윤은 엄마와 했던 대화를 떠올렸다. 바로 오늘 아침, 겨우 몇 시간 전에 나누었던 그 막장 드라마 같은 일이 그녀에게 닥친 것이다.

"이러면 믿겠어요?"

서윤이 아무런 반응을 보이지 않자, 여자는 가방을 열고 그 안에서 사진 한 장을 꺼냈다. 그리고 그녀의 앞에 내밀었다.

"며칠 전에 찍은 거예요. 내 방, 내 침대에서."

서윤의 눈길이 절로 사진을 향했다. 믿을 수 없다고, 처음 보는 여자에게 놀아나지 말고 강민우 그 사람을 믿어보자고 다짐하고 또 다짐했지만, 고작 침대라는 단어 하나에 그 생각이 어이없이 꺾이고 만 것이다.

헝클어진 머리를 하고 곤히 잠들어 있는 남자. 야물게 다물고 있는 입술과 툭 튀어나온 목울대, 그리고 그 목울대 옆 초록빛이 도는 작은 점 하나. 그 남자는 분명 강민우였다. 그리고 그의 옆에는 지금 마주 앉은 이 여자가 그를 사랑스럽다는 듯 바라보며 팔을 뻗어 셀프 사진을 찍고 있는 모습이었다. 여자의 벗은 어깨는 매끄러워 보였고, 이불 밖으로 살짝 드러난 가슴은 아담한 크기를 짐작케 했다.

밤마다 전화를 걸어 달콤한 목소리로 제게 사랑한다는 말을 속삭여 주던 남자였다. 어젯밤에도, 그리고 그제 밤에도. 며칠 전이라면 그날도 역시 마찬가지였을 것이다. 그런데 그가…… 강민우가 고작 이런 사람이었다니. 믿을 수 없는 사실에 서윤은 떨리는 입술을 꼭 깨물었다.

"6개월 놀았으면 서로 질릴 때 되지 않았나? 우리 곧 약혼해요. 어른들까지 아시기 전에 이제 그만두는 게 낫지 않겠어요? 우리 아버님 성격 어떠신지 그쪽도 아실 텐데요."

한쪽 입꼬리를 올리며 같잖다는 듯 내뱉은 여자의 말에 서윤은 테이블 아래로 주먹을 꽉 움켜쥐었다.

서윤이 여전히 아무런 대꾸를 하지 않자, 여자는 테이블 위의 휴대폰을 집어 들었다. 그러고는 어디론가 전화를 걸었다. 서윤에게도 매우 익숙한 통화 연결음. 민우에게 전화를 걸 때마다 들었던 그 음악이 여자가 들고 있는 휴대폰에서 당연하다는 듯 흘러나왔다.

"어, 민우 오빠. 우리 약혼식 때 입을 드레스, 오늘 가봉하러 가는 날인 거 안 잊었지? 네, 그래요. 그럼 일곱 시에 데리러 와요. 응, 사랑해."

여자는 그녀의 앞에서 보란 듯이 웃음을 띠며 그와 통화를 마쳤다. 표정이 바짝 굳은 서윤에 비해 너무나도 여유로운 얼굴이었다.

"끝까지 한마디도 안 하시네. 난 몰랐으니까 무고하다, 그러니까 탓하려면 그 남자를 탓해라, 뭐 그런 건가요? 하지만 난 오빠 탓할 생각 없어요. 그렇게 꽉 막힌 여자 아니거든요. 결혼 전에 좀 노는 거, 그게 뭐 대수라고. 내가 오늘 찾아온 건 그냥 그쪽이 불쌍해서예요. 남자가 좀 친절하게 대해줬다고 해서 정말 날 사랑하나 보다, 그렇게 믿을까 봐. 그래봐야 힘들어지는 건 그쪽이잖아요. 안 그래요?"

여전히 입을 다물고 있는 서윤을 보며 여자는 가방 안에 사진과 휴대폰을 다시 집어넣었다. 그러고는 천천히 자리에서 일어섰다.

"그럼 앞으론 오빠랑 만나는 일 없는 걸로 알겠어요. 믿어도 되죠?"

여자는 마지막까지 웃음을 거두지 않고 서윤에게서 돌아섰다. 너무나도 여유로운, 완벽한 승자의 모습이었다. 서윤은 귀에서 점점 멀어지는 구두 소리를 들으며 피가 나도록 입술만 꼭꼭 깨물었다.

[언니 왜 안 들어와요? 무슨 일 생긴 거예요?]

멍하니 앉아 있던 서윤이 정신을 차린 건 지영의 전화를 받고서였다. 그녀는 힐긋 손목시계를 들여다보고 점심시간이 한참이나 지났음을 그제야 인지했다.

[그 여자 누군데요? 언니 아직 카페에 있어요? 제가 내려갈까요?]

"어, 아냐, 지영 씨. 곧 들어갈게."

전화를 끊은 서윤은 가까스로 자리에서 일어섰다. 그리고 느린 걸음으로 카페를 나섰다.

사무실로 돌아가기 위해 엘리베이터에 올라탔다. 하지만 손가락이 이성을 거스르고 건물 꼭대기층 버튼을 눌렀다.

옥상에 선 서윤은 하늘을 올려다보았다. 티 없이 맑고 구름 한 점 없는 파란 하늘. 그래서 더 잔인하게 느껴지는 그 하늘을 바라보며 그녀는 몇 번이나 크게 숨을 들이쉬었다. 그리고 휴대폰을 열어 단축 번호 1번을 꾹 눌렀다. 지난 6개월 동안, 그녀에게 늘 첫 번째였던 사람. 기쁜 일이 있어도, 힘든 일이 생겨 누군가에게 기대고 싶을 때에도 가장 먼저 생각났던 사람. 강민우 그 남자였다.

[어, 서윤 씨. 점심은 먹었어?]

너무나 태연한 목소리와 말투. 그리고 여전히 자상한 음성. 조금 전에 있었던 일들은 잠깐 졸다가 꿈을 꾼 것이 아닐까 싶을 정도로 그의 목소리는 다정하고 부드러웠다.

"네, 먹었어요, 팀장님."

[그렇게 부르지 말라니까. 그럴 때마다 거리감 느껴지는 거 알아?]

그의 말에 서윤은 헛웃음이 새어 나오려는 것을 가까스로 참아냈다. 만일 그 여자가 다녀가지 않았다면, 저는 분명 미안함을 가득 담은 얼굴로 그가 느끼는 거리감을 좁히기 위해 애를 썼을 것이 분명했다.

"우리…… 오늘 저녁에 영화 볼래요? 일곱 시에 주차장에서 기다릴게요."

우리라는 단어에 새삼 목이 막혔다. 아니라고 말해주길. 그 여자가 말한 약혼 따위 다 거짓이라고 말해주길. 그 여자 혼자의 연극이라고, 그렇게 말해주길. 그렇다면 눈으로 직접 확인한 사진이라도 잊어줄 수 있다. 단 하루의 일탈이어도 용서할 수 있고, 저를 알기 전의 과거라면 문제도 되지 않을 일이었다. 하지만…….

[어? 오늘…… 저녁? 음, 어떡하지? 어머니께서 몸이 조금 안 좋으셔서. 집에 일찍 들어가 봐야 할 거 같은데.]

아, 당신의 어머니는 그래서 그렇게 몸이 자주 아프셨던 거구나. 이제야 깨닫게 된 사실에 서윤은 기가 막혔다. 그러고 보니 가끔씩 집안일을 핑계로 휴대폰을 꺼놓았던 것도 모두 그 여자와 함께 있었기 때문이었을까? 저는 깊게 잠들지 못하고 그의 전화를 기다릴 때, 이 사람은 그 여자와 침대에서 그렇게 뒹굴고 있었던 것일까?

"그래요, 집에……. 알았어요. 어쩔 수 없죠, 뭐."

종료 버튼을 누르는 손길이 거칠었다. 서윤은 무겁게 한숨을 내뱉었다.

이제야 화가 났다. 미칠 것만 같았다. 놀았다, 라니. 우리가 단순히 놀았다는 표현을 쓸 만큼의 그런 관계였던가. 강민우에게 나는 고작 그 정도였던가. 난 정말 그가 가지고 논 상대에 불과했던 것일까.

"하! 무슨 썩은 동태눈도 아니고."

사람 보는 눈이 겨우 이런 수준이었다니. 그를 철석같이 믿었던 제 자신이 부끄럽고 실망스러웠다.

엄마의 말이 모두 맞는 모양이다. 인생이, 사랑이, 그렇게 쉬운 게 아닌데. 만만한 게 아닌데.

눈시울이 뜨겁다. 서윤은 눈물을 참아내기 위해 하늘을 올려다보며 이를 악물었다. 하지만 누구를 탓하고 또 누구를 원망하겠는가. 눈에 콩깍지가 씌어서 진심과 거짓을 구별하지 못한 제 잘못이지.

사무실에 들어서자 제일 먼저 지영과 눈이 마주쳤다. 그녀는 무슨 일이 생긴 거냐며 입을 뻥긋거려 물었고, 김 과장은 어디에 갔었느냐, 일은 안 하고 뭐 하는 짓이냐며 서윤을 나무랐다. 하지만 서윤은 대꾸도 하지 않은 채 서고로 들어가 커다란 상자 하나를 들고 나왔다.

서랍을 열고 상자에 물건을 쓸어 담는 서윤을 직원들이 모두 일어서서 바라보았다. 너무 갑작스러운 일이라 그런지 다들 입을 벌린 채 멍하니 쳐다만 볼 뿐이었다.

"언니, 뭐 하세요? 이 상자는 뭐고요? 짐은 왜 싸는데요?"

이제야 사태를 파악한 지영이 들고 있던 볼펜을 집어 던지고 서윤의 자리로 달려왔다. 그녀는 휘둥그레진 눈으로 상자에 물건을 담는 서윤의 손길을 좇으며 발을 동동 굴렀다.

"미안, 지영 씨. 우리 나중에 얘기해. 내가 연락할게."

짐을 모두 챙긴 서윤은 양식 하나를 출력해 이름 옆에 사인을 했다. 그리고 곱게 접어 봉투에 넣고 김 과장에게 가져갔다.

"이게…… 뭐야?"

글자를 못 읽어 김 과장이 묻는 건 아니겠지만, 서윤은 순순히 대답했다.

"사직서요. 사람 새로 뽑아서 인수인계할 때까지 붙어 있는 게 도리라는 건 알지만, 사람 우습게 알고 기만하는 사람들 주머니 불려주기 위해서 일을 한다는 게 열 받고 화가 나서요. 그래서 더는 자리에 앉아 있을 수가 없습니다, 과장님. 이유는 팀장님이 아주 잘, 아실 거예요."

서윤은 가방을 어깨에 걸고 물건을 쓸어 담은 상자를 들어 올렸다. 그리고 몸을 돌려 문밖으로 나가려다가 우뚝 멈춰 섰다.

뭔가 억울하다. 이대로, 바람처럼 흔적도 없이 사라져 주기에는 너무 억울하다. 진심과 거짓을 제대로 구별하지 못한 제 잘못이라고 애써 치부해 버렸지만, 그렇다고 이렇게 끝을 내기에는 정말 억울했다.

인생의 가장 황금기였던 이십대. 칠 년이라는 적지 않은 시간의 흔적이 이곳에 고스란히 묻어 있었다. 하지만 오너의 아들을 쫓아낼 수는 없음을 알기에 옥상에서 한숨을 쉬며 미련 없이 떠나기로 마음을 먹었었다.

그렇지만…… 그래도 이건 너무 억울하잖아.

서윤은 상자를 다시 바닥에 내려놓았다. 그리고 성큼성큼 걸어 강민우 팀장의 자리로 다가갔다.

주인이 자리를 비운 책상은 종이 쪼가리 하나 없이 깨끗했다. 깔끔한 그의 성격이 그대로 드러나 보이는, 딱 주인을 닮은 그런 모습이었다. 깨져 버린 두 사람의 관계처럼, 그런 흔적을 남겨줄 만한 것이 없을까 생각하다가, 문득 그의 책상 위에 놓인 커다란 명패가 서윤의 눈에 들어왔다.

그녀는 반짝반짝 빛을 내고 있는 크리스탈 명패를 주저 없이 집어 들었다. 그리고 두 팔을 하늘 높이 치켜들었다가 바닥을 향해 힘껏 내려쳤다. 와장창, 커다란 파열음이 들리며 여기저기로 파편이 튀었다. 그 순식간의 상황에 놀란 사람들은 크게 비명을 질러댔다.

"꺅! 최 대리! 왜 이래, 미쳤어? 돌았어? 그게 얼마짜린데!"

"네, 미쳤습니다. 돌았어요. 저 지금 꼭지까지 완전히 돌았거든요. 이깟 명패, 해봐야 얼마나 한다고요. 아무리 비싸봐야 고작 몇십만 원짜리, 그게 사람 진심보다 중요해요? 있는 사람들은 사람 가지고 장난치고 놀아도 된대요?"

크게 내지르는 그녀의 목소리에 직원들은 입을 꾹 다물었다. 장내는 언제 소동이 일었냐는 듯 아주 작은 소리 하나 들리지 않았다. 그나마 바닥에 흩어진 크리스탈 파편들만이 방금 전에 있었던 큰 소동을 대신 말해주었다.

"그동안 감사했습니다."

안녕, 나의 칠 년. 그리고 6개월의 짧고 허무한 사랑.

목구멍까지 차오른 울분을 억누르며 마지막 인사를 건네고 그녀는 다시 상자를 집어 들었다. 그러고는 큰 보폭으로 사무실을 나섰다.

☂

"네가 이 시간에 웬일이니? 그 짐은 또 뭐고?"

거실에 앉아 빨래를 개던 미경이 커다란 상자를 들고 들어오는 서윤을 보며 눈이 휘둥그레져 물었다. 연애를 하는지, 야근을 하는지, 매일같이 밤늦게 들어오던 작은딸이 훤한 대낮에 집에 들어오니 의아한 건 당연한 일이었다. 대답도 없이 쿵쿵거리며 방으로 들어가는 서윤을 그녀가 뒤따랐다.

상자를 방에 내려놓은 서윤은 장롱을 열어 한구석에 넣어두었던 커다란 배낭을 꺼냈다. 그러고는 손에 잡히는 대로 옷을 꺼내 담기 시작했다.

"애, 너 지금 뭐 하는 거야, 응?"

놀란 미경이 큰 목소리로 물었다. 하지만 서윤은 여전히 입을 꾹 다문 채 짐을 꾸렸다. 알 수 없는 딸의 행동을 그냥 두고 볼 수만은 없었던지, 미경은 바쁘게 움직이는 그녀의 손목을 붙잡았다.

"나, 한 달만 여행 좀 다녀올게, 엄마."

서윤은 고개를 숙인 채 엄마와 눈을 마주치지 않기 위해 애썼다. 왠지 엄마의 얼굴을 보면 왈칵 눈물이 쏟아져 나올 것 같았다. 아무것도 아니라고, 재수가 없어 그냥 똥 밟은 것뿐이라고, 집에 오는 길 내내 스스로를 다독였지만 자꾸 가슴이 아팠다.

"한 달? 회사는 어쩌고?"

"그만뒀어. 짐 싸가지고 나오는 길이야."

"뭐? 아니, 너…… 그동안 잘 다니던 회사를 왜. 무슨 일 있었니? 누가 너한테 해코지라도 했어? 아침에도 아무 말 없이 잘 나갔잖아."

미경이 떨리는 목소리로 다급하게 말을 쏟아부으며 두 손으로 서윤의 얼굴을 잡아 올렸다. 이제야 겨우 마주한 얼굴. 운 것 같진 않았지만 벌겋게 달아올라 있는 것이 무슨 일이 있었음에 틀림없었다. 현관을 들어서는 순간부터 은근슬쩍 피하더니 다 이유가 있었던 모양이다.

"그냥, 엄마. 그냥 좀 쉬고 싶어서 그래요. 너무 지치고 힘들어서, 그냥 좀 쉬고 싶어서 그만뒀어. 오늘 휴대폰 정지시킬 거야. 연락 안 된다고 걱정하지 말아요. 잘 살아 있다고 일주일에 한 번씩 전화할 테니까."

"대체 무슨 일이야? 연락까지 끊고 잠적할 일이라도 있어? 뭐 크게 잘못했어? 엄마가 뭘 알아야 어떻게든 해줄 거 아니야."

그냥이라는 어설프고 허술한 거짓말은 역시나 먹히지 않았다. 표정만 봐도, 눈빛만 마주쳐도 귀신같이 마음을 읽어내는 엄마인지라, 칠 년이나 불평 없이 다닌 직장을 그만두며 추궁을 피하는 건 애초에 불가능한 것이었다. 하지만 사실대로 말할 수도 없지 않은가. 팀장이랑 연애를 했는데, 아침에 본 막장 드라마처럼 그 남자는 약혼녀가 있는 몸이었다고. 물론 그 사실을 알고 만난 것도 아니고, 또 자신도 피해자라고는 하지만, 그렇다고 아무 일도 없었다는 듯 철판을 깔고 회사에서 그 얼굴을 마주할 수는 없는 일이니까.

"그런 거 아니라니까. 엄마, 내가 어디 가서 사고 치고 다니는 사람이야? 엄마 딸이 나쁜 짓 하고 다니는 거 봤어? 그냥 쉬고 싶다고. 아무도 모르는 곳에 가서, 모르는 사람들 속에 섞여서,

그냥 좀 쉬고 싶다고. 그러니까 제발 그냥 나 좀 놔둬요, 응? 연락은 꼭 할게. 그리고요, 회사에서 전화 오거나 누가 찾아오거든 아무것도 모른다고 해요. 언제 올지도 모른다고."

"맞네. 회사에 무슨 일 있는 거 맞네. 뭐야, 돈 문제야? 크게 손실이라도 냈어? 얼마나 되는데? 알아야 갚아주든 말든 할 거 아냐."

서윤은 순간 피식 웃음이 흘렀다. 산산조각이 나버린 그 크리스탈 명패를 보며 얼마짜리인 줄 아느냐고 방방 뛰던 김 과장이 떠오른 탓이다. 금전 손실이라면 겨우 그 정도. 그게 무서워서 도망치는 건 아닌데. 그러고는 또 갑자기 눈물이 차올랐다. 조각난 그 크리스탈처럼 반짝반짝 빛이 날 거라 믿었던 제 사랑도 깨져 버렸다 생각하니 갑자기 울고 싶어졌다. 하지만 그녀는 크게 숨을 들이쉬며 마음을 다잡았다. 그게 뭐 울 일이라고. 잘한 것도 없지만, 잘못한 것도 없다. 현실에서 도망치려는 것이 아니라, 그냥 쉬고 싶은 것뿐이었다.

"엄마, 정말 아냐. 진짜로 아냐. 그러니까 나 믿어줘요. 한 달만, 딱 한 달만 쉬고 다시 취직할게, 응? 쉬는 김에 바람 좀 쐬고, 여기저기 구경 좀 하고 그러고 싶어서 그래요."

서윤은 잡혀 있는 손을 빼내 두 팔로 엄마를 꼭 끌어안았다. 그러고는 그녀의 목덜미에 얼굴을 푹 묻었다. 이제야 비로소 마음이 편안해졌다. 서윤은 깊게 숨을 들이마시며 엄마의 체취를 머릿속에, 그리고 가슴에 담았다.

"나 믿지, 엄마?"

"더워. 떨어져, 이것아."

미경이 불퉁거리며 서윤의 등을 툭 쳤다. 그리고 안고 있는 몸을 떼어냈다. 아무 일도 없다는 말을 곧이곧대로 믿는 것은 아니었지만, 착하고 성실하게 살아온 딸이라 지레 걱정하지 않기로 했다.

"전화 꼭 할게요, 엄마."

방을 나서며 서윤이 말했다. 미경은 걱정스러운 얼굴로 그녀의 등을 토닥였다.

1. 우연한 만남

한 달이라는 시간은 생각보다 매우 짧았다. 그사이 서윤은 지명도 잘 모르는 곳을 열심히 헤매고 돌아다녔다. 6월 볕에 얼굴과 몸이 검게 그을리고, 살이 빠져 옷이 헐렁거렸다. 끼니도 거르지 않았고, 일부러 맛집을 검색해 찾아다니며 평소보다 더 열심히 먹었지만, 어찌 된 일인지 몸은 점점 야위기만 했다.

힘들게 산을 오르기도 했고, 바다가 눈앞에 나타나면 고민 없이 가방을 벗어 던지고 물에 뛰어들었다. 새벽같이 일어나 일출을 보러 가는 날도 많았고, 또 해가 질 무렵 벌겋게 물들어가는 하늘을 하염없이 바라보기도 했다.

장에서 예쁜 장식품이나 신기한 물건을 보면 장사꾼과 입씨름을 벌여 흥정했고, 그녀는 그렇게 구한 물건들을 차곡차곡 가방에 담았다. 그리고 또 시골길을 지나가다가 장기를 두는 할아버지들 옆에 앉아 막걸리를 넙죽 얻어 마신 적도 있었다.

하지만…… 강민우와 함께했던 6개월의 기억을 머릿속에서 몰아내기에 한 달은 턱없이 부족한 시간이었다. 하루 종일 걸어 베개에 머리만 붙이면 지쳐 떨어질 만큼 몸이 고단해도, 또 가끔씩 알코올의 힘을 빌려 뇌를 마비시켜도, 그와 함께했던 기억들은 불쑥불쑥 틈새를 비집고 찾아들어 그녀를 힘들게 했다.

여행을 다니면서도 서윤은 틈틈이 시간을 내 PC방을 찾았다. 그곳에서 구인 광고를 검색하고 서울에서 조금 떨어진 무역회사 몇 군데에 이력서를 냈다. 꼭 서울이 아니어야 할 이유는 없지만 그냥 그러고 싶었다. 낯선 환경과 낯선 사람. 그곳에 적응하기 위해 아등바등 살다 보면 쓸데없는 기억들을 떠올리는 일은 자연히 적어질 테니 말이다.

강민우를 정말로, 진심으로 사랑했느냐고 묻는다면 그랬다고 자신 있게 대답할 수는 없다. 사랑도, 기억도, 사람의 마음도 모두 형체가 없고 바래기 쉬운 것이라, 그와 약혼한다던 여자가 서윤의 앞에 등장했던 순간 그 사랑은 퇴색해 버렸고, 그래서 자신의 마음을 제대로 들여다볼 수가 없었다. 정말 사랑이었을까. 나는 그를 진심으로 사랑했을까. 수도 없이 자문했지만 답은 늘 한결같았다. 모르겠다, 정말 모르겠다.

그렇게 한 달간의 여행이 끝나갈 무렵이었다. 번호를 바꿔 새로 개통한 휴대폰으로 한 통의 전화가 걸려왔다. 그리고 그 전화는 서윤의 발걸음을 청주로 이끌었다.

면접을 보고, 바로 출근했으면 좋겠다는 답을 들었다. 그녀는 그 길로 부동산에 달려가 즉시 입주할 수 있는 빈집을 찾아 계약했다.

　토요일에 집에 들어가서 엄마에게 등짝을 열두 대 맞았고, 일요일에는 짐을 모두 싸서 이사를 했다. 대문을 나서는 순간 부모와 자식의 연은 끊기는 거라고 미경이 고래고래 소리를 질렀지만 진심이 아니라는 걸 알고 있기에 서윤은 문턱을 넘어섰다.

　규모가 작은 무역회사에는 서윤이 할 일이 그리 많지 않았다. 간단한 영어 번역과 메일을 확인하는 일, 팩스를 보내고 전화 받는 일이 업무의 대부분이었다. 그 외에는 사무실의 잡다한 비품, 소모품들을 챙기고 확인하는 것과 사장의 심부름이나 은행에 다녀오는 일들뿐이었다.

　삼 일을 출근하고 나니 많지 않은 업무에 완벽하게 적응이 되어버렸다. 여유롭게 커피를 마실 시간도 생겼고, 그에 따라 생각도 점점 많아졌다. 이따금씩 인연을 끊겠다고 소리치던 엄마의 얼굴도 떠올랐고, 때로는 민우의 얼굴도 떠올랐다.

　서윤은 퇴근길에 집 근처 치킨집에 들러 후라이드를 한 마리 주문해 포장했다. 그리고 그 옆 편의점에서 6개들이 캔 맥주도 샀다. 잡생각이 파고드는 머릿속을 이렇게라도 마비시켜 잠재울 생각이었다.

　아파트 입구에 도착한 서윤은 자신을 기다리기라도 하듯 활짝 열려 있는 엘리베이터 안으로 발을 들였다. 그러고는 벽에 머리를 기대며 눈을 감았다.

　"다른 직장을 구해야 하나?"

　더 바쁜, 눈코 뜰 새 없이 바빠 아무런 생각도 할 수 없는 그런 곳. 집에 오면 녹초가 되어 씻고 잠자기에도 바쁜 그런 직장을 알아봐야 하나. 6층으로 오르는 잠시 잠깐의 시간에도 서윤은 고민을 멈출 수가 없었다.

띵 하는 신호음을 듣고 눈을 떴다. 벽에 기댔던 몸을 바로 세우며 열린 문으로 내리려는 순간 옆에서 인기척이 느껴졌다.

아뿔싸! 혼자가 아니었던가? 미친 사람처럼 혼잣말도 중얼거렸는데.

민망하고 부끄러운 마음이 들었다. 그래서 서윤은 치킨과 맥주가 든 봉지를 꽉 움켜쥐고 옆에 선 사람을 힐끔거렸다.

색이 짙은 회색 양복. 키가 큰 남자인지 살짝 올려다보았음에도 얼굴이 아닌 어깨가 그녀의 눈에 들어왔다. 그는 엘리베이터 문이 닫히지 않도록 버튼을 누르고 서 있었다.

같은 층인지 아닌지는 모르지만 어찌 됐든 남자가 내리지도, 문을 닫지도 못하는 이유는 저 때문인 것 같았다. 그래서 서윤은 고개를 살짝 숙여 인사하고 엘리베이터 밖으로 발을 움직였다.

"혹시, 서윤 씨?"

뒤를 따라 내린 남자의 목소리가 그녀의 발걸음을 잡아맸다. 낯선 곳에서 불린 제 이름. 귀에 익은 듯 아닌 듯 정확하게 떠오르지 않는 음성. 서윤은 미간을 찡그렸다 펴며 천천히 뒤로 돌아섰다.

"형부?"

불쑥 튀어나온 호칭 때문인지 그의 눈썹이 미묘하게 꿈틀거렸다. 서윤은 아차 싶어 한 손으로 주책을 떤 입을 가렸다.

"서윤 씨 맞네."

밝게 웃어주는 남자의 얼굴을 보고 그녀는 슬그머니 손을 내렸다. 그러고는 그의 눈치를 살피며 입술을 살짝 깨물었다.

"아, 죄송해요. 너무 갑작스러워서 저도 모르게 그만……."

"아니, 괜찮아요. 나 어제도 서윤 씨 봤는데, 설마 아니겠지 그리고 지나쳤어요. 서윤 씨가 이곳에 있을 이유가 없겠다 싶어서."

"삼 일 됐어요, 이사 온 지. 일요일에. 저기 606호요."

말이 두서없이 흘러나왔다. 서윤은 그에게서 눈길을 돌려 제집 현관문을 손가락으로 가리켰다.

"그랬구나. 난 지난 주말에 서울 다녀오느라 옆집에 이사 들어오는 것도 몰랐네요."

"옆집이요?"

"응. 난 그 옆에 605호."

눈을 동그랗게 뜨고 되묻는 서윤을 향해 그가 부드럽게 웃어 보였다. 그리고 곧 그의 손가락이 그녀가 가리켰던 방향을 살짝 벗어나 안쪽으로 향했다.

"그런데 청주에는 어떻게 내려오게 된 거예요? 직장이 여의도 아니었던가?"

"그냥, 거긴 그만뒀어요. 우연히 이쪽에 직장을 잡아서. 그런데 형부……."

또다시 튀어나온 망할 호칭에 서윤은 입술을 안으로 쏙 집어넣었다. 벌겋게 붉힌 얼굴이 재미있는지 그가 피식 웃어버렸다.

"그러니까, 마땅한 호칭이……."

서윤이 고개를 푹 숙였다. 과거에 형부와 처제로 부르고 불렸던 관계. 다만 그 결혼이 식을 2주 앞두고 깨졌던 터라 형부라는 호칭마저 불편한 사이가 되어버린 것이다.

"편하게 불러요. 형부는 좀 그러니까, 그냥 이름 부르든지."

"이름을요? 그래도 그건 버릇없어 보이는데."

"무슨, 서윤 씨랑 나랑 몇 살이나 차이 난다고. 그나저나 서윤 씨는 여전하네요. 상대한테 마음 쓰는 것도, 또 예의 바른 것도."

"제가 뭘요. 당연한 거죠. 음, 그럼 선생님이라고 할까요? 병원에서는 다들 그렇게 부르실 테니까."

"뭐, 편한 대로 해요."

정말로 상관없다는 듯 기주가 어깨를 으쓱였다. 어떻게 불리든 그런 건 별로 중요치 않았다. 이제는 정말 아무 상관도 없는 관계니까.

"그런데 선생님이야말로 여기에 웬일이세요? 병원 일은 어떻게 하시고요?"

"나도 그만뒀어요. 이쪽에서 가정의원 하던 선배가 있었는데, 그 선배가 이민 가는 바람에 내가 인수했어요. 벌써 이 년쯤 됐나."

"아!"

이 년이라면 그녀의 언니와 결혼이 깨지고 바로 그 직후라는 말이었다. 그러니 서윤으로서는 그 대답을 무심히 받아들일 수가 없었다. 어쩌면 이 사람도 저와 같은 이유로 이곳에 내려온 것이 아닐까. 낯선 환경과 낯선 사람을 찾아, 집도 직장도 버리고 와야 했던 그런 마음이었던 건 아닐까.

"그런 얼굴 할 거 없어요. 서윤 씨가 무슨 생각하는지 대충 알겠는데, 정말 그런 거 아니니까 마음 쓰지 말아요. 그냥 우연히 그때 기회가 된 것뿐이니까."

"……네."

고개를 끄덕여 대답하긴 했지만, 그렇다고 이 사람의 말을 액면 그대로 믿을 수는 없었다. 민우와의 일이 아니었다면 자신이 이곳에 와 있을 이유가 없듯, 이 사람도 언니와의 파혼이 아니었다면 이곳에 있을 이유가 전혀 없는 사람이었다.

"그럼, 들어가요."

기주가 먼저 발을 옮겼다. 그러자 서윤도 뒤를 따라 종종거리며 걸었다. 먼저 문 앞에 선 그가 긴 손가락으로 도어록 버튼을 틱틱 눌렀다. 그 소리를 들으며 서윤은 그를 지나쳐 갔다.

"저기, 선생님. 혹시 저녁 드셨어요?"

갑자기 발을 멈춘 서윤이 그를 향해 돌아섰다. 띠릭 해제음을 듣고서 육중한 철문을 당기던 그도 움직임을 멈추고 고개를 돌렸다.

"이제 먹어야죠."

"그럼, 이거 같이 드실래요? 저 혼자는 좀 많은데."

서윤은 손에 들고 있던 봉지를 위로 들어 올렸다. 순간 코에 확 풍겨오는 고소한 기름 냄새. 엘리베이터 안에서도, 또 복도에서 그와 얘기하던 사이에도 냄새가 진동했을 텐데. 그런데도 까맣게 잊고 있었다.

"어……."

기주는 얼른 대답하지 못하고 목을 긁적였다. 특별히 불편할 건 없어도 딱히 편할 것도 없는 그런 관계. 우연히 옆집으로 이사

온 탓에 이웃사촌이 된 것까지는 어쩔 수 없다지만, 일부러 시간을 만들어 무언가를 함께할 필요성이 있는가에 대해 그는 잠시 고민했다. 그런데 그 마음을 알아차렸는지 서윤이 먼저 결론을 냈다.

"역시 불편하시죠? 죄송해요. 그럼 들어가서 쉬세요."

"아니, 저기…… 옷만 좀 갈아입고. 내가 갈까요? 아니면 이쪽으로 건너올래요?"

그녀가 문을 열고 들어가려는 순간 그가 충동적으로 입을 열었다. 서윤은 다시 고개를 돌려 그를 바라보았다.

"옷 갈아입고 오세요. 준비해 놓을게요."

대답 대신 고개를 끄덕인 기주가 문을 닫고 사라졌다. 서윤도 철컥 하고 그의 집 현관문이 닫히는 소리를 들은 후 집 안으로 들어섰다.

그녀는 재빠르게 옷을 갈아입고 손을 씻었다. 그러고는 거실에 작은 탁상 테이블을 폈다. 그 위에 치킨 상자와 맥주 두 캔을 올려놓고, 젓가락 두 벌과 앞접시도 챙겨놓았다.

준비를 모두 마쳤을 때쯤 초인종 소리가 들려왔다. 그녀는 인터폰에 비친 그의 얼굴을 확인하고 문을 열었다.

"들어오세요."

문을 연 서윤이 비켜서자 그가 거실로 올라섰다. 색이 짙은 면바지에 아이보리 셔츠 차림. 양복만 아닐 뿐 격식을 차린 옷이었다. 퇴근도 했고, 또 겨우 옆집인데. 집에서 입는 편한 트레이닝복이어도 괜찮으련만.

하기야 원래 그런 사람이었다. 늘 정중하고 친절한 사람. 말

한마디, 행동 하나하나에 깊이가 있었던 사람이다. 서윤을 보고 예의 바르다고 말했지만, 정작 이 남자는 그 정도가 더하면 더했지 절대 부족하지 않은 사람이었다. 어쩌면 지금 이 순간도 함께하고 싶지 않으면서도 차마 거절하지 못해 와 있는 것인지도 모르겠다.

"아직 집 같지 않죠? 워낙 급하게 내려와서요."

집 안을 둘러보고 있는 기주를 향해 서윤이 말했다. 소파도 없고, 냉장고나 TV 같은 가전제품도 없다. 있는 거라고는 식탁 대신 놓은 작은 테이블 하나. 그리고 그가 서 있는 자리에서 보이는 주방에는 컵 두 개와 그릇 몇 개 놓인 것이 전부였다. 차라리 그의 집으로 가겠다고 할 걸 그랬나 하고 후회를 해보지만, 이미 늦은 일이었다.

"불쑥 오긴 했는데, 와서 보니 미안하네요. 여자 혼자 사는 집에. 더군다나 이사도 했는데 빈손으로."

"아니에요, 제가 오시라고 한 거잖아요. 그리고 집들이를 하는 것도 아닌데요, 뭘. 어서 앉으세요. 치킨 다 식었겠어요."

테이블을 가운데 놓고 두 사람이 마주 앉았다. 기주는 맥주 캔을 따서 서윤에게 건네고 또 하나를 마저 따 앞에 내려놓았다. 젓가락으로 그녀는 가슴살을, 그는 날개를 집어 들더니 서로 상대의 접시에 놓아주었다.

"어, 기억하고 계시네요?"

"그러게요."

지윤과 기주의 결혼식이 한창 진행되던 그 무렵, 서윤은 언니 지윤의 결혼 준비를 돕느라 여러 번 그녀를 따라나섰었다. 그리고 그때마다 자연스럽게 기주와 셋이 어울리게 되었다. 눈치껏 빠지려고도 했었지만, 고생했으니 밥이라도 사 먹여야 한다며 한사코 붙잡는 기주 때문에 같이 저녁을 먹기도 했고, 또 오늘처럼 치킨에 맥주를 놓고 함께했던 기억도 있었다. 그때 자연스럽게 알게 되었던 서로의 취향. 다리를 좋아하는 지윤과 날개를 좋아하는 서윤, 그리고 가슴살을 좋아하는 기주, 그렇게 셋이 앉아 한 마리를 알뜰하게 먹으며 웃던 기억이 두 사람에게 불현듯 떠올랐다.

"그런데 청주에는 정말 어떻게 오게 된 거예요? 직장이야 서울에서도 충분히 구할 수 있었을 텐데."

"그게…… 사실은 낯선 환경이 좀 필요했어요. 나를 알아보는 사람 없는 그런 곳이요. 그래서 엄마한테 등짝도 몇 대 맞고 가출 아닌 가출을 했거든요."

"아, 이런. 미안해서 어쩌죠?"

"예? 선생님이 왜요?"

미안하다는 기주의 말에 서윤이 고개를 들고 눈을 동그랗게 떴다. 도대체 이 사람이 미안해야 할 일이 무엇일까. 둘 중 굳이 누가 누구에게 미안한지를 따지자면 그건 분명 자신일 것이다. 두 사람이 파혼하게 된 이유에 제 책임이 전혀 없다고 자신 있게 말할 수는 없으니까.

"서윤 씨 알아보는 사람 없는 곳이요. 그거 실패잖아요, 나 때문에. 겨우 삼 일 만인데 날 만나 버려서."

말은 그랬지만 그의 표정은 미안하기보다는 놀리듯 빙긋 웃고 있는 얼굴이었다. 서윤은 힐끔 그의 얼굴을 살피고는 눈을 돌려 맥주 캔을 집어 들었다.

"그러네요."

작게 대답하고 그녀는 미지근하게 식어버린 맥주를 꿀꺽꿀꺽 들이켰다. 어느새 가벼워진 빈 깡통. 그걸 테이블 위에 내려놓고 다시 한 번 힐긋 그의 얼굴을 쳐다보았다가 또 고개를 숙였다.

"그런데요, 이상하게 안도감이 들어요. 아까 선생님 보는 순간 그래도 완벽하게 혼자는 아니구나, 하고 마음이 놓였어요. 그래서 이것도 같이 먹자고 한 거고요. 참 웃기고 변덕스럽죠? 우리 이렇게 편히 마주 앉아 있을 사이도 아닌데."

아직 취할 정도로 마시지는 않았는데도 마음속에 있는 말이 입술 사이로 줄줄 새어 나왔다. 서윤은 젓가락을 들어 애꿎은 치킨을 콕콕 찔러댔다. 이러면 안 되는데. 이런 말은 하는 게 아닌데. 하지만 이미 뱉어버린 말을 다시 주워 담을 수는 없었다.

"편하지 않을 건 또 뭔데요. 만약 내 앞에 앉아 있는 사람이 지윤 씨라면 얘기가 달라지겠지만, 서윤 씨랑 내가 불편할 이유는 없잖아요. 안 그래요?"

기주는 대답하며 뜨끔한 속을 애써 무시했다. 치킨 봉지를 들어 올리며 같이 먹겠느냐고 그녀가 물어왔을 때, 바로 대답하지 못하고 잠시 주춤했던 이유. 그걸 이 여자에게 들켰음에도 아니라고 거짓말을 해버렸다.

"그래도요. 한 식구인데. 아무렇지도 않을 수는 없죠."

기어들어 가는 목소리로 그녀가 대답하자, 기주는 손에 들고 있던 젓가락을 테이블에 내려놓았다. 그러고는 푹 한숨을 내쉬었다.

"서윤 씨, 잠깐 고개 좀 들어봐요."

"네?"

무거워진 그의 목소리에 서윤이 고개를 들어 올렸다. 그러자 그녀를 똑바로 쳐다보고 있던 그와 눈이 마주쳤다. 그녀는 못 볼 것이라도 본 사람처럼 또 황급히 고개를 숙였다.

"봐, 또 그런다. 서윤 씨 지금 나랑 눈도 못 마주치잖아요. 아까부터 내내 그랬어요. 힐끔 보고 피해 버리고. 난요, 지윤 씨한테 나쁜 감정 없어요. 결혼은 깨졌지만 차라리 잘된 거라고 생각해요. 만약 그대로 결혼했으면 오히려 서로 힘들었을 테니까. 마음은 다른 데에 두고 몸만 붙잡고 사는 거, 그거 못 할 짓이잖아요. 그래도 결혼하기 전에 지윤 씨가 솔직하게 말해줘서 괜찮아요. 그러니까 당사자도 아닌 서윤 씨가 자꾸 나한테 죄지은 그런 표정 안 했으면 좋겠어요."

"네."

들릴락 말락, 서윤이 작은 목소리로 대답했다. 그러자 기주는 저만치에 있는 새 맥주를 집어 뚜껑을 따고 그녀의 앞에 놔주었다.

"자, 그럼 우리 묵은 관계는 전부 청산하고 앞으로는 그냥 이웃사촌으로 지냅시다. 좋죠?"

편해 보이는 그의 표정에 서윤의 마음도 덩달아 편안해졌다. 정말 좋은 사람. 언니는 왜 이런 남자를 힘들게 만들었는지.

"그런 의미에서 건배!"

그가 맥주 캔을 들고 건배를 외치자, 서윤도 그가 놓아준 캔을 집어 가볍게 부딪쳤다. 그리고 그의 얼굴을 마주 보았다. 힐끔거리기만 했던 조금 전과는 달리, 그녀는 그의 눈을 피하지 않고 웃어 보였다.

어느새 맥주를 두 캔씩 각각 비워내고, 치킨도 남김없이 싹 먹어 치웠다. 그사이 오간 대화라고는 근처 어느 식당에 어떤 메뉴가 맛이 있더라, TV에 나온 유명한 맛집이 어느 어느 위치에 있더라 하는 그런 시답지 않은 이야기들이었다.

"덕분에 잘 먹었어요. 음, 먹은 거 보답도 할 겸, 또 이웃사촌 된 기념으로 집에 뭐 필요한 거 있으면 내가 하나 사주고 싶은데. 뭐가 좋을까요?"

"네? 아니에요, 선생님. 어차피 혼자 먹기엔 많은 양이라서 같이 먹자고 한 건데요. 괜히 신경 쓰지 마세요."

"에이, 그러지 말고. 내가 정말 해주고 싶어서 그래요. 아! 혼자니까 아무래도 전자레인지가 필요하겠네. 나도 혼자 살아보니까 그렇던데. 어때요, 그 정도면 부담 없겠죠?"

물론 필요한 물건이기는 했다. 하지만 고작 치킨에 맥주를 대접하고 덥석 받아내기에는 너무 과했고, 그의 말과 달리 부담되는 가격이었다. 서윤은 다급히 손사래를 쳤다.

"아뇨, 진짜 괜찮아요. 그 정도 가격이면 부담 팍팍 된다고요. 굳이 사주시려면 그냥 휴지요. 집들이에 보통 그런 거 사 들고 가잖아요. 그 정도면 돼요."

손과 고개를 동시에 흔들어대며 확실한 거부 의사를 밝히는 서윤을 보고 기주는 결국 크게 웃어버렸다.

"최서윤 씨는 술 좀 하나?"

"조금이요. 잘은 못합니다, 사장님."

두꺼운 뿔테 안경을 쓴 사장이 서윤의 빈 잔에 소주를 다르며 물었다. 무릎을 꿇고 앉은 자세로 잔을 받은 그녀는 몸을 틀어 입술만 살짝 적시고 다시 내려놓았다.

"그래도 오늘은 좀 마셔야지. 서윤 씨 때문에 만든 자리잖아, 안 그래? 취할 때까지 한번 마셔봐. 주량이 얼마나 되는지 체크 좀 해보게. 어차피 내일은 출근도 안 하고, 또 여기 오빠들 많잖아. 취하면 오빠들이 집에 잘 데려다줄 테니까."

"네."

왠지 눈살이 찌푸려지는 말이었다. 하지만 첫 회식 자리에서 싫은 티를 낼 수 없어 서윤은 고분고분 대답했다. 그녀의 옆에 앉아 있던 고참 대리 경은이 옆구리를 쿡 찔렀다.

"그냥 적당히 들어 넘겨. 말은 저러셔도 술버릇은 별로 없어. 곧 있으면 전화 받고 허둥지둥 가실 거야. 사모님이 되게 무섭거든."

작게 속삭이는 경은의 말에 서윤은 피식 흘러나오는 웃음을 간신히 참아냈다.

서윤을 위한 환영회 자리였다. 하지만 사장이 고른 장소와 메뉴는 최악이라 해도 과언이 아니었다. 찜통 같은 더위에 에어컨도 제대로 작동되지 않는 숯불갈비집이라니. 숯불이 들어오는 순간부터 찔찔 흘리기 시작한 땀에 옷이 다 꿉꿉할 정도였다.

"최서윤 씨는 청주에 왜 내려온 거야? 집은 서울이라면서."

저 멀리 앉은 박 과장이 줄줄 흐르는 땀을 냅킨으로 닦아내며 물었다. 일주일 동안 사무실에서 한마디도 시키지 않더니, 처음으로 꺼낸 말이 이런 난감한 질문이다. 뭐라고 대답을 해야 할까 잠깐 고민하다가 서윤은 갑작스레 친구가 했던 말을 떠올렸다. 여자 혼자 객지 생활을 할 때는 없어도 무조건 있는 척해야 한다던. 그렇게 철벽을 둘러줘야 똥파리들이 꼬이지 않는다고 어느 친구가 말한 적이 있었다. 그래서 서윤은 별로 해본 적도 없는 거짓말을 불쑥 내뱉었다.

"남자친구가 청주에 있어서요. 저도 여기서 자리 잡을까 하고요."

요란하고 떠들썩했던 술자리가 별것도 아닌 서윤의 말 한마디에 갑작스레 조용해졌다. 모두 얼음이 된 것처럼 행동을 멈추고 누군가를 쳐다보았다. 무슨 일인지 어리둥절한 서윤은 그들의 눈길이 모인 곳을 따라 고개를 돌렸다.

"젠장."

입사 오 년 차라던 안진상 대리였다. 그는 작은 목소리로 중얼거리고, 앞에 놓인 소주잔을 들어 입안으로 왈칵 쏟아부었다. 왜인지 알 수 없는 분위기에 서윤이 눈을 깜빡거렸다. 그러자 경은이 또 그녀의 귓가에 속삭였다.

"최 대리 면접 날 보고 안 대리가 찍었거든. 뭐, 그냥 무시해. 하는 짓이 이름 그대로야."

"안…… 진상?"

"성은 빼고."

경은의 깔끔한 결론에 서윤은 터져 나오려는 웃음을 꾹꾹 눌러 참아냈다. 남자 다섯 명에 여자라고는 저와 경은, 둘뿐인 회사. 어쩔 수 없이 경은과 친하게 지내야 회사 생활이 편해지겠지만, 웬지 그녀가 좋아질 것 같았다.

곧 있으면 전화를 받고 허둥지둥 갈 거라던 사장은 술자리가 파했을 때도 여전히 앉아 있었다. 서윤은 눈치껏 잔을 빼돌리며 자제를 했음에도 사장의 권유로 마신 술에 취기가 돌았다. 결혼 오 년 차 직장맘인 경은은 아기를 재워야 한다며 중간에 몰래 사라졌고, 집까지 데려다줄 거라던 그 오빠들은 임자 있는 서윤 대신 만취한 사장을 챙기는 현명한 판단을 했다.

대여섯 정거장이면 갈 수 있는 멀지 않은 거리라 서윤은 버스 대신 걷는 쪽을 택했다. 하지만 그것이 잘못된 판단이라는 걸 깨달은 건 오 분도 채 지나지 않아서였다.

불이 꺼진 상가, 홀로 걷는 인적 드문 조용한 거리. 애써 신경을 다른 곳으로 돌려보려 하지만, 알코올로 인해 복잡한 생각을 멈춘 머릿속으로 집을 떠나던 날의 엄마 목소리가 자꾸 파고들었다.

"팀장이라는 사람이 세 번이나 찾아왔더라. 일 핑계를 대기는 하더라만, 너 그 사람하고 무슨 일 있었던 거 맞지? 뭔데, 말해 봐. 뭐가 잘못된 건데? 고작 연애하다가 깨졌다고 네가 도망칠 이유는 없는 거잖아."

"도망치는 거 아니래도 그러네. 그냥 만났어. 몇 달 만났는데 꼴 보기기 싫어지더라고요. 그래서 그냥 내가 나왔어요. 사장 아들을 나가랄 순 없으니까, 그래서 내가 나온 기예요."

"뭐? 사장 아들? 그럼 너 혹시, 그 집에서 반대한 거니? 별거 없는 집 딸이라고 무시하고 그런 거야? 그래서 헤어졌어?"

그래, 차라리 그런 거였으면. 너 같은 건 며느리로 들일 수 없다고 반대하고 무시당한 거라면 차라리 나았을 텐데. 그랬다면 그 사람을 향한 순수했던 마음이 이렇게 탁한 색으로 바래지지는 않았을 텐데.

그런 생각을 하다가 서윤은 세차게 고개를 흔들었다. 뿌옇게 쌓인 먼지를 털어내듯 엄마의 목소리마저 툴툴 털어내고 싶었다.

택시를 잡아탈까? 기사님을 붙잡고 세상 돌아가는 얘기라도 떠들며 가다 보면 자꾸 떠오르는 그 사람의 생각을 떨쳐 낼 수 있을까?

길게 한숨을 내쉬고서 서윤은 도로를 향해 몸을 틀었다. 빈 택시가 바로 달려와 멈춰주었으면 좋겠다는 생각을 하며 택시를 찾아 고개를 기웃거렸다. 하지만 그녀의 바람과는 다르게 택시는 한참 동안이나 오지 않았다.

그냥 버스를 탈까. 생각을 바꾸려던 순간 저 멀리에서 달려오던 자동차 한 대가 천천히 속도를 늦췄다. 그러고는 곧 그녀의 앞에서 멈춰 섰다.

"서윤 씨?"

스르륵 내려가는 창 사이로 남자의 목소리가 들려왔다. 서윤은 고개를 기울여 차 안을 들여다보았다.

"어! 선생님?"

"집으로 가는 거죠? 타요."

"음, 그래도 될까요?"

잠시 고민했지만 굳이 거절할 필요는 없을 것 같았다. 어차피 이 사람도 가던 길을 가는 것뿐이니까.

감사합니다, 하는 인사와 함께 서윤이 차에 올라탔다. 기주는 부드러운 웃음으로 답하고 액셀러레이터를 밟아 차를 움직였다.

"이제야 끝난 거예요? 퇴근이 너무 늦네."

"아뇨, 회식이 있어서요."

"아, 회식. 뭐 맛있는 거 먹었나 본데요?"

냄새를 맡듯 훅 숨을 들이쉰 그가 물었다. 그러자 서윤은 옷에 짙게 뱄을 갈비 냄새가 떠올랐다. 차 안에 냄새가 진동할 텐데. 그걸 생각지 못하고 덥석 타버린 게 문제였다.

"아, 저기, 갈비를……. 창문 좀 열까요? 냄새 심하죠?"

술기운에 붉어져 있던 뺨이 더욱 빨갛게 물들었다. 그 모습을 옆에서 힐끔 쳐다본 기주는 소리 없이 웃었다. 안절부절못하는 그녀의 모습을 보고 있으려니 왠지 모르게 우울했던 기분이 조금 나아지는 것 같았다.

역시 태우길 잘했나. 밤길을 운전해 달려오며 택시를 잡아타려는 듯 서 있는 서윤을 발견한 순간, 차를 세워야 하나 말아야 하나 짧게 갈등했다. 하지만 그는 자로 잰 듯 정확하게 선을 긋고 사는 그런 성격은 못되었다. 선을 그으려면 애초에 엘리베이터에서 마주쳤을 때, 그때 했어야 했다. 아니면 그녀가 치킨을 함께 먹자고 권했던 그때. 그것도 아니면 이웃사촌으로 다시 시작하자는 그런 말 따위 하지 말았어야 했다.

"술도 꽤 마셨나 봐요."

손으로 발그레한 뺨을 감추고 고개를 숙이고 있는 모습이 귀여워 기주는 운전을 하면서도 힐끔힐끔 시선을 돌렸다. 덩달아 입꼬리도 자꾸 올라갔다.

"네, 좀 마셨어요. 제 환영회 자리라서."

"아, 환영회. 회사가 여기서 가까운가 보죠? 이 근처에서 회식한 거 같은데."

"네, 멀지 않아요. 아까 태워주신 곳에서 한 정거장쯤 더 가면 돼요."

그녀의 설명에 의하면 그의 병원과도 멀지 않은 곳이었다. 출퇴근 시간이 맞으면 카풀을 해도 되는데. 생각이 거기까지 뻗쳐가다가 기주는 이내 고개를 흔들었다. 우연이면 모를까. 애초에 선을 긋는 것에는 실패했더라도, 매일 얼굴 보는 일을 일부러 만드는 건 곤란했다.

"어떤 회사예요? 일하기 힘들어요?"

"그냥 작은 무역회사요. 직원도 몇 안 되고, 별로 할 일도 없어요. 그런데 선생님은 왜 이렇게 늦으셨어요? 병원 보통 일곱 시면 닫지 않아요?"

"음, 저녁 먹고, 운동도 하고 그러다 보니까."

"아, 운동. 여전히 운동 열심히 하시는구나."

"그럼요. 열심히 해야 건강도 지키죠. 서윤 씨도 여전히 숨쉬기 운동만 열심히 하는 거 같네요? 아까 차에 타기 전에 멀리서 보니까, 사람이 몸에 기운이 하나도 없어 보여요."

언젠가 그런 대화를 나눈 기억이 떠올랐다. 그때도 기주는 빼먹지 않고 운동을 했고, 덩달아 지윤과 서윤에게도 운동을 해야 한다며 은근히 강요했다. 그때 서윤이 저는 숨쉬기 운동을 아주 열심히 하는 중이라고 대꾸했던 적이 있었다. 그렇게 흘렸던 말을 그는 여태 기억하고 있는 모양이다.

"그런 건 좀 잊어주시죠? 누가 의사 아니랄까 봐, 머리만 좋아서는."

서윤이 티가 나도록 입술을 삐죽 내밀고 중얼거렸다.

"그러게요. 머리가 좋아서 그런가, 서윤 씨가 했던 말들이 하나도 안 잊히고 그대로 있네. 그리고 뭐, 머리만 좋은가요? 키도 크고, 얼굴도 잘생겼고, 직업도 좋고, 또 거기다 성격까지 좋아."

"어우, 못 말려."

답지 않게 능글거리는 그의 말에 서윤은 고개를 절레절레 흔들었다. 물론 틀린 말은 하나도 없지만 말이다.

회식의 여파로 서윤은 늦잠을 자버렸다. 취할 만큼 술을 많이 마신 건 아니지만 머릿속은 별로 개운치 않았다. 침대를 정리한 그녀는 주방으로 가서 생수병 뚜껑을 열고 물을 들이켰다. 하지만 한 모금을 채 마시지 못하고 개수대에 뱉어버렸다. 그리고 깨달았다. 지금 당장 냉장고를 사야 한다는 걸. 평소 찬 음식을 좋아하는 편은 아니어도 술을 마신 다음 날이라 그런지 차가운 물이 절실하고도 절실했다.

오늘은 전자상가에 가서 기필코 냉장고와 에어컨을 구입하리라. 그 외에도 소파와 TV, 세탁기, 식탁 등등 필요한 것이 많지만, 그런 것들이야 조금 천천히 구입하더라도 크게 불편함은 없을 터였다.

서윤은 샤워를 하고서 청바지에 얇은 티셔츠를 골라 입었다. 그리고 긴 머리를 하나로 질끈 묶어 그 위에 모자를 썼다. 화장을 하는 대신 선크림을 듬뿍 바르는 것으로 그녀는 외출 준비를 끝마쳤다. 땀을 닦아내느라 화장이 얼룩덜룩해지는 것보다는 안 하는 편이 나을 테니까.

신발장에서 발이 편한 운동화를 골라 신고 집을 나서려는 순간이었다. 등 뒤에서 울리는 인터폰 소리에 서윤은 신발을 벗고 다시 현관에 올라섰다.

"네, 택배요? 전 시킨 적이……. 네, 알겠습니다."

곧 올라온다는 택배 기사의 말에 서윤은 가방을 내려놓고 소파에 앉았다. 물건을 구입한 기억은 없지만 수령인이 제 이름이 맞는 걸 확인했으니, 기다리는 것 외에 별다른 수가 없었다.

혹시 집에서 보낸 걸까?

이사를 한 첫날, 전화를 받지 않는 엄마에게 집 주소와 함께 사랑한다는 문자를 적어 보낸 적이 있다. 하지만 엄마의 마음은 풀리지 않았는지 여전히 답장도, 전화조차도 없는 상태였다. 그래도 언젠간 풀리겠지. 엄마니까, 우리 엄마니까. 자식들을 끔찍이 아끼는 우리 엄마니까.

그렇게 멍하니 앉아 엄마 생각을 하는 사이 현관 벨소리가 들려왔다. 그리고 곧 커다란 상자 하나가 거실에 놓였다. 상자의 겉에는 전자레인지라는 상품명과 함께 유명 전자회사의 이름과 로고가 크게 박혀 있어 누가 보낸 것인지 대번에 알 수 있었다.

이걸 어떻게 해야 하나. 난감하고 부담스러웠다. 과거의 관계는 청산하고 이웃사촌으로 지내자고 그가 말했지만, 선물을 준다고 넙죽 받을 만큼 그렇게 철이 없는 나이는 아니었다.

"어떡하지?"

한숨이 절로 나온다. 막무가내로 반품을 시킬 수도 없고, 싫다는데 왜 보냈냐며 따질 수도 없다. 그 사람이라면 분명 그러겠지. 이럴 땐 감사합니다, 하고 받는 거라고.

도무지 답이 나오지 않는 물건을 거실 한가운데에 그대로 두고 서윤은 집을 나섰다. 지금 그는 병원에 있을 시간. 전화번호도 모르고 있으니 당장은 아무런 방법이 없었다.

집을 나선 서윤은 편의점에서 차가운 생수를 사 들고 전자상가를 찾아갔다. 냉장고와 TV, 세탁기를 먼저 골라놓고, 에어컨은 설치 주문이 밀려 한 달 가까이 걸린다는 말에 절망을 해버렸다. 하는 수 없이 선풍기로 대체해 계산을 마치고 전자상가를 나섰다.

살림을 전부 사야 하는 터라 꽤 큰돈이 들어갔다. 중고로 구입할까 고민도 해보았지만, 서울로 다시 돌아가게 되더라도 독립을 해야겠다는 생각에 새 제품을 구입하기로 결론을 지은 것이다.

칠 년 동안 직장 생활을 하며 알뜰히 저축을 했다. 그 덕에 지금의 아파트 전셋집을 구하며 집에 손을 벌리지 않아도 되었고, 또 가전제품을 구입하는 데도 크게 돈의 구애를 받지는 않았다. 그나마 다행이랄까? 돈이 없었다면 직장을 그만두는 일도, 이곳으로 내려오는 것도 모두 불가능했을 테니까.

분식집에서 김밥으로 점심을 때운 서윤은 재래시장과 마트를 쏘다녔다. 수첩에 적어놓은 물건들을 모두 사고 나니 버거울 만큼 두 손에 짐이 가득했다.

택시에서 내려 엘리베이터 앞에 섰다. 잠깐이라도 무게를 덜기 위해 서윤은 바닥에 짐을 내려놓았다.

종일 땡볕을 돌아다닌 터라 얼굴에 화끈화끈 열이 올랐다. 땀을 흘려 몸은 끈적였고, 오래 걸은 탓에 다리도 아팠다. 엘리베이터만 오르면 집이라지만, 잠깐을 기다리는 그 시간마저도 끔찍하기만 했다.

"집 떠나면 역시 고생이네."

서윤은 한숨과 함께 혼잣말을 중얼거렸다. 엄마가 보고 싶고, 집도 그리웠다. 아버지도 보고 싶고, 언니와 조카도 보고 싶고. 하지만 아직은 혼자 있을 시간이 필요하다. 그 일에 대해, 그리고 강민우 그 사람에 대해 무뎌질 때까지는.

띵 하는 엘리베이터 도착음을 듣고 물건을 들기 위해 허리를 굽혔다. 그런데 누군가가 그녀보다 먼저 커다란 봉지를 모두 집어 들고 안으로 올라탔다.

"뭐가 이렇게 많아요?"

역시 기주였다. 이곳에서야 아는 사람도, 또 도와줄 사람도 이 남자뿐이니까.

"선생님, 무거워요. 주세요."

기주를 따라 허둥지둥 올라탄 서윤이 봉지를 향해 손을 내밀었다. 하지만 그는 짐을 든 손을 뒤로 슬쩍 물렸다.

"숨쉬기 운동만 하는 사람보단 내가 드는 게 덜 힘들죠."

"또 그 소리."

놀림이 분명한 말에 서윤은 콧잔등을 찡긋거리고 한 발 떨어졌다. 달라고 한들 그 무거운 짐을 여자한테 덥석 안겨줄 사람이 아니라는 걸 알기에 쉽게 포기해 버렸다.

엘리베이터에서 나오는 시원한 에어컨 바람에 서윤은 모자를 슬그머니 들어 올리고 열을 식혔다. 이제야 겨우 살 것 같다. 이렇게 좋은걸. 한 달이 걸리더라도 에어컨을 사야 할까, 또 고민을 한다.

"얼굴이 많이 탔네요."

언제부터였는지 고개를 기울인 기주가 서윤을 빤히 쳐다보고 있었다. 그녀는 화들짝 놀라 다시 모자를 푹 눌러썼다. 아, 오늘 화장도 안 했는데. 이제야 그 생각이 떠올랐다. 그녀는 햇볕에 붉게 달아오른 뺨을 두 손으로 감추었다.

"보지 마세요. 민낯이란 말이에요."

부끄러워하는 여자의 모습에 또 빙글 웃음이 났다. 기주는 그녀의 바람대로 고개를 들어 정면을 쳐다보았다.

"전엔 얼굴이 하얬던 거 같은데, 아닌가?"

"청주 오기 전에 한 달 동안 여행 다녔거든요. 여기저기. 그때 좀 많이 탔어요."

기주가 다시 고개를 기울였다. 두 손으로 작은 얼굴을 다 가려 버린 터라 제대로 보이지 않았지만, 꼭 그 얼굴을 보려는 의도보다는 놀리고 싶은 마음 때문이었다. 자신의 말 한마디 한마디에 매번 붉어지는 얼굴이 왠지 보기가 좋았다.

"그만 좀 보세요."

"이미 다 봤는데 뭘 그렇게 애써 가려요. 예쁘고 보기 좋은데."

투정이 섞인 그녀의 말투에 그는 빙긋이 웃고 고개를 들어 올렸다. 놀려먹는 재미가 쏠쏠해서인지 손에 들고 있는 짐이 무거운 줄도 모르겠다.

"영화나 드라마 같은 데서 보면, 여자들이 남자 유혹할 때 화장 진하게 하고, 야시시한 옷 입고 그러잖아요. 난 그거 하나도 안 예뻐 보이던데. 오히려 거부감 들고. 화장품 냄새 진동할 거 같고. 차라리 맨얼굴이 낫지."

"하긴, 저도 그거 예뻐 보이진 않더라고요. 그래도 남자 눈엔 예쁜 줄 알았는데."

"에이, 그건 여자들 착각인 거고. 나는 그렇게 화려하게 꾸미는 거보단, 한 듯 안 한 듯 그런 얼굴? 그게 딱 좋던데요. 음, 평소 서윤 씨 꾸미고 다니는 그 정도?"

"어머? 저 그거 완전 공들인 거거든요?"

그녀가 발끈하며 얼굴을 가린 손을 내리는 순간 6층에 도착한 엘리베이터가 활짝 문을 열었다. 커다란 봉지를 양손에 들고 성큼성큼 걷는 그의 뒷모습을 바라보다가, 서윤은 문득 거실에 두고 온 전자레인지를 떠올렸다.

"아 참, 선생님. 전자레인지요, 왜 그러셨어요."

"그럴 땐 그냥 감사합니다, 하고 받는 거예요."

발을 멈춘 기주가 몸을 휙 돌리며 대답했다. 역시나 그녀가 예상했던 답안에서 한 글자도 벗어나지 않는 대답이었다.

"사실은 어제 커피메이커가 고장 났거든요. 워낙 오래 쓴 거라 수리도 안 되고 그래서 새로 사러 갔었는데, 하필 그 옆에 전자레인지가 딱 버티고 있더라고요. 부담스럽다고 해서 안 사려고 했었는데…… 그래도 사주고 싶었어요."

결국은 그냥 사주고 싶었다는 대답이다. 이리저리 말을 돌리고 덧붙였지만, 결국엔 그냥. 덜컥 받기에 부담스러운 가격인 건 알지만, 그렇다고 고집을 부리는 것도 멋쩍었다.

"감사합니다, 선생님. 잘 쓸게요."

집 앞에 선 서윤이 고개를 숙여 인사했다. 그러고는 짐을 건네받기 위해 두 손을 내밀었다. 하지만 그는 여전히 그녀의 물건들을 건네주지 않았다. 대신 턱짓으로 도어록을 가리켰다.

문을 열라는 뜻. 눈치를 챈 서윤은 재빨리 버튼을 누르고 현관문을 활짝 열었다. 그러자 앞으로 한 걸음 나아간 기주가 문 안쪽으로 봉지를 내려놓았다.

"정 부담스러우면 집들이를 제대로 하든가."

허리를 세운 그가 거실 한가운데에 놓인 전자레인지를 힐끗 쳐다보고 말했다. 그녀의 마음속 부담을 덜어내 줄 방법을 애써 찾아낸 것이다.

"그럴까요? 그럼 내일 저녁 저희 집에서 드실래요?"

"음, 짐 정리할 것도 많을 텐데 천천히 해요. 괜찮으면 다음 주 토요일?"

"네. 그럼 다음 주 토요일."

서윤이 웃으며 활기차게 고개를 끄덕였다. 사소한 것까지 배려해 주는 그의 마음이 내심 고마웠다.

"짐 들어주신 것도 감사해요."

"혹시 남자 손 필요하면 불러요. 전기 선 만지는 거든, 못 박는 거든. 간단한 건 할 수 있으니까."

"네, 감사합니다."

꾸벅, 정중하게 하는 인사에 기주는 손 인사로 대신하고 돌아섰다. 너무 그렇게 격식 차리지 않았으면 좋겠는데. 그녀를 향해 목구멍까지 차오르는 말은 그냥 꿀꺽 삼켜 버렸다.

일주일 내내 서윤의 머릿속에는 집들이 음식 메뉴를 무엇으로 할까, 그 생각밖에 없었다. 회사에 일이 별로 없어 시간이 꽤 남아돌았음에도 그 덕에 서울 생각을 별로 하지 않고 보낼 수 있었다.

그 사람이 어떤 음식을 좋아했더라.

이 년 하고도 2, 3개월 전쯤이던가. 언니와 교제하던 기주가 몇 번 집에 와서 저녁 먹었던 때, 그 오래전 기억을 서윤은 애써 끄집어냈다.

그는 식성이 까다롭지 않고 뭐든 잘 먹는 편이었다. 미경에게 음식이 맛있다고 몇 번이나 감탄을 하며 먹는 모습이, 잘 보이려고 하는 아부는 아닌 듯 밥 두 그릇을 뚝딱 비우곤 했었다.

손님을 맞이할 때 주로 했던 음식인 갈비찜도 잘 먹었고, 잡채도 잘 먹었던 것 같았다. 언젠가는 우럭매운탕을 먹으며 엄지를 척 치켜들어 미경이 크게 웃었던 적도 있었다.

"어머님 음식 솜씨 좋으신 건 알지만, 이 매운탕은 정말 환상이네요."

"음, 그게 좀 특별한 비법이 있지."

"비법이요? 어떤 건데요?"

"비법인데 아무나 알려주면 쓰나. 나중에 결혼하고 우리 지윤이 입에서 행복하다는 소리가 절로 나오면, 내 그때 지윤이한테 전수해 주고."

"걱정 마세요, 어머님. 제가 잘하겠습니다."

서윤은 그 대답을 하며 가만히 언니의 손을 잡던 그를 떠올렸다. 금세 마음이 무거워지고, 한숨이 새어 나왔다. 아무리 그가 괜찮다고 했다 하더라도, 이런 일들을 떠올릴 때마다 미안한 마음이 슬그머니 고개를 들이밀었다. 그녀는 머리를 살살 흔들어 묵은 기억을 털어내며, 수첩에 우럭매운탕과 갈비찜, 잡채를 적어 넣었다.

금요일 저녁 퇴근길에 마트에 들려 장을 보았다. 메뉴에 샐러드를 추가하고, 필요한 재료들을 골라 샀다. 그리고 김치도. 엄마의 마음이 풀리기 전까지는 집에서 김치를 공수해 오는 것도 불가능한 탓이었다.

토요일 아침부터 서윤은 준비를 서둘렀다. 비록 몇 가지 안 되는 메뉴라도 엄마처럼 뚝딱 만들어낼 수 있는 솜씨는 아니기에 걱정부터 앞섰다.

휴대폰으로 레시피를 검색해 갈비를 재워두고, 잡채에 넣을 채소를 열심히 손질했다. 샐러드를 만들 과일도 씻어놓고, 마지막으로 냉장고에 넣어둔 생선을 꺼냈다. 하지만 이걸 어떻게 해야 할까 대책이 서질 않는다. 그가 맛있게 먹던 모습이 떠올라 메뉴에는 넣었지만, 손질부터 끓이는 방법까지 도저히 감당이 되지가 않았다.

잠시 고민하다가 서윤은 언니에게 전화를 걸었다. 엄마가 전화를 받지 않으니, 언니 외에는 해결해 줄 사람이 없었다.

"언니, 나야."

[야, 최서윤. 목소리 들으니까 잘 살고 있나 보네? 엄마 속은 있는 대로 다 뒤집어서 후벼 파놓고, 넌 아주 잘 살고 있는 거 같다?]

"꼭 그렇게 말해야 해? 내 속은 뭐 좋을까."

[엄마 속 뒤집는 건 나 하나로 족하지 않아? 꼭 너까지 그래야겠니? 내가 당장 청주로 내려가서 네 머리끄덩이 잡아가지고 올라온다고 했더니, 엄마가 가만 놔두라더라. 무슨 일인지는 몰라도 네 속은 오죽하면 그러겠냐고. 사실 엄마 전화 안 받는 거, 그거 다 작전이야. 하루라도 빨리 너 집에 끌어들이려고. 그러니까 너무 마음 쓰지 말고.]

모진 말로 시작된 지윤과의 대화는 어느새 서윤의 마음을 다독이고 있었다. 서윤은 괜히 시큰거리는 눈가를 손가락으로 꼭 눌렀다.

"언니, 매운탕 끓이는 법 알아?"

낮게 가라앉는 분위기를 애써 모른 척하며 서윤이 화제를 돌려 물었다. 그러자 지윤이 픽 웃는 소리가 들려왔다.

[속도 없다. 이 상황에 매운탕? 왜, 떨어져 있으니까 엄마 음식 생각나니?]

"응, 엄마가 끓여주는 것처럼, 그게 먹고 싶네. 무슨 비법 있다며. 언니 그거 안 배웠어?"

[야, 우리 엄마 진짜 이상해. 그게 뭐 대단한 거라고 딸한테도 안 가르쳐 주니? 네 형부가 엄마 우럭매운탕 맛있다고 그래서 나

도 물어봤는데, 엄마가 그러더라. 내가 정말 행복해 죽겠는 얼굴이면, 그때 가르쳐 준다고.]

"그래서, 언니. 언니는 행복해? 형부하고 결혼해서…… 정말 행복해?"

권기주 그 사람을 버리고 형부랑 결혼해서 행복하냐고, 사실은 그렇게 묻고 싶었다. 지윤의 입에서 형부라는 말이 나오는 순간, 괜히 못되게 굴고 싶어졌다. 그 사람이 지금 어디에서, 어떻게 살고 있는지는 아느냐고. 미안한 마음이 아직도 있느냐고. 혹시 후회하지는 않느냐고. 그때로 다시 시간을 되돌린다면, 누구를 선택하겠느냐고.

하지만 이 모든 걸 다 언니의 탓으로만 돌릴 수는 없었다. 결혼식을 앞두고 갈등하는 그녀에게 마음이 따르는 대로 하라고 충고했던 사람은 바로 자신이었으니까. 어쩌면 그래서인지도 모르겠다. 기주를 마주할 때마다 죄책감이 드는 것은. 이곳에서 다시 마주쳤을 때 그 사람도 언니처럼 옆에 사랑하는 사람을 두고, 팔에 꼬물거리는 작은 아기를 안고 있었더라면, 그랬다면 미안한 마음은 없었을 것이다. 그다지 힘들고 괴로운 얼굴은 아니지만, 그래도 행복해 보이지는 않았기에 그에게 먹일 음식 하나에도 신경이 쓰였다.

지윤과의 통화는 결국 아무런 소득을 얻지 못하고 끝맺었다. 그래서 하는 수 없이 또 인터넷으로 레시피를 검색했다.

저녁 무렵이 되어 열심히 잡채를 버무리고 있을 때 옆집의 현관문 여닫는 소리가 들려왔다. 아마도 그가 퇴근해 집에 들어온 모양이다. 서윤은 얼른 고개를 들어 벽시계를 쳐다보았다. 약속

한 시각까지는 사십여 분이 남아 있었다.

마음이 다급해졌다. 싱크대는 테러를 당한 것처럼 정신이 없었고, 끓고 있는 매운탕은 간이 맞지 않아 절망스러웠다. 그나마 먹을 만한 건 잡채와 시중에서 파는 드레싱을 이용한 샐러드뿐이랄까.

"아! 밥 안 했다."

서윤은 재빠르게 쌀을 씻어 밥을 안치고 싱크대를 정리했다. 여전히 맛이 나지 않는 찌개에는 조미료를 살짝 넣고 뚜껑을 닫았다. 썰어놓은 채소들을 갈비찜 냄비에 넣어 약한 불로 줄여놓고, 밥상 대신 사용하는 작은 테이블도 폈다.

정신없이 준비를 마치고 나자, 어느새 그와 약속했던 시각이 되어 있었다. 서윤은 겨우 숨을 돌리고 그를 기다렸다.

딩동, 벨소리와 함께 인터폰에 그의 모습이 비춰졌다. 서윤은 재빠르게 달려가 문을 열었다. 기주의 손에 작은 화분 두 개가 들려져 있었다. 그녀의 시선이 화분에 가 닿았다.

"어, 다육이네?"

서윤의 얼굴이 환하게 밝아졌다. 화분을 들고 있는 사람은 안중에도 없는지 눈길 한 번을 주지 않고 화분을 받아 든다.

"아파트 입구에 트럭이 와서 팔고 있어서요."

"감사합니다."

머쓱한 남자의 목소리에 서윤은 그제야 기주를 올려다보며 인사했다. 기주는 안으로 들어서서 집 안을 휘휘 둘러보았다. 휑했던 공간에 일주일 새 꽤 많은 물건들이 들어차 있었다.

"이제 좀 집 같네요."

기주가 빙글 웃으며 작게 차려진 상 앞에 앉았다. 서윤은 선풍기를 켜서 방향을 맞춰두고 주방으로 달려갔다.

"필요한 건 다 산다고 산 거 같은데, 뭔가 할 때마다 매번 없는 물건이 떠오르더라고요."

그의 말에 대답하며 서윤은 밥을 떴다. 그걸 쟁반에 담아 올리고, 냉장고를 열어 준비해 둔 샐러드를 꺼냈다.

"맥주 드실래요?"

"주면 좋죠."

테이블 위에 밥과 찌개 그릇을 내려놓고 서윤이 마주 앉았다. 기주는 수저를 들고 감상하듯 음식들을 바라보았다.

"음, 메뉴에서 고생한 흔적이 느껴지네요. 손 많이 가는 음식들인데."

"더 많이 차릴 수도 있었는데, 보시다시피 상이 작아서요. 차려놓을 데도 없고."

"오호, 그렇게 핑계를? 이거 속아줘야 하는 거예요?"

"……들켰다."

서윤이 혀를 쏙 내밀었다가 입을 다물었다. 그러고는 피식 웃어버렸다.

"어른들은…… 건강히 잘 계시죠? 이 우럭매운탕 보니까 어머님 생각나네요. 어머님이 해주시는 음식, 맛있었는데."

지난 생각에 갑작스레 분위기가 숙연해졌다. 그리고 순간 기주는 못난 자신을 탓했다. 말로는 아무렇지도 않다면서, 어른들의 안부를 이제야 묻고 있다니. 원수가 되어 헤어진 것이 아닌 이상, 그 정도는 이곳에서 서윤을 처음 만났을 때 물었어야 했다.

"네, 잘 계세요. 근데, 제가 끓인 건 맛 장담 못 해요. 엄마가 끝내 비결을 안 알려줘서."

장난스런 서윤의 대답에 또 피식 웃음이 터졌다. 기주와 서윤은 맥주 캔을 들어 가볍게 부딪쳤다.

음식을 싹싹 비운 기주는 정말 맛있게 먹었다고 배까지 문지르며 너스레를 떨었다. 그리고는 '음식 하느라 힘들었을 테니 전자레인지와 퉁치자'는 말을 던지고 집으로 돌아갔다.

주방 정리를 마친 서윤은 커피 한 잔을 타서 베란다 앞에 앉았다. 아무것도 꾸미지 못한 휑한 그 공간에 기주가 가져온 앙증맞은 다육 화분 두 개가 덜렁 놓여 있었다. 서윤은 손가락으로 조심스럽게 이파리를 쓰다듬었다.

"설마, 이것도 기억하는 걸까?"

서울 집 베란다에는 서윤이 기르던 다육 화분이 잔뜩 있었다. 다급하게 청주에 자리를 잡고 짐을 싸서 내려오느라 모두 놓고 올 수밖에 없었지만. 결혼을 앞두고 기주가 집에 들락거리던 그 시기에도 화분들이 베란다에 빼곡하게 자리 잡고 있었다.

"예쁘네요."

"아, 그거. 서윤이 취미예요. 쟤가 이런 거에 그다지 지극정성인 애는 아닌데, 다육 식물은 별로 손이 안 가거든요. 물도 거의 안 줘도 되고요."

거실에서 두 사람이 두런두런하던 얘기가 갑작스럽게 떠올랐다. 언니의 결혼이 깨진 이후 권기주라는 사람에 대해 생각할 일이 없었음에도 불구하고, 그를 다시 마주한 순간 머릿속 한구석에 갇혀 있던 기억들이 불쑥불쑥 튀어나왔다. 별 의미도 없는 아주 사소한 일들. 그런데도 잊히지 않고 있는 것은 왜인지 모르겠다.

서윤은 벽에 등을 기댄 채 무릎을 세우고 앉아 커피를 홀짝였다. 바람 한 점 없는 덥고 고요한 밤. 이렇게 앉아 귀를 기울이고 있으면 이따금씩 옆집에서 문을 여닫는 소리가 미미하게 들려왔다.

그 사람이 옆집에 산다고 언니에게 말을 해야 할까? 문득 그런 생각이 들었다. 마음이 풀어지고 나면 엄마도, 언니도 드나들게 될 건 빤한 일. 그러다가 그와 마주칠 확률은 꽤 높았다. 언니라도 알게 된다면 엄마가 드나드는 것도 어느 정도 막아줄 수 있으련만. 비록 이 년 전에 끝을 맺은 인연이지만 만나봐야 편할 게 없는 관계였다. 더군다나 잘못을 한 쪽에서는 더더욱. 그와 마주칠 때마다 미안해지는 마음은 저보다 언니나 엄마가 훨씬 더할 테니까.

2. 옆집 오빠

"무슨 소리야, 그게. 해인이가 청주에 내려와?"

놀란 기주가 의자에서 벌떡 일어섰다. 퇴근 무렵 걸려온 친구 민석의 전화. 해인이 청주에 피부과 개원을 준비 중이라는 황당무계한 말이 휴대폰을 통해 들려왔다.

[어, 그랬단다. 나도 오늘 알았어. 조금 전에 통화해 봤는데, 너한테는 아직 말하지 말라고 신신당부하더라. 그런데 또 그건 아닌 것 같고.]

"후우! 알았어. 내가 가볼게. 혹시 어디쯤인지 위치 알아?"

[주소 찍어서 보낼게. 네가 잘 좀 구슬려 봐.]

"알았다. 끊자."

전화를 끊고 몇 초도 지나지 않아 문자 한 통이 도착했다. 민석이 말했던 바로 그 주소였다.

"자식, 어지간히 급했나 보네."

민석, 해인과 기주는 의대 1학년 때부터 친구로 지내온, 이른 바 '절친'이었다. 그런데 해를 거듭하며 다져졌던 우정이 어느 순간부터 조금씩 다른 감정으로 변모하기 시작했다. 민석은 해인을 바라보고, 해인은 기주 그를 바라보고. 하지만 기주는 그녀에게 단 한 번도 친구 이상의 감정을 느낀 적이 없었다. 더군다나 민석의 마음을 잘 알고 있었기에 불가능한 감정이었다. 기주는 키홀더를 집어 들고 바로 진료실을 나섰다.

차에 시동을 걸고 민석이 보낸 주소를 떠올렸다. 그의 병원에서 멀지 않은 곳이었고, 주차장이 협소해 꽤 복잡한 곳이기도 했다. 그는 걸어가기로 마음을 먹고 트렁크에서 우산을 찾아 꺼내 들었다.

아침부터 꾸물거리던 하늘은 제법 많은 비를 쏟아부었다. 잠깐을 걸었는데도 구두와 바지 밑단이 다 젖을 정도였다. 그래도 더위가 한풀 꺾인 것 같아 속은 조금 시원했다.

목적지에 도착해 우산을 접고 로비에 들어섰다. 지하 1, 2층은 대부분 음식점이, 그리고 3, 4층에는 한의원을 비롯해 안과, 치과, 비뇨기과 등등 온갖 병원들이 몰려 있었다. 그러니 민석의 얘기가 정확하다면, 해인도 지금 그곳에 있을 터였다.

엘리베이터 문이 열리자 안에서 사람들이 쏟아져 나왔다. 한쪽으로 비켜서서 모두가 내리기를 기다리고 있던 기주를 누군가가 반가운 목소리로 불렀다.

"어! 선생님? 여기 웬일이세요?"

그의 앞에 마주 선 사람은 서윤이었다. 내리는 사람들에 치여

휘청거리는 그녀를 기주가 제 쪽으로 슬쩍 잡아당겼다.

"볼일이 좀 있어서요. 그러는 서윤 씨는?"

"저는 회사가 이 건물에 있어요. 8층이요. 지금 퇴근하는 길이에요."

"아, 그랬구나."

기주는 언젠가 차에 그녀를 태웠던 날을 떠올렸다. 근처에서 회식을 했다며, 한 정거장쯤 더 가야 한다고 설명했던 곳이 바로 이곳인 모양이다.

"문 닫히겠어요. 얼른 타세요."

"그래요, 다음에 봐요."

짧은 인사를 하고 기주는 엘리베이터에 올라탔다. 그 뒤로 두어 명이 더 들어서고 스르륵 문이 닫히는 찰나, 비어 있는 서윤의 두 손이 그의 눈에 들어왔다. 어깨에 걸고 있는 가방도 작은 핸드백이라 우산이 들어가 있을 만한 공간은 없어 보였다. 기주는 반쯤 닫힌 문 사이로 재빠르게 빠져나왔다.

"서윤 씨!"

회전문을 막 빠져나가려던 서윤이 멈칫거렸다. 그녀는 달려온 기주와 닫힌 엘리베이터 문을 번갈아 쳐다보았다.

"왜 안 올라가셨어요?"

"우산 없어요?"

"아, 우산. 편의점 가서 사면 돼요. 그것 때문에 오신 거예요?"

기주는 유리 벽 밖으로 퍼붓듯 쏟아져 내리는 비를 다시 확인했다. 편의점이라면 제일 가까운 곳이 길 건너편이었다. 그러니

이 비를 맞고 우산을 사러 갔다가는 손에 우산이 쥐여지기도 전에 몸이 흠뻑 젖어버릴 것이다.

"이거 가져가요."

서윤은 눈길을 내려 기주가 내민 우산을 쳐다보았다. 일회용 우산 비닐봉투 안에 들어 있는 그것은 흠뻑 젖어 있는 채였다. 분명 어디에서부턴가 쓰고 왔다는 뜻이다. 그렇다면 우산을 쓰고 다시 돌아가야 할 사람. 이렇게 선뜻 내어주면 저 대신 이 사람이 비를 맞을 것은 빤한 일이었다.

"아뇨, 괜찮아요. 저한테 주시면 선생님 비 맞으셔야 하잖아요. 전 그냥 이 앞에서 사면 돼요."

"비가 이렇게 오는데, 밖에 나가면 바로 다 젖어요. 고집부리지 말고 쓰고 가요. 난 차 있으니까."

"그 차가 좀 멀리 있는 모양인데요?"

빙긋이 웃으며 묻는 그녀의 얼굴을 보고 기주는 차마 거짓말을 하지 못했다. 그래서 하는 수 없이 다른 대안을 떠올렸다.

"그럼 좀 기다릴래요? 집에 같이 가요. 한 삼십 분, 아니 이십 분 정도면 될 것 같은데. 카페에서 커피 한잔 마시면서 기다리든지."

서윤은 잠시 망설였다. 그의 말대로 저 비를 뚫고 우산을 사러 갔다가는 흠뻑 젖는 것은 당연한 일이었다. 게다가 집 근처에서 비에 맞은 채로 이 사람을 또 마주치게 된다면 쓸데없는 고집을 부렸다고 혼이 날 것도 같았다.

"네, 그럼 커피 마시면서 기다릴게요. 그 대신 천천히 일 보시고 오세요. 저 때문에 괜히 서두르지 마시고요."

"그래요, 그럼. 아, 저기 카페 있네. 거기서 기다려요. 가지 말고 꼭."

"네. 걱정 마시고 다녀오세요."

서윤에게 약속을 받아내고 기주가 돌아섰다. 그랬다가 또 문득 그녀가 그냥 가버리는 것은 아닐까 하는 생각이 들었다. 그는 다시 몸을 돌려 서윤의 앞에 섰다.

"이거 가지고 있어요."

그녀의 손에 우산을 쥐여주고 그는 재빨리 엘리베이터를 향해 달려갔다. 우산을 들고 있는 이상, 그녀는 절대 먼저 가지 못할 것이다.

"정해인, 네가 여기 왜 이러고 있어? 어떻게 된 건지 설명 좀 해볼래?"

민석의 말대로 병원은 인테리어 공사가 한창 진행 중이었다. 그녀가 아무 연고도 없는 청주까지 내려와 개원하는 이유를 기주도 잘 알고 있기에 그냥 두고 볼 수가 없었다.

문을 열고 들어오자마자 소리치는 기주를 보며 해인은 크게 한숨을 내쉬었다. 통할지는 모르겠지만, 일단은 얼굴에 철판을 깔고 버텨야 할 일이다.

"어떻게 알고 왔어?"

민석을 통해 곧 알게 될 거라는 것도, 또 그의 부탁을 받고 달려올 거라는 것도, 조금 전 민석과 전화를 하며 이미 예상하고 있는 것이었다. 그럼에도 그녀는 시치미를 뚝 떼고 놀란 표정을 지었다.

"하아! 정말 미치겠다. 너 왜 그래? 네가 무슨 사춘기야?"

"민석이가 그새 찔렀구나? 하여간 남자들이 입도 싸요."

해인은 팔짱을 끼고 그에게서 고개를 돌려 페인트가 마르지 않은 하얀 벽을 쳐다보았다. 워낙 오랜만에 보는 기주의 얼굴인데도 똑바로 마주하기가 힘들었다.

"네 아버지 병원, 그건 어떡하고 여길 내려와?"

"거긴 아버지 거고, 난 내 살길 찾아야지."

"그러니까, 네 살길을 왜 청주에 내려와서 찾느냐고. 네 아버지 병원에서 찾아야지. 너 정말 이럴래?"

자신이 왜 아무 연고도 없는 청주까지 내려와 개업을 하겠다고 이러고 있는지, 권기주는 절대 모를 사람이 아니었다. 자신의 감정에도, 또 남의 감정에도 무딘 사람이 아니니까. 오히려 남들보다 좀 더 예민한 쪽이라고 해야 맞을 것이다. 그럼에도 그는 늘 그 부분에 대해서는 콕 집어 말하지 않았다. 억지로 피하려는 느낌. 그게 벌써 몇 년째였다.

"나도 아버지 그늘에서 좀 벗어나야지, 안 그래? 친구야, 네가 나 좀 도와주라. 네가 옆에 있으면 의지도 되고, 그러니까 내가 여기까지 내려왔지?"

"그러지 말고, 제발 올라가라. 까놓고 말해서 여기 개원하는 것도 다 아버지 돈이지, 네 돈이냐? 이게 무슨 아버지 그늘에서 벗어나는 거야?"

"아버지 돈 아냐. 대출 받았어. 순전히 내 힘으로 자립하는 거 맞아. 서울은 워낙 세가 비싸니까, 좀 떨어진 곳에서 찾고 찾다가 이왕이면 네 옆으로 가자, 그리고 내려온 거지. 그러니까 구박 그만해."

"민석이 걱정하더라. 그 녀석 속 좀 그만 썩일 순 없냐?"

"이 시점에서 민석이 얘기가 왜 또 나와? 난 아니라고 말했잖아."

벽을 보고 얘기하는 것만 같다. 민석은 아니라고, 제 마음은 다른 곳에 가 닿았다고, 그렇게 온 마음으로 표현을 해도 소용이 없었다. 그 어느 누구도 마주 보지 못하고 나란히 서서 서로의 뒤통수만 바라보고 있는 격이었다.

"아, 덥다, 더워."

나도 아니라고, 한 번도 널 친구 이상으로 본 적 없다고, 기주는 목구멍까지 솟아오르는 말을 꾹꾹 눌러 삼켰다. 그 탓에 속에서 열이 들끓었다. 그는 오른 열을 식혀 내리느라 손부채로 휙휙 바람을 일으켰다. 그러자 해인이 배시시 웃으며 그의 팔에 들러붙었다.

"오랜만에 얼굴 본 김에 밥 먹자. 뭐 먹을까? 비도 오는데, 술도 한잔할까?"

비라는 단어에 기주는 카페에서 기다리고 있을 서윤을 떠올렸다. 해인과 실랑이를 하느라 그녀를 잠시 잊고 있었다. 그는 손목을 올려 시간을 확인했다. 이제 겨우 십여 분이 지났으니 지루할 만큼은 아니었다.

"밥은 다음에 먹자. 나, 가봐야 해."

"왜, 약속 있어? 깨면 안 돼? 몇 달 만인데."

"안 돼. 나, 간다!"

힐을 신고 뒤따라오는 그녀를 피해 기주는 엘리베이터 대신 비

상계단을 선택했다. 홀로 카페에 앉아 기다리고 있을 여자를 생각하니 괜스레 마음이 급해 발걸음이 빨라졌다.

카페에 들어서자, 한쪽 구석에 커피를 놓고 앉아 있는 서윤의 모습이 눈에 들어왔다. 하얀 블라우스에 단정히 풀어 내린 긴 머리카락, 작은 얼굴에 야무지게 다문 입술, 세련된 미인이라기보다는 단아한 모습이다. 남자라면 무심코 지나쳤다가도 언뜻 뒤를 돌아보고 싶게 만드는 그런 청초함을 가진 여자였다. 그 생각이 기주만의 주관적인 견해는 아닌 듯, 옆을 지나치던 남자가 비오는 창밖을 내다보는 그녀를 힐끔 쳐다보았다.

기주는 성큼성큼 크게 발을 놀려 서윤의 앞에 다가갔다. 그러고는 그녀가 앉은 자리의 맞은편 의자를 빼서 앉았다.

"어, 벌써 오셨네요? 천천히 일 보고 오셔도 되는데."

서윤이 살짝 눈길을 내려 손목시계를 쳐다보고 말했다. 이제 겨우 십여 분이 지났을까. 정확히 어떤 일인지는 알 수 없지만, 저 때문에 서둘렀을 그를 생각하니 마음이 편치 않았다.

"별일 아니었어요. 신경 안 써도 돼요."

서윤의 잔에는 커피가 아직 반 이상 남아 있었다. 자신이 꽤 서두르기는 한 모양이다.

"선생님도 커피 한잔하실래요?"

"음, 그럴까요?"

대답한 기주가 몸을 일으키려는데, 그보다 서윤이 조금 더 빨랐다. 어느새 지갑을 들고 일어선 그녀는 그를 보고 빙긋이 웃었다.

"커피는 제가 사드릴게요."

가벼운 걸음으로 서윤이 멀어져 갔다. 기주는 눈을 떼지 않고 고개를 움직여 그녀의 뒷모습을 좇았다.

그녀가 카운터에서 주문을 하고, 지갑을 열어 돈을 내밀었다. 무엇을 마시겠느냐고 묻지도 않아놓고서. 주문이 밀리지 않았는지, 그녀는 진동벨을 받아 드는 대신 그 자리에 서서 커피가 나오기를 기다리고 있었다. 오른쪽 다리를 뒤로 빼서 구두 앞코를 바닥에 콕콕 찧고 있는 그녀를 웬 남자가 또 힐끔 쳐다보고 지나쳤다.

커피가 나왔다는 종업원의 목소리에 그녀가 환히 웃으며 쟁반을 받아 들었다. 그러고는 그가 있는 테이블을 향해 조심스럽게 걸어왔다.

"시럽 없는 뜨거운 카페라떼, 맞죠?"

커피 잔을 그의 앞으로 내어주며 밝게 웃는 모습을 보고 기주는 순간 심장이 뜨끔했다. 아, 이걸 기억하고 있었던가. 저더러 별걸 다 기억한다더니, 이 여자도 만만치 않네.

지윤은 한겨울에도 아이스커피를 사서 얼음을 오독오독 깨물어 먹고는 했었다. 그에 반해 기주와 서윤은 여름에도 김이 모락모락 나는 뜨거운 커피 취향이다. 거기에 그는 우유를 듬뿍. 세 사람이 그렇게 각기 다른 커피를 놓고 앉아 도란도란 얘기를 나누었던 때도 있었다.

기주는 그때를 그리워하지도, 또 애써 잊으려고 하지도 않았다. 결혼을 약속하기는 했었지만, 가슴 뜨겁고 절절했던 그런 사랑은 아니었기에 지윤이 크게 미운 마음도, 또 절망스러운 마음도 없었다. 시간이 지나면 자연스럽게 치유될 딱 그 정도의 작은 상처라 이제는 거의 무뎌진 것 같았다.

"서윤 씨도 머리가 꽤 좋은가 봐요."

"머리만 좋은가요? 얼굴도 예뻐, 몸매도 좋아, 게다가 성격까지 좋아."

서윤이 언젠가 했던 그의 말을 그대로 흉내 내고는 이내 얼굴을 발갛게 붉히며 고개를 창밖으로 돌려 버렸다. 커다란 기주의 웃음소리가 꽤 민망했던 탓이다.

서윤은 한동안 말도 없이 비 오는 창밖만 내다보았다. 기주는 따뜻한 커피를 한 모금 목으로 넘기고 그녀의 모습을 가만히 바라보았다.

지윤보다 조금 더 선이 가는 몸이었다. 왠지 모르게 보호해 주고 싶은, 남자의 보호 본능을 자극하는 그런 가녀린 몸매. 눈이 커서인지 초롱초롱한 눈으로 올려다볼 때면 가끔씩 애처로운 아기 사슴처럼 보일 때도 있었다.

서윤이 오른손 손목에 걸고 있던 머리끈을 빼서 긴 머리를 묶어 위로 틀어 올렸다. 그러자 붉은 기를 띤 가느다란 목이 드러났다. 한 달 동안 여행을 다녔다더니, 전에는 눈처럼 하얬던 피부가 볕에 그을린 티가 났다. 오늘은 평소보다 약간 더 파인 옷을 입었는지, 그을린 피부와 옷에 감춰져 있던 하얀 살의 경계 부분이 살짝 드러났다.

그녀가 오른손으로 커피 잔을 들어 커피를 한 모금 마시고, 다시 잔을 내려놓았다. 그리고 다른 손이 곧바로 올라와 삐져 나온 머리카락을 귀 뒤로 넘겼다. 가느다란 손가락이 움직이는 모양이 꼭 나비가 팔랑거리는 것만 같다.

"다른 직장을 구해야 하나?"

"직원도 몇 안 되고, 별로 할 일도 없어요."

"워낙 급하게 내려와서요."

"아무도 날 알아보는 사람 없는 그런 곳이 필요했어요."

그녀가 했던 말들이 줄줄이 그의 머릿속에 떠올랐다. 할 일이 많지 않은, 그리 힘들지 않은 직장임에도 다른 곳을 구해야 하는 이유. 아무런 연고도 없는 청주에 급하게 내려왔어야 하는 이유. 아무도 알아보는 사람 없는 그런 곳이 필요했던 이유. 밝고 활달했던 여자가 문득문득 아픈 눈빛을 하고 있는 이유. 궁금했음에도 그동안 묻지 않고 꼭꼭 눌러 담아왔던 것들이다.

기주는 쓸데없는 관심은 별로 좋지 않다고 애써 생각을 다스리며 머릿속에서 털어내려고 했다. 그걸 다 묻고 나면, 그리고 듣고 나면, 깊든 얕든 왠지 모르게 그녀의 삶에 관여하게 될 것만 같은 마음. 이 감정을 굳이 정의하자면 동정이나 연민에 가까울 것이지만, 아내가 될 뻔했던 여자의 동생에게 연민을 느낀다는 것도 웃기지 않은가.

기주는 그녀에게서 고개를 돌렸다.

"선생님, 혹시……."

"음?"

잔을 내려놓은 그는 머릿속을 가득 채웠던 생각들을 애써 지워 버렸다. 그리고 말간 얼굴로 서윤을 쳐다보았다.

"저번에 그 다육이요, 제가 좋아하는 거 기억하고 있었던 거예요?"

"아, 그거. 좋아하는 거였어요? 몰랐네."

무심한 듯 들려오는 기주의 대답이 서윤은 왠지 실망스러웠다. 특별히 어떤 좋은 추억을 공유하고 있을 만한 사이가 아님에도 왜 그런 기대를 했었는지. 제 미련스러운 마음이 살그머니 부끄러워졌다.

"서윤 씨, 여기서 십 분만 기다렸다가 나올래요? 가서 차 가지고 올 테니까."

"같이 가요, 선생님. 저도 다 마셨는데."

반쯤 남은 커피를 단숨에 모두 마셔 버린 기주가 자리에서 일어서자, 서윤도 그가 준 우산을 들고 덩달아 일어섰다. 하지만 그는 그녀의 손에 들린 우산을 가져가며 의자를 뒤로 물렸다.

"여기 있어요. 괜히 비 맞아요. 보다시피 우산도 작고."

적게 오는 비가 아니라 그의 말대로 함께 우산을 썼다가는 다 젖어버릴 것이었다. 그래서 서윤은 고개를 끄덕이고 다시 자리에 앉았다. 기주는 시계를 한 번 확인하고 정확히 십 분 뒤라는 말을 남기며 금세 사라졌다.

그가 나가고 난 후, 계속 시계만 들여다보던 서윤은 팔 분쯤 지났을 때 자리에서 일어섰다. 유리벽으로 밖을 내다보자 검은색 자동차 한 대가 건물 앞에 다가와 멈춰 섰다. 그리고 곧 운전석의 문이 열리더니 기주가 우산을 펴고 일어서는 모습이 보였다. 서윤은 서둘러 회전문을 지나 달려 나갔다.

경은이 여름휴가를 간 탓에 그녀의 일을 서윤이 모두 떠맡았다. 7월에 입사한 서윤은 따로 휴가가 없는 터라 에어컨 바람도 잘 닿지 않는 자리에서 땀을 흘리며 일을 했다. 머리도 몸도 평소의 두 배로 움직이는 바람에 딴생각을 할 겨를이 없으니 시간이 빨리 흘러 오히려 좋았다.

청주에 내려온 지 한 달 하고도 보름이 지나 버렸다. 8월 중순이 지나고 나서는 더위도 한풀 꺾여 밤에 선풍기가 돌아가지 않는 시간들이 점점 늘어났다.

주말을 맞아 서윤은 서울 집에 다녀오기로 마음을 먹었다. 화가 아직 풀리지 않았는지 엄마는 여전히 그녀의 전화를 받지 않고 있었다. 휴대폰 메신저로 수십여 통의 문자를 보냈지만, 그 또한 아예 쳐다보지 않는 모양이었다.

서윤은 간단히 가방을 챙겨 집을 나섰다. 손잡이를 돌려 문이 닫힌 것을 확인하고는 엘리베이터를 향해 갔다. 하지만 겨우 몇 걸음을 걷지 못하고 기주의 집 문 앞에서 우뚝 발을 멈췄다. 그리고 고개를 돌려 605라는 숫자가 붙은 문패를 잠시 바라보았다.

비가 왔던 그날 기주의 차를 타고 함께 온 후로 딱 두 번 그를 마주쳤다. 그때마다 그는 짧게 안부 인사만 했을 뿐 다른 말을 건네지 않았다. 그런데 그게 왜 이렇게 서운한지.

회사에서 일을 하다가 짬이 날 때면, 엘리베이터를 타지 않고 달려와 우산 없냐고 묻던 그의 모습이 떠올랐다. 경은의 휴가 전날 함께 치킨과 맥주를 먹으면서도 문득 그가 생각났고, 전자레인지에 음식을 데울 때도 '사주고 싶었어요'라던 그 목소리가 들려오는 것 같았다.

"얼굴 보기 힘드네요. 바쁘신 의사 선생님."

괜한 그 서운함을 빈정거리는 말투에 담아 흘려보내고, 그녀는 다시 고개를 돌려 걷기 시작했다.

차표를 끊고 지윤에게 한 시쯤이면 도착할 것 같다는 문자를 보내놓았다. 혼자서 집에 갔다가 혹시라도 문전박대 당할 것을 우려해 언니와 조카를 앞세우려는 계획이다.

고속버스를 타고 두 시간을 가까이 달려 서울에 도착했다. 그리고 다시 집으로 가는 버스를 갈아탔다.

삼십 년을 내내 살았던 곳. 그리고 겨우 두 달 반 정도 떠나 있던 곳. 그런데도 이상하게 낯선 느낌이 들었다. 거리도, 분주히 오가는 사람들도, 높이 뻗은 빌딩들도, 별로 변한 건 없는데도 여행을 하며 처음 가보았던 그곳들보다 더 낯선 곳에 선 기분이었다.

집에 도착하자 먼저 와서 기다리고 있던 지윤이 냅다 그녀에게 달려들었다. 그리고는 엄마처럼 손바닥으로 등을 철썩 때렸다.

"어우, 이 기지배야! 너 좀 한 대만 맞자!"

지윤의 품에 안겨 있던 명후가 큰 목소리에 놀라 칭얼거렸다. 지윤은 아이를 얼러가며 서윤의 팔을 잡아끌었다.

"너 대체 이게 무슨 짓이니? 무슨 나이 서른에 가출이야, 가출이."

"언니, 가출이 아니라 독립."

"어이구, 독립 같은 소리 한다. 어디서 입만 살아가지고!"

아픈 등을 문지르면서도 배시시 웃는 서윤을 그녀는 더 나무라지 못했다. 밝고 건강한 얼굴을 보여주니 그나마 다행이라는 생각에 안도의 한숨을 내쉴 뿐이다.

"들어가자."

지윤은 서윤을 조금 뒤에 세우고서 벨을 눌렀다. 그러자 곧 커다란 대문이 철컥 열리는 소리가 들렸다.

"어머, 우리 명후 왔니?"

현관문이 열리며 미경이 바로 달려 나왔다. 몇 계단을 뛰어내려 오던 그녀는 서윤을 보고 발을 우뚝 멈췄다.

"엄마, 나도 왔어요."

언니의 뒤에 서서 고개를 쏙 내밀고 서윤이 인사했다. 그러자 활짝 웃고 있던 미경의 표정이 순식간에 일그러졌다.

미경은 지윤에게서 아기를 건네받고 바로 돌아섰다. 서윤을 향해서는 말 한마디, 눈빛 한 번 주지 않았다. 서윤이 입술을 삐죽 내밀자, 지윤이 그녀의 어깨를 토닥였다.

"밥 먹어."

올 걸 미리 알고 있었는지 식탁에는 푸짐하게 상이 차려져 있었다. 그리고 상 가운데에는 미경의 자랑거리인 우럭매운탕이 뜨거운 김을 뿜으며 놓여 있었다.

"엄마, 엄마도 같이……."

"난 먹었다."

미경은 아기를 안고 방으로 들어가 버렸다. 반대를 무릅쓰고 집을 나가 버린 딸이 밉기는 하지만 그래도 밥 한 끼는 따뜻하게 먹이고 싶은 마음. 그 마음을 알 수 있을 것 같아 서윤은 눈시울을 붉혔다.

수저로 매운탕 국물을 떠서 입에 넣자 매콤하고 알싸한 맛이 입안에 감돌았다. 그리고 그 순간 서윤의 머릿속에 떠오르는 얼굴은 권기주 그 남자였다.

"언니."

"응?"

"아, 아니야. 밥 먹어."

내내 고민하다가 기주에 대한 이야기를 언니에게는 해야겠다고 다짐을 하고 집을 나온 터였다. 그랬음에도 막상 입이 떨어지지가 않았다.

지윤이 뭔가 의심스럽다는 눈초리로 그녀를 쳐다보았다. 서윤은 그런 그녀의 눈빛을 피해 고개를 숙이고 밥을 떠 넣었다.

식사가 끝이 나고, 서윤은 식탁을 정리했다. 반찬 그릇은 뚜껑을 덮어 냉장고에 넣고, 빈 그릇을 싱크대에 옮겼다.

"서윤이 너!"

안방 문이 갑작스레 벌컥 열리며 미경이 큰 소리로 그녀의 이름을 외쳤다. 서윤은 화들짝 놀라 뒤를 돌아보았다.

"그 사람 말이다."

"네?"

서윤이 몸을 움찔했다. 엄마의 '그 사람'이라는 호칭에 왜 갑자기 기주의 얼굴을 떠올렸는지 모르겠다. 그녀의 옆집에 그 사람이 살고 있다는 걸 엄마가 알 리는 없을 텐데.

"그 사람은 절대 안 된다. 알겠니?"

"아……."

엄마가 말한 '그 사람'이 강민우 팀장을 말한다는 걸 서윤은 곧 깨달았다. 그녀는 움츠러들었던 몸을 펴며 엄마를 향해 돌아섰다.

"아니라니까요. 나 그 사람하고 다시 만날 일 없어요. 진짜예요."

"그걸 무슨 수로 장담해? 남녀 관계가 그렇게 무 자르듯 딱딱 잘라지는 건 줄 알아? 붙었다가도 떨어지고, 떨어졌다가도 다시 붙고. 싫어졌다가도 또 좋아서 죽고 못 사는 게 그게 마음이야. 사람은 괜찮아 보이드라만, 그래도 난 싫다. 뭔 짓을 했는지 몰라도 착하고 귀한 내 딸내미, 안 하던 짓 하게 만드는 그런 녀석, 절대 반대야."

입을 꾹 다물고 있는 것보다, 눈도 마주치지 않는 것보다, 차라리 크게 소리쳐 주는 엄마가 더 편했다. 그렇게 엄마의 마음도 어느 정도 풀린 것 같았다. 하지만 강민우 그 사람이 괜찮아 보이더라는 말에는 절대 공감할 수가 없어 꼭 한마디 하고 싶었다. 그래서 서윤은 엄마를 놀리듯 빙글 웃음을 담고 입을 열었다.

"그 사람이 괜찮아 보였어요? 어쩌나, 우리 엄마 보는 눈도 이제 다 됐나 보네."

"뭐? 그 녀석이 너한테 무슨 짓을 하긴 한 모양이구나. 뭐야, 말해. 응? 도대체 뭐 때문에 네가 도망을 친 거냐고!"

그렇게 엉뚱한 데서 꼬투리를 잡혀 버렸다. 가슴이 뜨끔한 서윤은 엄마의 눈치를 살피며 제 방을 향해 슬슬 뒷걸음질을 쳤다.

"도망이라니, 엄마. 그런 거 아니라니까요."

"야, 이 기지배야! 얼른 와 안 불어!"

엄마가 달려오는 것을 보고 서윤도 빠른 속도로 달려 방으로 들어갔다. 그러고는 쿵 문을 닫고 버튼을 눌러 잠갔다.

"후우!"

길게 한숨을 내쉬고서 서윤은 텅 비어 있는 방에 주저앉았다.

물론 말을 할 수는 있다. 연애를 하다 깨지는 일이야 흔하고 흔한 일. 요즘 세상에야 흠도 안 되는 일이고, 또 그녀도 연애 경험이 그 한 번뿐은 아니다. 먼저 차버린 적도 있고, 또 차인 적도 있었다.

마음만 먹으면 강민우 그놈이 저와 다른 여자를 놓고 양다리를 걸친 그런 아주 나쁜 놈이라고, 엄마 언니와 함께 실컷 욕해주고 털어버릴 수도 있는 일이었다. 그런데 이상하게도 그게 안 되었다. 그 여자는 약혼녀, 저는 그저 결혼 전에 잠깐 놀던 여자. 결국 강민우가 택한 건 그 여자라는 생각 때문인지 그 일을 입 밖으로 꺼내고 싶지 않았다.

"서윤아, 문 열어."

"왜, 언니."

밖에서 지윤이 똑똑 문을 두드리며 그녀를 불렀다. 서윤은 앉은 채로 고개만 들어 대답했다.

"열어봐. 얘기 좀 하자."

무슨 일인지 잘 구슬려서 캐보라며 미경이 등을 떠밀었음은 분명한 일이다. 그런 사실을 알면서도 서윤은 문을 열지 않을 수 없었다. 언니와는 꼭 해야 할 이야기가 있었으니까.

서윤은 일어서서 방문을 열었다. 그러고는 언니의 팔을 잡아 현관 밖으로 이끌었다.

"언니, 우리 나가서 얘기하자. 한 시간만. 명후 괜찮지?"

"그래. 지금 잠들었으니까 두어 시간은 있어야 깰 거야."

지윤은 휴대폰을 꺼내 잠시 나갔다 온다는 문자를 미경에게 보냈다. 그러고는 부스스한 머리를 쓸어 넘기며 앞장섰다.

대낮임에도 두 사람은 집 근처 호프집에 마주 앉았다. 서윤의 앞에는 생맥주를 놓아주고, 지윤은 수유를 해야 한다며 오렌지 주스를 주문했다. 서윤의 입을 술술 열게 하는 데는 알코올이 직방이라는 것을 아주 잘 알고 있는 탓이다.

"너 도대체 그 사람이랑 무슨 일이 있었던 건데? 설마…… 강제로 몹쓸 짓 같은 거 당했어?"

"참, 생각하는 거하곤. 아냐, 그런 거. 그랬으면 내가 신고부터 했지."

"그럼 뭔데. 솔직히 다 불어. 엄마한테는 내가 걸러서 얘기할 테니까."

서윤이 언니에게 꺼내놓은 얘기는 강민우에 대한 시시콜콜한 험담들뿐이었다. 그 사람의 약혼녀 얘기는 쏙 빼놓고 말이다. 그런데 네가 왜 청주로 내려갔느냐는 질문에는 그 사람이 찾아올 테니까, 라는 대답으로 일관했다. 그냥 다시는 보기가 싫어서 그런 거라고 그렇게 얼버무렸다.

"언니, 언니는 형부랑 결혼한 거 후회 안 해?"

생맥주 두 잔을 비우고서, 서윤이 다소 늘어지는 말투로 물었다. 지윤은 서비스로 나온 팝콘을 입에 넣으며 피식 웃었다.

"글쎄. 결혼하고 후회 안 하는 사람이 세상천지에 있을까?"

"형부 아니면 안 되겠다며. 죽어도 다른 사람이랑은 못 살겠다며."

한때 그랬다. 기주와의 결혼을 앞두고, 지윤은 헤어진 지 일 년이 가까이 된 남자를 떠올리며 목을 놓아 울었다. 이대로 그 사람을 버리고 기주와 결혼하면 평생 후회하면서 살 거라고. 아마도 죽고 싶을 거라고.

"뭐, 결혼 전이야 그랬지. 근데, 살아보니까 사랑도 별거 아니더라. 같이 밥 먹고, 같이 잠자고, 가끔은 옆에서 방귀도 뽕뽕 뀌고 그러다 보면 정 떨어져. 아침에 일어나서 머리에 새집 지은 거 보면 한 대 쥐어박고 싶을 때도 있고. 또 월급 들어온 걸로 빠듯하게 생활하다 보면, 내가 왜 이러고 살고 있나 싶기도 하고. 그 사람 사촌 동생 등록금까지 내줄 때는 정말 울화통도 터지지. 명후 기저귀값도 빠듯한데 말이야. 근데 어쩔 수 없잖아. 사람이 도리가 있는 거니까. 그리고 그거 다 알면서도 미련 못 버리고 시작했으니까."

캠퍼스 커플로 스무 살에 만난 두 사람은 십여 년간 몇 번이나 만났다 헤어졌다를 반복했다. 그 헤어진 이유가 마음이 식어서라기보다는 남편 경철의 환경 때문이었다. 집은 가난했고, 그의 어머니는 몸이 많이 아팠다. 그리고 그 당시 형편이 괜찮았던 그의 이모가 경철의 학비도 대주었고, 또 어머니의 병원비도 꽤 많이 부담했다고 했다. 그런데 경철이 대학을 졸업하고 대기업에 막 입사했을 무렵 이모부의 사업체가 부도나고, 이모부는 생을 마감했다. 이모는 두 자식들과 길바닥에 나앉을 신세였고, 그동안 도움을 받았던 경철은 그 사정을 모른 척할 수가 없었다. 질겼던 사랑은 자신의 처지를 비관한 경철이 매정하게 그 연을 끊어내

버리면서 끝을 맺었다. 그리고 그 후 지윤은 누군가의 소개로 기주를 만났다.

권기주라는 남자는 정중하고 다정했다. 생각도 행동도 바르고, 집안도 꽤 좋았다. 아버지도 의사였고, 어머니는 결혼 얘기가 나왔을 무렵 고등학교 교장으로 재직 중이었다. 그에 비하면 지윤의 조건은 평범한 편이었지만, 기주의 집안에서는 지윤을 예뻐했다. 그렇게 몇 달을 만났고, 기주의 집에서 결혼을 서둘렀다. 어머니의 정년 퇴임이 멀지 않았고, 또 그때 그의 나이가 서른셋이었으니, 더 늦기 전에 혼사를 치르고 싶다는 의견이었다.

그렇게 떠밀리듯 지윤은 결혼 준비를 시작했다. 물론 그가 싫지 않았고, 잘 살 수 있을 거라는 생각도 했었다. 예식장을 잡고 신혼집도 마련했다. 그리고 청첩장도 돌렸다. 그런데 문제는 몸이 잘 따라주지 않는다는 것이었다. 몇 번의 키스는 나누었지만, 조금만 더 진도를 나갈라치면 머릿속에 경철이 떠올라 도저히 어쩔 수가 없다는 것이다. 마음이 다른 사람에게 가 있으니 몸이 쉽게 열리지 않는 건 당연한 일이었다. 그래서 결국 결혼을 2주 앞두고 일을 저질러 버린 것이다.

"그럼 혹시…… 그때로 다시 돌아간다면, 그럼 어떻게 하고 싶어? 언니 결혼 날 잡았을 때 말이야. 그때로 돌아가서 권기주 선생님하고 결혼한다면, 그래도 후회하게 될까?"

"말했잖아. 결혼하고 후회 안 하는 사람은 없다고. 아마 그 사람하고 결혼했으면, 난…… 더 힘들었을 거야. 명후 아빠 못 잊어서. 원래 이루어진 사랑보다 이루지 못한 사랑에 미련이 더 많은 법이거든."

"그럼 선생님은, 그분하고는 못 이뤘잖아."

"그 사람하고는 사랑까지는 아니었어. 그냥 좋은 사람이다, 그
런 거? 좋은 사람이랑 좋아하는 사람이랑은 천지 차이지. 근데
너, 왜 갑자기 그 사람 얘기야? 애써 잊은 거, 괜히 또 미안해지
게."

모유 수유 때문에 주스만 들고 홀짝이던 지윤은 기주의 이야
기에 서윤의 맥주잔을 들어 꿀꺽꿀꺽 들이켰다. 아무래도 오늘
명후는 분유를 먹어야 할 모양이다.

"그렇지, 언니? 여전히 미안한 거지?"

"그럼. 나도 사람인데."

지윤의 얼굴이 금세 침울해졌다. 때린 놈은 다릴 못 뻗고 자도
맞은 놈은 다리 뻗고 잔다는 속담처럼, 저를 마주하는 기주의 얼
굴보다는 그의 얘기를 듣는 지윤의 얼굴이 더 불편해 보였다.

"언니. 나, 권기주 선생님 만났어."

"뭐? 그 사람을? 어디서?"

"그분 청주 살아. 우리 집 바로 옆에."

"설마…… 그 사람이 왜 청주에 있어? 그것도 옆집에? 말도 안
돼."

지윤은 꽤 놀랐는지 얼이 빠진 얼굴로 고개를 절레절레 흔들
었다.

"청주 내려간 지 이 년 됐대. 언니 때문은 아니라고, 우연히 선
배 병원 인수하게 돼서 간 거니까 신경 쓰지 말라고 말은 그러더
라."

지윤은 맥주 한 모금을 또 들이켰다. 그의 이야기에 속에서 갈증이 일었다.

"결혼은 안 했고?"

"응."

"만나는…… 사람은?"

"글쎄, 그건 못 물어봤는데. 느낌엔 없는 거 같긴 한데……."

꽤 자주 늦게 들어오는 걸 보면 또 있는 것도 같고. 청주에 가면 은근슬쩍 물어봐야 하나?

"후우! 좋은 여자 만나서 보란 듯이 잘 살았으면 좋겠는데. 내죄가 크다."

"그래서 이야긴데 언니, 엄마 청주에 못 내려오게 좀 말려줘. 언니도 엄마도, 선생님 만나면 불편하잖아."

"서윤이 너 설마, 거기 계속 있게? 넌 안 불편해? 어떻게 그 사람 옆에서 얼굴 마주치면서 지내려고? 아무리 잘못은 내가 했다지만 그건 좀 그렇다."

이해할 수 없다는 듯 지윤은 고개를 절레절레 저었다. 하지만 서윤은 다른 대안을 생각하고 싶지 않았다.

"난 괜찮은데. 어차피 자주 부딪치는 것도 아니고, 또 직장도 거기에 구했고, 집 계약도 이 년이나 되고. 그리고 당분간은 서울 올라올 마음 없어. 그러니까 좀 부탁해."

"아무리 그래도 그렇지. 그 사람 생각은 안 해? 그 사람은 너 보면 편하겠니?"

"그건 내가 알아서 할게, 응?"

서윤은 그렇게 한참 동안이나 지윤을 졸라댔다. 엄마에게는 비밀로 해달라고 신신당부까지 하면서. 결국 지윤은 마음이 정리 대는 되로 빨리 서울로 올라오라는 말로 반허락을 하고 얘기를 마쳤다.

서울에서 하룻밤을 보내고 서윤은 청주로 내려가기 위해 집을 나섰다. 가겠다는 인사에도 미경은 방문을 걸어 잠그고 나와보지 않았지만, 현관 입구에 그녀가 놓았음직한 김치와 밑반찬들이 자리를 차지하고 있었다.

서윤은 다시 청주로 돌아왔다. 반찬 통을 정리해 넣고 보니, 텅 비어 있던 냉장고가 그득해져 먹지 않고도 배가 부른 듯했다.

아, 선생님도 엄마가 만든 음식들 좋아하는데. 냉장고를 닫고 그녀는 고개를 돌려 벽 하나를 사이에 두고 있는 그의 집 방향을 바라보았다. 지금 집에 있을까? 저녁을 같이 먹자고 해볼까? 잠시 그런 생각을 해보았지만, 그녀는 이내 마음을 접었다. 제 앞에서는 늘 웃어주는 사람이지만, 지윤의 말처럼 속으로는 정말 불편해할지도 모르니까.

☂

서울에 다녀오고 이틀 후 밤이었다. 회사에서 야근을 하고 조금 늦은 시각에 퇴근한 서윤은 심장이 덜컥 내려앉는 것 같았다. 집 앞에 서서 그녀를 기다리고 있는 민우 때문이었다.

대체 여기를 어떻게 알고 온 것일까. 주소를 아는 사람이라고는 가족들밖에 없는데. 그 사람과는 절대 안 된다고 소리쳤던 것을 생각하면 엄마가 알려준 것은 분명 아닐 것이다.

"숨는다고 못 찾을 줄 알았어?"

그가 입꼬리를 올려 웃으며 빈정대는 투로 물었다. 전에는 한 번도 본 적 없는 표정이었다. 그동안의 진중했던 모습은, 얼굴을 붉히며 당신에게는 단지 팀장이고 싶지 않다던 그 고백은, 그저 잘 포장된 연극이었을 뿐인가. 낯선 사람이 서 있는 것 같았다. 그동안 알던 강민우가 아닌, 그의 겉모습을 똑같이 닮은 다른 사람을 보고 있는 기분이었다.

"숨은 거 아닌데요. 그리고 굳이 찾을 이유도 없지 않아요?"

"찾을 이유가 없었으면, 사람은 뭐하러 붙였겠어?"

"하!"

기가 막힌 서윤이 코웃음을 쳤다. 결혼 전에 잠깐 데리고 놀았다는 여자를 돈을 주고 사람을 붙여 찾을 필요까지야.

"찾아온 이유가 뭔데요? 저한테 아직 볼일이 남아 있던가요? 어설픈 변명 하자고 사람을 붙여 찾진 않았을 테고요."

서윤은 흥분하지 않은 차분한 목소리로 응대했다. 새롭게 시작한 제 인생에 강민우의 등장은 아무런 자극이 되지 않는다는 걸 보여주고 싶었다. 갑작스러운 이별이었지만 그다지 힘들지도 않았다는 것을, 제 마음이 그리 깊지 않았다는 것을 그가 느낄 수 있기를 바랐다.

"왜, 변명이 필요해? 필요하다면 해줄게. 그건 그냥 집안 어른들끼리 한 약속 같은 거였어. 진아는 동생 같은 애고. 곧 파혼할 거야. 그러니까 돌아와."

차라리 하지 말았어야 할 변명이다. 서윤은 그의 형편없는 대답에 더욱 싸늘하게 마음이 식어버렸다.

"날 정말 사랑이라도 했던 것처럼 말하네요. 감동이라도 받아야 해요? 동생 같은 애요, 팀장님은 동생 같은 애랑 잠자리도 하나 봐요? 아니면 집안 어른들 약속에 그런 것도 포함되어 있어요? 그리고요, 당신이 여태까지 내게 했던 행동이 진심이었다면, 지금 하는 말이 모두 진심이라면, 찾아오기 전에 파혼부터 하고 왔었어야죠. 정리부터 끝내고 찾아오는 게 맞는 거 아닌가요? 대체 난 당신한테 얼마나 더 놀아나야 해요?"

순간 그의 미간에 살짝 주름이 지어졌다. 그래도 연인 사이에 지켜야 할 정조에 관한 일을 아무렇지 않게 대꾸할 만큼 아주 바닥은 아닌 모양이었다.

"아, 그 동생이 나한테 사진 보여준 건 말 안 했나 보죠? 됐어요. 당신이 그 여자랑 무슨 관계든, 뭘 했든, 이제 아무 상관 없으니까 가세요."

서윤은 그를 등지고 돌아섰다. 더 이상 얘기할 가치도 없고, 마주하고 싶지도 않았다. 도어록 뚜껑을 밀어 올리고, 손가락을 가져다 댔다. 번호가 보이지 않도록 몸으로 최대한 가리기 위해 애를 썼다. 하지만 민우는 서윤을 그냥 놓아주지 않았다. 그의 우악스러운 악력이 그녀를 다시 돌려세웠다.

"네가 조금만 더 잘났으면, 이 여자랑 결혼하겠다고 내세워도 부끄럽지 않을 만큼이었으면, 그랬으면 애초에 속이지도 않았지. 그래도 난 너랑 잘해보겠다고 여기까지 찾아왔어. 그러면 너도 최소한……."

"그 손 놓으시죠."

민우의 말을 끊고 그 사이로 다른 남자의 목소리가 끼어들었다. 서윤과 민우는 그 소리를 향해 동시에 고개를 돌렸다. 얼굴을 잔뜩 굳힌 기주가 두 사람을 향해 다가왔다.

"뭐야, 당신은. 남의 일에 쓸데없는 참견 말고 꺼져!"

"미안하지만, 참견할 자격 있는 거 같아서."

기주가 거친 손놀림으로 민우에게서 서윤을 떼어 가까이 당겼다. 그리고 고개를 기울여 그녀의 눈을 마주 보았다.

"서윤 씨, 괜찮아요?"

서윤은 그를 올려다보았다. 뭔가 말하고 있는 그의 눈빛. 필요하다면 자신을 이용해도 좋다고, 그는 분명 그렇게 표현하고 있었다.

"아, 네, 괜찮아요."

서윤은 떨리는 목소리로 대답하고 그의 옆에 바짝 붙어 섰다. 기주는 한 걸음 앞으로 나서며 남자의 시선으로부터 그녀를 감추었다.

"이미 끝난 사이로 알고 있는데, 아닙니까? 상대가 거부하는데도 이렇게 질척거리는 거, 굉장히 못난 짓인 거 같은데요."

조금 전 엘리베이터에서 내려 두 사람이 서 있는 모습을 본 순간 기주는 직감했다. 서윤이 서울을 떠나 청주에 오게 된 이유. 가끔씩 아픈 얼굴을 하고 있었던 이유가 바로 이 남자 때문이라는 것을. 그래서 모른 척할 수가 없었던 것이다.

"최서윤! 이 자식 뭐야? 그새 벌써 이 자식이랑 눈이라도 맞았어?"

"말이 저급하네. 당신이야말로 참견할 자격 없는 것 같은데. 그리고 나 당신한테 자식 소리 들을 만큼 적은 나이 아닙니다.

말조심해요."

속이 끓어오르는지 민우의 얼굴이 벌겋게 달아올랐다. 꽉 쥔 주먹은 당장에라도 기주를 향해 날아갈 것처럼 위태로워 보였다.

"들어가요, 서윤 씨."

기주는 민우를 무시하고 서윤의 손을 잡아 제집으로 이끌었다. 도어록 버튼을 눌러 문을 열고, 그녀를 먼저 안으로 들여보냈다.

"난 기본이 안 된 사람 직접 상대 안 합니다. 집 밖에서 소란 피우면 바로 신고할 거예요. 그러니 앞으론 여기 찾아오는 일 없으면 좋겠네요."

민우에게 경고한 기주가 현관문을 닫고 거실로 올라섰다. 그러자 밖에서 주먹으로 문을 치는 소리가 몇 차례 들려왔다. 쿵쿵 커다란 소리가 날 때마다 서윤이 몸을 흠칫거렸다. 기주는 그녀에게 가까이 다가가 두 팔을 조심스레 붙잡았다.

"정말 괜찮은 거 맞아요?"

"네, 선생님."

"저러다 말 거예요. 남자들은 얌전히 물러나면 상대가 자신을 얕본다고 생각하거든요. 바로 가진 않을 거 같으니까 여기 좀 앉아 있어요."

기주는 그녀를 소파에 앉혀두고 주방을 향해 갔다. 그러고는 냉장고에서 차가운 생수를 꺼내 컵에 따라 들고 다시 돌아왔다.

"마셔요."

"감사합니다. 그리고 죄송해요."

서윤이 고개를 꾸벅 숙여 인사하며 물컵을 받아 들었다. 부끄

러움에 발갛게 달아오른 얼굴을 하고는 그와 눈도 마주치지 못했
다.

"뭘 또 그렇게 깍듯하게 인사를. 미안해할 필요도 없고, 고마
워할 필요도 없어요. 내가 도와주고 싶어서 도와준 거니까. 그나
저나, 저 친구 진짜 신고당하겠는데요? 우리 층에 시끄러운 거
엄청 싫어하는 할아버지 계신데."

미안함이 가득 담긴 서윤의 얼굴 때문인지 기주는 일부러 더
장난스러운 말투로 얘기했다. 서윤은 그의 말과 표정에서 깊은
배려를 읽을 수가 있어 피식 웃어버렸다.

"이제 정말 상관없는 사이, 맞는 거죠?"

"네."

서윤이 고개를 끄덕여 대답하는 순간 밖에서 또 한 번 쾅 하고
굉음이 울렸다. 이번에는 발로 문을 걷어차는 듯한 소리였다. 그
러고는 곧 저벅저벅 발소리가 들려왔다. 그 소리는 두 사람이 있
는 곳에서 점점 멀어져 갔다.

"가는 모양이네요. 생각보다 쉽게 포기하는데? 그래도 조금만
더 있다가 건너가요. 혹시 모르니까."

"죄송해서……."

"그런 소린 그만하고."

기주는 거실 한쪽에 있는 장식장을 열었다. 거기에서 와인병
을 꺼내더니 마개를 따고 두 개의 잔에 술을 따랐다. 그중 한 잔
을 서윤에게 내밀고서 그녀의 옆에 앉았다.

"마셔봐요. 머릿속이 복잡할 때는 이렇게 한잔 마셔주는 것도
괜찮아요."

"감사합니다."

서윤은 잔을 받아 절반을 훌쩍 마셔 버렸다. 그러고는 귀 아래가 묵직해지는 쓴맛에 살짝 인상을 썼다. 술이 센 편은 아니라 맥주 외에는 잘 마시지 않았지만, 오늘은 그보다 조금 독한 술이 필요할 것도 같았다.

"물어볼까요, 아니면 그냥 모른 척해 줄까요."

기주는 서윤의 속도에 맞추어 똑같이 절반의 술을 비우고 물었다. 서윤은 다정한 그의 말투에 왠지 눈시울이 붉어졌다. 원한다면 들어줄 수 있지만 억지로 말할 필요는 없다는 사려 깊은 말이었다.

"궁금하세요?"

"음, 사실 남의 연애사에는 별로 관심이 없는데, 가끔 묻고 싶었어요. 청주에는 왜 내려왔는지, 서윤 씨 알아보는 사람이 없는 곳이 왜 필요했는지. 그래도 일부러 안 물었어요. 내가 관여할 일이 아닌 것 같아서. 그런데 어쩌지? 이렇게 관여를 해버렸네."

기주의 대답에 서윤은 엄마와 언니에게도 하지 않았던 얘기들을 모두 털어놓았다. 그의 약혼녀라는 여자가 저를 찾아왔었고, 그 길로 회사를 그만두고 여행을 떠났던 일 모두. 입 밖으로 처음 꺼내는 얘기라서 그런지 괜한 서러움에 참고 참았던 눈물이 흘렀다. 이제 와서 그 이별이 슬픈 것도, 또 아쉬운 것도 없건만, 왠지 모르게 눈물은 멈추지 않았다.

"아까 그 사람 본 순간 그런 생각을 했었어요. 좀 더 멀리 갈 걸 그랬나, 좀 더 깊이 숨을 걸 그랬나. 도망친 게 아니라고 애써 부정했는데, 결국엔 도망친 게 맞나 봐요."

얘기를 끝낸 그녀가 숙이고 있던 고개를 들어 올리자, 기주의 손이 가까이 다가왔다. 그러고는 이내 눈물이 흐른 그녀의 뺨에 달라붙었다. 그의 손가락이 그녀의 눈물을 조심스럽게 닦아냈다.

따뜻한 온기가 그녀의 볼을 쓸어내렸다. 그러자 순간 서윤의 얼굴이 화끈 달아올랐다. 자꾸 차오르던 눈물도 어느새 쏙 들어가 버렸다. 얼굴에도, 귀에도 빨갛게 열이 오르는 게 느껴졌다. 부끄러운 그녀는 다시 고개를 숙였다.

"서윤 씨 도망친 게 아니라는 거 난 알아요. 서윤 씨가 잘못한 게 없는데 왜 도망을 쳐요. 내가 볼 땐 서윤 씨가 마음이 너무 여려서 그래요. 이건 누가 봐도 아까 그 남자가 백번 잘못한 거예요. 남녀 사이에는 믿음과 신뢰가 없으면 사랑도 있을 수 없다고 생각해요. 그래서 난 나한테 솔직했던 지윤 씨가 밉지 않았던 거고. 내 얘기 해볼까요? 나도 이거 아무한테도 말한 적 없던 얘긴데……."

무슨 이야기를 하려는지, 그는 탁자에 놓았던 와인 잔을 들어 붉은 술을 목으로 꿀꺽 넘겨 버렸다. 그러고는 얕은 한숨을 내뱉었다.

"이 년 전에 내가 여기 내려온 이유가, 서윤 씨한테는 우연히 병원 인수하게 돼서 왔다고 했지만, 그보다는 사실 주변 사람들 때문이었어요. 파혼하고 나니까 친척들은 날 볼 때마다 괜찮냐, 힘들진 않느냐, 사람 잘못 만나 고생이구나, 매번 그걸 위로라고 하더라고요. 그리고 어머니는 한 달도 안 돼서 선보라고 닦달하시고, 또 친구들은 내 눈치 보고, 불쌍한 놈 취급하고. 파혼한 사실이 힘든 게 아니라 내 주변이 날 더 힘들게 했어요. 그래서 그게 싫어서 내려온 거예요. 내가 잘못한 건 아니니까, 도망친 게 아니라 피한 거죠. 내가 볼 땐 서윤 씨도 비슷한 거 같은데, 아닌 가. 똥이 뭐 무서워서 도망치나요? 더러우니까 피하는 거지. 그 냥 똥 밟았다 쳐요. 이럴 땐 에잇, 나쁜 놈! 이렇게 욕해주고 퉤! 퉤! 퉤! 침 뱉고, 그리고 잊는 거예요. 알았죠?"

한껏 무게를 잡으며 했던 위로가 마지막에는 원초적인 단어들이 난무하며 끝을 맺었다. 한결 가벼워진 분위기에 기주와 서윤은 얼굴을 마주 보고 피식 웃어버렸다.

"서윤 씨는 이렇게 웃는 얼굴이 훨씬 예뻐요. 괜찮으니까 다 털어버리고 마음껏 웃어요. 그리고 아까 그 자식 또 찾아오면 나한테 바로 연락하고. 아, 휴대폰! 내 전화번호 모르죠? 바뀌지는 않았는데."

마음이 훨씬 홀가분해졌다. 괜찮다는 기주의 말에 서윤은 정말 괜찮아진 것 같았다. 이젠 모두 다 털어버릴 수 있을 것도 같다. 그녀는 가방을 뒤적여 휴대폰을 꺼내 기주에게 건넸다.

"자식이, 나보다 나이도 적어 보이던데, 누구한테 자식이래, 자식이."

기주는 서윤의 휴대폰에 번호를 저장하고, 통화 버튼을 눌러 그녀의 번호를 제 휴대폰으로 보냈다. 그렇게 손가락을 열심히 놀리면서도 아까 들었던 '자식'이라는 말이 영 마음에 들지 않았던지 못마땅한 듯 꿍얼거렸다. 서윤은 그의 모습을 보며 몰래 웃음을 지었다. 절대로 험한 말은 입에 담지도 않을 것처럼 바르고 단정하게 생겨서는, 연신 '자식'이라는 말을 입에 올리며 투덜거리는 모습이 꼭 심술이 난 어린애 같아 귀여웠다.

"이제부터 무슨 일 생기면 나한테 꼭 전화해요."

그가 서윤에게 휴대폰을 내밀었다. 그녀는 고개를 숙이고서 건네받은 휴대폰을 만지작거리다가 작은 목소리로 그에게 말했다.

"진짜 감사해요. 저 매번 선생님께 도움만 받고, 오늘은 이렇게 폐까지 끼치고……. 청주 내려온 거 한 번도 후회한 적 없었는데, 오늘은 좀 후회돼요. 선생님께 부끄러운 모습 보여서요."

"난 오늘 내가 서윤 씨를 도와줄 수 있어서 다행이라고 생각했는데. 혹시 나한테 힘든 일 생기면 서윤 씨는 안 도와줄 생각인가 보네."

"네? 아뇨. 그럴 리가요. 도와드려야죠, 당연히."

성급히 손을 절레절레 흔드는 서윤을 보며 기주는 또다시 웃음을 터뜨렸다.

☂

"자기 어디 아파?"

경은이 커피 두 잔을 타서 서윤의 책상에 한 잔을 놓아주며 물었다. 아, 한 시간 전에 마셨는데. 이걸 또 마셔도 될까? 오늘 벌써 네 잔째다.

사람을 챙기는 게 습관인지 아니면 성격인지, 경은은 커피를 마실 때마다 서윤의 것까지 타서 들고 왔다. 아침 한 번 정도도 아니고 매번이라 그게 조금 부담스럽기는 하지만, 마시지 않으면

서운해하는 터라 어떤 날은 하루 다섯 잔을 마시고 속이 울렁거릴 때도 있었다. 서윤은 고맙다는 인사와 함께 커피 잔을 들어 입술만 살짝 축이고 다시 내려놓았다.

"얼굴이 많이 안 좋아 보이는데? 감기 오는 거 아냐?"

"아니에요. 그냥 좀 잠을 못 자서."

"그냥이 아닌데. 열 있는 건 아니고? 얼굴도 좀 벌건 거 같네. 자기, 저기 삼일빌딩 알지? 그 옆에 늘푸른의원 있거든. 거기 잘 보더라. 안 좋으면 병원 다녀와. 참지 말고. 사장님한테는 내가 잘 얘기할 테니까."

서윤은 가볍게 고개를 저었다. 아픈 건 아니었지만, 만일 아프다고 하더라도 미열 정도로 병원을 골라 찾아가는 건 우스웠다. 버스로 한 정거장은 가야 하는 거리. 삼일빌딩에는 은행 업무를 보러 가끔 가는 편이기는 하지만, 서윤이 일하는 건물에도 병원은 있었다.

"진짜 아니에요. 정 안 좋으면 요 밑에 가서 진찰받으면 되고요."

"여기 세광의원? 어우, 난 그 의사 너무 무뚝뚝하고 권위적이라 가기 싫더라. 늘푸른의원 거기 의사는 완전 훈남이거든."

경은이 생각만 해도 좋다는 듯 부르르 몸을 떨고 자리에 가 앉았다. 그 훈남 의사의 실력은 잘 모르겠지만, 아마 요샛말로 외모가 '열일'을 하는 모양이다.

서윤은 눈앞의 커피를 다시 한 모금 마시고 눈을 꼭 감았다가 떴다. 잠을 못 잔 탓인지 개운치 않은 머릿속 때문에 종일 일이 손에 잡히지 않았다.

도움이 될 거라며 기주가 건네준 와인은 전혀 효과를 발휘하지 못했다. 그래서 서윤은 밤을 거의 꼬박 새우고 회사에 출근한 터였다.

지난밤의 일이 내내 머릿속에 떠올랐다. 눈을 뜨고 있을 때도 생각났고, 눈을 감으면 더더욱 선명해졌다. 침대에 누웠다가 일어나 앉았다가를 수십여 번 했고, 몸도 밤새도록 뒤척였다. 그럼에도 불구하고 여전히 닿아 있는 것처럼 생생한 그 손의 느낌. 강민우가 다녀갔지만, 그녀의 머릿속을 밤새 헤집은 건 우습게도 그가 아니었다.

결국 서윤은 침실에서 나와 밤새 베란다 앞에 등을 기대고 앉아 있었다. 기주가 집들이 선물로 가져온 다육 화분을 손에 올려놓고, 옆집에서 들려오는 소리에 내내 귀를 기울였다. 그러다가 또 휴대폰을 꺼내 그가 저장해 놓은 번호를 들여다보고 피식 웃음 짓기도 했다. '권기주'라는 이름을 찾지 못해 스크롤하다가 전에 없던 '옆집 오빠'라는 연락처를 발견한 탓이었다.

그가 눈물을 닦아주던 순간을 떠올릴 때마다 자꾸만 얼굴이 화끈거렸다. 조금 전에 경은이 커피를 내려놓던 그때에도 서윤은 휴대폰을 열어 '옆집 오빠'라는 이름을 들여다보며 그 생각을 하던 참이었다.

그 사람은 지금도 그 따뜻한 손으로 아픈 환자들을 진찰해 주고 있겠지.

한 장의 종이 처방전 대신 그가 부드러운 음성으로 내려준 '괜찮다'는 처방은 효과가 좋았다. 자신을 청주까지 내려오게 만들었던 사건이 그 한마디로 아무 일도 아닌 가벼운 것처럼 여겨지기 시작했으니까.

왜 그렇게 바보처럼 굴었을까. 왜 그렇게 미련하게 굴었을까. 그의 말처럼 나쁜 놈이라 욕해주고 끝내 버렸으면 되었을 것을. 어쩌면 '네 잘못이 아니다'라는 그 말이 듣고 싶었는지도 모르겠다. 누군가가 제 편이 되어주고, 그 사람처럼 함께 욕해주기를 바랐던 것인지도 모르겠다. 그랬다면, 그저 그런 단순한 것이었다면, 엄마와 언니만으로도 충분했을 텐데.

"퇴근 안 해?"

똑똑, 가볍게 책상을 두드리는 소리와 함께 경은의 목소리가 서윤의 정신을 깨웠다. 어느새 퇴근 시각이 되었는지 그녀가 어깨에 가방을 메고 옆에 서 있었다. 서윤은 고개를 들어 벽에 걸린 시계를 쳐다보았다.

"몸도 안 좋은 거 같은데 일찍 들어가지그래?"

"저는 아직 해야 할 일이 남아서요. 진짜 아픈 거 아니에요. 걱정 말고 들어가세요."

종일 딴생각이 가득했던 터라 처리하지 못한 일이 몇 가지 남아 있었다. 그래서 서윤은 경은에게 손을 흔들고서 서류로 다시 눈길을 돌렸다.

일을 모두 마친 시각은 밤 아홉 시. 서윤은 서둘러 책상을 정리하고 자리에서 일어섰다. 아직 사무실에 남아 있던 사람들을 향해 큰 목소리로 내일 보자는 인사를 했다. 그녀가 문을 향해 돌아서려는데 안진상 대리의 목소리가 그녀를 붙잡았다.

"같이…… 저녁 먹으러 안 갈래요? 과장님이랑 밥 먹으러 갈 건데."

"죄송해요. 저는 약속이 있어서요. 맛있게 드세요."

서윤이 꾸벅 인사를 하고 서둘러 사무실을 나섰다. 거짓말 한 것을 들킬까 봐 가슴이 두근거린 탓이다.

전에는 거의 해보지 않았던 거짓말을 요새 들어 가끔씩 입에 담아야 했다. 그게 바로 저 안진상 대리 때문이었다. 첫 회식 자리에서 남자친구가 있다고 말한 탓도 있었지만, 사람이 워낙 일관성 없게 굴고 있으니 서윤으로서는 멀리하고 싶은 게 당연했다. 어느 날은 이렇게 밥이나 술을 함께 먹자고 불러 세웠다가도, 또 어느 날은 폭탄을 투하하듯 서류 더미를 안겨주며 심술을 부려대니 말이다.

버스에서 내린 서윤은 밤공기를 깊이 들이마시며 느린 걸음으로 길을 걸었다. 세상을 다 태울 듯이 내리쬐던 햇볕도 이제 힘을 잃었는지 어느새 서늘한 바람이 불어왔다. 한낮 기온이 30도를 넘는다던 예보 탓에 소매 없는 얇은 블라우스를 입고 나온 터라 몸이 으슬으슬 떨려왔다. 그럼에도 그녀의 걸음걸이는 빨라질 줄을 몰랐다.

"어디에 이렇게 넋을 놓고 다녀요? 뒤에서 몇 번이나 불렀는데."

엘리베이터 앞에 서서 버튼을 누르는 순간이었다. 갑작스레 옆에서 들려온 목소리에 서윤은 화들짝 놀라 고개를 들어 올렸다.

"선생님."

그녀는 기주를 향해 고개를 꾸벅 숙여 인사했다. 구두를 신고 있는 그의 발이 눈에 보인다. 다림질로 반듯하게 주름이 선 양복 바지도. 서윤은 차마 고개를 들어 올릴 수가 없었다. 심장이 쿵쿵 뛰기 시작하고, 피가 거꾸로 솟아 얼굴과 귀로 쏠리는 것만 같다.

"어디 아파요? 안색이 안 좋은데?"

서윤의 높이에 맞춰 고개를 기울인 그가 그녀의 얼굴을 들여다보았다. 서윤은 그를 마주 보지 못하고 고개를 옆으로 살짝 돌려 버렸다.

"아뇨, 그냥…… 어제 잠을 좀 못 자서요."

"왜요, 그 남자 때문에? 흠, 그런 건 빨리 털어버릴수록 좋은데."

아뇨, 그 사람이 아니라 선생님 때문에요. 차마 입 밖으로 꺼낼 수 없는 말이 서윤의 입안에서 뱅뱅 맴돌았다.

"열도 좀 있나?"

기주의 손이 스스럼없이 서윤의 이마를 향해 다가왔다. 당황한 그녀는 그의 손길을 피해 고개를 뒤로 뺐다. 저 손이 또 닿았다가는 오늘 밤도 꼬박 새우게 될 것 같아 어쩔 수 없었다.

"아, 미안해요. 내가 좀 직업의식이……."

기주는 민망해진 손을 내려 바지 주머니에 찔러 넣었다. 하지만 서윤의 붉은 얼굴이 여전히 신경 쓰였다.

엘리베이터가 도착하고, 두 사람이 그 안에 올라탔다. 좁은 공간 안에 나란히 서자 서윤은 숨까지 가빠오는 것 같았다. 눈물을 닦아주던 그 손의 감촉이 다시 떠올라 그와 차마 눈을 마주칠 수가 없었다. 귀까지 벌겋게 달아오르는 것 같다.

엘리베이터는 어느새 6층에 두 사람을 내려놓았다. 기주는 먼저 성큼성큼 걸어가 제집 현관문을 열었다. 그러고는 서윤이 오기를 기다렸다. 그녀는 길게 숨을 내쉬며 그가 서 있는 곳으로 다가갔다.

"잠깐 들렀다가 가요. 체온계 있으니까, 열 있나 재보고 필요하면 약 줄게요."

"저 정말 아픈 거 아니에요. 괜찮으니까 쉬세요, 선생님."

꾸벅 고개를 숙이고서 서윤은 그를 지나쳐 갔다. 문을 열기 위해 도어록 뚜껑을 밀어 올리는 사이 기주의 목소리가 들려왔다.

"그럼, 이따가라도 안 좋으면 벨 눌러요. 전화를 하든지. 새벽이든 언제든 상관없으니까요."

서윤은 대답 없이 고개만 또 꾸벅이고서 안으로 사라졌다. 기주는 굳게 닫힌 철문을 잠시 바라보았다.

집으로 들어온 기주는 양복 재킷을 벗어 옷걸이에 걸어놓고 넥타이를 풀었다. 옷을 갈아입기 위해 와이셔츠 소매 단추를 풀다가 피식 허무한 웃음을 흘렸다.

너무 오지랖을 부렸나?

아프면 찾아오라는 말에 대답을 하지 않고 들어가 버린 서윤의 얼굴을 떠올렸다. 미안하다, 감사하다, 매번 깍듯이 인사하는 그 성격과 성품으로 볼 때 아파서 다 죽어가더라도 절대 찾아오지 않을 여자였다. 그러니 그런 당부를 해봐야 입만 아프지.

지난밤 서윤을 집에 보내놓고부터 계속 신경이 쓰였다. 그 남자와 어느 정도 깊은 관계였는지는 알 수 없지만, 사람과의 관계를 가벼이 할 여자는 아니었다. 그러니 말로는 다 끝난 관계라고 했을지언정 그 속이 얼마나 아팠을까 짐작은 할 수 있었다. 그래서 계속 생각이 났다. 잠은 좀 잤을까, 밥은 먹었을까. 혹시 또 집에 돌아가 울지는 않았을까.

　아침부터 휴대폰을 열었다, 닫았다, 몇 번을 했다. 기억력이 좋은 편이라 그새 전화번호까지 외워 버렸다. 가벼운 안부 전화 한 통쯤은 괜찮지 않을까 생각했다가, 부끄러운 모습을 보이는 바람에 청주에 내려온 걸 후회했다는 말이 떠올라 이내 그만두었다. 그러면서도 또 아픈 얼굴을 보고 있으려니 그녀를 향해 절로 손이 움직였다. 하지만 그건 의사로서의 사명감, 혹은 직업의식일 뿐이다. 일면식 없는 사람일지라도 아파 보이면 그냥 지나치지 못하는 성격이니까. 분명 그런 이유였다. 그런데 이상하게도……
입안이 쓰다.

3. 좋아하는 걸까요?

　추분. 낮과 밤의 길이가 같은 날이라지만, 시커먼 구름이 자리
잡고 있던 하늘은 하루 종일 밤이 지속되고 있는 것만 같았다.
함부로 외출하기도 힘든 거센 빗줄기 때문인지 유난히 환자가 적
은 하루였다. 기주는 마지막 환자의 진료를 마치고 서랍에서 휴
대폰을 꺼냈다.

　전화를 할까, 말까.

　아침부터 비가 내렸으니 우산이야 챙겼겠지만, 오늘 같은 날은
우산을 쓰더라도 아무 소용이 없을 것이다. 커다란 우산을 들고
서도 몸이 반은 젖어 내원한 환자들이 태반이었으니까. 그래서
기주는 집에 가는 길에 서윤을 태워갈까 하고 고민했다.

　평소의 성격대로라면 이런 고민은 하지 않아야 정상이다. 상
대가 누가 되었든 사심 없이 베풀고 도와주는 것이 성격이었고,

또 그렇게 누누이 교육받으며 자라왔다. 그럼에도 서윤을 생각하면 한 걸음 주춤하게 되는 마음. 아마도 그녀가 지윤의 동생이라는 것이 그 이유일 테지만, 이 정도쯤이야 상관없는 일이 아닌가.

마음을 다지고 그녀에게 전화를 걸려는 찰나였다. 기주의 휴대폰이 밝게 불을 밝히며 진동을 울렸다. 화면에 뜬 해인의 이름에 왠지 가슴이 답답했다. 그는 낮게 깔린 목소리로 전화를 받았다.

"응."

[이봐, 친구. 너무하네. 코앞에 있는 사람이 어떻게 한 번을 안 와보니?]

"거봐. 내 옆에 있어봐야 아무 소용 없다고 했지? 그러니까 지금이라도 관두고 올라가라, 제발."

전화로만 몇 번째 벌인 실랑이였다. 개원이 얼마 남지 않은 터라 지금 와서 엎어버리면 손해 또한 만만치 않겠지만, 어차피 가진 것이 어마어마한 집안이라 그 정도면 껌값에 가까울 것이다.

[됐고, 비 온다. 꿀꿀해. 술이나 한잔하자, 응?]

"안 돼. 나 볼일 있어. 끊는다."

기주는 칼같이 거절하고 전화를 끊어버렸다. 서윤이 이미 퇴근해 버렸으면 안 되는데. 마음이 급하다. 망설임은 있었지만, 이왕 마음을 먹었으니 늦어버리기 전에 전화를 해야 했다.

손가락이 빠르게 통화 버튼을 눌렀다. 몇 번의 신호음이 귀에 들려오고, 곧이어 그녀의 목소리가 그의 귀에 스며들었다.

[어…… 선생님?]

"네, 서윤 씨. 전화 받기 괜찮아요?"

[네.]

"그런데 꽤 조심스러운 말투네?"

그의 말처럼 서윤의 목소리는 조곤조곤 조용했다. 강의실에서 교수님 몰래 통화하는 학생이라도 된 것처럼 말이다.

[그게, 좀 의외라서. 전화하실 줄 몰랐거든요. 저, 혹시 무슨 일이라도…….]

"아뇨, 그건 아니고. 서윤 씨 퇴근했어요?"

[이제 곧 하려고요.]

"아직 안 나왔으면 같이 가요. 비가 심하게 많이 오네."

기주는 전화 통화를 하며 자리에서 일어섰다. 그러고는 뒤로 돌아서서 블라인드를 살짝 들추고 여전히 쏟아붓는 빗줄기를 쳐다보았다. 듣지 않아도 거절의 대답이 들려올 것은 빤한 일이지만, 아무래도 오늘은 이 여자를 꼭 태워서 함께 가야겠다고 생각했다.

[괜찮은데. 저 오늘은 우산 있어요.]

"그래도 같이 가요. 우산 써봐야 아무 소용 없겠는데. 그리고 어차피 가는 길이에요. 퇴근하려면 나도 그 앞을 지나가야 하니까. 언제 나와요? 십 분이면 되나? 거절할 생각 말고."

[음, 네. 그럴게요. 십 분이요.]

꽤 단호한 그의 말투에 서윤은 더 이상 거절할 수 없었던지 긍정의 대답을 내어놓았다. 기주는 입가에 웃음을 달고 가운 단추를 풀었다.

"그래요, 그럼. 건물 앞에서 봅시다."

[네, 선생님.]

기주는 전화를 끊자마자 하얀 가운을 옷걸이에 걸어놓았다. 그리고 바로 양복 재킷을 집어 들었다. 혹시라도 도로가 복잡해 늦을까 마음이 다급했다. 덩달아 발걸음도 빨라졌다.

기주의 차가 멈춰 서자, 건물 앞에 나와 있던 서윤은 차 주인을 확인하고 얼른 올라탔다. 장대 같은 비는 우산을 접고 올라타는 그 잠깐 사이에도 그녀의 머리카락에 몇 방울의 흔적을 남겨놓았다. 금방이라도 얼굴로 뚝 떨어질 것 같은 빗물을 닦아주려고 손을 내밀던 기주는 생각을 바꿔 손수건을 건넸다.

"감사합니다. 그런데 저, 손수건 있어요."

서윤은 그의 손수건을 받는 대신 가방에서 옅은 꽃무늬가 들어간 손수건을 꺼냈다. 그러고는 젖은 머리를 닦아냈다.

"우리 한참 만에 보는 거 같네. 한 열흘 만인가? 잘 지냈어요?"

어두운 차 안에서 서윤이 움직이는 모습을 힐긋 살피며 기주가 물었다. 지난번 서윤의 그 남자가 다녀가고 거의 한 달이 지나 있었다. 그사이 복도에서 서윤을 마주친 건 세 번. 그 마지막이 열흘 전이었다. 그 후로 그 남자가 또 찾아오지는 않았는지, 아니면 그녀가 혼자 감당하고 있는 것인지는 모르지만, 기주의 예상대로 서윤은 전화 한 통 하지 않았었다.

일반 회사나 병원이나 출퇴근 시간이 크게 다른 것은 아닌데도 조금씩 시간이 어긋나는지 자주 마주치는 편은 아니었다. 또 그렇게 마주쳐도 안부를 묻는 일 외에 별것도 없는 사이지만, 언젠가부터 기주는 서윤을 의식했다. 집을 나설 때는 굳게 닫힌 그녀의 집 현관문을 한 번씩 돌아보았고, 집에 돌아오는 길에는 혼자 걷고 있는 여자들을 볼 때마다 그녀가 아닐까 살피기도 했다. 마지막으로 본 게 며칠 전쯤이구나, 그렇게 날짜를 꼽아보는 날도 있었고, 환자들을 진료하다가도 문득문득 그 남자가 또 찾아와 힘들게 하지는 않았을까 걱정이 되기도 했다. 하지만 인사말에 제 그런 마음을 모두 담을 수는 없어 그저 잘 지냈냐는 한마디로 축약해 버렸다.

"네, 선생님은요?"

"나야 뭐, 보시다시피."

그가 어깨를 으쓱거리고 씩 웃음을 보였다. 늘 똑같이 지나가는 하루. 특별할 것 하나 없는 일상. 딱 하나 달라진 게 있다면 어떤 여자가 가끔 생각나는 정도랄까.

옆집에 사는 사람들답지 않은 인사를 나누고서 두 사람은 한참 동안 말이 없었다. 기주는 평소보다 훨씬 느린 속도로 운전하며 무슨 말을 건넬까 생각했다. 하지만 달리 할 말이 떠오르지 않는다.

절반가량을 왔을 무렵 누군가의 배 속에서 꼬르륵거리는 소리가 들려왔다. 차창을 거세게 때리는 비와 뿌뿌 소리를 내며 빠른 속도로 움직이는 와이퍼도 그 소리를 감추어주지는 못했다.

"아, 배고프다. 서윤 씨, 저녁 안 먹었죠?"

기주가 한 손으로 슬쩍 배를 문지르며 제 배에서 난 소리임을 고백했다. 비 때문에 밖에 나가지 못하고 점심을 대충 빵으로 때운 터라 정말로 배가 고팠다.

"네, 아직."

"저번에 내가 얘기했던 그 집 가봤어요? 그 만둣국집."

이건 저녁을 같이 먹자는 뜻이다. 그 말을 못 알아들을 만큼 서윤은 눈치 없는 여자가 아니었다. 배 속에서 요란히 울리는 소리도 들었고, 또 이렇게 물어오는 데에는 거절할 방법이 없었다.

"아뇨, 못 가봤어요. 가실래요? 제가 저녁 살게요. 차도 태워 주셨는데."

"하하, 사달라는 말은 아니었는데. 그래도 뭐, 굳이 사준다면 사양하기는 싫고."

기주가 어색하게 웃으며 대답했다. 그러고는 곧 차 핸들을 돌려 방향을 바꾸었다.

비가 많이 와서인지 북적거리는 주말과는 달리 테이블이 꽤 많이 비어 한산했다. 입구에는 TV 방송에 나온 가게임을 자랑하는 현수막이 커다랗게 붙어 있었다. 기주와 서윤은 자리를 잡고 앉아 만둣국 두 그릇을 주문했다.

여느 만둣국과는 다르게 수저 하나에 딱 올라가는 아담한 크기의 만두였다. 만두를 잘라 국물에 적셔 먹으라고 써놓은 안내문을 보고 서윤은 수저로 반을 잘라 국물과 함께 입에 넣었다. 벌건 국물에 고추만둣국이라는 이름 때문인지 꽤 매울 거라고 생각했는데, 크게 맵지는 않았다. 입안에 살짝 퍼지는 깔끔하게 매운 그런 맛. 비가 오는 날이면 가끔씩 이 맛이 생각날 것 같다. 아마도 이 사람과 함께.

"어때요?"

"맛있어요."

비 때문에 종일 가라앉아 있던 그의 기분이 서윤의 대답 한마디에 즐거워졌다. 기주는 시간이 맞는 날은 함께 퇴근해서 가끔 먹으러 오자는 말을 꺼내려다가, 혹시 부담을 주는 말일까 싶어 그냥 입을 다물었다.

☂

볕은 뜨거워도 불어오는 바람은 가을 날씨답게 선선했다. 하늘은 티 한 점 없이 맑고 높다. 일요일이라 아침부터 서윤은 베란다 앞에 앉아 내내 옆집에 귀를 기울였다. 그는 새벽에 나간 것일까? 그녀가 앉아 있던 두 시간 동안 옆집에서는 아무런 소리도 들려오지 않았다.

아침 식사를 대신할 토스트는 딱딱하게 굳은 지 오래였고, 커피도 입 한 번 대지 않은 채 그대로 식어버렸다. 엉덩이가 아프고, 허리가 아프다. 꼼짝도 하지 않고 있었더니 다리도 저려온다. 하는 수 없이 그녀는 자리를 털고 일어섰다.

대체 이게 뭐하는 짓인지.

언제부터인가 서윤은 틈만 나면 베란다 앞에 앉아 그의 기척에 귀를 기울였다. 벽을 사이에 두고 있어 눈으로 볼 수는 없지만, 바로 옆 공간에 그가 있다는 사실만으로도 마음이 안정되는 기분이었다. 그러면서도 막상 밖에서 마주치면 똑바로 얼굴을 볼 수가 없었다. 무슨 말을 해야 할지 몰라 입을 꼭 다물었고, 그가 물어오는 말에도 입이 열리지 않아 한참 대답을 망설이곤 했다.

"서윤 씨는 내가 아직도 불편해요?"

함께 만둣국을 먹고 집에 오는 길에 그가 물었던 말이었다. 그러지 않았으면 좋겠다고, 그냥 스스럼없이 대해주면 좋겠다는 말도 덧붙였다.

"불편한 건 아닌데……."

서윤은 싱크대에 기대 혼잣말을 중얼거리고서 식어 빠진 커피를 단숨에 마셔 버렸다.

이런 마음, 뭐라고 표현해야 할지 모르겠다. 과거의 관계로 인한 불편함이라면 애초에 모두 털어버린 것 같다. 만일 그 때문이라면 지금껏 이 집에 버티고 있지도 않았을 것이다.

그렇다면 왜일까? 그의 앞에 서면 제 말을, 행동을, 마음을 제어하지 못하는 이유는…….

가슴이 터질 것처럼 갑갑하다. 머릿속도 덩달아 복잡하다. 벌써 며칠째 고민해 보지만 도무지 답이 나오지 않는 일이었다.

서윤은 청바지에 운동화 차림으로 집을 나섰다. 그 사람 생각을 떨쳐 내기 위해 혼자 영화를 한 편 보고, 체력이 바닥날 때까지 걸어볼 요량이다. 그런데 시작부터 난관. 엘리베이터에서 내리자마자 저만치 서 있는 기주가 눈에 들어왔다.

"어디 가요?"

시원한 남자의 스킨 냄새와 함께 그가 가까이 다가왔다. 운동이라도 다녀오는 것인지, 샤워를 하고 얼마 지나지 않은 것처럼 청량해 보였다. 그의 모습은 평소와 달리 앞머리가 내려와 반듯한 이마를 덮고 있었다. 게다가 옷도 청바지에 얇은 니트. 늘 정장이거나 그에 가까운 차림만 보아왔던 터라, 서윤에게는 그 모습이 낯설고 어색했다. 나이보다 더 어려 보이고 자유분방해진 느낌이랄까. 정중하고 점잖은 남자의 모습에서 탈피해, 일탈이라도 저지를 것처럼 그런 해맑은 모습이었다.

"그냥, 집에만 있는 게 답답해서요. 영화라도 볼까 하고요."

"아, 약속?"

"아뇨, 그건 아니고, 그냥 혼자요."

"혼자? 에이, 무슨 재미로 혼자 영화를 봐요. 음, 나도 따라가면 안 되나? 나 오늘 할 일도 없고 심심한데."

"아, 그게……."

서윤은 잠시 망설였다. 그래도 될까, 안 될까. 자꾸 머릿속에 파고드는 이 남자의 생각을 떨쳐 버리겠다고 나섰는데, 함께 움직이는 건 아주 위험한 일이었다. 그럼에도 서윤은 고개를 저을 수가 없었다. 왜 거절하지 못하느냐고 묻는다면 뭐라고 콕 집어 대답할 수는 없지만, 대신 적당한 핑곗거리는 있었다. 그냥 스스럼없이 대했으면 좋겠어요, 그 한마디. 그의 말을 앞세우면 어떻게든 설명될 일이니까.

"그럼, 차 없이 갔으면 좋겠어요. 영화도 보고, 여기저기 다니면서 좀 걷고 싶은데."

기주의 손가락에 걸린 키홀더를 보며 서윤이 대답했다. 그러자 그는 씩 웃으며 차 키를 주머니 속에 넣었다.

"갈까요, 그럼?"

기주가 앞서 걷기 시작하고 서윤이 그의 뒤를 따랐다. 몇 미터를 그렇게 가다가 한 걸음 뒤에서 걸어오는 그녀가 신경 쓰였는지 기주가 발을 멈췄다. 서윤이 잠시 머뭇거리다가 옆에 서자, 그는 그제야 다시 걸어 나갔다.

두 사람이 올라탄 버스에는 2인용 좌석 하나만 남아 있었다. 기주는 서윤을 그 자리에 앉히고 손잡이를 잡고 섰다. 붙어 앉기에는 어색한지 그녀도 굳이 옆에 앉으라고 권하지 않는다.

"이봐, 총각. 거기 빈자리 있는데 좀 앉지? 커다란 사람이 앞에 떡 버티고 서 있으니까 답답하구먼."

반대편 좌석에 앉은 할아버지가 지팡이로 그의 다리를 툭툭 건드렸다. 그러자 머쓱해진 그가 숨을 흑 들이쉬고서 서윤의 옆자리에 앉았다. 편하게 대했으면 좋겠다고 말한 건 저였지만, 이렇게 바싹 붙어 앉는 건 어쩐지 편치가 않았다. 그래서 서윤은 창밖을, 기주는 정면을 바라본 채 모르는 사람처럼 데면데면하게 앉아 목적지에 빨리 도착하기만을 기다렸다.

두 사람을 내려놓은 버스가 부웅 요란한 소리를 내며 멀어져 가고, 몸을 돌려 몇 걸음 가던 기주는 푸흡 웃음을 터뜨렸다. 그의 뜬금없는 웃음을 이해하지 못한 서윤은 설명을 원하는 눈빛으로 그를 빤히 올려다보았다.

"아, 사실 이런 상황까지는 생각해 보지 못했는데. 여자랑 버스 타본 건 대학 졸업하고 처음이라. 나 좀 되게 어색하지 않았나? 티 났어요?"

"네, 완전."

냉큼 대답을 하고 나서 서윤도 피식피식 웃음을 흘렸다. 아마 이 남자보다는 자신이 훨씬 더 어쩔 줄 모르고 있었을 테니까.

"뭐, 서윤 씨도 만만치 않았어요."

질 수 없다는 듯 기주가 지적하고 크게 웃었다. 서윤도 덩달아

한바탕 웃고 나자, 그 어색했던 기운이 어느새 사라져 버렸다.

"무슨 영화 볼까요? 보고 싶은 거 있어요?"

매표소 앞에 서서 기주가 물었다. 서윤은 서슴지 않고 손가락으로 크게 걸린 포스터를 가리켰다.

좋아하는 배우가 나오는 영화라 내내 개봉을 기다렸었다. 흥행 성적도 좋고, 어쨌든 따라나선 사람은 그였으니 영화 선택권만큼은 양보할 수 없었다.

"저거요."

다른 의견은 없었는지 기주가 두 장을 외치고 지갑을 꺼냈다. 서윤은 얼른 그의 팔을 붙잡으며 제 카드를 내밀었다.

"선생님, 제가요. 오늘은 제가 내게 해주세요."

비 오는 날에도 제가 먼저 저녁을 사겠다고 했었지만 결국 계산을 한 건 기주였다. 그러니 마음의 빚이 점점 더 커져 가고 있었다. 오늘은 기필코를 외친 서윤이 단호한 눈빛으로 기주를 쳐다보자, 그는 순순히 지갑을 거두었다.

"그럼, 뭐 먹을래요? 팝콘? 콜라?"

그러면 제가 사겠다고 한 게 아무 의미가 없어지는데. 요샌 팝콘 가격도 영화 티켓 가격 못지않았다. 그리고 가격도 가격이지만 커다란 통을 끌어안고 부스럭거리며 영화를 보는 것도 별로 좋아하지 않고.

서윤이 고개를 흔들자, 벌써 매점을 향해 두어 걸음 멀어진 그가 다시 되돌아왔다.

"저 팝콘도 콜라도 원래 잘 안 먹어요."

"다행이다. 사실은 나도 별로였어요."

직원이 내미는 티켓을 받아 들고 서윤과 기주는 대기 의자에 앉았다. 달리 무엇을 하기에는 부족한 시간이라 그대로 앉아서 기다리기로 했다. 나란히 앉아 있자니 괜히 어색한 마음에 서윤은 옆에 있는 포스터 스탠드에서 영화 포스터를 몇 장 골라 꺼냈다.

"서윤 씨 그 배우 좋아하죠?"

예매한 영화의 포스터를 대강 훑어보려는데 기주가 물어왔다. 영화 선정의 이유가 그 남자배우가 아니냐는 그런 뜻이 담겨 있는 것 같았다.

"네."

감출 수 없는 팬심에 서윤이 고개를 끄덕였다. 그러자 기주는 머릿속에 지윤을 떠올리며 덤덤하게 웃었다.

지윤과 영화를 볼 때는 팝콘과 콜라를 사는 것이 필수였는데. 식성은 꽤 다른 자매가 남자를 보는 눈은 같은 모양이다. 지윤과 함께 시리즈로 나온 이 영화의 1편을 보러 왔다가, 남자주인공을 입이 마르게 칭찬하던 그녀에게 삐쳐 유치하게 다투었던 옛 기억이 떠올랐다. 영화의 1편은 언니인 지윤과 함께, 그리고 2편은 건너뛰었는데 어쩌다 보니 3편을 그녀의 동생과 보고 있는 이런 아이러니한 상황. 기분이 왠지 묘하다.

"어디 봐요."

포스터에 박힌 남자배우의 사진을 바라보며 예쁘게 웃는 서윤의 얼굴을 보고, 기주는 은근히 심술이 났다. 그래서 그는 관심도 없는 포스터를 향해 손을 내밀었다. 보고 있던 것을 서윤이 건네자, 그는 애초에 흥미라도 있었던 듯 꼼꼼히 들여다보았다.

서윤의 눈길이 그의 손에 가 닿았다. 제 눈물을 닦아주었던 따뜻한 손. 남자의 손치고는 예쁘고 단정한 데다가 손가락도 길다. 반지도 없고, 반지를 꼈던 자국조차도 없다. 설마 언니와 헤어진 이후로 아무도 만나지 않았던 걸까? 물론 반지가 없다고 해서 만나는 사람이 없는 거라고 단정 지을 수는 없지만. 물어도 될까? 묻고 싶다.

"저, 선생님."

서윤의 부름에 기주는 눈앞 가까이 들고 있던 포스터를 내리고 시선을 마주쳐 왔다. 무슨 할 말이 있느냐는 듯 그녀의 입이 열리기를 기다리고 있지만, 서윤은 잠시 망설였다. 애인이 있냐고 묻기에는 타이밍이 좀 뜬금없었다. 그래서 잠깐 머리를 굴린 끝에 돌려 묻기로 했다.

"이런 곳에 저랑 같이 와도 괜찮으세요? 오해라도 받으시는 건 아닌지……."

"음, 오해? 무슨 오해? 누구한테요?"

"혹시 만나시는 분이……."

"만나는 사람 없는데. 이웃사촌하고 겨우 영화 한 편 보는 걸로 오해받을 일은 없지만, 만나는 사람 있었으면 지금 그 사람하고 같이 있지, 서윤 씨한테 놀아달라고 했겠어요?"

아, 그렇구나. 없구나.

원하는 대답을 시원하게 얻어냈다. 언니 지윤은 그가 좋은 여자 만나 보란 듯이 잘 살았으면 좋겠다고 했지만, 서윤은 왠지 없다는 대답이 더 기분 좋았다. 그런데 또 기분이 그다지 좋은 것만도 아니었다. 이 사람과는 그저 이웃사촌. 그에게 애인이 생기면 언제든 내쳐질 그런 가벼운 관계라는 것에 기분이 씁쓸하다.

"시간 다 됐다. 들어갈까요?"

안내 멘트를 듣고 그가 먼저 의자에서 일어섰다. 서윤도 뒤따라 일어나 티켓에 찍힌 좌석을 다시 한 번 확인했다.

영화가 시작하고…… 그리고 끝이 났다. 어떤 장면이 인상 깊었는지, 줄거리가 어땠는지, 재미있었는지, 없었는지, 아무런 감흥이 없다. 좋아하는 그 남자배우가 어떤 모습이었는지, 어떤 대사를 읊었는지조차 모르겠다. 두 시간이 넘는 러닝타임 동안 서윤의 의식이 모두 기주에게 닿아 있었던 탓이다.

주인공이 처음 등장하던 장면에서 그가 고개를 기울여 서윤의 귀에 속삭였었다. 멋있긴 멋있네요, 그 한마디. 그 이후로 그녀는 그의 작은 움직임과 표정, 숨소리까지 모두 주시하느라 영화에는 관심조차 주지 못했다.

간단히 점심을 먹고, 커피를 사서 손에 하나씩 들고 길을 걸었다. 날씨가 좋은 주말이라 그런지 쏟아져 나온 사람들로 인해 거리가 매우 북적였다. 그렇게 걷다 보니 비 오는 날 함께 왔던 만둣국집이 보였다. 한산했던 그날과는 달리 번호표까지 뽑아 들고 기다리는 사람들로 가게 앞이 북새통이었다. 그곳을 지나치자 하얀 드레스가 걸린 웨딩숍이 눈에 보였다. 서윤의 눈길이 잠시 그쪽을 향했다가 기주에게 돌려졌다.

"선생님도 이제 결혼하셔야죠. 집에서 독촉 안 하세요?"

"집에서는 뭐, 반은 포기 상태라. 하겠죠, 언젠가. 하고 싶은 사람 생기면. 지금은 이대로가 편해요. 선보고, 소개팅하고, 억지로 그렇게 인연 만들고 싶지는 않아요. 그러는 서윤 씨는. 당분간 이렇게 청주에서 땅굴 파고 있을 셈인가? 청승맞게 혼자 영화 보고, 커피 하나 들고 가을 타면서 돌아다니고. 딱 어울리긴 하네요. 가을 여자."

가을 여자라니. 설마 놀리는 건가?

대화가 그새 또 장난스럽게 흘렀다. 서윤은 팔꿈치로 그의 팔을 가볍게 툭 치고 웃어버렸다.

발걸음이 자연스럽게 공원으로 옮겨졌다. 두 사람은 파란 하늘을 보며 아무 말도 없이 걷고 또 걸었다. 할아버지들이 모여 윷놀이하는 모습을 구경하기도 했고, 엄마 아빠와 함께 산책 나온 아이들을 흐뭇한 눈으로 바라보기도 했다.

공원을 그렇게 몇 바퀴 돌고, 또 돌고. 애초에 계획한 대로 체력이 바닥날 때까지 걸어보았지만, 머릿속은 점점 더 복잡해지기만 했다.

"최 대리, 최 대리, 최 대리!"

사무실에 들어선 경은이 호들갑스럽게 서윤을 불러댔다. 무슨 큰일이라도 생긴 것처럼 요란스럽고 다급했다. 서윤이 고개를 들어 올려 쳐다보자 경은이 빠른 걸음으로 다가왔다.

"자기 어제 그 남자, 맞지? 늘푸른의원."

어제, 그 남자, 의원. 귀에 쏙쏙 들어온 단어 때문에 자세한 설명은 없어도 어제 기주와 함께 다닌 걸 들켰다는 정도는 알 수가 있었다. 그 사람 병원 이름이 늘푸른의원이었던가? 그 훈남 선생님이 계신다는? 그러고 보니 그의 병원이 가까이 있다는 것은 알았지만 한 번도 병원 이름을 물어본 적은 없었다.

"내가 어제 다 봤거든! 그러니까 발뺌할 생각 말고. 무슨 사이야? 설마, 남자친구라는 사람이 그 의사 선생님? 어머, 웬일이니. 왜 말 안 했어? 내가 그때 늘푸른의원 얘기할 때 왜 말 안 했어?"

첫 회식 때 했던 거짓말이 오해를 불러일으켰다. 또 거짓말을 해야 하는 상황. 맞다고 하기에는 양심에 너무 찔리고, 또 아니라고 하면 남자친구 놔두고 다른 남자랑 영화나 보러 다니는 그런 이상한 여자가 되어버리고. 아무래도 경은에게만큼은 솔직히 말을 해야 할 것 같았다.

"아, 저기, 이 대리님. 이따가 점심때 얘기할게요."

"좋아, 그때까지 기다려 보지 뭐. 그 대신 거짓말하면 다 뽀록날걸? 내가 어제 다 봤어."

경은이 순순히 물러나 자리에 가 앉았다. 서윤은 한숨을 길게 뿌리고서 다시 일을 시작하려다가 멈칫했다. 봤으면 뭐. 내가 그 남자랑 무슨 오해받을 짓이라도 했나?

어쨌든, 열두 시가 되자마자 경은이 지갑을 들고 달려와 서윤을 잡아끌었다. 서윤도 서랍에서 휴대폰과 지갑을 챙겨 들고 그녀를 따라나섰다.

"그래서, 무슨 사이인데? 그 의사 선생님이 남자친구 맞아?"

자리에 앉아 음식을 주문하자마자 경은이 다짜고짜 물었다. 물로 입을 축일 여유조차 주지 않는다.

"그러니까 그게…… 저 사실은 남자친구 없어요. 그 선생님은 그냥 옆집 사는 분이고요."

"뭐? 그게 무슨 소리야. 저번 회식 때 말한 건 뭐야, 그럼? 남자친구 따라서 내려왔다며?"

서윤은 더 이상 그녀를 속이고 싶지 않아 청주에 내려오게 된 일부터 회식 자리에서 거짓말을 하게 된 사연까지 모두 불어버렸다. 단, 기주와 형부 처제가 될 뻔했던 사이라는 것만 빼고 말이다.

"말도 안 돼. 정말 아무 사이 아니라고? 그걸 믿으라고? 어제 영화관에서는 그렇게 꿀 떨어지는 눈으로 쳐다봐 놓고?"

"네?"

"자기 말이야. 영화 보는 내내 그 의사 선생님만 쳐다보던데? 내가 자기 바로 뒷줄에 앉아 있었거든. 몰랐지?"

아, 미치겠다. 영화관에서는 정말 정신없이 그 사람만 쳐다봤는데. 물론 꿀 떨어지게는 아니었지만 뭐라고 반박을 할 수가 없었다. 다른 사람 눈에는 분명 그렇게 보였을 테니까.

"아, 알겠다. 내가 볼 땐, 이거 분명 그린라이트야."

"설마요. 아니에요, 대리님. 그런 거 정말 아니에요."

답을 찾아냈다는 듯 경은이 손가락을 튕기며 한 말에 서윤이 크게 부정했다. 그건 말도 안 되는 일. 절대 있어서는 안 될 일. 심장이 다 벌렁거린다.

"아니긴 뭘 아냐. 내 눈엔 완전 딱인데. 자기도 자기지만, 그 선생님이 자기 보는 눈도 만만치 않았다고. 그리고 남자들은 관심 없는 여자한테 영화 보잔 소리 안 해."

남들은 다른 사람의 얘기를 참 쉽게도 한다. 눈에 보이는 대로

만 보고, 믿고 싶은 대로만 믿는다. 더 이상 부정해 봐야 아무 소용없는 일이라는 걸 깨닫고 서윤은 결국 입을 다물었다.

그린라이트라……. 경은의 말이 내내 서윤의 머릿속을 맴돌았다. 어떻게든 잊어보기 위해 하루 종일 몸을 바삐 움직였는데도, 그 말이 수시로 떠올라 그녀를 괴롭혔다. 먼지가 잔뜩 쌓인 서고도 정리를 해놓고, 손댄 지 얼마 안 된 탕비실도 닦고 또 닦았다. 함께하자며 달려드는 경은을 애써 뿌리쳐 놓고 땀을 흘려가며 했는데도, 둘 사이 입에 담아서는 안 될 그 단어가 온종일 머리에서 떠나지 않았다.

"이 대리님, 우리 술이나 한잔할래요?"

아무래도 이 방법밖에 없다. 술을 마시며 실컷 수다라도 떨면 그 순간만큼은 아무래도 잊어질 테니까.

경은이 휴대폰으로 남편에게 전화를 걸었다. 그녀는 어린이집에서 아이를 데려다가 씻기고 재우라며 당부를 해놓고서 서윤에게 고개를 끄덕였다.

로비를 걸으며 어디로 갈까 조잘조잘 떠들어대다가, 저쪽에서 걸어오는 남자를 보고 서윤이 발을 멈칫거렸다.

"왜, 최 대리……."

경은도 동시에 발을 멈추고서 서윤의 시선이 향한 쪽을 쳐다보았다. 그러고는 눈앞의 광경에 입을 벌렸다. 어제만 해도 영화관에서 서윤을 그윽하게 쳐다보던 그 훈남 의사가 오늘은 다른 여자와 팔짱을 낀 채 걸어가는 것이 아닌가.

남자는 제 팔에 걸린 여자의 손을 떼어내려는 듯 보였다. 하지만 그 표정이 그다지 싫은 얼굴은 아니었다. 여자는 남자가 거부하는데도 살살 웃으며 달라붙는 것을 보니 꽤 친하고 익숙한 사이인 것 같았다.

기주와 눈이 마주친 서윤은 표정 없이 고개를 가볍게 까닥여 묵례하고 그를 지나쳐 갔다. 그리고 서윤의 옆에 붙어 있던 경은은 그를 죽일 듯 노려보고서 홱 고개를 돌렸다.

"어머, 웬일이니? 대체 뭐야, 저 남자? 어제는 자기랑 영화 보고, 오늘은 다른 여자랑 저러고 있어? 와, 잘생긴 것들은 인물값 한다더니 딱 그 짝이네?"

흥분하며 다시 뒤를 돌아보는 경은을 만류하고, 서윤은 빠른 걸음으로 건물을 벗어났다.

어디로 갈까 하던 고민은 어느새 사라지고, 경은은 가장 가까이 보이는 호프집으로 서윤을 무작정 끌고 들어갔다. 거기서 대강 요기가 될 만한 안주거리와 생맥주 두 잔을 시켜놓고, 안주보다 먼저 나온 맥주를 단숨에 들이켰다.

"어우, 열통 터져. 하여간 남자들이란 다 똑같다니까."

경은은 자기 일이라도 되는 듯 화를 냈다. 정말로 속에서 열이 끓어오르는지 셔츠의 목 부분을 잡아 펄럭이며 바람을 일으켰다.

"여기 오백 두 잔 더요!"

카운터를 향해 큰 소리로 외친 경은이 이번엔 차가운 물을 또 벌컥벌컥 들이켰다. 그 모습을 보고 있으려니 서윤은 왠지 웃음이 흘러나왔다. 가슴은 터질 듯 답답한데도 말이다.

"그것 보세요. 제가 그린라이트 아니라고 했잖아요."

"아닌데 같이 영화 보고, 그 남자한테 내내 눈도 못 떼고 그랬어? 하여간 그 남자 진짜 웃긴다. 어떻게 애인을 두고 다른 여자랑 주말에 영화 보고, 밥 먹고 그러니? 아, 아니지. 애인은 아닌가? 아까 보니까 막 아주 다정하게 팔짱 끼고 그런 건 아니었는데. 그럼 뭐야? 여기저기 간 보고 다니는 건가? 이 여자 저 여자 저울질하고?"

단숨에 마신 술이 취기가 슬슬 올라 서윤은 두 손으로 뺨을 감싸고 경은의 얘기를 들었다. 그러다가 또 피식 웃음이 났다. 강민우라면 몰라도 권기주는 그럴 사람이 절대 아닌데. 더군다나 저는 그 저울질의 대상 자체가 될 수 없는 사람이었다. 그런데 왠지 그게 슬프다. 자꾸 화가 난다. 그 사람이 다른 여자를 만나든 말든, 팔짱을 끼든 말든, 그런 건 자신과는 아무 상관 없는 이야기였다. 간섭을 할 수 있는 위치도 아니었고, 또 화를 낼 자격도 없다. 그런데, 정말 왜 이렇게 화가 날까. 왜 슬프고, 왜 가슴이 아플까.

"대리님."

"응?"

서윤의 부름에 경은은 새로 나온 맥주를 또 벌컥벌컥 들이켜다가 멈추었다. 그러고는 냅킨으로 입을 닦아내며 대답했다.

"제가요, 그 사람…… 좋아하는 걸까요?"

그게 아니라면 답이 나오지 않는 일. 사랑도 해보았고, 연애도 해보았다. 이런 감정이 무엇인지도 알고 있다. 그래서 더 두렵다. 그래서 더 겁이 난다. 바라보면 안 되는 사람을 바라보게 되어버려서.

"그걸 왜 나한테 물어? 내가 자기 속에 들어가 본 것도 아닌데. 겉으로 보기엔 딱 그렇게 보이긴 하드만."

"정말 그렇게 보였어요?"

"사람이란 말이야, 입으로는 거짓말을 해도 눈으로는 못 하는 법이거든. 관심 없는 사람을 그런 눈빛으로 볼 수는 없잖아? 두 시간 내내 자기 그 사람 몰래몰래 훔쳐보고, 눈 마주치면 똑바로 보지도 못하고 얼른 피하고 막 그러던데. 내가 보기에는 딱 사랑에 빠진 눈빛이더라. 그래도 안 돼! 만 접어. 만나지도 말고 관심도 끊어. 그런 가벼운 남자 좋아해 봐야 자기만 나중에 상처받아."

뒤에 경은이 무슨 말을 하는지 서윤은 하나도 들리지 않았다. 오로지 자신이 그 사람을 좋아하게 되었다는 사실, 그것 하나만으로도 감당할 수가 없어 가슴이 둥당거렸다.

집에는 어떻게 돌아왔는지 잘 모르겠다. 취한 것도 아닌데 전혀 기억이 나지 않았다. 문득 정신이 들었을 때 서윤은 기주의 집 앞에 서 있었다.

그녀는 굳게 닫힌 문을 한참 동안이나 쳐다보았다. 그러고는 무거운 걸음으로 집에 들어왔다.

한여름도 아닌데 차가운 물로 샤워를 했다. 그러고 나니 몸에 한기가 몰려왔다. 그래서 이번에는 뜨거운 차를 한 잔 타서 베란다 앞에 자리를 잡고 앉았다.

서윤은 습관처럼 옆집에서 들려오는 소리에 귀를 기울였다. 하지만 그는 아직도 그 여자와 함께 있는 것인지 아무런 소리도 들려오지 않았다.

또 화가 난다. 슬프고, 아프다. 만나는 사람 없다면서. 그 말을 하고 이제 겨우 하루 지났는데.

저벅저벅 복도에서 발소리가 들리고, 곧 그의 집 문이 열렸다 닫히는 소리도 들렸다. 서윤은 쫑긋 귀를 세웠다. 열두 시 오 분 전. 이제야 그가 들어온 모양이다.

"선생님, 전 이제 어떻게 해야 해요?"

들릴 리는 없지만 서윤은 작은 목소리로 그에게 물었다. 그리고 벽에 귀를 붙여 돌아오지 않는 대답을 기다렸다.

"선생님 무슨 일 있으세요?"

마지막 환자가 나가고, 기주의 옆에 서 있던 간호사가 그에게 물었다. 멍하니 앉아 있던 그는 무슨 말이냐는 듯 고개를 올려 그녀를 쳐다보았다.

"선생님 또 한숨 쉬셨잖아요. 제가 오늘 백 번쯤 들은 거 같은 데요."

"아, 그랬어요?"

기주는 남의 일인 것처럼 묻고 책상 정리를 시작했다. 그런데 움직이는 손동작이 평소보다 몇 배는 느리다. 후우, 입에서는 한숨이 또 흘러나왔다.

"정말 무슨 일 있으신 건 아니고요?"

간호사는 차마 진료실을 나서지 못하고 다시 물었다. 빨리 나가서 마감을 해야 퇴근도 할 수 있을 텐데. 하지만 평소와 다른 모습의 그가 그녀의 발길을 붙잡았다.

"일은 무슨. 얼른 정리하고 들어가 봐요."

"네."

진료실을 나가는 간호사의 모습을 보고서 기주도 자리에서 일어났다. 가운을 벗고 재킷을 집어 들었다가 또 한 번 한숨을 쉬며 의자에 도로 앉았다. 나갈 생각이 없는 듯 그는 한 손으로 턱을 괴고, 또 한 손으로 책상을 따각따각 두드렸다.

클라이밍 센터에 가기로 한 날이었다. 함께 운동을 즐기는 몇몇 사람들과 시간 약속을 해둔 터라 바로 일어나야 함에도 몸이 쉬이 움직여지지 않았다.

해명을 해야 할까, 말아야 할까.

어제저녁의 일이 내내 그의 머릿속에 맴돌았다. 해인의 병원 오픈식에 들렀다가 그곳에서 서윤과 마주쳤던 일. 고의는 아니지만 실없는 놈이 되어버린 것이다.

스무 살 때부터 붙어 다녔던 탓에 해인은 가끔씩 그렇게 지나친 애정과 우정을 표현했다. 그건 물론 저뿐만이 아니라 민석에게도 그랬다. 다만 민석은 해인이 그렇게 들러붙는 것을 반겨하지만, 저는 그렇지 않았다. 아무리 친구라 하더라도 지켜야 할 선이 있는 법. 사귀는 사람이 아니고서야 팔짱을 끼는 것은 그의 상식선에서는 할 만한 행동이 아니었다. 그래서 떼어내려고 했다. 했는데…… 하필 그때 서윤과 눈이 마주쳐 버린 것이다.

"어떻게 할까?"

기주는 혼잣말을 중얼거렸다. 해명을 하는 것도 우습지만, 또 그대로 두자니 왠지 찝찝하다. 저에게 애인이 있다고 한들, 또 해인과 정말 팔짱을 끼고 다니는 사이라고 한들 그게 그 여자에게 무슨 해명까지 해야 할 일일까 싶지만, 그래도 강민우라는 그 자식과 같은 놈 취급을 당할 수는 없었다. 그러니 결국 답은 하나.

운동이고 뭐고 일단은 그녀를 만나야 했다.

기주는 약속을 취소하고 곧바로 집을 향해 차를 달렸다. 서윤의 집 벨을 세 번이나 눌렀음에도, 그녀는 아직 돌아오지 않은 듯 안에서는 소식이 없었다. 그래서 제집 거실에 앉아 복도에서 들려오는 발소리에 내내 신경을 썼다.

십여 분을 기다리다가 가까이 다가오는 걸음 소리를 듣고 기주가 냉큼 문을 열어젖혔다. 그런데 서윤이 아니었다. 그는 얼굴도 기억나지 않는 이웃에게 꾸벅 인사를 하고 다시 문을 닫았다. 그렇게 하기를 세 번쯤. 평소의 퇴근 시각보다 한 시간이 더 지났음에도 그녀는 오지 않고 있었다.

차라리 회사 앞에서 태워 함께 올 걸 그랬나. 뒤늦은 후회가 몰려왔다. 하늘도 깜깜하고 바람도 차다. 할 일도 많지 않은 회사라면서 야근은 수시로 하는지 늦는 날도 꽤 있는 것 같다.

전화를 걸어볼까 하다가 생각을 바꿔 카디건을 걸치고 집을 나섰다. 굳이 마중을 나간다기보다는 기다리기가 답답해 산책을 하려는 것이었다. 그런데 이상하게도 발걸음이 버스 정류장으로 향했다.

"서윤 씨."

긴 머리카락을 찰랑이며 여자가 버스에서 내렸다. 벽에 등을 대고 몇 미터 떨어진 곳에서 기다리고 있던 기주가 그녀의 이름을 부르며 다가섰다.

"선생님? 선생님께서 여긴 왜……."

적잖이 놀랐는지 서윤이 눈을 동그랗게 뜨고 그를 쳐다보았다. 그러고는 눈이 마주치자 얼른 그의 눈을 피해 버린다.

"그냥, 산책 중이었어요. 이제 퇴근해요?"

삼십 분도 넘게 정류장에서 서성거린 걸 산책이라고 말하기엔 무리가 따르지만.

"네."

서윤은 짧게 대답하고 아파트를 향해 걷기 시작했다. 기주는 그녀의 옆에 서서 나란히 걸었다.

"저기, 서윤 씨."

기주가 어색하게 그녀의 이름을 불렀다. 해명을 해야겠다고 생각은 했지만 말을 어떻게 꺼내야 할지를 모르겠다. 그런데 서윤은 대답이 없다. 애써 눈을 마주치지 않으려는 듯 자꾸 그의 반대편으로 시선을 돌린다.

"어제, 말이에요. 서윤 씨가 본…… 그러니까 저랑 같이 있던 그 친구요. 그 친구가 이번에 그 건물에 피부과를 개원해서…… 대학 동기고, 친한 친구예요. 어제 오픈식에…… 음, 그러니까 만나는 사이도 아니고, 팔짱을 낀 건 그 친구가 그게 좀 습관이라……. 내가 말리려고 했는데, 하필 그때 서윤 씨랑 눈이……."

횡설수설, 무슨 말을 하고 있는지 모르겠다. 침착하고 신중한 성격으로, 생각하고 정리해서 필요한 말만 조리 있게 하던 평소의 그가 아니었다. 머릿속에서 급한 대로 말이 쏟아져 나와 뒤죽박죽이다.

"선생님."

두서없는 말이지만 서윤은 그가 무엇을 설명하려고 하는지 충분히 알 수 있었다. 그래서 슬그머니 웃음이 났다. 밤새도록 저를 괴롭히고 아프게 했던 그 여자의 존재가 그냥 친구일 뿐이라는 말. 입꼬리가 자꾸 슬금슬금 올라간다. 웃으면 안 되는데 웃음이 나오려고 했다. 그 여자가 단순한 친구라고 해서 달라질 건 없는데. 해결되는 것도 없는데. 그런데도 웃음이 나온다.

"네."

"그걸 왜 애써 설명하세요?"

왠지 묻고 싶었다. 그러면 안 된다는 걸 알면서도 이 남자의 생각이 궁금했다. 이게 정말 나에게 해명해야 할 일인가. 이 사람도 그렇게 생각하는 것인가.

"그러니까, 그게 사실은요, 나 오늘 되게 고민 많이 했어요. 서윤 씨 말대로 내가 굳이 해명할 필요가 있나 해서. 그런데 안 할 수가 없었어요. 나는 분명 만나는 사람이 없다고 얘기했고, 그리고 하루밖에 안 돼서 서윤 씨가 오해할 만한 상황을 보여줬고. 서윤 씨가 날 실없는 놈으로 보는 것도 싫었지만, 사실 다른 이유도 있어요."

"다른 이유요?"

서윤이 발을 멈추고 그를 향해 고개를 돌렸다. 이제야 겨우 마주 보는 얼굴. 겨우 하루 만인데도 며칠을 못 본 것처럼 아렴풋하다.

"네. 음, 나는요 서윤 씨가 힘들었던 일 빨리 훌훌 털어버리고 웃었으면 좋겠어요. 그런데 내가 이번 일 설명하지 않으면, 나도 그 남자랑 똑같은 부류가 되어버리는 거고, 세상엔 그런 사람이 참 많구나, 서윤 씨가 그렇게 믿어버릴 거 같아서. 상처받고, 마음 닫아버리고, 사람들 못 믿고…… 그렇게 될까 봐요. 내가 거기에 일조하면 안 될 거 같아서."

어설프고 궁색한 변명 같지만 그것 외엔 달리 설명할 방법도 없고 스스로도 이해가 가지 않았다. 왜 자신이 하루 종일 한숨을 쉬어댔는지, 약속을 취소하고 달려왔는지, 버스 정류장에까지 나와 한참을 기다렸는지, 그 모든 걸 말이다.

유난히 몸이 무겁고 늘어졌다. 그래서 운동을 하다가 중간에 그만두고 집에 들어오는 길이었다. 기주는 주차장에 차를 세워 놓고 문을 잠갔다.

집을 향해 걸음을 옮기며 뻐근한 목을 이리저리 돌렸다. 그러다가 몇 걸음 뒤에 서 있는 서윤을 발견했다.

"선생님."

그녀가 기주를 부르며 다가와 섰다. 슈퍼에라도 다녀오는지 무언가를 사서 작은 비닐봉지에 넣고 달랑달랑 흔들고 있는 모습이 귀여웠다.

"뭐, 맛있는 거라도 사 오나?"

"아, 이거, 두부요. 된장찌개 끓였거든요."

"여태 저녁 안 먹었어요?"

아홉 시가 조금 넘은 시각이었다. 정시에 퇴근했다면 밥을 먹었어도 벌써 먹었을 시각. 가끔 야근을 한다는 건 알지만, 그래도 밥은 먹여가며 일을 시켜야 할 거 아닌가 말이다.

"네, 선생님은 저녁 드셨어요? 혹시 안 드셨으면 같이…… 아니, 제가 음식을 그다지 잘 못해서 별로 맛이 없긴 한데……."

"나 먹을 밥도 있어요?"

얼굴을 발그레 붉히고서 말하는 그녀를 보니 기주는 괜히 웃음이 나왔다. 같이 밥 먹자는 그 말 한마디가 뭐가 그렇게 힘든지, 눈도 못 마주치고 말도 똑바로 못 한다. 몸이 피곤해 바로 눕고 싶은 마음이 굴뚝같지만, 여기서 거절을 한다면 앞으로 함께 밥 먹자는 말은 절대 들어보지 못할 터였다.

"네. 그럼, 옷 갈아입고 건너오세요. 이거 넣고 찌개 데우기만 하면 되니까."

서윤이 두부 봉지를 들어 보이며 대답했다. 그러고는 각자의 집 문 앞에 서서 눈인사를 건네고 문을 열었다.

집에 들어온 서윤은 서둘러 가스를 켜고 두부를 물에 씻어 잘랐다. 한참 전에 끓여놓은 된장찌개는 차디차게 식어 있었다. 냉장고를 열어 엄마가 보낸 반찬들을 식탁에 꺼내놓고, 수저도 두 벌 챙겨 마주 보게 놓았다.

"어우, 추워."

준비를 대강 마쳐 놓고 서윤은 몸을 움츠리며 팔을 문질렀다. 두부를 사서 손에 들고 한 시간가량 놀이터에서 그를 기다렸으니, 몸에 한기가 몰려오는 게 당연했다.

물론 처음부터 그럴 생각으로 나간 건 아니었다. 그래서 옷도 얇게 입은 터였다. 그런데 돌아오는 길에 불이 꺼져 있는 그의 집을 아래서 올려다보고는 저도 모르게 발걸음이 놀이터로 향한 것이다.

찌개가 끓기 시작할 때쯤 현관 벨소리가 울렸다. 서윤은 가벼운 발걸음으로 달려가 문을 열었다.

"맛있는 냄새 나네."

안에 들어서자마자 코를 자극하는 냄새에 기주는 허기가 졌다. 몸이 피곤해서 종일 밥을 먹는 둥 마는 둥 했는데도 갑작스레 식욕이 돌았다.

"잘 먹을게요."

식탁에 앉아 수저를 들고 찌개를 떠 입에 넣었다. 그런데 이건 어딘가 모르게 익숙한 맛이다. 기주는 젓가락으로 다른 반찬들도 이것저것 먹어보았다. 그런데 역시 입에 착착 감기는 맛이 일품이다.

"음, 이건 뭔가 전문가의 손을 탄 맛인데요?"

집들이를 한다며 차려놓았던 음식들과는 역시 차원이 달랐다. 별로 입맛이 까다롭지는 않은 편이지만 음식을 아주 잘하는 사람이 한 것과 초보자의 것을 구분하는 정도는 어렵지 않았다.

"아, 사실은…… 엄마가 보내주신 반찬들이라. 된장찌개도 끓이긴 제가 끓였는데, 엄마가 직접 장 담근 거라 비슷한 맛일 거예요."

음식 맛의 비밀을 순순히 불어놓고 서윤의 입이 삐죽 튀어나왔다. 제 솜씨가 아니라는 걸 그가 단번에 알아차리니 괜히 부끄러웠다.

"그럼 이중에 서윤 씨가 만든 건?"

"이거요."

무를 길게 채 썰어 볶고, 파를 살짝 얹어 색을 낸 무나물. 서윤이 가리킨 나물을 기주가 얼른 집어 입에 넣었다.

"맛있는데? 서윤 씨도 음식 잘하네요."

그 말이 그냥 듣기 좋으라고 하는 말이라는 건 서윤도 잘 알고 있었다. 아주 못하는 건 아니지만 그래도 그냥 흉내를 내는 정도

지, 누구에게 음식 잘한다는 소리를 들어보는 건 처음이었다. 하지만 기주는 그녀를 달래주려는 듯 다른 반찬보다 유난히 그녀가 만들었다는 무나물에 손을 많이 가져갔다.

"서윤 씨 참 착하네."

"네? 뭐가요?"

"혼자 살면서도 이렇게 직접 밥 해먹고. 반찬도 골고루 잘 챙기고. 난 주로 사 먹게 되던데."

입맛이 없었던 건 사 먹는 음식에 물려서인 건가. 어느새 밥 한 공기를 뚝딱 비운 기주는 잘 먹었다는 인사와 함께 수저를 내려놓았다.

"엄마가 객지에서 살면 먹을 거라도 잘 챙겨 먹어야 몸 축나지 않는다고 이렇게 싸서 보내세요. 아시잖아요, 우리 엄마. 먹는 거에 유난이신 거. 선생님도…… 가끔 오셔서 같이 드세요."

"정말 그래도 돼요?"

"그럼요. 어차피 저 혼자 먹다 보면 반찬도 많이 남고 그러는데."

"그럼 난 서윤 씨한테 뭘 해주지? 음, 나는 직접 만들어줄 재주는 없으니까, 그 대신 가끔 같이 퇴근하면서 맛있는 거 사줘야겠다."

서윤은 그렇게 그와의 다음을 기약했다. 그것도 한 번이 아니라 가끔. 그 상상만으로도 즐거운 일에 그녀의 입꼬리가 길어졌다.

이대로 조금만, 이대로 조금만 더 바라볼게요.

서윤이 며칠간 고민하고, 소리 없이 눈물을 삼키며 내린 결론.

하루라도 빨리 접어야 할 마음이지만, 겉으로 티만 내지 않는다면 별 탈은 없을 것이다.

"어! 걸음이 왜 그래요?"

옆집 문이 열렸다 닫히는 소리를 듣고, 서둘러 넥타이를 매고 나온 기주가 서윤을 향해 물었다. 출근길임에도 그녀는 평소와 다르게 청바지에 운동화를 신고 발을 절룩이며 걷는 모습이었다. 더군다나 왼쪽은 신을 구겨 신기까지. 아무래도 이 여자, 발을 다친 모양이다.

"다쳤어요? 어디 봐요."

그가 다가와 그녀의 앞에 무릎을 굽혔다. 서윤은 순간 땀을 삐질 흘렸다. 그냥 두었다가는 그 자리에서 신발을 벗기고 발을 들여다볼 기세였다.

"아뇨, 선생님. 그냥 살짝. 별거 아닌데."

서윤이 다친 발을 뒤로 빼려고 했다. 하지만 기주의 손이 조금 더 빨랐다. 그녀의 발은 이미 그의 손에 잡혀 있는 상태였다.

"별거 아닌데 제대로 걷지도 못해요? 일단 들어가서 봅시다. 오래 안 걸리니까."

운동화를 벗겨내자 하얀 양말이 그의 눈에 들어왔다. 제대로 보려면 아무래도 집 안으로 들어가야 할 것 같았다. 그는 몸을 일으켜 서윤의 팔을 붙잡았다. 하지만 그녀는 얼굴을 붉히며 고개를 절레절레 흔들었다.

"저 진짜 괜찮은데. 늦어서 빨리 가야 해요, 선생님."

"내가 태워다 줄 테니까 걱정 말고 들어가요. 서윤 씨 지금 평소보다 일찍 나온 거잖아요. 발이 이래서 시간 더 걸릴까 봐 그거 계산한 거 아니에요?"

아, 이 남자 똑똑해도 너무 똑똑해. 뭐라고 반박할 말이 없어 서윤은 울상을 지었다.

"왜요, 발 보여주기 싫어서요? 뭐 어때. 사람 발 다 똑같이 생겼는데. 의사한테도 못 보여줄 정도로 못생겼나?"

한여름에 샌들이나 슬리퍼 신은 것도 봤고, 집에서 함께 밥을 먹을 때 가끔 맨발이었던 날도 있었다. 매니큐어를 바르지 않은 하얗고 예쁜 발. 그의 기억에 며칠 전에 보았던 그녀의 발이 떠올랐다. 이미 다 보았는데도, 서윤은 발을 내밀어야 한다는 사실을 부끄럽게 여기고 있는 것 같았다.

"업을까요?"

그의 단호한 말에 서윤은 한숨을 내쉬었다. 그리고 하는 수 없이 그가 내민 팔을 붙잡았다. 기주는 도어록 버튼을 눌러 현관문을 열었다.

거실 소파에 그녀를 앉혀놓고 그는 어딘가에서 구급함을 찾아들고 나왔다. 서윤이 앉은 자리 앞 바닥에 구급함 상자를 내려놓고, 그도 그 앞에 풀썩 엉덩이를 대고 앉았다. 그는 그녀의 다친 발을 잡아 제 무릎 위에 올리고 조심스러운 손길로 양말을 벗겨냈다.

"아, 그건 제가……."

"가만히 있어요."

다가오는 그녀의 손을 밀어내고, 기주는 고개를 숙여 상처를 들여다보았다. 무엇에 다쳤는지 퉁퉁 부은 발에는 시커멓게 멍이 들어 있었다.

"어쩌다가 이랬어요?"

기주는 멍이 든 부분에 조심스럽게 연고를 바르고 약이 닦이지 않도록 거즈를 잘라 붙였다. 그러고는 신발을 신고 걸어야 하는 그녀를 위해 아프지 않도록 붕대도 꼼꼼히 감아주었다.

"소파 다리에 찧었어요."

선생님 때문에요. 하루 종일 선생님 생각이 나서, 무리하게 청소를 하다가 그랬어요.

생각과 말이 다르게 흘러나왔다. 서윤은 그의 무릎에서 얼른 발을 내리고 부끄러움에 벌겋게 달아오른 뺨을 두 손으로 감추었다.

"언제 그랬는데요."

"어제…… 낮에."

"그런데 왜 어제 말 안 했어요? 바로 옆집인데, 모르는 사이도 아니고. 나한테 그 말 하기가 그렇게 힘들어요? 더군다나 기본적인 반창고나 연고 하나도 없나 본데. 아파서 나한테 오기 힘들면 전화 한 통만 했어도 됐잖아요. 서윤 씨 남한테 부탁 같은 거 잘 못하는 성격인 건 아는데, 그래도 우리 이 정도는 서로 해줄 수 있는 거 아닌가요?"

그는 구급함을 정리하고, 앉은 자리에서 그녀를 올려다보며 말했다. 평소의 다정한 말투가 아닌 딱딱한 어조였다. 그래서 서윤은 말하지 못했다. 사실은 전화기를 수십 번 들었다가 놓았다고. 발을 내놓기가 부끄러워서 몇 번이나 망설였다고.

"죄송해요, 선생님. 앞으로는 도움 청할게요."

"나 오늘은 정말 마음 상했어요. 내가 다른 직업을 가지고 있는 것도 아니고 의사인데, 어떻게 이래."

자리에서 일어선 그가 서윤을 향해 손을 내밀었다. 하지만 그녀는 가슴이 떨려 차마 잡지 못하고 그대로 앉아 있었다. 그의 손을 잡았다가는 최소한 열흘은 잠을 못 잘 것 같았다.

"안 잡으면 덥석 안아서 차까지 갈 수도 있는데."

기주의 말 한마디에 서윤은 그의 손을 잡고 벌떡 일어섰다. 밤새 고통을 주었던 발이 지금은 아픈 줄도 모르겠다.

그녀가 새빨갛게 얼굴을 붉히며 일어서는 모습을 보고 기주는 화를 냈던 것도 잊고 어느새 웃어버렸다.

"선생님, 저 며칠만 차 좀 태워주시면 안돼요? 선생님 움직이는 시간에 최대한 맞출게요."

"거봐. 이렇게 부탁하니까 훨씬 가까워진 것 같고 좋잖아. 당연히 그래야죠. 어차피 다니는 길인데."

그는 허리를 굽혀 서윤이 신발을 신는 것까지 도와주었다. 그러고는 그녀의 한 손을 제 팔에 걸게 하고 함께 집을 나섰다.

4. 내가 어제 무슨 꿈 꿨는지 알아요?

서윤의 발이 나은 후에도 기주는 그녀에게 수시로 연락해 함께 출퇴근을 했다. 그녀를 태우고 퇴근하는 날이면 저녁을 같이 먹는 일도 자연스럽게 이루어졌고, 밥을 먹고는 가끔 맥주나 차를 한 잔씩 하며 많은 이야기들을 나누었다.

이따금씩 어두운 길에 산책을 간다는 그녀를 마주치면 그는 걱정이 되어 그 산책길에 동행하기도 했고, 또 지루한 주말에는 함께 영화를 보러 가자고 청하는 일도 더러 있었다.

각자 집에 있는 시간에는 그녀가 무엇을 하고 있을까 하는 궁금증이 일었고, 책을 읽다가도, 진료 중에 짬이 날 때도, 또 운동을 하면서도 문득문득 발갛게 붉힌 그녀의 얼굴이 떠올라 홀로 웃음을 짓기도 했다.

휴대폰으로 문자를 주고받거나 통화를 하는 횟수도 잦아졌다.

어느 식당, 어떤 음식이 맛있다더라 하는 얘기를 들으면 서윤과 함께 가봐야겠다는 생각을 제일 먼저 했고, 또 병원 맞은편에 있는 꽃집을 지나칠 때면 앙증맞은 다육 화분을 두 개 사서 서윤과 하나씩 나누어 갖기도 했다.

혼자 청주에서 보냈던 이 년의 시간이 길고 외롭고 무료하고 허무했다면, 서윤과 함께 지낸 6개월은 정말 쏜살같이 지나갔다. 웃을 일도 많았고, 가끔씩 찾아오던 이유 없는 우울함도 사라졌고, 또 모든 일에 활력이 생기기까지 했다.

그사이 해인은 또렷하게 마음을 표현하는 것도 아니면서 여전히 그의 곁을 맴돌았다. 그러니 기주의 입장에서도 대놓고 마음 접으라는 말을 할 수는 없는 처지였다. 민석은 몇 번이나 찾아와 해인에게 서울로 돌아가자고 청했지만, 그녀는 끝내 요지부동이었다.

〈권기주, 눈 온다.〉

며칠 잠잠하던 해인이 또 문자를 보내왔다. 안 그래도 눈 오는 창밖을 내다보던 기주는 발신자가 서윤이 아닌 것을 확인하고 미간을 살짝 찌푸렸다.

〈그래서 뭐. 어쩌라고.〉

〈아니 그냥. 술이나 한잔하자고. 외롭고 나이 만땅 찬 청춘들끼리.〉

〈일찍 들어가라. 눈 많이 오는데 차 복잡해. 운전 조심하고.〉

〈뭐가 이렇게 비싸! 황금 다이아몬드보다 더 비싸! 얼굴 한 번 보는 게 무슨 하느님 영접하는 것보다 더 어려워! 더럽고 치사하다, 정말. 쳇!〉

문자 몇 개가 빠르게 오갔다. 마지막에는 해인의 씩씩거리는 모습이 상상되어 기주는 피식 웃음을 터뜨렸다. 창밖을 또 한 번

내다보고 그는 수신자를 바꿔 서윤에게 문자를 찍었다. 바쁘게 손가락을 놀리는 사이 입꼬리가 가늘게 늘어났다.

〈언제 퇴근해요? 눈 오는데. 버스 복잡하니까 같이 들어가요.〉

〈어, 정말 눈 와요? 제 자리는 창가가 멀어서 안 보여요. 그런데 선생님, 저 오늘 회식이 있어요. 먼저 들어가세요.〉

신속하게 들어온 답장에 즐거웠던 것도 잠시. 함께 들어갈 수 없다는 내용에 기주는 입안이 씁쓸했다. 오늘은 아무래도 외로운 저녁 식사를 해야 할 모양이다.

날씨는 그리 춥지 않아 눈은 내리면서 모두 녹아버렸다. 일찌감치 집에 돌아온 기주는 옷을 갈아입고 가스레인지에 라면 물을 올렸다.

"서윤 씨한테 혼날 텐데."

겨울이 되니 뜨끈한 라면이 가끔씩 먹고 싶을 때가 있었다. 그래서 저녁에 라면을 먹자고 했다가 서윤에게 두어 번 야단을 맞기도 했다. 그녀의 어머니가 먹는 것만큼은 건강히 골고루 잘 챙겨 먹어야 한다고 유난이라더니, 서윤도 그에 못지않았다.

식사를 마치고 따뜻한 물에 샤워를 했다. 책을 손에 들었지만, 귀가 복도를 향해 있어 글씨가 잘 읽히지 않았다.

이 여자는 대체 언제 들어오려는가. 마누라 기다리는 남편도 아닌데 괜히 신경이 쓰였다.

〈위험하니까 택시 타지 말고 전화해요. 데리러 갈게요.〉

서윤에게 문자를 보내놓고 그는 소파에 벌러덩 누워버렸다. 보일러가 돌며 온기가 느껴지자 어느새 스르륵 눈이 감겼다.

식장 안은 하객들로 그득하고 북적였다. 연미복을 입은 기주는 신랑 입장을 외치는 사회자의 멘트에 입에 한껏 미소를 달고 주례 단상 앞에 나아가 섰다. 신랑 권기주, 신부 최지윤. 두 사람의 결혼식임을 알리는 축지가 예쁜 글씨로 적혀 있다. 하얀 면사포를 쓴 신부가 입장하고, 부부가 되었음을 알리는 주례의 선언에 기주는 면사포를 위로 걷어 올렸다. 고개를 기울여 신부의 입술에 다정하게 키스하고 천천히 얼굴을 뗐다. 그리고 눈을 떴다. 그런데 입을 맞춘 상대가 지윤이 아닌 서윤이다.

헉! 깜짝 놀란 기주가 벌떡 일어나 앉았다. 그러고는 주위를 둘레둘레 살폈다. 집 거실, 소파 위, 트레이닝복 차림. 아무래도 지난밤 서윤의 연락을 기다리다가 그대로 잠이 든 모양이었다.

기가 막혀 헛웃음이 다 흘렀다. 미치지 않고서야 어떻게 이런 꿈을 꿀 수 있을까. 있을 수도 없고, 있어서도 안 될 일. 꿈을 꾸었다는 자체만으로도 서윤에게 잘못을 저지른 것 같았다.

기주는 두 손으로 머리를 헤집으며 다급히 욕실로 향했다. 평소보다 일찍 잠이 깼지만, 오늘은 좀 더 빨리 출근해야겠다는 생각이 들었다. 이런 괴상망측한 꿈을 꾸고 아침부터 그녀의 얼굴을 마주한다는 건 아무래도 무리였다.

〈어제는 제가 좀 많이 늦었어요. 주무실 거 같아서 연락 못 드렸어요.〉

한 시간이나 일찍 출근해 자리에 앉은 기주는 방금 들어온 서윤의 문자를 보며 간밤의 꿈을 떠올렸다. 그러고는 다시 떨쳐 내기 위해 머리를 세차게 흔들고 고개를 뒤로 젖혔다.

그동안 너무 가까이 지낸 것이 문제일까? 하지만 그녀를 놓고 어떤 특별한 감정을 가졌던 건 아닌데.

알 수 없다. 가슴이 답답하고 머리가 무겁다. 꿈에서의 입맞춤 한 번에 큰 죄라도 지은 것처럼 가슴이 두근거렸다.

당분간 거리를 둬야 할까? 하지만 이제 와서 어떻게. 스스럼없이 지내자고, 거리를 두는 건 싫다고 그녀에게 누누이 말했던 건 자신이 아니었던가. 그래놓고 딴소리를? 모르겠다, 정말 모르겠다.

휴대폰에서 다시 문자가 왔음을 알리는 소리가 들려왔다. 또 서윤인가 싶어 기주는 얼른 버튼을 눌러 확인했다. 하지만 그녀가 아닌 오늘 저녁 송년 모임을 알리는 문자. 운동을 즐기는 사람들과 만나는 날이었다. 기주에게는 청주에서의 유일한 모임이었고, 또 그의 생일 축하를 겸해 잡은 날이라 빠질 수 없는 자리이기도 했다.

차라리 다행인 건가. 덕분에 오늘 하루는 생각할 여유가 생겨났다. 일부러 서윤을 피하지 않고도 그녀와의 관계에 대해, 그리고 그 꿈에 대해 생각하고 정리해 볼 여유가.

기주는 온종일 서윤의 생각에 잠겨 있었다. 점심을 먹으면서 그녀와 지난 6개월간 함께했던 일들을 하나하나 곱씹었고, 또 환자가 사주고 간 커피를 마시면서는 그녀와 같이 커피를 마시며 했던 얘기들을 되새겼다. 진료한 환자가 나가고 다른 환자가 들어오는 그 몇 초 안 되는 시간에는 유난히 잘 붉어지는 그녀의 얼굴을 생각했고, 또 눈을 감았다 뜨는 그 찰나의 순간에도 꿈속에서의 짧은 입맞춤을 떠올렸다.

하지만 아무리 생각에 생각을 거듭해도 답은 매번 같았다. 굳이 그녀와의 관계를 정의하자면, 그냥 이웃사촌이라는 것. 조금 더 구체적으로 덧붙이자면 아주 약간 특별한 이웃. 그 이상은 절대 될 수 없는 관계. 그래서는 안 되는 사이. 그뿐이다. 꿈은 그저 꿈일 뿐, 복잡하게 생각해 봤자 명확한 해답은 없다.

〈선생님, 혹시 오늘 저녁에 약속 있으세요? 없으시면 저녁 같이 드실래요?〉

가운을 벗어 걸고 코트를 집어 드는데, 서윤에게서 한 통의 문자가 들어왔다. 그제야 기주는 아침에 들어온 문자에도 답장을 하지 않았다는 것을 떠올렸다. 그는 손에 들었던 코트를 의자에 걸쳐 놓고 그녀에게 답장을 찍었다.

〈미안해요. 오늘은 약속이 있어서. 많이 늦을 거예요.〉

오늘 하루의 스케줄은 이렇게. 그리고 내일은 진료가 끝나는 대로 서울에 올라가 부모님과 크리스마스가 겹친 주말을 보내야겠다고 계획을 세운다. 그리고 다시 일주일 바쁘게 생활을 하다 보면 꿈은 어느새 희미해질 것이다. 그리고 나면 이런 죄책감도 곧 사라지겠지.

약속 장소에 다다른 기주는 차를 세워두고 안으로 들어갔다. 회원 중에 바를 운영하는 사람이 있어 매년 이곳에서 모임이 이루어졌다. 일을 일찍 마치고 온 사람 몇몇은 이미 거나하게 취해 있었고, 기주가 도착한 시각을 기점으로 사람들이 속속 들어와 자리를 채웠다.

그리 크지 않은 가게는 금세 시끌벅적해졌다. 연말 분위기답게 음악 소리도 꽝꽝 울리고, 빈 술병이 늘어가면서 사람들의 목소리도 점점 더 커져 갔다.

저만치에서 술을 마시던 장 사장이 술병을 들고 기주의 옆에 다가왔다. 그는 생일 축하한다는 말과 함께 기주의 잔에 술을 채워주었다.

"권 선생, 자네 요새 연애하나?"

"네? 연애요? 아닙니다."

"그런데 요새 왜 이렇게 뜸해? 얼굴 보기 힘들어."

아, 그랬던가. 하긴, 요샌 운동도 꽤 자주 빼먹기는 했지. 숨쉬기 운동만 한다는 누구랑 놀아주느라.

"그냥 좀, 이래저래 바빠서요."

대답한 기주는 몸을 틀어 그가 따라준 술을 목으로 넘겨 비웠다.

"바쁜 사람이 얼굴이 그렇게 활짝 피어? 에이, 속일 사람을 속여야지. 내가 말이야, 연애 경력만 오십 년이야. 이 방면엔 도사라니까."

환갑이 다 되어가는 나이에도 여전히 결혼을 하지 않고 연애만 하고 있다는 작은 중소기업체 사장이었다. 그는 열 살 때부터 이성에 눈을 떠서, 연애 경력만 오십 년이라고 늘 자랑 삼아 떠들어댔다. 그래서인지 몇몇 사람들이 가끔 이성에 관한 상담을 청하기도 했지만, 기주가 듣기에 그의 대답은 늘 엉터리였다. 결혼은 구속이다. 한 여자한테 정착하지 말고 즐길 만큼 즐겨라. 가끔 곁귀로 그의 말을 듣고 있으면 그 시답잖은 대화에 끼어들어 반박하고 싶을 때도 있었다.

"자네 요새 진짜 좀 달라졌어. 그거 본인은 못 느끼나?"

"제가…… 어떻게 달라졌는데요?"

"예전에 처음 왔을 때만 해도 세상 모든 일이 다 남의 일인 듯 무관심하고, 눈에 보이는 건 여자가 아니라 온통 환자뿐인 거 같고, 표정도 없고 그랬어. 내 눈엔 젊은 사람이 왜 저렇게 세상을 재미없게 사나 싶어서 답답했지. 그런데 요샌 싱글벙글, 아주 활력이 넘쳐 보여."

"그런가요?"

"그런가요, 는 무슨. 달라도 확실히 다르구먼. 얼른 불어봐. 어떤 아가씨야?"

아가씨라는 단어에 기주는 자연스럽게 서윤의 얼굴을 떠올렸다. 하지만 역시 연애는 아니지 않나. 오늘 하루 종일 생각하고 또 생각했던 일이다. 그녀로 인해 확실히 웃을 일이 많아졌다는 것, 그건 그래도 인정할 수 있지만.

"어이, 닥터 권! 내 술도 한잔 받아야지."

다른 누군가가 그 사이에 끼어들고, 장 사장과의 대화는 그렇게 끝을 맺었다. 기주는 다른 이가 건네는 축하주를 또 한 잔 받아 마셨다. 그렇게 다가왔던 사람들이 빠지고 나면, 또 다른 무리들이 찾아와 술을 따라주기를 반복했다. 취기가 짙게 오르자 기주는 손을 저으며 마다했다. 하지만 생일주는 거부하면 안 된다는 누군가의 억지에 그는 결국 사람들이 따라주는 술을 모두 마시고야 말았다.

눈꺼풀이 주체할 수 없을 정도로 무거워졌을 즈음 기주는 대리기사를 불러 차에 올라탔다. 그리고 집에 오는 이십여 분 동안 차에서 깜빡 잠이 들었다가 기사가 몸을 흔들어 깨우는 바람에 눈을 떴다. 지갑을 꺼내 대리 운전비를 지불하고 차에서 긴 다리를 내렸다. 급하게 일어서려니 몸이 휘청, 머리도 어질어질하다.

"제가 부축할게요."

대리기사가 내민 팔을 잡으려는 순간 뒤에서 낯익은 여자의 목소리가 불쑥 끼어들었다. 제정신이 아닌 기주는 하루 종일 서윤 때문에 고민했다는 사실도 잊고 그녀에게 몸을 의지했다.

"수고하셨습니다."

기주 대신 그녀가 대리기사를 향해 단정하게 인사했다. 그런 모습이 딱 최서윤답다는 생각을 하며 그는 피식 웃음을 흘렸다.

"무슨 술을 이렇게 많이 드셨어요?"

"그러게요."

"어서 올라가요."

서윤은 그의 팔을 어깨에 걸치고서 그에게 보조를 맞춰 천천히 걸었다. 아주 못 걸을 정도로 취한 건 아닌데도 기주는 그녀의 어깨에 걸린 팔을 굳이 풀지 않았다.

따뜻하다. 마음이 따뜻한 여자인 건 그동안 겪어봐서 알고 있었지만, 몸도 꽤 따뜻했다. 겨울이라, 몸이 추워서, 마음이 추워서, 그리고 생일이니까. 그렇게 몇 가지의 말도 안 되는 핑계를 붙여 그는 엘리베이터 안에서도 그녀에게 붙은 몸을 떼지 않고 서 있었다.

"왜, 밖에 있었어요?"

"그냥…… 산책이요."

이 시간에 산책이라니. 아까 대리기사를 부를 때 이미 열두 시가 넘었다는 걸 확인했는데 산책은 무슨 산책. 하지만 기주는 그녀의 대답에 토를 달지 않았다.

"위험해요, 밤엔. 늑대도 많고."

조금 꼬인 발음으로 그가 말했다. 그러자 서윤이 피식 웃음을 터뜨렸다. 순간 띵 소리와 함께 엘리베이터 문이 열리고, 두 사람은 안에서 내려 복도를 걸었다.

"왜 웃지? 늑대 못 만나봤나? 여기도 한 마리 있는데."

"선생님이요?"

서윤이 말도 안 된다는 듯 또 웃는다. 기주는 몸소 보여줘야 하나 생각하며 불현듯 몸을 돌려 벽에 팔을 대고 그 안에 서윤을 가두었다.

"서, 선생님."

토끼처럼 놀란 눈이 그를 올려다보았다. 흔들리는 눈망울이 겁을 집어먹은 아기 사슴 같기도 했다. 그 눈을 바라보며 기주는 천천히 고개를 기울였다.

"내가 어제 무슨 꿈 꿨는지 알아요?"

코앞까지 거리를 좁힌 터라 그녀가 내뱉는 숨이 고스란히 그의 입술에 닿았다. 기주는 그 따뜻한 숨을 제 입안으로 삼키고 싶다는 깊은 욕망에 휩싸였다. 서윤이 바짝 목을 움츠리며 살살 고개를 저었다.

그래, 모르겠지. 꿈에도 모르겠지. 상상도 못 해봤겠지.

"알려줄까."

그녀가 움츠린 만큼 그는 조금 더 고개를 움직여 가까이 입술을 가져갔다. 그러자 그녀의 숨소리가 점점 더 거칠어졌다.

갈증이 난다. 속이 탄다. 이 입술을, 그 안에 숨은 빨간 혀를 제 입안에 넣고 잘게 깨물고 싶다. 꿈에서보다 좀 더 짙게 입을 맞추고, 그 안에서 흐르는 샘을 모조리 빨아들여 이 깊은 갈증을 해소하고 싶다.

하지만…… 역시 안 되는 일. 기주는 힘을 빼서 그녀를 가둔 팔을 내리고 뒤로 돌아섰다.

다급하게 도어록 버튼을 누르자, 번호가 틀렸는지 문이 열리지 않고 삑삑삑 요란한 소리가 들려왔다.

젠장. 그는 입술을 짓씹으며 눈을 꼭 감았다 떴다. 그리고 다시 한 번 빠르게 버튼을 눌렀다.

휘청휘청 집 안으로 들어온 기주는 옷도 벗지 못한 채 침대에 쓰러지듯 몸을 던졌다. 그리고 그대로 잠에 빠져들었다.

춥다. 너무나도 춥다. 잔뜩 몸을 웅크린 기주는 추위에 몸을 떨며 손을 더듬어 이불을 찾아 덮었다. 그런데도 으슬으슬 몸이 여전히 떨린다. 게슴츠레 눈을 떴다가 다시 감기를 몇 번 반복했다. 그러는 사이 조금씩 의식이 들기 시작했다.

아, 어제 술을 꽤 마셨지. 보일러를 안 올리고 그냥 잠들었던가. 그래서 추운 모양이다. 기주는 끙차 소리를 내며 상체를 일으켜 손을 뻗고 보일러 온도를 높였다. 그리고 나니 무거운 몸이 가라앉아 침대에 다시 달라붙었다.

목이 조이고 갈증이 난다. 몸도 갑갑하다. 머리도 아프고, 귀도 윙윙 울리는 것만 같다. 의식이 들자 온몸이 불편하다고 아우성을 쳐 대는 것이 느껴졌다. 힘없는 손으로 밤새도록 목을 죈 넥타이를 풀고, 엎드려 누운 채 양복 재킷도 벗어 바닥에 던졌다. 와이셔츠의 단추를 두 개 풀고, 숨을 깊게 들이마셨다가 내쉬었다.

하지만 여전히 풀어지지 않는 갈증. 목이 타서 이대로 다시 잠이 들기는 힘들 것 같았다. 기주는 힘겹게 몸을 일으켰다. 차가운 바닥에 발을 내딛고, 느릿느릿 주방을 향해 걸었다.

그는 식탁에 앉아 머리를 두 손으로 감싸고 과음한 것을 뒤늦게 후회했다. 분위기상 안 마실 수는 없었지만, 오늘 진료를 핑계 삼아서라도 어떻게든 자제했어야 할 일이라고 자책했다.

그런데 집엔 어떻게 왔더라? 대리기사를 부르고, 그 뒤에 서윤이 저를 부축하고…….

"아!"

그 이후의 장면들이 기주의 머릿속에 속속 떠올랐다. 유치하게도 늑대가 어쩌고 하며 그녀를 벽으로 밀어붙여 팔 사이에 가두고, 그리고 그다음엔…….

젠장. 젠장이다, 젠장, 젠장.

기주는 저 아래서부터 끓어오르는 절규의 목소리를 차마 입밖으로는 내뱉지 못하고 다시 삼키며 입술을 깨물었다. 그리고 두 손으로 머리카락을 세게 움켜잡고 쥐어뜯었다.

"미친놈."

아무리 술에 취했었다지만 미친 게 아니고서야 어떻게 서윤에게 그런 짓을 했을까. 꿈을 꾼 것도 모자라 현실에서까지. 추태도 이런 추태가 없다.

"돌겠네, 진짜."

눈앞이 다 캄캄하다. 앞으로 그녀의 얼굴을 어떻게 봐야 할지 모르겠다. 이대로 연기처럼 흔적도 없이 사라져 버리면 좋을 것 같다.

정신이 번쩍 들고 잠이 다 달아났다. 그는 옷을 벗고 욕실로 들어가 한참 동안이나 샤워를 했다. 그러고 나니 머리도 꽤 맑아졌다. 하지만 문제는, 그럴수록 지난밤의 일이 머릿속에 더 선명히 새겨진다는 것이다.

"아윽!"

할 수만 있다면 병원까지 땅굴을 파서 내내 숨어 다니면 좋으련만. 절대 세상 밖으로 나오지도 않고, 그 안에서 두더지처럼 살면 좋으련만.

한 시간이 넘도록 머리를 쥐어뜯던 기주는 깊은 한숨을 내쉬고서 자리에서 일어섰다. 아무래도 며칠간 서윤의 얼굴을 보는 건 도저히 못 할 짓인 거 같아 일찌감치 집을 나서야겠다고 생각했다.

그런데⋯⋯ 하늘이 돕지 않는 것일까. 문손잡이를 잡는 순간, 그보다 먼저 서윤의 집 문이 열리는 소리가 들려왔다. 놀란 기주는 숨을 죽이고서 현관 앞에 가만히 서 있었다.

그의 집 문 앞에서 무언가 달그락거리는 소리가 들려왔다. 그리고는 곧 서윤의 집 문이 다시 열렸다 닫히는 소리가 났다.

후우. 기주는 그제야 참았던 숨을 길게 내뱉었다. 그런데 이번엔 휴대폰이 지잉 하고 짧게 울린다.

〈선생님, 문 앞에 콩나물국 끓인 거 갖다 놨어요. 속 아프실 텐데 드시고 출근하세요.〉

서윤이 보낸 문자를 확인하고서 기주는 다시 한 번 머리를 벅벅 헤집고서 한숨을 내쉬었다.

조심스럽게 문을 열었더니 쟁반에 김이 오르는 뜨끈한 국과 밥한 그릇, 그리고 반찬 몇 가지가 얌전히 담겨 있었다. 지난밤에과음한 저를 위해 새벽부터 일어나 식사 준비를 한 모양이다.

"미치겠네, 정말."

작게 중얼거리고서 쟁반을 들고 일어서는데, 문밖 손잡이에걸려 있는 작은 쇼핑백 하나가 눈에 들어왔다. 아마 이것도 서윤이 가져다 놓은 것이겠지.

그는 쇼핑백까지 챙겨 들고서 다시 집 안으로 들어왔다. 서윤이 놓고 간 쟁반을 식탁 위에 올려놓고, 쇼핑백 안에 담긴 작은상자를 꺼냈다. 포장을 뜯어보니, 넥타이와 생일 축하한다는 메시지가 담긴 작은 카드 한 장이 들어 있었다.

이 여자는 대체 어떻게 생일까지 알고 있는 것일까. 꽤 많은 이야기들을 주고받기는 했어도 그 얘기를 했던 기억은 없는데.

선물까지 받고 보니 더 미치겠다. 더 돌겠다. 술을 끊고 잠적해버리든지, 아니면 정말 땅굴이라도 파든지 해야지.

마음이 더욱 무거워지고, 죄책감도 덩달아 심해졌다. 꿈을 꾼것만으로도 미친놈이 된 것 같았는데, 술을 마시고 멍멍이보다못한 짓을 해버렸으니. 아, 멍멍이는 귀엽기라도 하지.

차린 음식을 가져다주지 못하고 문 앞에 그냥 놔둔 것으로 보아, 그녀도 얼굴을 마주 볼 수 있는 상황이 아니라는 것을 인지하고 있는 것 같았다.

어떻게 할까. 이대로 비겁한 놈이 되어버릴까, 아니면 부끄럽고 민망하더라도 어떻게든 부딪쳐 볼까.

잠시 고민하던 기주는 마음의 결정을 내리고서 휴대폰을 열었다. 그러자 다시 나타나는 서윤의 문자. 거기에 답장을 쓸까 하다가 그대로 통화 버튼을 눌러 그녀에게 전화를 걸었다. 이 길로 당장 서울로 달려가 사라져 버리지 않는 이상, 서윤의 얼굴을 마주치지 않을 방법은 없으니 말이다.

[네, 선생님.]

세 번의 벨이 울리고서 서윤의 목소리가 들려왔다. 평소처럼 밝은 목소리를 기대한 것은 아니었지만, 그래도 어제의 일을 의식하는 것이 티가 나도 너무 났다.

"서윤 씨, 음…… 저기……."

뭐라고 말을 꺼내야 하지? 눈앞이 하얘 아무런 생각이 나지 않는다.

"미안해요."

머리를 쥐어짜 겨우 생각해 낸 말이 고작 이 네 글자. 그리고 또 무슨 말을 해야 할지 모르겠다.

"미안해요, 서윤 씨. 취해서 실수했다는 변명이 비겁한 말인 건 알지만, 그것 외엔 달리 핑계 댈 거리가 없네요."

[……괜찮아요, 선생님. ……정말 괜찮아요.]

잠시 후에 그녀의 대답이 들려왔다. 말은 괜찮다지만, 목소리는 하나도 괜찮은 것 같지 않았다. 이번엔 또 무슨 말을 해야 할까. 회전이 되지 않는 머리를 그가 주먹으로 콩콩 두들겼다.

"얼굴 보고 사과하는 게 맞는데, 나 도저히 오늘은 서윤 씨 못 볼 거 같아요. 미안해요. 그리고 밥…… 잘 먹을게요. 선물도 고맙고요."

[네, 선생님. 아, 그리고 저요…… 오늘 서울 올라가요. 주말

거기서 보내려고요. 그러니까, 내일까지는 집에 없어요.]

"그래요, 잘 다녀와요."

그렇게 통화를 마치고 전화를 끊었다. 생각해 보니 서울에 간다는, 그래서 집에 없을 거라는 그녀의 말은 저를 배려해서 일부러 한 얘기인 것 같았다. 마주칠 일 없을 테니 억지로 피할 필요가 없다는 그런 얘기.

☂

그 묵은 기억이 왜 갑자기 떠올랐는지는 모르겠다. 삼 년 전 크리스마스를 며칠 앞두었던 날, 함께 백화점에 가자는 지윤의 청에 서윤은 흔쾌히 따라나섰다. 경철과 헤어지고 한동안 힘들어 하던 언니가 남자에게 줄 선물을 고르기에 물었더니, 새로 만나는 사람이 생겼다는 것이었다.

"크리스마스 선물하게?"

"아니, 생일 선물. 그 사람 생일이 크리스마스이브의 이브란다."

경철에게 선물을 할 때는 거침없이 고르던 언니가 다른 남자에게 줄 선물은 백화점을 몇 바퀴 돌고도 고르지 못하고 헤매기에, 서윤이 대신 넥타이를 골라주었던 일. 그 기억을 떠올리고서 서윤은 그의 생일을 위해 며칠을 고민하고 준비했다. 어떤 선물이 좋을까, 무슨 선물이 그를 기쁘게 할까. 생각에 생각을 거듭해도 선물을 고르는 일은 어렵기만 했다.

그러다가 문득 지난 6개월을 더듬어보니, 기주가 한 번도 그 넥타이를 맨 모습을 본 적이 없었다. 그래서 서윤은 그의 생일에 제 손으로 직접 넥타이를 선물해 주고 싶다는 생각을 했다.

매운탕이 너무 먹고 싶다고, 그런데 서울에 올라갈 시간이 없다며 며칠간 엄마를 졸라 택배로 양념장과 밑반찬 몇 가지를 받아냈다. 마트에 가서 매운탕에 들어갈 재료를 사고, 또 생색용으로 직접 만들 나물의 재료도 사고, 백화점에서 넥타이도 사고. 일주일을 그렇게 바쁘게 보내며 그의 생일을 함께할 수 있다는 기쁨에 가득 차 있었는데, 막상 그의 생일날 약속이 있다는 답장을 받고서는 얼마나 속이 상했던가.

자정이 넘도록 오지 않는 그를 밖에서 기다리며 이제 그만하자고, 진즉에 접었어야 할 마음이니 이제 정리해야겠다고, 그렇게 다짐하고 다짐했는데. 그래놓고 또 속없이 콩나물국이나 끓이고 있는 처량한 모습이라니.

후우, 서윤의 한숨이 아침부터 깊다. 그가 사과하지 않았다면 오히려 마음은 덜 아프련만. 취하지 않고서는 그런 일을 저지를 사람도 아니지만, 그래도 그 핑계는 꽁꽁 감추고 있던 그녀의 마음에 비수를 꽂아버렸다.

기주가 나가는 소리를 듣고 그녀도 서울로 올라가기 위해 간단히 짐을 꾸렸다. 어쩌면 크리스마스를 그와 함께 보낼 수 있지 않을까 하고 꿈꿔보았지만, 역시나 욕심이 과했던 것이다. 그의 얼굴에 철판이 깔린 것이 아니고서야, 크리스마스는 고사하고 당분간은 얼굴을 보는 것조차 힘이 들 테니까.

특별한 날을 맞아 쏟아져 나온 차들로 인해 도로는 생각보다 훨씬 복잡했다. 기나긴 차량들의 행렬에 갇혀 앞으로 나아가지 못하는 버스는 기주를 향한 서윤의 마음처럼 대책이 없었다.

평소보다 삼십 분가량이 더 걸려 도착한 서울은 청주보다 훨씬 춥고 스산했다. 서윤은 코트 깃을 굳게 여미고 집으로 가는 발길을 재촉했다.

집에 도착하자, 따뜻한 온기와 함께 조카의 울음소리가 서윤을 반겼다. 그녀는 가방을 던지듯 내려놓고 욕실에 가서 손을 씻었다.

"명후야."

안방으로 달려 들어가 아이를 안아 올리자 작던 울음소리가 더욱 커졌다. 몇 달 만에 보는 이모의 얼굴을 어린 아기가 기억할 리 없는 건 당연했다.

"괜히 애 울리지 말고 내려놔."

지윤의 말에 서윤은 입을 삐죽이며 명후를 내려놓았다. 그러자 미경이 서윤의 등을 찰싹 내려쳤다.

"너도 시집이나 가, 이것아. 시집가서 네 자식 낳아서 물고 빨고 하면 될 것 아냐."

"아윽, 엄마! 예고라도 좀 하고 때리든가."

아직 코트도 벗지 않은 터라 그렇게까지 아픈 건 아니었다. 그럼에도 서윤은 엄살을 피우며 등을 문질렀다. 맞고도 아픈 척을 하지 않으면 엄마의 손이 두 번, 세 번 연타로 날아온다는 것을 아주 잘 알고 있기 때문이다.

"아파? 이게 아파? 어떻게 때려야 아픈 건가 제대로 좀 맞아볼래? 엄마 가슴에는 피멍 들게 해놓고 겨우 요게 아파, 이것아?"

"아잉, 왜 또 그래, 엄마."

서윤이 미경의 팔에 매달리며 응석을 부렸다. 전화도 받고 반찬도 보내주기에 겨우 마음을 풀었구나 생각했는데 그게 아니었다. 그냥 대놓고 구박하는 것으로 방법을 바꾸었을 뿐.

"왜 또라니. 너 며칠 있으면 서른하나야. 친구들은 시집가서 애 낳고 알콩달콩 사는데, 너는 그 나이 먹어 어디 할 짓이 없어 가출이야, 가출이? 네가 뭐 천년만년 꽃인 줄 알아? 그나마 제 값 쳐 줄 때 시집가야 할 것 아니야."

"엄마는, 요새 서른하나가 뭐 많은 나이라고. 그리고 가출 아니라니까요."

"가출이 아니면 뭐야? 집 나가면 그게 가출이지. 쓸데없이 고집 피우지 말고, 당장 집에 들어오든지, 아니면 선을 보든지, 둘 중 하나 해."

"갑자기 웬 선?"

중간에 끼어든 건 명후를 안아 든 지윤이었다. 그동안 심심치 않게 들어온 중매를 매번 거절해 왔던 엄마임을 알기에 의아하다는 듯 물었다. 선자리가 들어오면 요새 젊은 애들이야 알아서 연애하고 시집 장가가는 것 아니냐며 미경은 한 번도 그런 자리에 딸들을 내보내 본 적이 없었다.

"갑자기는 무슨. 인물값 하는 딸들 둔 덕에 중매쟁이가 문턱이 닳도록 들락거리는구만. 너 저기 큰길에 문구점 하는 김 씨 알지? 너 어렸을 때부터 예뻐했던. 그 김 씨네 사돈총각이 세무사라더라. 인물도 훤하고, 집 장만도 해놨고, 사람도 성실하대. 놓치기 아까운 자리라니까 한번 만나봐."

"싫어요. 선은 무슨. 아직 결혼 생각도 없는데."

"아, 그럼 집엘 기어들어 오든가!"

입술을 내밀며 중얼거리는 서윤에게 미경의 매서운 손이 또 냅다 날아들었다. 서윤은 아프다는 듯 등을 비틀며 자리를 피하기 위해 슬그머니 일어섰다.

"너 객지에서 그러고 있는데 내가 잠이 오겠어? 시집이라도 보내놓든가, 아니면 내 옆에 묶어놓기라도 해야 맘 편하게 다리 뻗고 살지! 세상도 험한데 서울 어디 가까운 곳도 아니고, 왜 그 먼데까지 내려가서 사람 속을 썩이느냐고!"

"청주가 멀면 뭐 얼마나 멀다고."

"약속 잡아놓을 테니까 선봐! 안 그러면 내가 청주 내려가서 머리끄덩이라도 잡아서 끌고 올라올 거니까. 연애? 그거 뭐 별거 없어. 객지에 그러고 있다가 괜히 시답잖은 놈 만나서 네 언니 꼴나지 말고, 선봐서 적당히 조건 좋은 남자 만나 내년 안에 결혼해. 알았어?"

투덜거리며 방을 나서는 서윤의 등 뒤로 미경의 잔소리가 쏟아졌다. 하지만 그녀는 뒤도 돌아보지 않고 그대로 문을 열고 거실로 나왔다. 그러고는 방문을 막 닫으려는데 지윤이 미경을 향해 대꾸하는 소리가 들려왔다.

"엄마는 왜 또 날 물고 늘어져? 내가 뭘 어쨌다고!"

서윤은 길게 한숨을 내쉬고서 가방을 챙겨 제 방으로 피신했다. 이런 이야기의 끝은 늘 지윤이 기주와의 결혼을 망친 그때로 돌아갔다. 미경은 대놓고 그 일을 입에 담지는 않았지만, 지윤이 권기주 그 사람과 결혼했으면 이렇게 살고 있지는 않을 거라고 생각하는 엄마의 마음을 모르지 않았다. 몸이 아픈 시어머니에 시이모, 그 이모의 자식 둘까지 모두 책임져야 하는 경철을 끝내 버리지 못한 탓에 아이 기저귀값도 빠듯한 신세. 미경은 그런 딸이 안타까워 매번 봉투를 내밀었고, 지윤은 자존심을 부리느라 유난히 더 친정의 도움을 거절했다.

편한 옷으로 갈아입은 서윤은 따뜻한 방에 누워 낮잠을 청했다. 지난밤을 뜬눈으로 꼴딱 새운 탓에 눈이 뻑뻑하고 몸도 뻐근했다. 버스에서 잠깐 눈을 감고 있기는 했지만, 술에 취한 권기주가 머릿속을 헤집고 돌아다니는 바람에 잠에 들지는 못한 터였다.

그 사람은 대체 어떤 꿈을 꾸었던 걸까. 자신에게 어떤 행동을 하려고 했던 걸까. 대강 짐작을 못 하는 건 아니지만, 그래도 정확하게 알고 싶다. 술에 취하지 않았다면, 절대로 저에게는 하지 않을 행동이었는지도.

보고 싶고 그립다. 사랑하고 싶고, 또 사랑받고 싶다. 절대로 이루어지지 못할 덧없는 바람인 것은 알지만, 그 사람의 품에 안기고 싶다. 취하지 않은 말짱한 정신으로 귓가에 속삭여 주고, 입을 맞추어준다면 얼마나 좋을까. 딱 한 번만이라도 좋다. 아니, 술기운이어도 좋을 것 같다. 너를 좋아한다고 한 번만 말해 준다면.

그렇게 머릿속에 그를 가득 담은 채로 잠이 들었다가 깼다. 일어나 밥 먹으라는 엄마의 성화에 서윤은 흐트러진 머리카락을 추스르고 방에서 나왔다. 주방에는 식욕을 돋우는 냄새가 가득했고, 식탁에는 아버지 형일과 경철까지 자리를 잡고 앉아 있었다.

"아빠, 저 왔어요. 어, 형부도 오셨네요."

형부라는 단어를 내놓으며 서윤은 또 금세 기주를 떠올렸다. 그 사람, 밥은 먹었을까. 종일 속이 부대끼지는 않았을까.

"처제, 오랜만이네. 연애라도 해? 요새 얼굴 보기가 왜 이렇게 힘들어."

경철의 물음에 서윤은 언니의 얼굴을 쳐다보았다. 남편에게는 시시콜콜한 얘기들을 모두 하는 그녀인지라, 지난 연애의 실패로 청주에 내려간 사연을 당연히 얘기했을 거라고 생각한 탓이다. 하지만 서윤과 눈이 마주친 지윤은 고개를 절레절레 저었다.

"아뇨, 연애는 무슨. 아니에요."

서윤은 시큰둥하게 대답하고 식탁 빈자리에 앉았다. 그러자 앞에 국그릇을 내려놓은 미경이 또 그녀의 등을 냅다 내려쳤다.

"그러니까 잔말 말고 선보라고! 당장 결혼하기 싫으면 선보고 연애하면 될 거 아냐. 남들 다 하는 연애, 뭐가 모자라서 그깟 거 하나 제대로 못 하냐고, 글쎄."

"아훗! 엄마."

이러다간 등짝이 남아나질 않겠네. 아무래도 새해는 청주에서 보내야 할 모양이다.

"엄마 하라는 대로 해. 집에 들어오든지, 선을 보든지. 말 들어보니까 사람도 꽤 괜찮다던데. 나이도 서른둘이라니 적당하고."

결국 아버지까지 합세해 닦달이다. 그러니 서윤의 입장에서도 크게 고집을 부리지는 못하고, '생각해 볼게요'라는 대답으로 대강 얘기를 마무리할 수밖에 없었다.

그렇게 서윤은 주말 내내 가족들에게 시달리고 일요일 밤이 늦어서야 청주에 돌아왔다. 아파트에 들어서서 그녀가 가장 먼저 한 일은 고개를 올려 기주의 집에 불이 켜져 있는지를 확인해 본 것이었다. 하지만 창은 불빛 하나 없이 어두웠고, 그의 차가 늘 서 있던 자리는 비어 있었다.

허무하다. 가슴에 구멍이 뻥 뚫린 것만 같다. 청주행 버스에 오른 그때부터 내내 이 순간만 기다렸는데.

이 남자는 어디로 간 걸까. 설마 이 야밤에도 운동을 하러 간 걸까? 아니면 그 친구라는 여자와 함께 크리스마스를 보냈을까? 그것도 아니면 저처럼 서울에라도 다녀오는 것일까.

놀이터에 앉아 그가 올 때까지 기다려 볼까 했다가, 서윤은 금세 생각을 접어버렸다. 당분간은 제 얼굴을 보는 걸 그가 불편해할 테니까.

묵은해를 보내고 나이를 한 살 더 먹었다. 새해맞이는 집에 와서 하라는 엄마의 성화가 있었지만, 서윤은 교통 체증을 핑계로 가지 않았다. 다녀온 지 겨우 일주일밖에 안 된 탓도 있긴 했지만, 또 선을 보라는 시달림을 당할 것을 생각하니 도저히 가고 싶지 않았던 것이다. 그리고…… 옆집 남자와 함께 있고 싶기 때문이기도 하고. 물론 그때의 사건 이후로는 내내 그를 보지 못했지만, 벽 하나를 사이에 두고 한 공간에서 그의 소리를 듣고 느끼는 것만으로도 서윤에게는 큰 위안이 되었다.

하지만 기주는 새해 첫날에도 새벽같이 나갔다가 밤이 되어서야 돌아왔다. 그리고 그 후에도 매일 같은 시각에 집을 나섰다.

마음만 먹는다면 문소리가 들려올 때 쫓아 나가거나, 아파트 놀이터에서 기다리다가 우연을 가장해 함께 엘리베이터에 오를 수도 있지만 서윤은 굳이 그러지 않았다. 여태 전화 한 통, 문자 한 번이 없는 것을 보면 아직 그의 마음이 편치 않다는 것이니까.

회사에서 일을 마치고서 서윤은 영화관을 찾았다. 그래도 혼자라는 이유 때문인지 기주와 함께 있을 때보다는 영화에 집중할 수 있어 괜찮았다.

영화가 끝난 후에 카페에 들러 따뜻한 커피 한 잔과 조각 케이크로 저녁을 대신했다. 그리고 집에 돌아오는 길. 그녀가 사는 아파트 동 입구에서 낯익은 그림자 하나가 서성이고 있었다.

"서윤 씨."

"어…… 안진상 대리님?"

그 그림자가 누구인지를 확인한 서윤은 살짝 미간을 찌푸렸다. 회사에서 마주하는 것도 그다지 편치 않은 사람인데, 왜 이곳에 서 있는 것인지 알 수가 없다.

"이제 오네요?"

"네, 일이 좀 있어서……. 그런데 여긴 어쩐 일이세요?"

"기다렸어요. 할 얘기가 있어서."

대여섯 발자국을 남겨두고 서윤이 멈춰 서자, 그가 성큼성큼 걸어와 간격을 좁혔다. 두 사람의 사이가 너무 가까워지자, 서윤은 저도 모르게 뒤로 한 발자국 물러섰다.

"저한테요?"

"어디 조용한 데 가서 얘기 좀 했으면 좋겠는데요."

"무슨 얘기를요? 하실 말씀 있으면 그냥 여기서……."

"그럼 잠깐 서윤 씨 집에라도 올라가든지요. 내가 몇 시간이나 서 있었더니 다리도 아프고 좀 춥네요."

서윤은 덜컥 겁이 났다. 매일 얼굴을 보는 처지에, 더군다나 한 사무실에서 일하는 처지에 설마 크게 나쁜 짓이야 하겠느냐마는, 몇 개월 동안 함께 일을 하며 그의 성격을 겪어본 터라 조금은 걱정이 되는 게 당연했다. 앞뒤 막힌 벽창호, 안하무인에 한 번씩 욱하는 성미까지. 정도가 아주 심한 건 아니지만, 달리 이름이 진상이겠냐며 경은이 혀를 내두른 적이 한두 번이 아니었다.

"아뇨, 그냥 여기서 하셨으면 좋겠어요. 집에 다른 사람 들이는 거 좀 불편해서요."

"되게 경계하네. 뭐, 그럽시다, 그럼."

몇 시간이나 기다렸다면서 할 말을 정리하지 못했는지, 그는 한참 동안이나 입을 열지 못하고 뜸을 들였다. 입가를 매만지다가, 바닥을 괜히 한 번씩 발로 쿵쿵 찧었다가, 그러다가 또 초조한지 담배를 꺼내 물었다. 그러더니 서윤을 한 번 흘깃 보고는 입에 문 담배를 다시 빼서 주먹 안에 꾹 쥐었다.

"서윤 씨, 내가 말입니다, 마음을 접어보려고 노력은 했어요. 했는데…… 그게 잘 안 돼요. 아마 서윤 씨도 알고 있을 거라고 생각해요. 내가 서윤 씨 좋아하는 거."

물론 알고 있었다. 첫 회식 때 분위기도 그랬고, 그날 경은에게서 들은 이야기도 있었다. 6개월 동안 함께 일을 하며 제 주위를 뱅뱅 맴돌았던 것도 알고 있고, 또 좋아하는 마음을 겉으로 표현하지 못해 괜히 일거리로 심술을 부린다는 것도 느끼고 있었다. 그래서 이 남자에게는 일부러 더 벽을 두르기도 했다. 하지만 서윤은 그의 말에 대꾸하지 않고 다음 말을 기다렸다.

"나한테도 기회를 줘요. 남자친구 있는 거 상관 안 해요. 양다리라도 좋으니까, 똑같이 기회를 줘요."

"뭐라고요? 이보세요, 안진상 대리님. 저는요……."

서윤은 너무도 기가 막혀 입을 다물지 못했다. 이게 도대체 상식적으로 이해할 수 있는 말이던가. 물론 남자친구가 있다는 것은 거짓이지만, 그래도 대놓고 양다리를 걸치라는 건 말도 안 되는 얘기였다.

"최서윤!"

그때였다. 서윤의 말을 끊고 갑작스레 끼어든 목소리. 진상과 서윤은 동시에 소리가 난 방향으로 고개를 돌렸다. 그곳에는 한참이나 얼굴을 보지 못했던 기주가 잔뜩 인상을 쓰고 서 있었다.

"선생님."

왜 하필 이런 순간에 마주치게 되었을까. 진상이 조용한 곳으로 가자고 했을 때 그 말을 들을 걸 그랬다. 이런 순간을 그에게 또 보이게 될 줄은 차마 몰랐는데. 요새 들어 매일 자정이 다 되어 들어오기에 괜찮을 거라고 방심했던 게 잘못이었다.

"뭐야, 당신은!"

진상을 향한 기주의 목소리는 마치 화가 나 있는 것처럼 느껴졌다. 강민우가 왔을 때 도와주었던 날과는 사뭇 다른 분위기였다. 서윤은 생경한 그의 말투에 놀라 잠시 움찔거렸다.

진상이 날카로운 눈으로 서윤과 기주를 번갈아 쳐다보다가 이내 뒤로 몸을 돌려 그대로 가버렸다. 서윤에게 남자친구가 있다고 알고 있으니, 기주가 그 사람일 거라고 믿는 것은 당연했다.

그리고 순순히 자리를 피해주는 것으로 보아, 그녀를 곤란에 빠뜨리려거나 할 생각으로 찾아온 건 아니라는 것도 느낄 수가 있었다.

"서윤 씨는 대체!"

진상으로 인해 잔뜩 긴장하고 있던 마음이 겨우 느슨해지려는 순간 기주가 그녀를 향해 다그쳤다. 하지만 끝까지 말을 내뱉지 못한 채 그는 입술을 깨물며 돌아섰다. 기주의 화난 목소리에 놀란 서윤은 그렁그렁한 눈으로 그의 뒷모습을 바라보았다.

"선생님, 지금 저한테…… 화내시는 거예요?"

당황한 서윤의 물음에 기주는 아무런 대답도 하지 않고, 그녀를 돌아보지도 않았다. 그냥 그 자리에 굳게 서서, 그녀의 물음만 되새기고 있을 뿐이다.

"왜요? 대체 왜 저한테 화가 난 건데요? 제가 뭘…… 잘못했어요? 싫으면 안 도와주시면 되잖아요. 그냥 모른 척 지나가면 되잖아요."

글쎄. 난 왜 화가 날까? 왜 이렇게 속이 끓어오르는 걸까.

차에서 내려 서윤이 다른 남자와 서 있는 모습을 본 순간 갑자기 속에서 무언가가 왈칵 치밀어 올랐다. 그래서 앞뒤 분간 없이 달려와 버럭 소리를 지르고 말았다.

"그렇게 헤프게 웃고 다니니까 이놈 저놈 다 덤비는 거지. 여자가 조금만 친절하게 대해줘도 자기한테 마음 있는 거라고 멋대로 해석하는 게 남자들이에요."

기주가 뚝뚝 냉기가 흐르는 말투로 대꾸했다. 저에게 웃어주던 것처럼 저 남자에게도 그렇게 웃어주었겠지. 말갛게 얼굴을 붉히고, 사근사근 예쁘게 말했겠지. 그러니까 이 야밤에 집 앞까지 찾아와 저런 헛소리를 지껄이고 간 것이겠지.

"그냥 회사 사람일 뿐이에요. 특별히 친절하게 대해준 적도 없고, 남자친구 있다고 거짓말까지 해가면서 회사 생활 하는데, 그런데 헤프게 웃고 다닌다고요?"

서윤의 입술이 파르르하게 떨렸다. 그에게 두 번이나 이런 모습을 보이긴 했지만, 그럼에도 억울한 마음이었다. 그녀는 돌아보지도 않고 서 있는 기주의 등에 대고 그 마음을 토로했다.

"여지를 줬으니까 그러는 거겠죠."

그래, 여지를 줬으니까, 그러니까 그런 괴상한 꿈을 꾼 것이다. 취중이었다고 하지만 여지를 줬으니까 그런 말도 안 되는 짓을 저질렀던 거다. 말간 얼굴로 그렇게 예쁘게 웃어주니까. 별것 아닌 일에도 수줍게 얼굴을 붉히니까.

기주는 조금 전 사라진 남자의 입장과 더불어 제 못난 행동까지 그렇게 정당화해 버렸다. 그녀에게 모든 책임을 떠넘기는 것으로. 그는 서윤을 남겨둔 채 계단으로 성큼성큼 올라가 버렸다.

저건 엘리베이터도 함께 타고 싶지 않다는 뜻인가. 그녀는 기가 막혀 실소를 터뜨렸다.

서윤은 밤새도록 잠을 자지 못했다. 억울한 마음에 속이 끓어올라 눈을 감았다가도 다시 벌떡 일어나 앉기만 수차례 반복했다.

자신이 대체 뭘 어쨌다고 그에게 헤프다는 소리를 들어야 하는지 모르겠다. 사람을 상대하는 데 있어 가장 기본적인 예의 그 정도는 했을지언정, 남자들을 향해 결코 과하게 웃어본 적은 없었다.

미안하다고, 술에 취해 해서는 안 될 잘못을 저질렀다며 얼굴 보는 것조차 부끄럽다고 그가 말한 게 열흘도 더 전의 일이었다. 그사이 저는 보고 싶은 마음을 꾹꾹 눌러가며 참고 또 참았는데, 그는 해를 넘겨 얼굴을 봐놓고 고작 한다는 말이 헤프게 웃는다는 그따위의 것이다. 그러니 어찌 분하고 억울하지 않을 수가 있을까.

회사에 출근하자마자 서윤은 이야기 좀 하자며 안진상 대리를 따로 불러냈다. 기주의 등장으로 인해 끊긴 대화를 마저 마무리 지어야 했다.

"안 대리님, 앞으로는 집으로 찾아오는 일 없었으면 좋겠어요. 그 때문에 어제 제가 좀 많이 곤란했어요. 그리고 저 대리님한테 아무 관심 없어요. 남자친구 아니더라도 대리님 만나고 싶은 생각 전혀 없습니다. 그러니까 마음 접어주시면 좋겠어요. 죄송합니다."

서윤은 고개까지 꾸벅 숙여가며 미안하다는 말을 건네고 돌아섰다. 그러자 저만치에서 그 광경을 목격한 경은이 무슨 일이냐는 듯 눈으로 물었다.

기주를 좋아하는 그녀의 마음까지 알고 있는 경은이라, 서윤은 퇴근 후 그녀를 붙잡고 하소연을 했다. 그렇게라도 하지 않으면 억울한 마음에 기주의 집 문을 쾅쾅 두드릴지도 모르겠다는 생각이 들었기 때문이다.

"정말 어떻게 그럴 수가 있어요? 자기가 봤대요? 내가 다른 남자한테 헤프게 웃어주는 거? 그리고 설령 그렇다고 쳐. 회사 사람인데, 한 사무실에서 매일 얼굴 맞대고 일하는 사람인데, 그럼 눈 마주치면 웃지 말고 울어요? 대체 사람이 왜 그런대요?"

자리를 잡고 앉자마자 순식간에 생맥주 두 잔을 들이켠 서윤이 작정을 한 듯 말을 쏟아부었다. 그새 술이 올라서인지, 아니면 그동안 정말 쌓인 게 많아서인지는 잘 모르겠다.

"음, 그건 말이야, 내가 보기엔 딱 답이 나오는데."

고추장을 섞은 마요네즈에 오징어를 찍어 입에 넣으며, 경은은 재미있다는 듯 씩 웃음을 지었다.

"답이요? 무슨 답이요. 완전 노답이죠. 자기는 술 취했다는 핑계로 아무 여자한테나 꿈꿨느니 어쨌느니 하면서 입술 들이밀고, 그래놓고 어떻게 나한테 헤프다는 말을 해요?"

한참 동안 흥분해 떠들던 서윤은 손부채로 열심히 열이 오른 얼굴을 식혔다. 하지만 별로 효과가 없는지 눈앞의 맥주를 벌컥벌컥 들이켰다. 그러고는 캬! 하는 소리와 함께 인상을 쓰고서 경은처럼 오징어를 장에 찍어 입에 넣었다.

"자기가 아무 여자는 아니지. 자기, 정말 몰라? 그 의사 쌤, 자기 좋아하는 거잖아. 그거 분명 질투야."

경은의 말에 서윤은 입에 안주를 넣은 상태로 얼음처럼 굳어 버렸다. 살짝 벌어진 입은 다물지도 못하고, 또 벌리지도 못한 채였다.

"그럴 리가요."

오징어를 씹지도 못하고 꿀꺽 삼켜 버린 서윤이 갑작스레 침울한 표정을 지었다. 그러고는 훅 한숨을 깊게 내쉬었다.

바라고 바라는 일이지만, 또 있어서도 안 되는 일. 경은이야 그런 사연까지는 모르고 있으니 상상 가능한 범위겠지만, 서윤에게는 있을 수 없는 일인 것이 당연했다.

"뭐가 그럴 리가야. 내가 저번에 봤을 때는 그 의사 쌤도 자기 보는 눈빛이 보통이 아니던데. 더군다나 저번에 팔짱 낀 여자, 그 여자 그냥 친구라며. 그것도 자기한테 애써 해명까지 했다며. 그럼 딱 답 나오는 거 아냐? 내가 좋아하는 여자가 다른 남자랑 야밤에 그러고 서 있는데 열 안 받을 남자가 어디 있어? 그것도 남자가 집까지 쫓아와서 기다리는데, 말이 곱게 나와? 진상 씨한테 주먹부터 안 휘두른 게 그나마 다행인 거지."

경은의 말은 그럴싸하니 듣기 좋았다. 그리고 완성된 퍼즐처럼 딱딱 들어맞기도 했다. 하지만 그건 모르는 소리. 이웃사촌이 되기 이전의 두 사람 관계를 알고 있는 사람이라면, 애초에 그런 상상은 하지도 않을 것이다.

"대리님, 근데…… 아니에요. 대리님이 틀렸어요."

"틀리긴 뭐가 틀려. 자기가 아직 남자를 잘 몰라서 그런 거지. 진짜 아니면, 내 손에 장을 지진다, 내가."

경은이 또 오징어를 질겅질겅 씹었다. 절대로 틀릴 수 없다는 듯 그녀는 손가락 하나를 서윤에게 내밀고서 단호하게 고개를 저었다.

"우리는…… 좋아하면 안 되는 사이거든요."

"에이, 세상에 좋아하면 안 되는 사이가 어디 있어. 그건 말도 안 되지. 사랑이란 말이야, 나이도, 국경도, 인종도, 종교도, 성별도, 모든 걸 다 초월할 수 있는 거 아니겠어?"

"뭐, 그건 이론적인 얘기고요. 하지만 현실은 아니잖아요. 있어요, 안 되는 거."

서윤의 눈에 눈물이 아른거렸다. 도대체가 어떤 사연이기에 안 된다는 건지는 몰라도 경은은 애써 캐묻지 않고 티슈를 꺼내 그녀에게 건넸다.

☂

"그 의사 선생님, 자기 좋아하는 거잖아."

경은의 목소리가 일주일 내내 서윤의 머릿속을 괴롭혔다. 아무리 생각해도 말이 안 되는 소리였지만, 한편으론 아주 간절한 소망이기도 했다.

그사이 기주는 코빼기도 한 번 볼 수가 없었다. 매일 같은 시간에 문을 여닫는 병원이 크게 일이 많다거나 야근을 하는 것도 아닐 텐데, 그는 늘 새벽에 집을 나갔다가 밤이슬을 밟으며 돌아왔다.

서윤은 집에 있는 시간의 대부분을 베란다 근처에 앉아 휴대폰을 열었다 닫았다 하며 지냈다. 문자를 보내볼까, 전화를 해볼까. 수백여 번을 생각하고 또 생각했지만, 어떤 말을 해야 할지 알 수 없어 매번 그만두는 것으로 결론을 낼 수밖에 없었다.

그러는 사이 엄마에게서 연락이 왔다. 날짜와 시간, 장소를 일방적으로 통보하는 한 통의 문자였다. 그것을 확인하고 서윤은 엄마에게 바로 전화를 걸었다.

"엄마! 이러는 게 어디 있어요. 무슨 약속을 이렇게 일방적으로……."

[시끄러워, 이것아. 내가 말했지? 짐 싸서 당장 집에 들어오지 않으려면 선이라도 보라고. 약속 깰 생각 말고 무조건 나가. 만일 이번에 안 되더라도 내가 들어오는 선자리는 무조건 다 잡을 거니까, 그리 알아. 너 그러고 있는 꼴 나 더 이상은 못 봐. 지금까지 아무 말 않고 봐줬으면 정신을 차려야지. 너 이 기지배 이번 약속 깼다가는 알아서 해. 다리몽둥이를 분질러 놓든지, 아니면 머리털을 다 쥐어뜯든지 할 거니까.]

"아니, 엄마. 내가 그날 시간이……."

어떤 핑계를 대서든 약속을 깨볼까 했지만 전화는 가차 없이 끊어져 버렸다. 어투가 꽤 과격해진 것으로 보아 엄마도 화가 많이 난 것 같았다. 서윤은 깊은 한숨을 내쉬고서 무릎을 세워 두 팔로 감싸 안고 얼굴을 묻었다.

무기력하고 아무런 의욕이 없다. 잠도 자고 싶지 않고, 밥도 먹고 싶지 않다. 회사에 가면 침울한 얼굴을 하고 일을 하다가, 경은에게 이끌려 억지로 점심을 먹고 커피 몇 잔으로 겨우 버텨 냈다. 그리고 또다시 집에 들어오면 어김없이 베란다 앞에 앉아 그의 기척을 기다리는 것으로 하루를 마감하는 일상.

가슴이 답답하다. 속이 터질 것만 같다. 아주 잠깐이라도 그의 얼굴을 보지 못한다면 이대로 정신이 나가 버릴 것도 같다.

한참을 앉아 있던 서윤은 자정이 가까운 시각을 확인하고 자리에서 벌떡 일어섰다. 그러고는 방으로 달려 들어가 두꺼운 점퍼와 목도리를 꺼내 들고 그대로 집을 나섰다.

차갑고 매서운 겨울바람을 맞으며 삼십여 분을 놀이터에서 서성였다. 그러다가 검은색 자동차 한 대가 들어오는 것을 보고 부리나케 달려갔다.

엘리베이터 앞에서 버튼을 누르는 기주의 뒷모습을 확인하고, 서윤은 가까이 다가가 그의 옆에 섰다. 이제야 기척을 느꼈는지 그가 흘깃 고개를 돌려 그녀를 쳐다보았다.

오랜만에 본 기주의 얼굴은 서윤의 얼굴만큼이나 수척하고 눈이 퀭해 보였다. 그런 그의 모습에 안도감이 드는 것은 왜인지. 만일 지금 이 남자가 너무나도 멀쩡한 얼굴을 하고 있었다면 주먹으로 가슴팍이라도 몇 대 때려주고 싶었을 것이다.

"요새 새벽 별 보기 운동이라도 하시나 봐요."

반갑고 그리운 마음에도 말이 삐딱하게 흘러나왔다. 서윤은 그의 대답을 기다리며 바닥만 뚫어져라 내려다보았다. 하지만 엘리베이터가 도착해 문이 열릴 때까지 그는 아무런 대답을 하지 않았다.

"선생님, 왜 저 피하세요? 저 때문에 일부러 새벽같이 나가서 밤늦게 들어오고, 그러시는 거 맞죠?"

"내가 왜. 내가 서윤 씨 피해야 할 이유라도 있나?"

그의 목소리는 여전히 차가웠다. 겉모습만 똑같을 뿐, 지난 시간 함께 밥을 먹고, 영화를 보고, 다정하게 다친 발을 치료해 주던 그 남자와는 전혀 다른 사람인 것만 같았다.

"아니라는 거죠? 그런데 왜, 얼굴도 안 쳐다보세요? 일부러 눈도 안 마주치고, 그날 저한테 그렇게 화내고서 연락 한 번도 없고."

"그때 일은 미안했어요. 내가 그날 좀 피곤해서 말이 막 나왔어요. 그러니까 마음에 담아두지 않았으면 좋겠어요."

경은의 말대로 질투였다는 대답을 바란 건 아니었다. 하지만 바로 이어지는 사과에 서윤은 또 속이 끓어올랐다. 물론 진심이 담긴 사과의 말은 아닌 것 같지만.

"집에서 선을 보래요. 다음 주 주말에. 그게 싫으면 당장 집으로 들어오라네요. 저 어쩌면 좋을까요, 선생님. 서울 올라가기는 싫고, 선이라도 봐야 할까요?"

"그걸 왜 나한테 묻지? 서윤 씨 일인데, 내 생각이 왜 궁금해요?"

"글쎄요, 왜 그럴까요. 내가 왜 그걸 선생님한테 묻고 있을까요. 무슨 상관이라고."

엘리베이터 문이 열리고, 서윤은 한 발짝 기주의 뒤에 서서 걸었다. 삼십 분을 넘게 기다렸는데, 그 노력에 비해 얼굴을 볼 수 있는 시간은 너무 짧다.

"좋아하는 사람이 있는데……."

충동적으로 튀어나온 서윤의 말에 도어록 버튼을 누르던 기주의 손가락이 우뚝 멈추었다. 아무 상관 없는 일이라더니, 정말로 아무 상관이 없는 건 아닌 모양이었다. 순간 서윤은 그의 마음을 헤집어놓고 싶었다. 지난 몇 달 제 머릿속을, 제 마음을 그가 헤집어놓았던 것처럼 그도 그렇게 만들어놓고 싶어졌다.

"그 사람을 마음에 담고 선을 봐도 되는지……. 그래도 되는 건지, 그게 궁금해서……."

꼭꼭 감춰두었던 속마음을 그렇게 털어놓고, 서윤은 가쁜 숨을 내쉬었다. 기주의 얼굴도 쳐다볼 수가 없었고, 더 이상 그 자리에 서 있을 용기도 나지 않았다. 그래서 그보다 먼저 빠르게 문을 열고 집 안으로 도망쳤다.

대체 왜 그랬을까. 미친 짓이다. 이건 정말 미친 짓이다. 언니와 결혼할 뻔했던 남자에게 좋아한다는 고백이라니. 그 상대가 누구라고 말한 건 아니지만, 아둔한 사람이 아니고서야 모르지 않을 거라고 생각했다.

점퍼를 벗어 던진 서윤은 바로 침대 속으로 들어갔다. 두꺼운 이불을 머리끝까지 덮어쓰고, 훅훅 길게 숨을 내쉬며 진정되지 않는 마음을 달랬다.

5. 이게 다 선생님 탓이에요

후둑후둑 땀방울이 비 오듯 바닥으로 떨어졌다. 그래도 기주는 속도를 늦추지 않았다. 빠른 속력으로 러닝머신 위를 달리는 그의 모습을 몇몇 사람이 팔짱을 끼고 선 채 지켜보았다. 저러다가 쓰러지지는 않을까, 진심으로 걱정스러운 얼굴들이다.

"권 선생. 이제 그만 좀 하지? 무슨 운동을 목숨 걸고 하나, 그래."

옷은 땀에 흠뻑 젖은 지 오래였다. 훅훅 숨도 거칠고, 다리도 점점 느려지는 것 같았다.

"사람 참, 그러다가 다친다고."

장 사장이 다가가 계기판을 눌러 억지로 속도를 내렸다. 그제야 기주는 머신 위에서 내려와 헉헉대며 바닥에 주저앉았다.

누군가가 건네주는 생수병을 받아 물을 콸콸 입으로 쏟아부었다. 그런데도 갈증이 난다. 목이 탄다.

몸이라도 혹사시키면 서윤의 생각을 떨쳐 낼 수 있을 거라고 생각했다. 그래서 아침부터 트레이닝 센터에 나와 몇 시간 동안 운동을 한 것이다. 그런데, 떨쳐 내려 하면 할수록 더욱 선명해지는 얼굴. 더욱 깊게 새겨지는 그녀의 고백. 정말로 머릿속이 터질 것만 같다.

그녀는 금요일 저녁부터 집에 들어오지 않고 있었다. 선을 본다더니 서울에 올라갔는지 문소리 한 번, 발자국 소리 한 번 들려오지 않았었다.

지금쯤은 다른 남자와 마주 앉아 차를 마시고 있을까? 아니면 식사라도 하고 있을까? 말갛게 웃음을 흘리며, 예쁜 목소리로 사근사근 묻는 말에 대답을 하고 있을까?

또 속이 탄다. 그리고 화가 난다. 이렇듯 주체할 수 없는 마음은 무엇 때문인지 알 수가 없다.

아니지. 정말 모르나? 답은 이미 나와 있는 걸. 그냥 애써 모른 척하고 싶은 거 아니었나?

그렇게 자문자답을 반복하며 기주는 힘들게 몸을 일으켰다. 기운이 모두 빠져 샤워실까지 휘청휘청 걸음을 옮겼다.

땀에 젖은 몸을 씻고, 그는 휴대폰을 열었다. 이대로 집에 들어가면 아무것도 하지 못한 채 그 여자의 생각만 머릿속에 떠올릴 것 같아 누구라도 만나야 했다.

해인의 번호가 등록된 단축 번호를 꾹 누르고, 신호가 가기를 기다렸다. 그러자 이내 흥분에 찬 그녀의 목소리가 들려왔다.

[어? 권기주 선생이 일요일에 어인 일로? 전화 제대로 건 거

맞아?]

"밥 먹자."

[오, 웬일이지? 해가 서쪽에서 떴나?]

"준비하고 있어. 데리러 갈게."

[야, 너 우리 집 어딘 줄은 알아?]

"이십 분. 맘 바뀌기 전에 끊고 준비나 해라."

그녀의 대답은 듣지도 않고 기주는 전화를 끊었다. 집이 어딘 줄은 당연히 알고 있다. 스무 살 때부터 함께 다녔던 친구에게 그렇게 무심한 사람은 아니다. 다만 민석 때문에 애써 무심하게 보이려고 노력했을 뿐. 하지만 오늘은 어쩔 수가 없었다. 누구라도 함께 있지 않으면 진짜로 미쳐 버릴지도 모르니까.

기주는 정확히 이십 분 후에 해인이 사는 아파트 앞에 도착했다. 때마침 엘리베이터에서 내리는 그녀를 보고 가볍게 손을 들어 인사했다.

서윤을 태우고 다니던 자리에 해인을 앉히고 그는 차를 달렸다. 어디로 가야 할지 정해놓은 곳도 없이 달리다가, 언젠가 서윤과 함께 갔던 레스토랑을 떠올리고 그곳에 차를 멈춰 세웠다.

"와우, 분위기 좋네. 청주에도 이런 데가 있구나. 전에 와본 곳이야?"

"응. 한 번."

"누구랑?"

"여자랑."

한껏 들떠 있던 해인이 기주의 대답을 듣고 입을 딱 다물었다. 다른 여자와 함께 왔던 장소에 저를 데려온 것은 그다지 유쾌하지 않은 일이다.

요리를 주문해 놓고, 기주는 조잘조잘 떠들어대는 해인의 이야기를 조용히 듣기만 했다. 그 이야기의 대부분은 주로 친구들의 소식이었지만 기주에게는 그다지 관심 없는 일이었다.

"야, 권기주. 너 몸만 여기 앉아 있지, 마음은 완전 딴 데 가 있구나? 왜, 무슨 일 있어?"

한참을 떠들어대던 해인이 막 나온 스테이크를 썰어 입에 넣으며 물었다. 기주는 음식에 손도 대지 않고, 멍하니 그녀가 먹는 모습만 쳐다보았다.

"와인 한잔할래?"

기주의 물음에 해인은 잠시 움찔했다. 기주가 여간해서는 낮술을 즐겨하지 않는다는 것을 알기에 해인은 그에게 무슨 일이 있다는 것을 직감했다.

"너 오늘 좀 이상하다?"

속이 빈 채 와인만 자꾸 홀짝이는 기주를 보며 그녀가 물었다. 그러자 그는 잔을 내려놓고 창밖을 내다보았다.

"해인아, 이 나이에도 죽을 것처럼 아프고 뜨거운 그런 사랑이 가능할까?"

어느새 창밖에는 하나둘씩 눈송이가 떨어지기 시작했다. 평소 같으면 눈이 온다고 호들갑을 떨 해인이지만, 오늘은 분위기 때문인지 그럴 수가 없었다. 대신 그녀는 손으로 턱을 괴고 기주처럼 창밖을 내다보았다. 아마도 이 남자가 저를 불러낸 이유는 사랑, 그것 때문이리라. 그것도 제가 아닌 다른 여자.

워낙 긴 시간을 바라보기만 해서인지 마음이 많이 무뎌진 모양이다. 크게 아프거나 속이 쓰리지 않는 것을 보면.

"사랑에 나이가 무슨 상관이야. 난 그렇게 생각해. 얼굴에 주름이 생긴 오십 나이에도, 검버섯이 핀 육십 나이에도, 또 허리가 고부라지는 칠십 나이에도 심장이 뛰는 한은 가능하다고."

"그런가? 나이는 아무 상관 없는 건가?"

투명한 글라스에 검붉은 와인이 만들어낸 선을 손가락으로 살살 매만지며 그가 혼잣말을 하듯 물었다. 해인은 창가에서 고개를 돌려 기다란 그의 손가락을 쳐다보며 헛웃음을 쳤다.

"왜 이래? 서른여섯이면 한창이지. 그런데 있잖아, 잴 거 다 재고, 남들 시선 의식하고, 내가 더 좋아하나 아니면 저 사람이 날 더 좋아하나…… 이런 거 따지고 들면 그거 사랑 아니야."

해인의 얘기를 들으며 길게 한숨을 내쉰 기주는 잔을 들어 입 안에 털어 넣었다. 한참을 마셨는데도 낮에 마시는 술은 여전히 씁쓸하기만 했다. 그녀에게 고백을 듣고 그동안 막연히 생각해 온 것. 그 정답을 알고 있었음에도 해인을 통해 정확한 마음을 확인하고 나니 마음이 더 아프기만 했다.

"욕심내면 안 되는 여잔데, 그런데도 욕심이 나. 눈을 감고 있어도 뜨고 있어도 계속 보고 있는 것 같아. 우리 어머니 아버지 아시면 기함할 만한 사람인데, 그래도 마음은 하루에 수백 번씩 그 여자를 향해서 달려가. 그만두자, 이제 이러지 말자, 수천 번 다짐해 봤는데, 그게 안 된다. 해인아, 나 이제 어떻게 하나?"

"네가 애니? 어머니 아버지 반대한다고 물러서게."

"그래도 사람이 왜 사람인데. 아무리 감정이 앞서도, 이성이라는 게 있으니까 사람 아니냐?"

기주는 앞에 있는 와인병을 집어 자신의 잔에 가져갔다. 해인은 그의 손에서 병을 빼앗아 딱 한 모금이 될 정도만 잔에 따라 주었다.

"사랑은 맞는데, 이렇게 미칠 것 같은데…… 그래도 안 되는 건 안 되는 거니까……."

아파하는 그의 모습을 보고 있으려니, 해인의 마음도 덩달아 아파졌다. 권기주가 여자 때문에 이렇게 힘들어 하는 것을 본 적이 한 번도 없어 더욱 그랬다. 파혼을 하고서도 이런 모습까지는 아니었지 않은가. 어떤 여자인지는 모르겠지만, 아무래도 이번엔 된통 가슴앓이를 하는 모양이다.

이제 정말 포기해야 하나.

민석이 저에게 가진 감정을 알고 있기에 섣불리 기주에게 마음을 표현할 수가 없었다. 감정의 종류는 다르지만, 기주 못지않게 민석도 그녀에게는 소중한 사람이었다. 하지만 기주를 향한 제 마음을 고집한다면 세 사람 전부, 또는 셋 중 한 사람은 등을 져야 하니까. 그래서 긴 시간 동안 곁에서 맴돌기만 했던 것이다.

"그거 알아?"

"음?"

뜬금없는 해인의 물음에 기주는 눈썹을 추켜올렸다. 그리고 그녀의 다음 말을 기다렸다.

"너 참 못됐어. 잔인해. 이기적이야."

내 마음 다 알면서. 어떻게 너 힘들다고 이런 자리에 나를 불러내니.

전화 한 통에 속없이 쫓아 나온 자신이 밉다. 그런데 이상하게도 이 남자는 믿지가 않다.

"인정. ……미안하다."

해인의 말을 곱씹던 기주가 이내 고개를 끄덕였다. 그러고는 테이블 위에 올린 팔에 깊게 얼굴을 묻었다.

식사를 마치고 대리기사를 부르려는 기주를 해인이 말렸다. 와인 한 병 중에 그녀가 마신 건 고작 한 모금에 불과했으니 말이다.

"내가 운전할게."

"그럼 넌, 어떻게 가려고."

"지금 대낮이거든? 위험한 것도 아니고, 버스며 택시며 천지에 널렸는데 뭐가 걱정이야."

"정해인이 버스도 타냐? 너 버스비가 얼마인 줄은 알아?"

"시끄럽고! 가자. 가서 너 사는 집도 한번 들여다보고. 커피 주면 안 덮치고 얌전히 있을게."

그렇게 해인에게 운전대를 맡기고 집에 도착했다. 아파트 주차장에 차를 세우고서 두 사람이 함께 내렸다. 그런데 그 빌어먹을 타이밍이 또 문제다. 주말 내내 보이지 않던 서윤이 등에 가방을 하나 짊어지고 다가오고 있었으니.

심박음이 거칠어진다. 그리고 가슴이 욱신욱신거린다. 기주는 앞에 해인이 서 있다는 사실을 잊고 서윤의 걸음을 눈으로 좇았다.

여자와 함께 있는 기주를 본 서윤은 그를 향해 고개만 까닥 숙여 인사하고 돌아섰다. 그리고 바로 입구로 사라져 버렸다.

"권기주."

"응?"

"저 여자구나."

해인이 그녀가 사라진 곳을 턱짓으로 가리켰다. 그녀의 얼굴에 쓸쓸한 표정이 맴돌았다.

"눈치 한번 빠르네. 거짓말해 봐야 소용없는 거지?"

"어떻게 모를 수가 있겠니? 그렇게 넋이 나가서 쳐다보는데."

해인은 기주를 향해 가볍게 눈을 흘기고서 콧등을 찡긋거렸다. 태연한 척하고는 있지만 그가 사랑한다는 여자의 실체를 마주하고 나니 속이 쓰리고 아팠다. 더군다나 기주가 여자를 향해 그렇게 아련한 눈빛을 하고 있는 것은 처음 보지 않았는가.

"내가, 그랬나?"

기주가 무안한지 목을 긁적였다. 그러고는 해인의 시선을 피해 고개를 살짝 돌렸다.

"꽤 예쁘네. 뭐 하는 사람?"

"무역회사 다녀. 네 병원 있는 그 건물."

"아, 그래."

아무렇지 않은 듯 대답했지만 입이 쓰다. 해인은 손에 들고 있던 자동차 키를 그에게 넘겨주었다.

"나 갈게. 올라가."

"응? 커피 마시고 간다며."

"그 여자 기다리고 있는 거 아냐? 너 곤란하게 하고 싶지 않아. 아무리 친구래도, 집에 여자 들이는 남자 좋아할 사람이 어디 있니? 근데 설마, 같이 사는 건 아니지?"

무슨 소리인가 싶어 기주는 눈을 깜빡였다. 그러다가 이내 서윤이 그와 같은 동의 입구로 올라갔다는 사실을 떠올렸다. 그러니 해인은 서윤이 지금 그의 집에 가서 기다리고 있다고 생각하는 모양이다. 혹은 동거를 한다거나.

"아아, 그런 거 아냐. 옆집 살아."

"그렇구나. 뭐 어쨌든 난 그냥 갈래. 커피고 뭐고 입맛 다 달아났어."

해인이 뒤로 돌아서서 걷기 시작했다. 그러자 기주는 얼른 그녀의 옆에 따라붙었다.

"그럼 차 타는 데까지 데려다줄게. 가자."

조금씩 내리던 눈은 어느새 그쳐 바닥에 아주 작은 흔적만을 남겨놓았다. 그게 아쉬운지 해인은 내내 바닥을 보고 걸으며 얕게 쌓인 눈을 발로 굳이 흩어놓았다.

그녀를 택시에 태워 보내고 기주는 동네를 한참 걸었다. 서윤을 향한 마음을 인정하고 나니, 집에 들어가기가 더욱 겁이 나서였다.

찬바람에 볼이 얼어붙는 것을 느끼고서야 기주는 집으로 발길을 돌렸다. 해인이 떠나고도 삼십여 분이 훌쩍 지난 시간이었다.

엘리베이터에서 내려 복도에 발을 디디려는데 현관 맞은편 벽에 등을 대고 서 있는 서윤이 그의 눈에 들어왔다. 두꺼운 점퍼를 입고 등에 가방까지 메고 있는 것으로 보아, 아까 도착해 집에도 들어가지 않고 그대로 서 있었던 모양이다.

어떤 말을 해야 할까 싶지만, 지금 이 상태로 입을 열면 속마음을 모두 내보이게 될 것 같았다. 그래서 차라리 아무 말도 하지 않고 집에 들어가기로 마음을 먹었다. 기주는 서윤을 무시하고 문 앞에 서서 도어록 뚜껑을 밀어 올렸다.

"저, 선 안 봤어요."

버튼을 누르려던 손가락이 또 우뚝 멈췄다. 종일 그가 안달복달했던 것에 대한 대답을 서윤은 쉽게도 내주었다. 그녀가 다른 남자와 마주 앉아 차를 마시고, 밥을 먹으며 웃는 모습을 상상하고 또 상상했던 것을 어떻게 알고.

"그 말 하려고 여태 서 있었어요? 집에도 안 들어가고?"

기주는 서윤에게 뒷모습을 보인 채로 고개도 돌리지 않고 말했다. 질문이라기보다는 왜 기다렸느냐는 질책에 가까운 어투였다. 선자리에 나가지 않았다는 말에 안도해 놓고 겨우 이런 소리라니. 비겁하고 비열하다.

"네. 선생님한테는 상관없는 일이라는 거 아는데, 전 그렇지가 않아서요. 생각보다 제 마음이 훨씬 큰가 봐요. 그래서 그 자리에 나갈 수가 없었어요."

"그런 얘길 왜 나한테 해요?"

"궁금하지 않겠지만 어쨌든 선생님 때문이니까요. 선생님, 저 선생님한테 마음 받아달라고 떼 안 써요. 그럴 수 없다는 거, 저도 잘 알아요. 그 대신 일부러 피하지는 않으셨으면 좋겠어요. 애써 모른 척하실 필요도 없고요. 꽁꽁 감추기엔 제가 너무 힘들어서, 그래서 말한 거예요. 제 마음이 그렇다는 거 그냥 알고만 계시라고. 그 말 하려고 기다렸어요."

서윤은 할 말을 모두 끝냈는지 고개를 꾸벅 숙여 인사하고 집으로 먼저 들어가 버렸다. 홀로 남겨진 기주는 서윤이 그랬던 것처럼 벽에 등을 기대고 서서 그녀가 사라진 문을 한참 동안이나 바라보았다.

그날부터 기주는 일부러 새벽에 나갔다가 자정이 넘어 들어오는 일을 그만두었다. 그 시간의 대부분이 운동을 하거나 진료실에 처박혀 있거나, 또는 밖으로 헤매고 다니는 일상이다 보니 몸이 힘든 것도 힘든 것이지만, 그런다고 해서 서윤에게로 향하는 생각을 멈출 수 없다는 것을 깨달았기 때문이다.

며칠씩 얼굴을 보지 못하는 때에는 옆집으로 달려가 문을 두드리고 싶은 충동을 느끼기도 했고, 또 휴대폰을 열어 그녀와 이전에 주고받은 문자 메시지들을 몇 번씩이나 반복해서 읽어보기도 했다.

그렇게 서윤에 대한 목마름이 쌓이고 쌓였을 때 그녀는 가끔한 번씩 그의 앞에 나타났다. 출근하기 위해 집에서 문을 열고 나올 때면, 뒤따라서 불쑥 튀어나와 같은 엘리베이터를 타기도 했고, 또 저녁에 돌아와 차를 세워놓고 올라갈라치면 어디서 나타났는지 빨갛게 언 코를 손등으로 문지르며 옆에 서 있기도 했다.

두 사람은 말 한마디 섞지 않고 그렇게 얼굴만 몇 번 마주하며 근 한 달이라는 시간을 보냈다. 그사이 기주는 서윤처럼 마음을 내보이지도 못하고, 또 확실하게 선을 그어 그녀와의 인연을 끊어내지도 못하는 자신의 비겁함을 매일 자책했다.

일요일, 기주는 하루 종일 바깥출입도 하지 않고 거실 소파에 책 한 권을 들고 앉아 있었다. 그런데 온 신경이 모두 옆집에 쏠려 있으니 책장이 쉬이 넘어가지가 않았다. 새벽에 잠이 깨 꺼낸

책이 저녁 무렵까지 스무 장을 채 넘기지 못하고 있었다.

서윤은 무엇을 하는지 내내 별 기척이 없었다. 아주 가끔씩 작은 소리가 들려오는 것으로 보아 집에는 분명 있는데도 말이다.

어슴푸레 해가 지고, 이곳저곳에서 등이 밝혀지기 시작했다. 기주는 책을 덮고 몸을 일으켜 거실에 불을 켰다. 그런데 그 순간 서윤의 집에서 우당탕하는 요란한 소리가 들려왔다. 그리고 그녀의 짧은 비명까지. 기주의 발이 절로 현관을 향해 내달렸다. 그는 다급하게 문을 열고 옆집으로 뛰어가 벨을 눌렀다.

"서윤 씨! 무슨 일 있어요? 최서윤 씨!"

두세 번 연거푸 벨을 눌렀지만, 문은 열리지 않고 있었다. 혹시 다친 것은 아닐까, 무슨 큰일이 생긴 것은 아닐까. 몸에 바짝 식은땀이 날 정도로 기주의 마음은 초조했다.

"서윤 씨! 문 좀 열어봐요!"

급기야는 현관문을 쿵쿵 두드렸다. 그러자 잠시 후 딸깍 소리와 함께 문이 열리며, 얼굴을 잔뜩 찡그리고 있는 그녀가 나타났다.

"무슨 일이에요? 어디 다쳤어요?"

"아, 선생님."

그녀는 여전히 얼굴을 찌푸린 채 그의 눈치를 살피며 허리와 엉덩이를 슬금슬금 문질렀다.

"나 잠깐 들어가요."

상황을 살펴보기 위해 기주는 그녀의 집 안으로 불쑥 발을 들였다. 그러자 한 걸음 뒤로 물러선 서윤이 당황하는 낯빛을 보였다.

"그게…… 형광등이 나가서."

거실 등 아래에 식탁 의자가 놓여 있고, 동그란 쿠션 하나가 그 밑에 나뒹굴고 있었다. 천장 높이가 비교적 높게 나온 아파트라 그녀의 키로는 의자만 놓고 등을 가는 건 당연히 무리였을 것이다.

"서윤 씨 정말! 이러다가 다치기라도 하면 어쩌려고 그래요? 형광등 가는 것쯤 도와달라고 할 수 있잖아요."

자칫 크게 다칠 수도 있었다고 생각하니 갑자기 화가 났다. 그래서 앞뒤 분간 없이 그녀를 나무랐다. 그랬더니 서윤이 삐죽 입술을 내밀었다.

"말 한마디 못 붙이도록 싸늘하게 군 게 누군데."

혼잣말을 중얼거리지만, 들으라고 하는 말임에는 틀림없다. 그 소리를 들으며 기주는 다급하게 나오느라 구겨 신은 신발을 벗고 거실로 올라섰다.

"등 이리 줘봐요."

의자 위에 올라선 그가 거침없는 솜씨로 손을 뻗어 불이 나간 등을 빼냈다. 그러고는 서윤을 향해 손을 내밀었다. 그녀는 식탁 위에 올려둔 새 형광등을 들고 쪼르르 그에게 달려갔다.

손쉽게 등을 교체한 그가 의자에서 내려와 불을 켰다. 그러자 어두웠던 거실이 금세 환하게 밝혀졌다.

"LED 등으로 바꾸면 좋긴 한데……."

작은 목소리로 중얼거리던 그가 서윤과 눈이 마주치자 입을 다물었다. 그녀의 집에서 선을 보든지 아니면 당장 서울로 올라오라고 했다던 말이 떠올라서였다. 얼마나 이곳에 있게 될지 모르는 터라 괜한 일을 벌일 필요는 없겠다는 생각이 들었다.

"고마워요, 선생님."

"어디 다치진 않았어요? 좀 움직여 봐요."

그가 서윤의 움직임과 표정을 자세히 살폈지만, 다치지는 않았는지 별다른 징후는 보이지 않았다. 기주는 그제야 겨우 안도의 숨을 내쉬었다.

"선생님, 저녁 같이 드실래요?"

서윤이 충동적으로 물었다. 며칠 만에 겨우 마주한 얼굴, 모처럼 잡은 기회였다. 마주쳐도 말도 섞지 않으려던 최근과는 달리 이렇게 제 걱정을 하고 있으니 긍정적인 답을 들을 수 있지 않을까 하는 기대감이 들었다.

"저기, 서윤 씨……."

당황한 기주는 얼른 대답하지 못하고 망설였다.

"아직 안 드셨으면, 거절 안 하셨으면 좋겠어요."

이 여자를 향해 속절없이 뻗어가는 마음을 수천 번, 수만 번 누르고 또 억눌렀다. 그래서 그 마음을 다잡고자 싸늘하게 굴 수밖에 없었다. 그런데 고작 이 한마디에 그는 갈등했다. 어째야 하지? 어떻게 해야 할까. 그래, 한 번쯤은. 딱 한 번쯤은 괜찮지 않을까? 마음속으로 스스로와 타협하고 그는 이내 고개를 끄덕였다.

"그럼, 나가서 먹을까요?"

"네, 좋아요."

겨우 밥 한 끼 먹는 건데, 예전에는 함께 수없이 해왔던 일인데. 고작 그런 일에도 서윤은 발그레 볼을 붉히며 대답했다.

"대신 조건이 있어요."

"조건이요?"

"음. 밥 남기지 말고 다 먹기."

부쩍 살이 빠진 모습이 안타까워서라고, 그게 다 저 때문이니까, 그래서 밥이라도 한 끼 제대로 먹여야겠다는 핑계를 애써 붙이고 기주는 신발을 꿰어 신었다.

"그럼, 옷 입고 나와요. 춥게 입지 말고."

"네."

겉옷을 챙겨 입기 위해 그가 먼저 서윤의 집을 나섰다. 그러고는 제 집으로 들어가 두꺼운 점퍼를 입고 목도리를 둘렀다.

어디로 갈까 잠시 고민하다가, 기주는 곧 집 근처에 자주 가던 백반집을 떠올리고 그쪽으로 발길을 향했다. 조미료를 쓰지 않는 집이라 담백하고 깔끔한 맛이 났다. 가끔 그 집에 들러 밥을 먹을 때면 서윤 어머니의 손맛이 떠오르곤 했다.

"오늘은 예쁜 아가씨랑 같이 왔네."

서윤과 기주가 자리를 잡고 앉자, 물컵을 놓아주던 아주머니가 반갑게 알은척을 했다.

"누구, 애인?"

주방에서 일을 하던 아주머니도 고개를 삐죽 내밀고서 물었다. 그제야 기주는 괜히 이곳으로 왔나 싶어 서윤의 눈치를 살폈다.

"아, 아니에요."

서윤이 얼굴을 새빨갛게 붉히며 고개를 젓는 동시에 두 손까지 흔들었다. 그러자 그는 은근히 마음이 상해 버렸다. 대답만 하든지, 아니면 고개만 젓든지. 그것도 아니면 손만 흔들든지. 부정을 해도 너무 강하게 부정을 하니 괜스레 기분이 나빴다. 연관도 없는 사람들에게 그렇게까지 확실하게 관계 정립을 하지 않더라도, 안 되는 사이라는 건 충분히 인식하고 있는데. 좋아한다고 고백까지 해놓고 이런 자세라니.

기주는 앞에 놓인 컵을 집어 벌컥벌컥 물을 마셨다. 앞으로 같이 밥 먹나 봐라.

반찬이 차려지고, 곧 그릇에 수북이 담긴 밥과 국이 앞에 놓여졌다. 서윤과 기주는 아무 말도 없이 젓가락질을 했다.

"애인 아니면, 요샛말로 그 뭐라더라? 아! 그 썸 타는 거네."

"그러네, 맞네. 어찌나 잘생기고 예쁜지, 선남선녀가 따로 없네. 어울리네, 아주 잘 어울려."

손님이 거의 없어 한가한 탓에 두 아주머니는 서윤과 기주가 밥 먹는 모습을 보며 신나게 떠들어댔다. 그 탓에 서윤은 고개 한 번 들지 못한 채로 밥을 먹었다.

약속을 지키겠다는 듯 그녀는 꽤 많아 보이는 음식을 남기지 않고 모두 먹었다. 기주도 오랜만에 제대로 먹는 저녁이라 금세 한 그릇을 뚝딱 비워냈다.

"이런 남자가 진국이야, 아가씨. 튕기지 말고 꽉 잡아."

서윤이 내겠다는 걸 말리고 기주가 지갑에서 돈을 꺼내 계산하는 사이, 주방에 있던 아주머니가 서윤을 향해 크게 외쳤다. 그 말에 무안해진 기주는 목을 긁적이고서 식당을 나섰다.

"내가 튕겼나, 뭐."

뒤따라 나온 서윤이 또 혼잣말을 중얼거렸다. 피식 웃음이 나오지만, 기주는 대꾸하지 않고 모른 척했다.

"소화도 시킬 겸 좀 걸을까요?"

바로 집으로 들어가기 아쉬운 기주가 흘깃 뒤를 돌아보며 물었다. 언제 다시 이 여자와 함께 밥을 먹고 이야기를 나눌 수 있을까. 왠지 이 시간이 마지막일 것만 같아 들여보내기가 싫어진다.

"네, 좋아요."

서윤이 보폭을 넓혀 그의 옆에 나란히 섰다. 그는 살짝 고개를 틀어 그녀의 옆모습을 훔쳐보았다.

코트 깃 위로 나온 가느다란 목이 썰렁해 보인다. 여행을 하느라 그을렸던 피부가 어느새 원래의 제 색을 되찾아가고 있었다.

기주는 걷던 발을 멈추고 제 목에 걸었던 목도리를 풀었다. 그러고는 그를 올려다보고 있는 서윤의 목에 둘둘 감아주었다.

"저 괜찮은데……."

"풀면 혼나요."

그의 한마디에 서윤은 어쩌지 못하고 고개를 푹 숙였다. 깊게 숨을 들이쉬자 목도리에서 그의 향기가 났다. 그녀는 다시 걷기 시작한 기주와 속도를 맞춰 나란히 걸었다.

"이게 다 선생님 탓이에요."

"뭐가요?"

"너무 잘해주시니까…… 그러니까……."

좋아할 수밖에 없잖아요.

나머지 말은 차마 밖으로 내뱉지 못했다. 그저 입안에서 뱅뱅 맴돌 뿐. 이미 고백한 마음이지만 그래도 쉽지 않은 말이었다.

그러고는 또 한참을 말없이 걸었다. 코끝이 시리고, 발도 조금씩 얼어가고 있었다. 그럼에도 함께 걷는 시간이 아쉬워 둘 다 들어가자는 말을 꺼내지 못한다.

"저, 선생님."

"네."

"우리요, 그냥 예전처럼 가끔 함께 식사하고, 차 마시고, 얘기하고…… 그런 거 힘들까요?"

서윤의 질문에 기주는 숨을 멈추고 눈을 꼭 감았다가 떴다. 덩달아 발걸음도 멈칫거렸다.

"아마도."

"앞으로는 선생님이 불편해할 얘기 안 할게요. 티도 안 낼게요. 그래도 안 되나요?"

"티 내지 않는다고 그 마음이 사라지는 건 아니니까. 점점 더 힘들어질 거예요."

그도 수십 번, 수백 번 생각해 보았던 일이다. 이대로 모른 척 해인에게 그런 것처럼 곁에 두고 한 발짝 물러서서 바라보면 안 될까. 제 마음은 아닌 척 적당히 거절하고 적당히 받아주며, 둘 중 한 사람이 지쳐 떨어질 때까지 이대로 시간을 보내면 안 될까.

하지만 아무리 생각해도 자신이 없었다. 함께 시간을 갖고 공유하는 것이 많아질수록 그녀를 생각하는 시간도 늘어나고, 또 마음의 깊이도 점점 깊어져 가고 있었다. 그러니 지금 그만두지 않는다면 결국 시한폭탄을 안고 가는 것과 마찬가지. 이 여자를 향한 마음이 언제 터져 버릴지는 그로서도 장담할 수 없는 일이었다. 지금도 아슬아슬하긴 하지만 그나마 자제할 수 있을 때 접어야 서로 덜 아플 거라고 생각했다.

"그럼 계속 이대로, 이렇게 지내요? 마주쳐도 인사도 안 하고, 찬바람 쌩쌩 불도록 말도 안 걸고 그렇게요? 그래놓고 저 아프거나 무슨 일 생기면 왜 도와달라는 말 안 했냐고 다그치시게요?"

발을 멈춘 그녀가 기주를 향해 몸을 돌렸다. 그리고 고개를 들어 얼굴을 똑바로 마주 보며 물었다.

서윤의 말도 일리는 있다. 이것도 저것도 아닌 애매모호한 관계. 지금 상태로는 서로 견디기 힘들 것임은 분명했다. 그렇다면 아예 모르는 타인처럼 그녀를 끊어낼 수 있을까? 아니, 그것도 못 하겠다. 그럼 어떻게 해야 할까. 마음이 끌린다고 해서 그녀의 손을 잡고 앞으로 나아갈 수는 없는 일. 말 그대로 진퇴양난이다.

"내가 도울 일이 있으면 얘기해요. 혼자 애쓰지 말고. 하지만 서윤 씨랑 이런 식으로 함께 시간 보내는 건 이제 못 해요."

그는 이렇게 또 한발 물러선 채 비겁한 타협을 한다.

"그럼 전 매일 선생님께 어떤 부탁을 해야 할까, 그런 고민만 해야겠네요."

서윤이 애처롭게 얘기하고 돌아섰다. 그러고는 고개를 숙인 채 집을 향해 걷기 시작했다. 기주는 그녀에게 들리지 않도록 조심스럽게 한숨을 내쉬고 뒤를 따라 걸었다.

어느덧 아파트에 도착해 각자의 집 앞에 섰다. 도어록 뚜껑을 밀어 올리고서도 두 사람은 버튼을 누르지 못하고 그대로 서 있었다. 그러다가 언뜻 목에 두른 그의 목도리를 떠올린 서윤이 그것을 풀어 기주의 앞에 다가섰다.

"감사했어요. 선생님이 애써 거리 두려고 하시면 저도 부탁 같은 거 못 해요. 그러니까 이제 이런 호의도 그만두세요."

기주는 서윤이 내민 목도리를 받아 들고 욱신거리는 심장을 꾹 눌렀다. 애초에 연인도 아니었는데 이별 의식이라도 행하는 사람처럼 가슴이 아프다. 마음을 숨기고 그녀를 밀어내는 건 저 자신이면서도 말이다.

"하나만 여쭤볼게요. 피하지 말고 솔직히 말씀해 주시면 좋겠어요."

몇 걸음 멀어져 간 그녀가 다시 그를 향해 돌아섰다. 그리고 고개를 숙여 그의 발끝을 내려다보며 말했다.

"혹시 제가 최지윤 동생이 아니었어도, 언니랑 아무 관련 없는 사람이었어도, 그래도 전 안 되는 건가요?"

"그 질문에 대답한다고 달라지는 게 있나? 서윤 씨는 어떨 거라고 생각하는데요? 대답 듣고, 마음 아프지 않을 자신 있어요?"

잠시 생각하던 서윤은 천천히 고개를 가로저었다. 그렇다고 해도, 아니라고 해도, 가슴이 아픈 건 매한가지. 차라리 듣지 않는 편이 나을까? 하지만 궁금하다. 그의 마음도 저에게 닿아 있는지. 어느 쪽이 더 아플지는 모르겠지만, 미치도록 궁금하다.

"들어가요."

그는 끝내 답을 주지 않고 사라졌다. 그리고 서윤은 그날 밤 눈물을 펑펑 쏟았다. 그 사람을 버린 언니가 원망스러워 울고, 또 한편으로는 그 사람을 놓아준 언니가 고마워 울었다. 언니가 아니었다면, 그 남자를 사랑할 기회조차 주어지지 않았을 테니까.

기주는 저녁을 함께 먹자는 해인의 제의를 거절했다. 제 마음이 힘들다고 그녀 앞에서 한탄을 늘어놓는 것은 지난 한 번으로도 매우 이기적인 행동이었음을 기주도 잘 알고 있기 때문이었다. 하지만 해인은 그의 거절을 아랑곳하지 않고 병원으로 냅다 달려왔다.

"얼굴이 이게 뭐니? 밥은 먹고 살기는 하니?"

지난번보다 더 수척해진 그의 얼굴에 해인은 속이 상했다. 잠도 역시 잘 못 자는지 눈도 퀭해졌고 얼굴에 피로도 가득해 보였다.

"죽지 않을 만큼은 먹어."

"잘났다. 얼른 일어나. 나 배고파."

기주는 어쩔 수 없이 일어나 가운을 벗었다. 양복 재킷과 코트를 옷걸이에서 꺼내 걸치고, 해인과 함께 병원을 나섰다.

"타. 내 차로 가자."

청주에서는 보기 힘든 고가의 노란색 스포츠카. 이런 차에 타고 사람들 이목을 끌고 싶은 마음은 없지만 기주는 이견 없이 해인의 말에 따랐다. 지금으로서는 운전도 귀찮을 정도로 아무런 의욕이 없으니 말이다.

두 사람이 도착한 곳은 아담하고 조용한 한정식집이었다. 작은 방에 자리를 잡고 앉아 식사를 주문하고, 먼저 나온 뜨끈한 차를 마셨다. 빈속을 따뜻하게 데워주는 느낌이 좋아 기주는 연신 두 잔을 마셔 버렸다.

꽤 많은 가짓수의 음식이 상 위에 가득하게 차려졌지만, 그래도 입맛이 돌지는 않았다. 겨우 한 번 젓가락질을 하고 한숨을 내쉰 기주는 또다시 작은 사기 주전자를 들어 잔에 차를 따랐다.

"기껏 밥 먹으라고 데려왔더니 물로 배 채우니? 그거 이리 내. 그리고 얼른 밥 먹어. 그 밥 다 안 먹으면 너 절교다."

해인의 으름장에 기주는 피식 웃음을 흘렸다. 아마도 서윤에게 밥을 먹이고 싶었던 저와 같은 마음인가 보다. 그는 억지로 밥을 떠서 입에 넣었다.

입안이 깔깔하고 씁쓸하다. 아무런 맛도 느껴지지 않는다. 이것을 먹어도 밍밍하고, 저것을 먹어도 밍밍하고. 목으로 넘기는 것조차 힘겨웠다.

"하, 정말."

기주를 내내 바라보던 해인은 들고 있던 수저를 상 위에 휙 팽개쳤다. 속이 상해 절로 한숨이 흘렀다.

"왜, 먹는 중이잖아."

"야, 너 이럴 거면 그냥 그 여자한테 가. 아무것도 따지지 말고 그냥 질러."

꽤 오래 좋아했고, 꽤 오래 혼자 가슴앓이를 했다. 그런 남자를 향해 제 입으로 다른 여자에게 가라고 말하고 있는 이 상황. 잔인해도 너무 잔인하다. 하지만 어쩔 수 없다. 그렇게라도 기주가 웃는 모습을 보는 게 오히려 해인에게는 마음 편한 일이었다.

"나야 그러고 싶지. 마음은 하루에도 수십 번씩 달려가는데, 그 사람 힘들 거 생각하면 차마 못 하겠어. 많이 힘들 거야 그 사람. 나보다 훨씬 더."

"결국은 그 여자 힘들까 봐 너 이러고 있다는 거네? 그래서, 그 여자는 뭐라는데? 감당하기 싫대?"

"그 사람은 내가 좋아하는 거 몰라. 고백은 그쪽에서 먼저 했는데, 난 차마 말 못 했어."

"하! 진짜 못났다. 너, 내가 알던 권기주 맞니? 비겁해."

"알아, 나도."

기주는 순순히 고개를 끄덕였다. 수시로 서윤을 떠올리며 그 사랑 앞에 비겁한 저를 욕하고 또 욕했다. 하지만 끝이 빤히 보이는 사랑에 앞뒤 가리지 않고 뛰어들 만큼 철없는 나이는 아니지 않은가. 그러니 욕을 한다 해도 어쩔 수 없는 일이었다.

"근데 좀 묻자. 안 물으려고 했는데 도저히 궁금해서 안 되겠다. 대체 안 되는 그 이유가 뭐니?"

해인의 물음에 그는 괴롭다는 듯 긴 한숨을 내쉬었다. 말을 해야 할까, 말아야 할까 잠시 고민하다가 결국 이야기하기로 마음을 먹었다. 그래야 이 미친 마음을 적극적으로 말려줄 사람이 생길 테니까.

"지윤 씨 기억해? 그 사람 동생이야. 친동생."

"지윤 씨? 지윤 씨라면…… 뭐? 야, 권기주! 너 미쳤어? 그걸 지금 말이라고 해?"

잠시 기억을 더듬던 해인이 하얗게 질려 굳었다. 파르르하게 입술을 떨어대더니, 컵을 들어 벌컥벌컥 물을 마셔댔다. 기주는 말없이 물병을 들어 비어버린 해인의 컵에 물을 다시 채워주었다.

"너 거짓말이지? 장난하는 거지, 그치? 네가 미치지 않고서야 그게 말이 돼? 아니지?"

"아무래도 미친 게 맞나 보다. 지금 이 상황에서도 그 사람, 보고 싶다는 생각하는 거 보면."

"어후!"

해인은 혈압이 올라 뒷목을 잡고 고개를 젖혔다. 흥분한 심장이 가라앉지 않아 한참 동안 입도 열지 못하고 그렇게 앉아 있었다. 그러다가 겨우 마음을 진정시키고 다시 물 한 잔을 들이켰다.

"안 돼. 관둬."

"그래, 알아. 안 된다는 거."

이렇게 말려주길 바라놓고, 정작 안 된다는 말에 기주는 절망했다. 끝도 없이 깊은 나락으로 떨어지는 기분이다.

"아니, 근데 어떻게 여기까지……. 애초에 말이 안 되잖아. 어떻게 그 여자 동생한테 그런 마음이 생겨? 아니, 그건 그렇다 치고, 어떻게 그 여자가 네 옆집에 살아?"

"그냥, 우연히. 우연히 그렇게 됐어."

씁쓸하게 대답한 그가 두 손을 들어 마른세수를 했다. 이렇게 해인이 흥분하고 있는 상황에서도 자리를 박차고 그녀에게 달려가고 싶다는 생각을 한다. 애써 누르고 눌러도, 가라앉지 않는 마음. 어찌해야 할지를 모르겠다.

"너, 안 되겠다. 그만 접어. 서울 올라가. 당장, 응?"

"그러면 잊혀질까? 안 보면 이 마음이 좀 무뎌질까, 해인아?"

그녀의 경험에 의하면 딱히 그렇지는 않았다. 기주에게서 지윤과 결혼한다는 청첩장을 받고서도, 또 이 년 동안 거의 얼굴을 보지 못했어도, 그 마음이 결코 작아지지 않았기에 청주까지 따라 내려온 것이다. 몸이 멀어지면 마음도 멀어지는 법이라는 말은 결코 맞는 얘기가 아니었다. 하지만 지금 상황에 아니라고 말할 수는 없지 않은가.

"그거 말고, 그럼 다른 방법 있어?"

"없지. 없겠지?"

"혹시라도 어머니 아시기 전에 얼른 정리해. 너 지금 얼마나 큰 불효를 저지르고 있는 건지 알아? 이건 진짜 쓰러지시고도 남을 일이다."

지윤 하나로도 모자라 그녀의 동생까지. 기주의 어머니가 알게 되는 날에는 정말 무슨 사달이 나더라도 크게 날 일이었다. 지윤이 그에게 파혼 선언을 하고 집안이 얼마나 발칵 뒤집혔던가.

그의 아버지도, 어머니도, 사회적 위치가 위치인지라 일반적인 집안에 비해 배가 넘는 청첩장이 뿌려졌다. 이미 발송되어 버린 그 청첩장을 수습하기 위해 엄청나게 애를 먹기도 했지만, 문제는 그뿐만이 아니었다. 어디서부터 시작되었는지는 몰라도 기주와 지윤에 관해 온갖 구설수와 허튼 소문들이 퍼져 한동안 얼굴을 들고 다니기도 힘들 정도였다. 친척들의 어설픈 위로 전화가 쇄도했고, 그로 인해 전화기를 모두 꺼놓는 사태까지. 그 당시 기주가 걱정되어 민석과 함께 그 집을 들락거리며 해인이 알게 된 상황만 해도 그 정도였다. 어디 그뿐이었던가. 어머니는 몸져누워 병원 신세를 졌고, 집 안은 초상이라도 치른 것처럼 무거운 분위기라 크게 숨조차 쉬기 힘들 정도였다.

그런데 막상 기주는 그 일이 별일 아닌 듯 굴었었다. 지윤에 대한 원망도 하지 않았고, 크게 힘들거나 괴롭지도 않다고 했다. 겉으로 볼 때는 정말 그런 것처럼 보였다. 하지만 그 일이 있고 얼마 후, 그는 돌연 다니던 병원에 사표를 내고 이곳으로 내려와 버린 것이다. 절대 지윤 때문이 아니라고 그는 말했지만, 객관적으로 볼 때 그 모든 일의 계기는 분명 지윤이었다.

괜찮다고, 힘들지 않다고 말하지만 해인이 본 기주는 망가져 있었다. 표정도 잃었고, 생기도 없어 보였다. 살아 있기는 하지만 혼은 없는 사람 같은 그런 기분. 정교하게 잘 만들어진 인형 같다는 게 그를 보며 느낀 해인의 생각이었다.

"하아!"

해인의 말에 그의 한숨이 또 길게 늘어졌다. 멀리 창밖으로 초점 없는 시선을 던지고 있는 모양새가 또 그새 그 여자를 생각하고 있는 것 같았다.

"대체 그 집안이랑은 무슨 악연이기에 자매가 쌍으로 널……."

"그렇게 말하지 마! 먼저 시작한 건 나야."

기주가 발끈하며 말을 끊었다. 그녀가 무슨 잘못이란 말인가. 누구라도 서윤을 지윤과 묶어 그런 식으로 말하는 건 듣고 싶지 않다.

"야, 안 먹을 거면 일어나. 너 보고 있으니까 나 열불 터진다."

서윤을 두둔하는 말에 기가 막혀 혀를 찬 해인은 가방을 들고 먼저 자리를 박차고 나가 버렸다. 기주도 힘없이 몸을 일으켜 그녀를 뒤따랐다.

"어디로 갈까? 병원에 내려줄까? 차 가져가야지."

"아니, 그냥 집에. 운전도 하기 싫다."

해인은 왈칵 쏟아지려는 눈물을 참아냈다. 좋아하는 사람이 다른 여자 때문에 무너져 가는 모습을 지켜보는 것은 정말 못 할 짓이었다.

기주를 집에 내려주고서 그녀는 바로 차를 돌렸다. 천천히 출구를 향해 가는 사이, 어둠 속을 걷고 있는 지윤의 동생이라는 여자가 눈에 들어왔다.

해인은 순간 차를 멈추고 싶은 충동에 휩싸였다. 기주에게서 떨어지라고, 더 이상 그를 망가뜨리지 말라고 말하고 싶다. 하지만 그건 기주가 용납하지 않을 일. 해인은 핸들을 꼭 붙잡고 액셀러레이터를 세게 밟아 그녀에게서 멀어졌다.

벌써부터 출근 준비를 마치고 기다리던 서윤은 기주의 집 현관문 소리를 듣고 재빨리 신발을 신었다. 그리고 얼른 집을 나섰다. 긴 코트를 입은 그가 몇 발짝 앞에서 걷고 있다. 그녀는 말없이 뒤를 따라가서 엘리베이터를 기다리는 그의 옆에 섰다.

기척을 느낀 기주가 흘깃 그녀를 쳐다보았다. 가느다란 목과 머리카락을 쓸어 넘기는 마른 손. 추운 날씨에 비해 썰렁해 보이는 그녀의 옷차림이 마음에 걸렸다.

"목도리도 없고, 장갑도 없고. 날 추운데, 그러다가 감기 걸려요."

그녀를 다시 슬쩍 쳐다보고 기주가 말했다. 무심한 듯한 말투였지만, 주머니 속으로 감춘 손은 주먹을 꽉 쥔 채였다. 그렇게라도 하지 않으면 옷깃을 여며주고 싶어 손이 뻗어 나갈 것만 같다.

"왜요, 이번엔 목도리라도 사주시게요? 그런데 어쩌죠? 전 그냥 감기 좀 된통 걸렸으면 좋겠는데. 그래야 아프다는 핑계로 병원 찾아가서 누구 얼굴이라도 한 번 볼 텐데. 근데 워낙 건강 체질인지 감기도 잘 안 걸려요."

그의 얼굴은 쳐다보지도 않으면서 서윤이 불퉁거렸다. 티 내지 않겠다더니, 그의 거절에 반항이라도 하는 건지 아예 작정한 듯 티를 냈다. 기주는 마음이 아프면서도 뽀로통한 그녀의 얼굴이 재미있어 피식 웃음을 흘렸다.

"숨쉬기 운동만 하는데도 건강하다……. 그럼 걱정 안 해도 되겠네요."

문이 열리고 엘리베이터에 올랐다. 서윤은 의미 없이 발로 콕콕 바닥을 찧다가 불쑥 고개를 들어 올렸다.

"선생님."

"네."

무거운 목소리로 그녀가 부르고, 그가 무겁게 대답했다. 서윤은 다시 고개를 숙였다.

"한 가지만 하세요. 저 헷갈려요."

"뭘요?"

"전처럼 그냥 다정하게 대해주시든지, 아니면 아예 모른 척 내치시든지."

"내 입장 분명하게 전한 거 같은데, 왜 헷갈리지?"

"안 된다고 했지, 안 좋아한다고 한 건 아니잖아요. 안 된다는 건 저도 알고 있거든요. 그런데도 마음이…… 자꾸 선생님을 향하니까…… 선생님도 혹시 그러지 않나, 그게 헷갈려서요."

서윤의 동그란 눈에 그렁그렁 눈물이 가득 맺혔다. 목소리도 울먹거렸다.

기주는 가슴이 욱신거리고 아파 이를 악물었다. 두 팔을 뻗어 그녀를 품에 안고 싶은 충동을 꾹꾹 누르며 반대편으로 고개를 돌려 버렸다.

"아침부터 괜히 눈물 빼지 말아요."

열린 엘리베이터 문으로 빠져나가는 그녀에게 기주가 낮게 얘기했다. 해줄 수 있는 말이라곤 고작 이런 것뿐. 가슴이 답답하다.

"그런데 왜 따라오시는 건데요?"

앞서가던 서윤이 홱 돌아섰다. 주차장을 벌써 한참 지났는데도, 기주는 여전히 그녀의 뒤에 걷고 있었다.

"따라가는 게 아니라 나도 출근하는 건데."

"차는요?"

의심스럽다는 듯 서윤이 살짝 눈을 흘겼다.

"어제 병원에 놓고 왔어요."

운전하는 것도 싫을 만큼 무기력하던 어제와는 달리 복잡한 출근 버스를 타야 할 오늘은 이 여자 때문에 힘이 난다. 이만하면 중증인가? 그녀를 향해 달려가는 마음을 자제하는 일도, 숨기는 일도 이제 거의 한계점에 다다른 모양이다. 이제 정말 결단을 내려야 할 때가 된 것 같다.

6. 자꾸 헷갈리게

어느새 겨울의 끝자락. 추위가 한풀 꺾이고 며칠 푹한 날씨가 이어졌다. 경은은 함께 저녁이나 먹고 들어가자며, 일거리를 잔뜩 쌓아놓고 있는 서윤의 옆에 서서 그녀를 재촉했다. 서윤은 마지못해 서랍에 서류를 챙겨 넣고 책상을 정리했다.

가방을 들고 자리에서 일어서려는 순간 서윤의 휴대폰이 징징 울려대며 화면에 밝게 불이 들어왔다. 서윤은 움직임을 멈추고서 휴대폰을 들여다보았다. 액정에 뜬 '옆집 오빠'라는 네 글자. 기주에게 좋아한다는 말을 한 이후로 처음 걸려온 그의 전화였다.

숨이 멎을 것만 같다. 가슴이 두근거린다. 혹시 무슨 일이 생긴 건 아닐까, 덜컥 겁도 난다.

"누구? 그 의사 쌤?"

경은의 물음에 서윤이 고개를 끄덕였다. 그러자 경은이 빨리 받아보라며 서윤을 재촉했다.

"여보세요."

[나예요, 서윤 씨. 혹시 퇴근했어요?]

"어, 아뇨. 아직. 이제 곧 하려고요."

[그럼 시간 좀 내줄 수 있어요? 나 지금 서윤 씨 회사 앞인데.]

"지금요?"

서윤이 난감한 얼굴을 하고 경은을 쳐다보았다. 경은에게도 기주의 목소리가 들렸는지 그녀는 고개를 끄덕이며 목소리를 죽여 입 모양으로 '얼른 가'를 연발했다.

"내려갈게요. 곧."

전화를 끊은 서윤이 미안한 얼굴로 경은을 쳐다보았다. 그러자 경은은 서윤의 가방을 들어 그녀의 어깨에 걸쳐 주며 등을 떠밀었다.

"빨리 가봐, 빨리."

"죄송해요, 대리님. 그럼 우린 내일······."

"괜찮다니까."

그렇게 경은과의 약속을 깨고 서윤은 빠른 걸음으로 사무실을 나섰다. 가슴은 여전히 둥당거리고 마음은 다급했다. 혹시라도 그가 생각을 바꿔 그냥 가버리는 것은 아닐까 불안하기까지 했다.

엘리베이터에서 내리자마자 서윤은 로비를 향해 종종 달려갔다. 그러고는 회전문 앞에 멈춰 서서 길게 심호흡을 했다. 열이 오르는 얼굴을 차가운 손으로 감싸 달래고, 옷매무새도 한 번 확인하고서 문을 밀고 나가 주위를 두리번거렸다.

건물 조금 못미처에 그의 차가 눈에 들어왔다. 그리고 차에서 내려 앞에 서 있는 그의 모습도. 서윤은 숨을 크게 들이쉬며 그쪽을 향해 발걸음을 옮겼다.

"타요."

그녀가 다가오자 기주가 차 문을 열어주었다. 서윤은 달라진 그의 태도를 이해할 수 없어 차에 올라타지 않고 미적거렸다.

"설명부터 해주세요. 왜 이러시는 건지."

"할 얘기가 있어요."

"무슨 얘기요?"

"일단 타요."

서윤이 차에 오르자 기주도 운전석에 올라탔다. 그리고 목적지도 얘기해 주지 않은 채 차를 운전했다. 서윤은 곁눈으로 그의 옆모습을 흘깃거렸다.

입을 굳게 다물고 묵묵히 운전하고 있는 모습. 아무런 표정이 없어 좋은 일인지, 아니면 나쁜 일인지 아무것도 예상할 수가 없다.

"괜찮으면, 저녁 같이 먹을래요?"

"안 된다면서요."

"예외는 있는 법이니까."

기주는 기억을 더듬어 해인과 함께 왔던 한정식집을 찾아 차를 세웠다. 음식 맛은 어땠는지 생각이 나지 않지만, 작고 아담한 방과 창밖으로 보이는 풍경이 마음에 들었던 곳이다. 그 자리에 앉아 창밖을 내다보며 마주 앉은 사람이 해인이 아닌 서윤이었으면 하는 생각을 했었던 탓에 운전대를 이쪽으로 돌린 것이다.

식사를 주문해 놓고, 말없이 차를 홀짝였다. 서윤은 살그머니 고개를 들어 기주의 얼굴을 바라보았다.

이렇게 마주 앉는 것이 얼마 만인 줄도 잘 모르겠다. 매번 현관에서 서성이다가 그의 기척을 듣고 따라 나와 뒷모습을 쳐다보는 것, 그리고 엘리베이터에 올라 흘깃흘깃 옆모습을 훔쳐보는 것 외에는 제대로 눈조차 마주쳐 보지도 못했으니 말이다.

그는 광택이 은근하게 도는 검은색의 양복에 서윤이 생일 선물로 고른 넥타이를 맨 모습이었다. 선물한 이후로 그 넥타이를 맨 모습을 한 번도 보지 못한 터라 꽤 속이 상했었는데. 혹시 오늘 하겠다는 말이 두 사람의 관계에 관한 긍정적인 얘기는 아닐까, 터무니없는 기대가 샘솟기도 했다.

"하실 말씀이 뭔데요?"

"밥 먹고, 이따가 얘기할게요."

잠시 후 음식이 줄줄이 차려지고, 상은 금세 빈틈없이 빼곡하게 채워졌다. 기주는 서윤이 좋아하는 반찬 몇 가지를 기억해 내고, 그녀의 가까이에 놓이도록 접시들을 몇 개 움직였다.

맛은 역시 밍밍했고, 입안도 껄끄러웠다. 원래 음식 맛이 이런 곳인지, 아니면 좀처럼 식욕이 돌지 않는 제 탓인지 알 수가 없다. 기주는 조용히 수저를 내려놓고, 서윤의 먹는 모습을 바라보았다. 하지만 그녀의 그릇도 밥이 줄지 않기는 매한가지. 장소 선택을 잘못했나 싶기도 하다.

서윤도 얼마 지나지 않아 수저를 내려놓았다. 말도 없이 자신의 먹는 모습만 지켜보고 있는 남자 때문에 도저히 밥이 넘어가지가 않았다. 대체 무슨 말을 하려고 이러는 것일까. 조금 전의 얕은 희망은 간데없고, 마음이 조금씩 초조해지기 시작했다.

"더 먹지 그래요."

"죄송해요. 잘 안 넘어가요."

"다른 데로 갈 걸 그랬나 봐요. 저번에 한 번 왔던 집인데, 도통 맛이 안 느껴지네."

"아뇨, 맛이 없어서가 아니라…… 선생님 무슨 말씀 하실지, 마음이 자꾸 불안해서……."

서윤의 대답에 기주는 무겁게 한숨을 내쉬었다. 아니라고, 안심하고 먹으라는 말을 해줄 수가 없어 마주치는 눈길을 피해 버렸다.

"그럼, 나갈까요?"

"네."

밖으로 나온 기주는 바로 차에 타지 않고, 식당의 뒤쪽에 난 작은 뜰을 향해 걸었다. 식사를 하며 창밖으로 내내 바라다보던 곳이었다. 서윤은 조용히 그를 뒤따랐다.

가장자리를 돌멩이로 둘러 만든 작은 연못은 물이 거의 메말라 있었다. 잎이 다 떨어져 앙상한 가지만 남은 나무와 색을 잃은 누런 잔디는 안에서 바라볼 때와는 달리 삭막하고 애처로웠다. 작게 난 산책길을 밝혀주는 오색의 전등만 화려하게 빛을 발할 뿐이었다.

"지난번에 찾아온 그 남자는 여전히 그래요? 회사 사람이라던."

"아뇨, 요샌 별로."

"다행이네요."

기주가 고개를 끄덕이며 서윤을 향해 돌아섰다. 옅게 한숨을 내쉬자 하얀 입김이 허공으로 날아 올라갔다.

"밤 되니까 춥네. 옷 좀 더 두껍게 입고 다녀요."

그가 코트를 벗어 서윤의 어깨에 걸쳐 주었다. 그러자 서윤은 고개를 올려 그렁그렁한 눈으로 그를 쳐다보았다.

"저 자꾸 헷갈린다니까요."

"앞으론 그럴 일 없을 텐데, 뭐."

"무슨 뜻이에요, 그게?"

그녀의 물음에 기주는 말문이 딱 막혀 버렸다. 더 이상 미룰 수 있는 이야기가 아님에도, 어떻게 말을 꺼내야 할지를 모르겠다.

"서윤 씨, 나랑 약속해요."

"무슨…… 약속을요?"

서윤의 목소리가 가늘게 떨렸다. 뭔가 좋지 않은 기운. 조금 전부터 느끼고 있던 불안감이 순식간에 눈덩이처럼 불어났다.

"밥 잘 챙겨 먹고, 아프지 말고, 다치지도 말고. 그리고 울지도 말고요. 내 생각도 안 했으면 좋겠어요. 나, 다시 서울 올라가요. 병원은 이번 주까지만 진료하기로 했고, 이삿짐은 모레 다 옮길 거고."

"선생님! 이러는 게 어디 있어요? 이렇게 갑자기…… 어떻게 이렇게 갑자기……."

놀란 서윤은 파르르 입술을 떨었다. 뚝뚝 떨어지는 눈물이 하얗게 질린 볼을 타고 내려갔다.

"미안해요."

서윤의 눈물을 보고 있으려니 심장이 찢기는 것처럼 아프다. 기주는 차마 그녀의 얼굴을 마주할 수가 없었다. 그래서 고개를 옆으로 돌려 버렸다. 그의 눈에도 눈물이 차오른다.

"결국 선생님 결정은 이거예요? 저한테서 도망치는 거? 내가, 내가 뭘 어쨌다고……."

목이 메어 말을 이을 수가 없었다. 서윤은 끅끅 울음을 삼켰다. 어깨를 들썩이며 손으로 흐르는 눈물을 닦아냈다.

"마음 받아달라는 거 아니었잖아요. 그냥 모른 척만 해주시면 되는데, 그게…… 그게 그렇게 힘든 거였어요? 제가 선생님 발목이라도 잡을까 봐 겁이 나요?"

"도망치는 게 아니라, 이제 다시 내 자리로 돌아가려는 거예요."

말은 그렇게 하고 있지만, 역시나 도망치는 게 맞다. 영영 이 여자를 놓을 수 없을까 봐 그래서 도망치려는 것이다.

"차라리 처음부터 모르는 척해 버리지. 그냥 본척만척 그랬으면 이렇게 힘들지도 않잖아요."

기주는 한 발짝 그녀의 앞으로 다가갔다. 그리고 팔을 올려 연신 눈물을 닦아내는 그녀를 품에 안았다. 서윤은 그 안에서 벗어나기 위해 몸을 바르작거렸다. 하지만 기주는 놓아주지 않고 팔에 더욱 힘을 주었다.

"미안해요. 정말…… 미안해요."

기주는 몇 번이나 미안하다는 말만 되풀이했다. 그에게서 흘

자꾸 헷갈리게   199

러나온 긴 한숨이 삭막한 겨울 밤하늘을 가득 채웠다.

　마지막 진료일, 병원 문을 내리고 책상 정리를 마친 기주는 가운을 벗어 짐 가방 안에 챙겨 넣었다. 그리고 진료실 앞에 서서 천천히 안을 둘러보았다. 꼼꼼한 성격이라 벌써 세 번을 확인했음에도 무언가를 빠뜨린 것처럼 허전하고 꺼림했다.

　"왜, 막상 넘기려니까 아쉽냐?"

　"아니."

　병원을 넘기는 것이 아쉬운 게 아니라 청주를, 서윤의 곁을 떠나야 한다는 사실이 못내 아쉽다. 아니지. 어디 아쉽다는 말 정도로 표현이 될까. 마음이 헛헛하고 아프다. 가슴에 구멍이라도 뻥 뚫린 것처럼 공허하다.

　서울로 다시 올라가야겠다는 기주의 얘기에 민석은 제가 병원을 인수하겠다는 뜻을 밝히고 다니던 병원에 곧바로 사표를 내던졌다. 민석도 오랜 사랑에 목이 말랐던 모양인지, 큰일을 결정해야 하는 것에 비해 고민의 흔적이 그리 깊지 않았다. 덕분에 기주는 청주에 남겠다던 해인을 걱정하지 않아도 되었고, 또 병원을 정리하는 시간도 매우 짧아진 터였다.

　"선생님, 얼른 나오세요."

　함께 일하던 간호사들이 아쉽다며 송별회를 하자는 제안을 해 왔다. 사람들과 어울려 웃고 떠들 기분이 아니었지만, 그래도 이 년 반이 넘도록 함께 동고동락했던 이들이기에 기주는 거절할 수가 없었다.

　"그래, 빠진 거 있으면 챙겨줄 테니까 걱정 말고."

두 간호사와 민석이 연달아 기주를 재촉했다. 그는 하는 수 없이 스위치를 내리고 진료실을 나섰다.

"가자, 어서."

민석의 말에 기주가 고개를 끄덕였다. 그는 주머니에서 병원 비상 키를 꺼내 민석에게 넘겼다.

앞서 나간 두 간호사가 건물을 나서며 어딘가를 흘깃거렸다. 그리고 뒤이어 나간 민석도 마찬가지였다. 기주의 눈이 그들을 따라 자연스럽게 그쪽을 향했다.

무심코 쳐다보았던 기주는 흠칫 놀라고 말았다. 그곳에는 서윤이 금방이라도 눈물이 쏟아질 듯 그렁그렁한 눈으로 그를 바라보고 있었다. 생각지도 못했던 일이다.

"서윤 씨."

기주는 낮게 한숨을 쉬며 그녀에게 다가갔다.

"누구? 아는 사람?"

어느새 옆에 선 민석이 물었다. 그리고 몇 발짝 떨어져 서 있는 두 간호사는 저들끼리 귓속말을 쑥덕이며 기주와 서윤을 번갈아 쳐다보았다.

"어, 먼저 가 있을래? 곧 따라갈게."

뭔가 심상치 않아 보이는 분위기에 민석은 두 간호사를 데리고 빠른 속도로 자리를 비켜주었다. 기주는 그들이 멀어지는 것을 확인하고 서윤에게로 고개를 돌렸다.

"언제부터 여기 있었어요?"

기주가 낮은 목소리로 묻자 서윤은 대답 없이 고개를 저었다. 모르겠다는 것인지, 아니면 대답을 하지 않겠다는 것인지 뜻이

모호하다.

"죄송해요. 선생님 난처하게 만들려고 온 건 아니에요. 전 그냥…… 오늘이 마지막이라고 하셔서……. 앞으로 다시는 못 볼 테니까요."

병원까지 찾아왔다고 탓하는 것 같아 서윤은 고개를 숙였다. 하지만 어쩔 수가 없었다. 그를 볼 수 있는 방법이라고는 오로지 이것뿐이었으니까. 그의 집도 그녀가 출근해 없는 사이 이사를 해버렸고, 전화를 걸어 만나자는 말은 차마 할 수 없을 것 같았다. 그래서 앞뒤 분간 없이 집을 나와 택시를 잡아탔던 것이다.

"서윤 씨 나쁘네. 나랑 약속한 거 하나도 안 지켰어요. 그동안 밥도 잘 안 먹은 거 같고, 눈도 부은 거 보니까 울기도 했고. 그리고 내 생각도 안 하기로 했는데."

며칠 전에 보았을 때보다 더 까칠해진 얼굴. 하얗게 부르터 껍질이 일어난 입술. 얼굴은 핏기 없이 창백했고, 건들면 곧 쓰러질 것처럼 기운도 없어 보였다.

"전 약속 안 했어요. 선생님이 일방적으로 얘기한 거지."

참고 참던 눈물이 결국 방울 지어 또르르 떨어져 내렸다. 서윤은 그에게 눈물을 보이지 않으려고 서둘러 고개를 돌렸다.

"서윤 씨 이러면 내가 힘들어지는데."

길게 한숨을 내쉰 기주는 손을 뻗어 그녀의 눈물을 닦아냈다. 그러고는 손가락을 살며시 움직여 뺨을 어루만졌다.

도저히 발길이 떨어지지 않을 것 같다. 이대로 이 여자의 손을 잡고 어디론가 떠나 버렸으면 좋겠다. 하지만……

"가요. 집에 데려다줄게요."

해줄 수 있는 건 고작 이것뿐.

"아뇨, 혼자 갈게요. 일행 있으시잖아요."

"괜찮아요. 차에 타요."

기주가 먼저 차를 향해 움직였다. 하지만 서윤은 고개를 저으며 뒤로 한 발 물러섰다.

"선생님은 끝까지 이래요. 자꾸 헷갈리게. 원래 친절하고 다정한 분이라는 거 아는데, 그래도 앞으로는 마음에 없는 사람한테 그러지 마세요."

서윤은 뒷걸음질을 치며 원망이 가득한 눈빛으로 그를 바라보았다. 그러고는 휙 뒤로 돌아섰다. 순간 기주의 손이 움찔거렸다. 울컥 치미는 마음이 뒤로 돌아서는 그녀를 붙잡을 뻔했던 것이다.

힘없이 늘어진 어깨가 안타깝다. 금방이라도 쓰러질 듯 허청대는 걸음을 보고 있으려니 마음이 아프다.

이렇게 끝인가. 정말 이대로 끝인 건가. 등을 돌리고 있는 저 모습이 마지막인가. 앞으로는 평생 볼 수 없는 걸까. 한 번만 돌아봐 준다면, 딱 한 번만 돌아봐 준다면……. 잡고 싶다. 붙잡고 싶다. 또 한 번 움찔거리는 손. 그 충동을 참아내기 위해 기주는 주먹을 꼭 쥐며 이를 악물었다.

"마음에 없는 사람한테 그러지 마세요."

서윤이 울먹이며 남긴 마지막 말이 비수처럼 가슴에 꽂힌다.

저 여자에게는 내 마음이 보이지 않는 걸까. 말하지 않는다고 느껴지지도 않는 걸까.

기주는 자리에 곧게 선 채 멀어져 가는 그녀의 뒷모습을 응시했다.

서윤이 사라지고 한참이 지났음에도 기주는 여전히 같은 자리에 서 있었다. 그녀가 눈물을 흘렸던 것처럼 그의 눈에서도 눈물이 뚝 흘렀다. 그동안 애써 참았던 서윤을 향한 마음이 그렇게 방울방울 응어리가 되어 떨어졌다.

☂

유난히 포근한 봄 날씨. 따뜻한 바람에 옅은 꽃향기가 실려 날아왔다. 겨우내 앙상하게 말라 있던 나뭇가지에도 어느새 푸른 싹이 돋기 시작했고, 사람들의 옷차림도 날씨에 맞춰 한결 가볍고 화사해졌다.

그 사람이 서울로 올라가고 어느새 한 달이라는 시간이 흘러버렸다. 그 한 달 내내 서윤은 오늘처럼 그와 함께 다녔던 곳을 되짚으며 돌아다녔다. 오늘까지만, 딱 오늘 하루만. 매일 그렇게 다짐하고서도 다음 날이 되면 그녀는 이렇게 어김없이 그와 함께 갔던 곳에 서 있었다.

밤인데도 거리는 봄을 즐기러 나온 사람들로 북적였다. 대부분은 친구의 손을 잡고, 혹은 연인과 팔짱을 낀 채로 곳곳에 핀 벚꽃을 구경하느라 정신이 없었다. 사람들의 입가에는 웃음이 가득했고, 얼굴 표정은 모두 행복한 듯 보였다.

인파에 섞여 한참 거리를 걷던 서윤은 낯설지 않은 벤치 앞에

서 멈춰 섰다. 구두를 신고 꽤 오래 걸은 터라 다리도 아프고 발도 아팠다.

"우리 조금만 쉬었다가 가요. 나이가 들어서 그런가, 걷기도 힘들어."

언젠가 기주와 함께 영화를 보러 나왔다가 다리가 아프다며 그가 엄살을 부렸던 곳이었다. 운동깨나 한다는 사람이 겨우 그 정도 걷고 힘드냐고 서윤이 놀려대자, 그는 배시시 웃으며 서윤을 당겨 벤치에 앉혀놓았다. 그래놓고는 또 목이 마르다며 고작 몇 초 앉아 있다가 편의점에 달려가 음료 두 개를 사 들고 오기까지. 꽤 멀어 보이는 곳까지 순식간에 달려서 다녀왔음에도 다리가 아프다던 그의 얼굴은 힘든 기색 하나 보이지 않았었다.

"선생님 정말 나쁜 사람인 거 알아요?"

벤치에 나란히 앉아 다정하게 속삭이고 있는 한 쌍의 연인을 보며 서윤이 혼잣말을 중얼거렸다. 그러고는 긴 한숨을 내쉬며 몸을 돌려 다시 걷기 시작했다.

여름과 가을, 겨울 세 계절을 함께 보내고 혼자 맞은 청주의 봄. 그 사람과 봄을 기억할 만한 추억은 하나도 없지만, 서윤이 걷고 있는 청주 거리 곳곳에서 그의 모습이 생생하게 나타났다가 이내 사라졌다.

회사 건물 앞에는 차를 세워놓고 기다려 주던 그가 있었고, 함께 갔던 공원에는 슬그머니 그녀의 머리 위로 손을 올려 내리쬐는 볕을 막아주는 그가 있었다. 함께 산책을 다녔던 길에는 목도리를 감아주며 풀면 혼난다고 으름장을 놓는 그가 있었고, 엘리베이터에서 내려 걷는 복도에는 술에 취해 입이라도 맞출 듯 다가와 뜨거운 숨을 뿜어내는 그가 존재했다.

차라리 잘해주지 말지. 이렇게 훌쩍 떠나 버릴 생각이었으면 애초에 추억할 수 있는 무엇 하나 남겨놓지 말지. 잔인하고 나쁜 사람. 마음을 받아달라는 것도 아닌데 뭐가 그렇게 힘들다고⋯⋯.

하릴없이 거리를 헤매고 다니던 그녀는 길바닥에 그려진 한 점의 그림 앞에서 우뚝 발을 멈춰 섰다. 꽤 자주 다녔던 거리지만, 그전에는 별 감흥 없이 누가 바닥에 이런 그림을 그려놓았을까 짧은 생각만으로 그냥 지나친 곳이었다.

서윤이 서 있는 곳에서부터 그림의 끝 편 저쪽까지 난 나무다리. 다리의 아래편에는 파란 물이 흐른다.

서윤은 좁고 허름한 나무다리로 한 발을 조심조심 내디뎠다. 그저 그림일 뿐이지만, 다리는 금세라도 부러질 듯 조마조마하기만 했다. 하나, 둘, 셋, 머릿속으로 숫자를 세며 다리의 중간까지 왔을 즈음 그녀는 더 이상 발을 내딛지 못하고 그 자리에 우뚝 멈춰 섰다. 툭 끊어져 있는 다리 때문에 앞으로 나아갈 수가 없었던 탓이다. 보폭을 조금만 넓히면 건널 수 있으련만. 아니, 애초에 그저 그림에 불과한 것이니 무시하고 걸어가면 그만인데. 어째서 나아갈 수가 없는 것일까.

권기주라는 한 남자를 향해 가는 길이 이렇듯 끊어져 버린 것만 같아 서럽고 또 서럽다. 가슴이 쓰리고 아프다. 어디로, 무엇을 향해 나아가야 할지도 모르겠다. 길을 잃은 어린아이처럼 막막하고 두렵다.

서윤은 자정이 다 되어서야 집에 돌아왔다. 매일 그렇게 녹초가 될 만큼 걷다가 집에 들어와 씻고 나면, 베개에 머리를 붙이자마자 아무 생각도 없이 잠들 수 있었다.

따뜻한 물에 샤워를 하고 곧바로 침대에 누워 눈을 감았다. 그러고는 머릿속으로 되뇐다. 이젠 생각지 말아야지. 정말로 잊어버려야지.

안녕. 그에게는 들리지도 않을 인사를 마지막으로 건네고서 서윤은 무거운 눈꺼풀을 내렸다. 앞으로는 우연이라도 만날 일 없기를. 완벽하게 잊을 수 있도록 꿈에서조차 나타나지 않기를. 평생토록 그 사람을 그리워하지 않겠다고 다짐하고 또 다짐하며 잠 속으로 몽롱하게 빠져들어 갔다.

모처럼 만에 기주는 아버지 어머니와 함께 저녁 식사 자리에 앉았다. 서울로 이삿짐을 옮기고도 한 달이나 되어서야 겨우 시간을 내 본가에 찾아온 것이다.

"잘 생각했다. 나이도 있는데 이제 빨리 가정도 꾸리고 자리 잡아야지."

"그래, 네 나이 벌써 서른여섯이야. 늦어도 한참 늦었어."

어머니 혜숙은 밥을 한 술도 뜨지 않고 반찬을 집어 연신 기주의 밥그릇 위에 놓아주었다. 입으로는 그의 나이를 상기시키면서 여섯 살짜리 아이에게 밥을 먹이듯 하며 한시도 눈을 떼지 않았다.

"어머니, 저 밥 좀 더 주세요."

기주는 어느새 밥 한 그릇을 비우고 혜숙에게 밥그릇을 내밀었다. 그녀는 얼굴에 함박웃음을 달고 자리에서 일어나 그릇에 밥을 퍼 담았다.

"결혼할 때까진 집에 들어와 살지 그러니. 혼자 있으면 밥도 잘 안 해 먹는 녀석이."

밥그릇을 기주의 앞에 놓아주며 혜숙이 안쓰러운 눈으로 그의 얼굴을 바라보았다. 한 달 전 이사하던 날 보았을 때보다 살은 꽤 붙었지만, 얼굴은 여전히 까칠하고 푸석푸석해 보였다.

"어머니, 결혼 얘기 좀 안 하시면 안 될까요?"

기주가 밥을 뜬 수저를 입으로 가져가다 말고 다시 내려놓았다. 결혼이라는 얘기에 선명하게 떠오르는 서윤의 얼굴. 그녀를 마음에 두고 다른 여자와 아무렇지도 않게 몸을 섞으며 살 수 있을지 모르겠다.

"어머, 얘 좀 봐? 네 나이를 생각해야지. 언제까지 이러고 있을 수는 없잖니. 그러지 말고 엄마가 선자리 알아볼 테니까, 넌 시간이나 내."

어머니의 이런 반응을 예상하지 못하고 서울에 올라온 건 아니었다. 하지만 지금의 마음으로는 적당히 장단을 맞추는 일도 쉽지 않았다.

"어머니, 저 당분간 바빠요. 병원 오픈하고 자리 잡을 때까지는 정신없어요."

"선보는 데 무슨 3박 4일 걸린다니? 결혼도 다 때가 있는 법이야. 더 늦으면 웬만한 아가씨들 갖다 붙이기도 힘들어."

"밥 먹는데 좀 그만하지."

혜숙의 목소리가 커지자 아버지 성태가 핀잔을 주었다. 기주는 그제야 안심하고 다시 수저를 들어 올렸다.

식사를 마친 기주는 다과를 준비하려는 어머니를 말리고 식탁에서 일어섰다. 그가 양복 재킷을 집어 들자 그녀는 안타까운 얼굴로 그를 붙잡았다.

"벌써 가려고? 여기서 자고 내일 아침 먹고 가지 그러니."

"집에서 자는 게 편해요. 내일도 일찍 나가봐야 하고요."

"그래, 가보거라. 내가 곧 들러보마."

"예, 아버지."

기주는 그렇게 도망치듯 부모님의 집에서 빠져나왔다. 전과는 다르게 편치 않은 집. 아마도 서윤을 마음에 담은 그 이후부터였던 것 같다.

차에 오르자마자 그는 콘솔박스를 열어 소화제를 찾아 입에 넣고, 생수병을 따서 물을 들이켰다. 서울에 올라온 후부터 습관적으로 반복되고 있는 일이었다.

하루 세 끼를 거르지 않고 꼬박꼬박 밥을 챙겨 먹었다. 게다가 먹는 양도 예전보다 훨씬 많이 늘어난 편이었다. 의식적으로 챙겨 먹는다기보다는 아무리 먹어도 채워지지 않는 허기 때문이다. 그렇게 꽤 많은 양의 식사를 하고 나면 여지없이 속이 불편했다. 소화도 잘 되지 않고, 가슴이 꽉 막힌 듯 답답한 느낌. 그래서 매번 소화제를 먹어야만 견딜 수가 있었다.

집에 도착한 기주는 재킷을 벗어 바닥에 던져 놓고 그대로 침대에 누웠다. 손가락 하나도 까딱하기 싫은 탓에 씻지도 않고, 옷조차 갈아입지 않고서 바로 눈을 감아버렸다.

몸은 피곤한데도 잠이 오지 않아 수십 번 몸을 뒤척였다. 서윤을 생각지 않으려고 애써 다른 기억을 떠올려 보지만 그럴수록 그녀의 얼굴은 선명하기만 했다.

맑고 검은 눈동자가 담긴 동그란 눈. 잘 정돈된 짙고 예쁜 눈썹과 반듯한 이마. 오뚝한 콧날에 붉은 입술과 말갛게 웃어주는 얼굴. 별것 아닌 일에도 붉어지는 그 얼굴이 오늘따라 더 그립다.

한 달 동안 미친 듯이 일에만 매달렸다. 병원 자리를 알아보기 위해 며칠은 죽어라 돌아다녔고, 그러고도 남는 시간에는 친구 병원에 가서 진료를 도왔다. 또 병원 인테리어 공사를 시작하고는 참견 안 해도 될 일까지 일일이 참견을 했다. 이러다 보면 잊겠지, 잊어지겠지 했는데 그녀의 얼굴도, 또 함께했던 기억들도 점점 더 또렷해지기만 했다. 또 그러다가 어떤 날은 아침부터 그녀의 얼굴이 생각나지가 않았다. 희미한 그 얼굴을 떠올리려고 그는 그동안 서윤과 함께했던 일들을 일일이 꼽아가며 애써 기억을 더듬었다. 그렇게 몇 번을 반복하고 나니 점점 미쳐 가는 것만 같았다. 밥을 먹어도 계속 허기가 졌고, 잠은 오지 않고. 머릿속에는 늘 그녀와 함께 있는데, 막상 볼 수도 만질 수도 없다고 생각하니 정말 딱 죽을 것만 같았다.

기주는 자리에 벌떡 일어나 앉았다. 울먹이며 돌아서던 그녀의 마지막 모습을 떠올리자 심장이 뻐근하게 조이듯 아프다.

밥은 잘 먹고 지낼까. 잠은 잘 자는 걸까. 어디 아프지는 않은지. 여전히 울고 있는 건 아닌지……. 걱정이 되어 목이 멘다.

보고 싶다. 당장에라도 청주로 달려가 그녀를 품에 안고 싶다. 조잘거리던 그 입술에 입을 맞추고, 하얀 목덜미를 잘근잘근 깨물어보고 싶다.

　기주는 입술을 깨물며 주먹을 불끈 쥐었다. 참자, 참아보자. 하루만 더. 한 시간만 더. 십 분만, 일 분만 더…….

　하지만 그는 자리를 박차고 일어섰다. 바닥에 던져 놓은 재킷을 다시 집어 들고, 주머니를 뒤져 차 키를 손에 쥐었다. 쿵쿵쿵 심장이 거칠게 요동을 친다. 다시 한 번 이를 악물고 참아보지만, 다리는 어느새 성큼성큼 현관을 향해 뻗어 나갔다.

7. 끝까지 함께 가봐요

서윤은 잠결에 들려오는 소리에 잠시 몸을 뒤척이다가 눈을 떴다. 아직 날이 밝지 않은 시각인지 방 안은 잠들기 전처럼 어두웠다. 몇 시나 되었을까. 머리맡을 더듬어 휴대폰을 찾아냈다. 새벽한 시 삼십오 분. 침대에 누운 지 고작 한 시간이 지났을 뿐이다.

시간을 확인하고 나니 한숨이 절로 몰려왔다. 이른 시각에 잠에서 깨면 날이 밝을 때까지 뜬눈으로 시간을 보내는 경우가 대부분인 탓이었다. 겨우 한 시간 자겠다고 몸이 지치도록 그렇게 걸어 다닌 것은 아닌데. 불면으로 힘들게 보낼 하루를 생각하니 앞이 암담했다.

그녀는 휴대폰을 내려놓고 이불을 목 부근까지 끌어 올렸다. 그러고는 다시 눈을 감았다.

억지로라도 잠을 청하기 위해 눈두덩 위에 팔을 얹는 순간 딩

동딩동. 귀에 들려오는 초인종 소리. 잠결에 들었던 그 소리가 꿈은 아닌 모양이었다.

서윤은 자리에서 벌떡 일어났다. 이런 새벽에 찾아올 사람이 없는 처지이다 보니 겁이 나고 가슴이 두근거렸다. 새벽이 아닌 한낮이라 해도 초인종이 울릴 일은 없는데. 여자 혼자 사는 집이라 일부러 배달 음식조차 시키지 않는 탓에 기주가 떠난 후로는 한 번도 울린 적 없는 소리였다.

침대에서 발을 내린 그녀는 방문을 열고 나가 거실에 불을 밝혔다. 초인종 소리 외에는 별다른 기척이 없으니 더욱 겁이 나고 심장이 쿵쿵 요동을 쳤다.

조심조심 발소리를 죽여 현관문 앞에 섰다. 그리고 외시경을 통해 밖을 내다보았다. 순간 그녀의 눈에 들어온 익숙한 남자의 모습. 깜짝 놀라 저도 모르게 뒷걸음질을 쳤다. 서윤은 빠르게 훅훅 숨을 내쉬며 놀란 가슴을 손으로 꾹 눌렀다.

말도 안 돼. 여전히 꿈을 꾸고 있는 것이 아니라면 있을 수 없는 일인데. 지금쯤 서울에 있어야 할 그 남자가, 권기주 그 사람이 제 집 앞에 서 있을 리가 없다.

서윤은 눈을 감고 도리질을 쳤다. 그에 대한 그리움이 너무 짙어 미쳤다거나, 아니면 강민우를 그 사람으로 착각한 것일지도 모른다. 하지만…….

"서윤 씨."

똑똑 조심스럽게 문을 두드리는 소리와 함께 제 이름을 부르는 그의 목소리가 분명하게 들려왔다.

서윤은 다시 현관문 앞으로 바짝 다가섰다. 덜덜 떨리는 손으로 안전 고리를 풀고, 손가락으로 버튼을 눌렀다. 띠리릭, 도어록의 해제음이 울리자 그녀는 깊게 숨을 들이마시며 손잡이를 내려 문을 열었다.

고개를 들어 올린 순간 처연한 눈빛으로 저를 내려다보고 있는 그의 얼굴이 눈에 들어왔다. 서윤은 입술을 열었지만 머릿속이 하얗게 비워져 아무런 말도 할 수가 없었다.

"보고 싶었어요."

기주가 먼저 낮은 목소리로 고백했다. 정말 죽을 만큼, 그만큼 이 여자가 보고 싶었고 그리웠다. 먹어도 먹는 것 같지 않았고, 숨을 쉬어도 쉬는 것 같지가 않았다. 병원 앞에서 마지막으로 서윤을 보고 헤어졌던 그 순간부터 그녀에게 달려가고 싶었던 마음. 서울에 올라간 후로 내내 들었던 후회를 어떻게 한 달이나 억누르고 살았는지, 지난 그 시간이 정말 끔찍하기만 했다.

기주가 현관 안으로 들어서고, 곧 그의 등 뒤로 문이 닫혔다. 서윤은 잇새를 비집고 터져 나오는 울음소리를 참아내느라 입술을 꼭 깨물고 손으로 입을 막았다.

"가요. 우리…… 끝까지 함께 가봐요."

이 한마디를 위해 밤 열두 시가 넘은 것을 확인하고도 미친놈처럼 집을 뛰쳐나왔다. 얼마나 속도를 내어 차를 달렸는지, 막히지 않아도 두 시간이 꼬박 걸리는 거리를 한 시간 반도 채 안 되어 도착한 것이다. 오늘 당장, 지금 당장 이 여자를 보지 않으면 평생 볼 수 없을 것 같은 두려움에 새벽 시간이라는 것을 무시하고 벨을 누를 수밖에 없었다.

기주는 팔을 뻗어 한 줌도 안 될 듯 말라 버린 서윤을 덥석 품에 안았다. 그러자 몸을 휘청거리며 안긴 그녀가 그의 가슴에 얼굴을 묻고 엉엉 울음을 터뜨렸다.

"하아!"

기주는 눈을 감고 길게 한숨을 흘렸다. 이제야 몰려드는 안도감과 서윤을 떠난 것에 대한 후회가 뒤섞여 한숨 소리가 매우 무거웠다.

참지 못하고 끅끅 소리 내어 울던 서윤은 그동안 힘들었던 시간이 억울했는지 주먹을 쥐어 그의 가슴을 몇 번이나 두드렸다. 그럴 때마다 기주는 팔에 바짝 힘을 주어 그녀를 더 깊게 끌어안았다.

"정말 나빠요. 선생님은 정말……."

"미안해요. 힘들게 해서 미안해요, 서윤 씨."

지금까지 힘들게 해서, 그리고 또 앞으로도 그렇게 될 테니까. 당신을 힘들게 하지 않겠다고 한 선택이 우리 두 사람을 너무 힘들게 했으니까.

서윤은 그의 옷을 눈물로 흠뻑 적셔놓고 나서야 겨우 울음을 멈추었다. 얼마나 서럽게 울었는지 눈이 붓고, 목이 잠겨 목소리까지 변해 버릴 정도였다.

"이제 다 울었어요?"

여전히 그녀를 품에 안은 채 그가 낮게 속삭여 물었다. 서윤이 고개를 끄덕이며 몸을 떼자 그가 입가에 옅은 미소를 띠며, 손을 올려 그녀의 눈물 젖은 볼을 닦아주었다. 그의 눈도 눈물이 그렁그렁한 채 말이다.

"그럼 나 이제 좀 들어가도 되나?"

어느새 두 시가 훌쩍 넘어 있었다. 거의 삼십여 분을 신발도 벗지 못하고, 거실에 올라서지도 못한 채 그렇게 서 있었던 것이다. 옷도 눈물에 젖어 엉망이 되었고, 다리도 조금 아팠지만 뭐 그런 것쯤. 사랑하는 여자가 이렇게 품 안에 있는데.

"아, 죄송해요."

서윤이 그제야 사태를 파악하고 얼른 뒷걸음질을 쳐 그에게서 떨어졌다. 그러자 기주는 구두를 벗고 거실로 올라섰다.

"우리 잠깐 앉아서 얘기 좀 해요."

기주가 고개를 푹 숙이고 서 있는 서윤의 손목을 잡아 소파로 이끌었다. 한쪽에 그녀를 앉혀두고, 그도 바로 옆에 앉아 그녀를 향해 몸을 틀었다. 기주는 손을 뻗어 서윤의 뺨을 살며시 쓰다듬었다. 벌겋게 달아올라 열이 느껴지는 얼굴. 그동안 많이 힘들었는지 까칠하고 푸석푸석한 느낌에 마음이 아팠다.

"얼굴이 많이 상했어요. 내 탓인 건 아는데, 그래도 속상하네."

기주의 말에 서윤은 얼굴을 뒤로 물려 그의 손을 떼어내고 고개를 휙 돌렸다. 한참 울었으니 거울을 보지 않아도 상태가 얼마나 엉망일지 짐작이 된 탓이다.

서윤은 아무런 대꾸도 하지 못한 채 손가락만 꼼지락거렸다. 그가 왜 왔는지, 끝까지 함께 가보자는 말이 무슨 뜻인지도 알 것 같지만 차마 물을 수가 없었다. 꿈이 아님에도 신기루처럼 순식간에 사라져 버릴 것만 같은 그런 불안함에 가슴만 졸일 뿐이었다.

"한밤중에 놀라게 해서 미안해요. 서윤 씨 두고 그렇게 가버리는 게 아니었는데. 보고 싶어서, 지금 당장 안 보면 정말로 죽을 거 같아서, 그래서 어쩔 수가 없었어요."

서윤은 살그머니 고개를 들어 그의 얼굴을 마주 보았다. 보고 싶었다는 말이 몇 번이나 물었던 제 질문에 대한 대답인 것 같아 가슴이 마냥 두근댔다.

"그럼 선생님도……."

"나 서윤 씨 많이 좋아해요. 그동안 말하지 못한 거, 내 마음 물었을 때 솔직하게 대답해 주지 못한 거, 다 미안해요. 내가 어쩌다가 지윤 씨를 먼저 알아버려서, 그래서 우리 이렇게 이상한 인연으로 만났지만, 그래도 이제 난 서윤 씨가 옆에 없으면 안 될 거 같아요. 앞으로 서윤 씨 많이 힘들게 할 거 알면서도 마음을 접을 수가 없어요."

그의 고백에 서윤은 또 눈물이 가득 차올랐다. 어떤 말이든 해보려고 입술을 달싹였지만 목이 메어 소리가 나오지 않았다.

"서윤 씨 이제 보니까 완전히 울보였네."

그의 손이 또 서윤의 얼굴을 향해 다가왔다. 그녀는 얼른 몸을 뒤로 빼며 두 손으로 눈을 꾹 눌러 눈물을 훔쳤다. 그러고는 흠흠 목청을 가다듬었다.

"나 원래 잘 안 우는데. 이게 다 선생님 때문이잖아요."

서윤이 원망스러운 눈초리로 그를 향해 살짝 눈을 흘겼다. 그러자 기주는 또 얕은 한숨을 흘렸다.

"미안해요."

미안하다는 말만 연거푸 해대고 있는 그에게 오히려 서윤이 더 미안해졌다. 마음을 숨길 수밖에 없었던 이유를, 청주를 떠날 수밖에 없었던 그 심정을 모두 이해하기에, 둘 사이에서는 필요 없는 말이기도 했다.

"저 이제 안 울게요. 선생님도 앞으로는 미안하다는 말 하지 마세요."

벌겋게 부은 얼굴로 서윤이 살짝 미소 지었다. 그녀의 웃는 모습을 본 기주는 겨우 마음이 놓였다.

"서윤 씨, 나 오늘 하루만 좀 재워주면 안 되나? 이 시간에 서울로 다시 올라가는 건 힘들 거 같은데."

흘깃 시계를 올려다본 기주가 눈꺼풀을 반쯤 내리고 물었다. 서로의 마음이 닿았다고 생각하니 급격히 피로가 몰려왔다. 한달 내내, 아니 그 이전 서윤을 향한 마음을 자각한 그때부터 숙면을 취한 적이 없으니 당연한 일이었다. 물론 이 집에서 나간다고 해서 잘 곳이 없는 것은 아니다. 그건 함께 있고 싶은 마음에 가져다 붙인 핑계일 뿐. 머지않은 곳에 민석의 집도 있고, 또 지천에 널린 게 모텔과 호텔 아니던가.

"아…… 네."

덩달아 시계를 쳐다본 서윤이 소파에서 몸을 일으켰다. 욕실로 들어간 그녀는 수납장에서 새 칫솔과 수건 하나를 꺼내놓고 다시 나왔다.

빠른 속도로 씻고 나온 기주는 눈에 보이지 않는 서윤을 찾느라 두리번거렸다. 활짝 문이 열려 있는 침실을 들여다보자, 얇은 여름 홑이불 하나를 들고 난감한 표정을 하고 있는 그녀의 모습이 눈에 들어왔다.

부모님과 함께 살다가 집을 나온 처지라 휑한 방 안을 채워줄

가구도 없고, 또 어른들처럼 그 안에 사계절 침구와 손님용 침구를 구비해서 놓고 살 만한 상황은 아니었다. 침대 위에는 달랑 하나뿐인 베개. 이불장 같은 건 애초에 없었으니 바닥에 깔 요도 없고, 또 소파에 눕더라도 저 얇은 홑이불 외에는 덮고 잘 것도 없다는 뜻이다. 그러니 서윤이 왜 저렇게 서 있는지도 쉽게 답이 나왔다.

"음, 저기, 어…… 괜찮으면 같이 누우면 안 될까요?"

기주가 목을 긁적이며 해답을 제시했다. 그러자 서윤이 놀란 눈을 하고 멍하니 서 있었다.

아, 이게 아닌데. 그 뜻이 아닌데. 순식간에 기주의 얼굴과 목덜미가 붉어졌다. 당황한 그는 어떻게 말을 해야 하나 정리가 되지 않아 고개를 흔들었다.

"아니, 그게 이상하게 생각하진 말고, 그러니까…… 나쁜 짓은 안 할 테니까. 그냥 얌전히 손만 잡고 잘게요."

허둥대며 열심히 해명하는 그의 모습을 보고 있던 서윤이 웃음을 픽 터뜨렸다. 손만 잡고 잔다는 남자들의 말은 절대로 믿으면 안 된다고들 하지만, 기주의 말은 왠지 믿음이 갔다. 또한 워낙 갑작스러운 상황에 놀란 것일 뿐, 그가 약속을 못 지킨다고 하더라도 별로 문제가 될 것 같지는 않았다. 원나잇을 할 정도로 개방적이고 가벼운 성 의식을 가지고 있는 건 아니지만, '몸 따로 마음 따로'라는 그런 이율배반적인 생각을 가진 사람도 아니기에 그녀로서도 원치 않는 일이라고 장담할 수는 없는 처지였다.

서윤은 고개를 끄덕이고 손에 들고 있던 홑이불을 있던 자리에 도로 내려놓았다. 그리고 그가 먼저 침대에 누울 수 있도록 옆으로 비켜섰다. 기주는 손목시계를 풀어 협탁에 올려놓고서 침대 위에 올랐다.

"옷, 불편하실 텐데."

와이셔츠에 양복바지 차림 그대로 눕는 그를 보고 서윤이 중얼거렸다. 하지만 그녀와는 체격 차이가 상당한 기주에게 맞을 만한 옷은 없으니 그저 말뿐이었다.

"그렇다고 벗고 자면 쫓겨날 거 같은데? 서윤 씨도 얼른 와요."

베개 한쪽 귀퉁이를 베고 그가 옆을 툭툭 두드렸다. 그러자 잠시 머뭇거리던 서윤이 형광등 스위치를 눌러 끄고서, 조심스럽게 이불을 들추고 그의 옆에 몸을 들였다.

그녀는 천장을 바라보며 정자세로 누워 숨을 죽였다. 심장이 팔딱거리고 온 신경이 그를 향해 곤두서 있는 상태라 도저히 잠이 올 것 같지는 않다. 그럼에도 좋다. 이 사람의 옆에서라면 평생 이렇게 잠을 못 잔다 하더라도, 그래도 좋을 것 같다. 이렇게 같이 있을 수만 있다면, 그와 함께할 미래가 아무리 힘든 것이라도 괜찮을 것 같다.

"고개 좀 돌려봐요. 이 야밤에 보고 싶어서 달려왔는데 도통 얼굴을 안 보여주네."

베개 하나를 함께 베고 있는 터라 그의 목소리가 바로 귀에 대고 속삭이는 것처럼 들려왔다. 불빛 없는 어두컴컴한 방에서 고개를 돌린다고 해봐야 얼굴이 자세히 보이는 것도 아닐 테지만, 서윤은 그의 뜻대로 몸을 돌려 마주 누웠다.

그가 살그머니 손을 뻗어 서윤의 뺨 위에 올렸다. 그녀가 잠시 움찔하자 그는 얼른 손길을 거둬들였다.

"아, 혹시 얼굴 만지는 거 싫어해요? 사람마다 그런 거 있잖아요, 조금 민감하다거나 누가 건들면 유난히 싫은 부분."

기주의 기억에 벌써 몇 번은 되는 것 같았다. 눈물을 닦아주고 싶어 저절로 올라간 손을 피해 그녀가 얼굴을 뒤로 슬쩍 내뺐던 일이.

"그런 거 있으면 솔직하게 말해줘요. 아직 서로 아는 것보다 모르는 게 더 많으니까. 서윤 씨가 싫어하는 건 조심하고 고칠게요."

"싫은 게 아니라, 떨려서 그래요. 싫을 리가…… 없잖아요."

얼마나 그리웠던 손길인데.

커다랗고 따뜻한 그의 손이 얼굴에 닿을 때마다 전기라도 통하는 것처럼 몸이 찌릿찌릿했다. 온몸의 세포 하나하나가 전부 곤두서는 느낌. 다른 사람과 접촉했을 때는 느껴지지 않던 생소한 그 감각이 서윤은 몸서리가 쳐질 만큼 좋았다. 좋아하는 사람이, 그토록 원하던 사람이 주는 그 느낌이 절대 싫을 리가 없다.

"그럼 서윤 씨가 적응해야겠네."

입가에 웃음을 달고 그가 다시 그녀의 뺨에 손을 올렸다. 그리고 엄지손가락을 움직여 부드럽게 쓰다듬었다.

대화가 끊기자 어둡고 고요한 방 안에 두 사람이 내뱉는 숨소리만 작게 들려왔다. 얼굴을 쓰다듬는 손길과 가까이에 느껴지는 그의 숨결이 그녀를 더욱 긴장하게 만들었다. 그 어색한 분위기가 힘들었던 서윤은 조심스럽게 입을 열었다.

"선생님."

"네."

"저, 뭐 하나만 물어봐도 돼요?"

어둠 속에서 그녀의 눈동자가 반짝였다. 무엇이 궁금한지는 모르겠지만, 뭔가를 잔뜩 기대하고 있는 아이의 눈빛 같았다. 그런 그녀의 모습에 기주의 입매가 가늘게 늘어졌다.

"얼마든지요."

"선생님은 언제부터였는지 궁금해요. 난 진짜 혼자 무지 고민하다가 고백했던 건데, 선생님은 계속 아닌 척 그러셔서……."

"왜요, 먼저 말한 게 억울해요?"

"아뇨, 그건 아니고요. 그냥, 선생님은 어떤 마음으로 날 보는 걸까, 그게 늘 궁금했거든요."

서윤이 고개를 슬그머니 저었다. 말로는 아니라지만, 뾰로통하게 입술을 내밀고 있었다.

"음, 이거 솔직히 말하면 나 약점 잡히는 거 같긴 한데…… 그래도 그동안 서윤 씨 힘들게 한 죄로 말해야겠네요."

"어, 뭐지? 뭔가 수상한데요?"

그녀가 발딱 고개를 들어 올렸다. 팔꿈치를 침대에 대고 상체를 일으킨 서윤은 그를 내려다보며 살짝 눈을 흘겼다.

"우리 전에 서윤 씨 회사 건물에서 우연히 만났었던 날, 기억해요? 비 엄청 쏟아졌던 그날이요. 그때 서윤 씨 우산 없어서 내가 기다리라고 했었잖아요. 집에 같이 가자고."

"네."

고개를 끄덕이며 서윤이 대답했다. 그리고 그날의 일을 머릿속에 떠올렸다.

카페에 앉아 그와 이런저런 이야기들을 했지만, 그 당시 서윤에게는 권기주라는 남자가 그다지 편한 사람은 아니었다. 그의 차를 타고 함께 집에 오면서도 분위기가 얼마나 서먹하고 어색했었는지. 그도 그럴 것이 청주로 내려와 얼마 되지 않았을 때가 아니던가. 그런데 지금 이 사람은 왜 그때의 일을 이야기하고 있는 것인지 모르겠다.

"그날 카페에 앉아서 커피 마시면서 나도 모르게 자꾸 서윤 씨한테 눈길이 갔어요. 그게 예전처럼 지윤 씨 동생, 이웃사촌, 그런 의미가 아니라 이 여자 참 괜찮은 여자구나, 그런 생각으로요. 그런데 서윤 씨가 갑자기 묻더라고요. 다욱이 좋아하는 거 기억하고 있었느냐고. 그거 사실 알고 있었는데, 나도 모르게 아니라는 대답이 나와 버렸어요. 별것도 아닌 일인데, 내가 서윤 씨를 두고 여자로 생각했다는 사실이 좀 당황스러웠거든요."

원한 것과는 조금 다른 대답이긴 했지만, 서윤은 굳이 그날의 일을 이야기하는 기주의 의도를 알 수 있었다. 애초에 이 남자는 저를 최지윤의 동생이 아닌 한 여자로 봐주었다는 것. 이런 말이 '사실은 내가 먼저였어요'라는 빤한 사탕발림보다 훨씬 더 감격스러웠다.

"내 마음이 언제부터인지는 나도 정확히 몰라요. 사람 마음이라는 게 명확히 출발선을 긋고 시작하는 건 아니잖아요. 서윤 씨를 보면 늘 즐겁고, 행복하고, 자꾸 웃게 되고. 혼자 있을 때는 생각나고, 또 보고 싶고 그랬어요. 그래서 일부러 핑곗거리를 만들어서 서윤 씨랑 가끔 함께 출퇴근하고, 밥 먹고, 영화도 보고, 산책도 다니고. 그러면서 난 내 자신이랑 계속 타협했어요. 아는 사이니까, 이웃사촌이니까, 이 정도는 괜찮겠지, 여기까지는 괜찮겠지, 그렇게. 그리고 좋아한다는 마음을 정확히 깨달은 건,

집 앞에 서윤 씨 회사 사람 찾아왔을 때. 그날 정말 못 견디게 화가 났거든요. 그래서 생각해 봤어요. 화가 나는 이유가 대체 뭘까. 그럴 리가 없다고, 절대 안 되는 일이라고 아무리 부정해도 역시 답은 하나뿐이더라고요."

그의 대답을 모두 듣고 나니, 서윤은 가슴이 터질 만큼 벅차올랐다. 많은 것들을 함께하며 느꼈던 감정. 그게 혼자만의 마음이 아니었다고 생각하니 또 실없이 눈물이 글썽거렸다.

"내 대답이 만족스럽지가 않나?"

서윤이 아무런 말을 하지 않자, 기주가 중얼거렸다. 그녀는 고개를 크게 가로젓고, 그의 가슴에 얼굴을 푹 파묻어 버렸다.

그가 서윤의 머리를 부드럽게 쓰다듬었다. 따뜻하고 평온한 기분. 한 달 내내 느껴졌던 허기가 이제야 가시는 것 같았다.

지난밤 기주의 품에 얼굴을 묻은 채 그대로 잠이 들었던 모양이다. 눈을 뜬 서윤은 그가 깨지 않도록 품 안에서 조심스럽게 벗어났다. 심장이 떨려 꼴딱 밤을 샐 것만 같았는데, 어느새 훤히 날이 밝아 있었다.

겨우 세 시간 남짓 잤을까. 그럼에도 평소와는 다르게 몸이 가뿐했다. 다만 퉁퉁 부은 눈이 제대로 떠지지 않을 뿐. 서윤은 두 손으로 눈두덩을 꾹 눌렀다가 떼고, 잠들어 있는 그의 얼굴을 바라보았다.

반듯한 이마와 쌍꺼풀 없는 깊은 눈. 단정한 입매는 굳게 다물어져 있다. 인중 선이 뚜렷하고 피부도 검지 않은 편이라 오밀조밀 예쁜 얼굴이지만, 날카로운 콧날 때문인지 남자다운 면모가 느껴졌다. 좋은 꿈이라도 꾸고 있는 것일까? 그의 얼굴은 잠결에도 예쁜 미소를 담고 있었다.

매번 조심스럽게 훔쳐봐야만 했던 얼굴을 아무런 방해 없이 가까이서 들여다보고 있으려니, 이 사람이 이제 정말 내 남자구나 싶은 생각에 가슴이 다 벅차올랐다. 서윤은 밤사이 거뭇해진 그의 턱을 향해 손을 뻗다가 혹시라도 그가 잠에서 깰까 싶어 얼른 거둬들였다.

출근 준비를 위해 침대에서 벗어나려고 몸을 트는 순간 언제 깼는지 기주가 그녀의 손목을 덥석 붙잡아 끌어당겼다. 그 갑작스러운 힘에 서윤은 침대에 다시 주저앉았다.

"감상 다 했으면 소감 말해봐요. 잘생겼는지, 아님 멋있는지."

게슴츠레 눈을 뜬 기주가 다 알고 있다는 듯 물었다. 아무리 제 침대에 누운 남자라지만 너무 넋을 잃고 보았나 싶은 생각에 부끄러워진 서윤은 발갛게 얼굴을 붉혔다.

"가, 감상은 무슨……. 언제 깨셨어요?"

혹시 아까부터 깨어 있던 것이었을까? 그럼 그 얼굴은 꿈을 꾸고 있던 게 아니라, 자신이 쳐다보는 것을 알고 웃었던 것일까?

"서윤 씨 일어날 때요. 품이 허전해져서."

그가 턱짓으로 서윤이 빠져나간 자리를 가리키며 대답했다. 아직 잠에서 덜 깬 듯한, 나른하게 잠긴 목소리였다.

그에게 안겨 잠들었었다는 사실을 상기하자 서윤의 얼굴이 한층 더 붉어졌다. 그녀는 기주의 시선에서 벗어나기 위해 잡힌 손목을 빼내며 몸을 일으켰다.

"잠깐만 이렇게 있어요."

하지만 침대를 벗어나지 못하고 다시 그에게 붙잡혔다. 조금 전보다 더 힘을 주어 그녀의 손목을 잡은 기주는 말간 눈빛으로 그녀를 올려다보았다.

"저 출근 준비해야 하는데."

평소보다 조금 일찍 일어나기는 했지만, 그에게 아침밥을 차려 주고 싶어 마음이 바빴다. 그리고 잠깐 짬을 내서 퉁퉁 부은 눈에 얼음찜질도 해야 했고.

"일 분만요. 나 서윤 씨 회사 데려다주고 바로 서울 올라가야 하거든요. 마음 같아서는 며칠이라도 옆에 꼭 붙어 있고 싶은데, 요새 병원 오픈 준비하느라 바빠서. 공사 들어가서 당분간은 내려오기 힘들 거예요, 아마도."

"그럼, 제가 가면요? 제가 올라가면 잠깐이라도 볼 수 있어요?"

"그래줄래요?"

되묻는 기주의 얼굴에 크게 미소가 걸렸다. 그제야 그는 서윤의 손을 놓아주었다.

서윤이 슬금슬금 그를 살피며 옷장을 열자, 눈치 빠른 남자는 다시 잘 것처럼 눈을 감고 고개를 돌렸다. 그 틈에 그녀는 속옷과 갈아입을 옷을 얼른 챙겨 들고서 방을 빠져나왔다.

출근 준비를 모두 마친 서윤은 그가 씻는 사이 냉장고를 열어 반찬을 꺼냈다. 갓 지은 밥과 새로 끓인 뜨끈한 국을 대접하고 싶은 마음이지만, 그럴 여유가 없어 냉동실에 넣어놓은 밥에 엄마가 보낸 며칠 묵은 반찬들을 꺼내놓으려니 속이 상했다.

샤워를 한 기주는 구겨진 와이셔츠와 양복바지를 다시 걸쳐 입고 욕실에서 나왔다. 문소리에 힐긋 뒤를 돌아본 서윤은 그 모습을 보고 괜히 미안한 마음이 들었다. 혼자 살면서도 늘 깔끔하고 단정한 차림으로 다니던 그가 잔뜩 구겨진 옷을 입고 서 있으니 말이다. 굳이 따지자면 여자 혼자 사는 집에 쳐들어와 잠자리를 달라 한 그의 잘못이지만.

"바쁠 텐데 나 때문에 아침까지 차리고. 안 그래도 되는데."

가까이 다가온 그가 식탁 의자를 꺼내 앉았다. 서윤은 따끈하게 데운 밥을 전자레인지에서 꺼내 그의 앞에 놓아주었다.

"아뇨, 그냥 있는 반찬만 꺼냈어요. 밥도 냉동실에 있던 거고. 그보다 선생님 옷, 다림질이라도 해드릴까요? 너무 구겨져서 그대로는 나가시기가 좀 그럴 텐데."

"괜찮아요. 어차피 집에 가서 갈아입어야 하니까. 신경 안 써도 돼요."

수저를 드는 기주를 보며 서윤도 그의 앞에 마주 앉았다. 꽤 오랜만에 함께하는 식사에 그동안 없던 식욕이 절로 돌았다.

"서윤 씨."

밥을 먹던 그가 갑작스레 이름을 불러왔다. 서윤은 수저질을 멈추고서 그의 얼굴을 바라보았다.

"네."

"여긴 계속 있어야 하나? 꼭 그래야 하는 거 아니면 서윤 씨도 빨리 정리하고 서울로 올라왔으면 하는데."

"오늘 집 내놓을게요. 전세금 받아서 나가야 하는 거라 언제쯤이 될지는 모르지만. 회사는 이사 날짜 잡히고 난 후에 정리하면 될 거 같아요."

집이나 회사나 가볍게 결정할 문제는 아님에도 그녀는 전혀 뜸을 들이지 않고 대답했다. 기주가 이곳을 떠났던 그때부터 이미 고민했던 일이기 때문이다.

"고마워요."

"이제 굳이 있을 이유도 없는데요, 뭐."

서윤에게 흡족한 대답을 듣고 기주는 다시 수저를 들어 올렸다. 그녀와 함께 보낼 서울에서의 시간들을 생각하니 입가에 절로 미소가 떠올랐다.

식사를 마친 두 사람은 기주의 차를 타고 그녀의 회사로 향했다. 차가 정지 신호에 걸릴 때마다 그는 고개를 돌려 서윤을 쳐다보았다. 이 여자를 두고 다시 올라가야 한다는 사실이 안타깝고 애통하지만, 그래도 마음을 숨기지 않고 바라볼 수 있다는 게 얼마나 행복한 일인가. 하지만 그런 위안도 잠시. 도착지가 가까워오자 성마른 갈증이 몰려왔다.

차가 멈춰 서자 서윤은 작은 한숨과 함께 안전벨트를 풀었다. 약속한 주말까지 그리 많은 시간이 남은 건 아니지만, 그래도 예전처럼 쉽게 얼굴을 볼 수 있는 곳에 있는 사람이 아니라는 사실에 가슴이 답답해졌다.

"조심히 가세요."

서윤이 어깨에 가방 끈을 걸고 꾸벅 고개 숙여 인사했다. 그러자 기주는 조급한 마음을 누르지 못하고 그녀의 팔을 붙잡았다.

의아하게 여긴 서윤이 그를 향해 다시 고개를 돌렸다. 기주는 성급히 안전벨트를 풀고서 그녀를 향해 고개를 기울였다. 순식간에 입술이 맞닿고, 그의 뜨거운 혀가 서윤의 입술을 파고들었다.

뜻밖의 상황에 놀란 그녀는 문을 열기 위해 잡았던 손잡이를 꽉 틀어쥐며 눈을 감았다.

"안녕! 좋은 아침."

"네, 아, 안녕하세요."

경은의 밝은 아침 인사에 답을 하던 서윤은 저도 모르게 손으로 입을 가리고 고개를 꾸벅였다. 화장실에 들러 립스틱을 다시 바르고, 두근거리는 심장을 가라앉히느라 한참이나 심호흡을 하다가 들어오는 길이었다. 하지만 직원들의 얼굴을 마주한 그 순간 얼굴이 붉게 달아오르고 가슴이 또 두근거렸다. 겨우 키스 좀 했다고 누가 알아차릴 리는 없건만, 회사 건물 앞에서 더군다나 선팅도 짙지 않은 차 안에서 아침부터 그런 일을 저질렀으니, 웬만한 강심장이 아니라면 사람들을 의식하게 되는 것은 당연한 일이다.

서윤이 자리에 앉자 경은이 쪼르르 그녀에게 달려왔다. 경은은 목을 길게 뽑아 서윤의 얼굴을 이리저리 살폈다.

"이런, 이런."

경은이 고개를 저으며 끌끌 혀를 찼다. 서윤은 눈치 빠른 경은이 혹시라도 알아차린 것일까 하는 생각에 얼굴을 더욱 빨갛게 붉혔다.

"왜, 왜요."

고개를 뒤로 빼며 손으로 또 입을 가렸다. 그러자 경은은 서윤을 향해 기울였던 몸을 일으키며 한숨을 깊게 내쉬었다.

"자기, 어제 또 울었구나."

찜질을 한다고 했는데도 부어 있는 눈이 경은의 걱정을 산 모양이었다. 그제야 서윤은 입을 가린 손을 슬그머니 내리며 경은을 향해 밝게 웃어 보였다.

"저 이제 괜찮아요, 대리님."

"괜찮긴! 뭐가 괜찮아, 그 눈을 해가지고. 벌써 한 달도 넘었잖아. 이제 그만 잊어. 어차피 안 되는 거라면 빨리 단념하는 게 나아."

경은의 걱정 어린 말에 서윤은 배시시 웃음이 났다. 이런 걱정을 사는 것도 오늘이 마지막일 터였다. 물론 그와의 만남에 핑크빛 미래가 보장되어 있는 것은 아니지만, 마음이 닿았다는 사실 하나만으로도 더 이상 울 일은 없을 것 같았다.

"정말 괜찮아요. 어제 그 사람……."

제 일처럼 늘 함께 걱정해 주고 안타까워하던 경은에게는 솔직히 말해야겠다는 생각으로 입을 여는 찰나였다. 언제부터 가까이에 서 있었는지 불쑥 끼어든 진상 때문에 놀란 서윤이 말을 마치지 못하고 입을 다물었다.

"최서윤 씨, 잠깐 얘기 좀 합시다."

그는 제 할 말만 던져 놓고 몸을 돌려 성큼성큼 사무실을 나가 버렸다. 별로 내키지 않는 일에 서윤이 미간을 찌푸리며 자리에서 일어섰다.

"괜찮겠어? 같이 가줄까?"

경은이 염려스러운 얼굴을 하고 서윤에게 물었다. 하지만 서윤은 가볍게 고개를 저었다.

진상과 몇 달을 함께 일하며 그 사람에 대해 어느 정도 파악할 수 있었다. 표현이 서툴고 말과 행동이 거칠어 그렇지, 이름처럼 진짜 진상인 그런 사람은 아니기에 따로 보자는 말이 그리 걱정 스럽지는 않았다.

진상은 복도 끝 자판기 앞에서 서윤이 오기를 기다리며 서 있 었다. 어느새 뽑았는지 손에는 종이컵을 든 채였다.

"마셔요."

서윤이 다가오자, 그는 커피가 담긴 종이컵 하나를 그녀의 앞 에 불쑥 내밀었다. 직원들 사이에 흔히 오가는 300원짜리 자판 기 커피지만, 이 사람의 마음을 모르지 않는 터라 부담스러웠다. 그렇다고 커피 한 잔에 정색을 하며 거절할 수는 없는 일이라, 서 윤은 조심스럽게 그에게서 커피를 받아 들었다.

"고맙습니다."

커피를 한 모금 입에 흘려 넣고, 진상은 서윤을 흘깃 쳐다보았 다. 경은의 말대로 울었던 흔적이 확연한 눈두덩. 한 달 사이에 벌써 몇 번째인지 모르겠다. 이렇게 눈물이나 질질 짜라고 마음 을 접고 내버려 두었던 건 아닌데.

"헤어졌습니까? 그 남자랑."

"네? 아, 아뇨. 아니에요."

불쑥 내뱉은 진상의 말에 서윤은 하마터면 커피를 뿜어낼 뻔 했다. 사적인 이야기일 거라고 생각은 했지만, 이런 식의 질문은 예상 밖이었다.

"정말 아니에요? 아닌데 왜 자꾸 울어요?"

진상으로서는 그렇게 여길 만도 했다. 그리고 엄밀히 따지자면 틀린 말도 아니다. 애초에 기주와 사귀었던 적은 없지만 그래도 작별을 고하고 떠났던 건 사실이니까.

"여자 울리는 남자 뭐가 좋다고. 그러지 말고 나한테도 기회를 줘요. 나 진짜 마음 접으려고 했는데, 서윤 씨 자꾸 우는 거 보니까 그러기 싫어졌어요."

서윤의 아파트에서 보았던 그 남자는 같은 남자가 보더라도 눈에 띌 만큼 훤칠했다. 저도 단번에 주눅이 들 만큼. 그런 사람들이 주로 인물값을 하는 법인데. 여자들은 왜 그런 놈한테 목을 매는지 알 수가 없다.

진상은 아직 식지 않은 커피를 입안에 툭 털어 넣고 손아귀에 힘을 주어 종이컵을 구겼다. 목이 뜨끔해 잠깐 미간을 찌푸렸지만, 이내 인상을 펴고 서윤의 얼굴을 똑바로 쳐다보았다.

"사람들이 날 좋지 않게 평가한다는 건 나도 잘 압니다. 하지만 서윤 씨가 기회를 준다면 좋은 사람이 되도록 노력할게요. 서윤 씨 마음에 들 수 있게. 난 서윤 씨 울리지 않을 자신 있어요. 그러니까……."

결국 또 그 얘기였다. 지난번에 확실히 거절한 후로 별다른 내색이 없기에 마음을 정리했다고 생각했는데. 계속 듣고 있을 이유가 없다는 생각에 서윤은 그의 말을 끊고 입을 열었다.

"안 대리님. 저번에도 말씀드렸지만, 그 사람과는 상관없이 저는 대리님 만나고 싶은 마음 없습니다. 그리고 안 대리님이 제가 좋아하는 사람에 대해 이러쿵저러쿵 말하는 거 듣고 싶지 않아요. 그러니까 업무 외에 다른 얘기로 불러내는 일은 앞으로 없었으면 좋겠어요."

서윤은 단호하게 뜻을 밝히고 돌아섰다. 그리고 사무실을 향해 발을 떼다가 자리에 멈춰 섰다. 왠지 측은하고 안타까운 마음. 좋아하는 사람이 원하는 답을 주지 않을 때의 그 마음을 저도 충분히 겪어보았기에 진상의 마음을 대강 헤아릴 수 있었다.

서윤은 다시 그를 향해 몸을 돌렸다. 이 남자도 언젠가 좋은 사람을 만나 그 사람과 함께 웃을 수 있으면 좋겠다는 생각이 들었다.

"대리님, 저한테 좋은 사람이 되려 하지 말고 스스로 좋은 사람이 되어보세요. 그러면 나중에 대리님이 정말 원하는 사람이 생겼을 때, 그때는 억지로 노력하지 않아도 그 사람 마음 쉽게 열 수 있을 거라고 생각해요."

진심이 담긴 조언이었지만, 진상은 그저 거절의 말이라고 생각하는지 얼굴을 굳히며 고개를 푹 숙여 버렸다. 서윤은 나직하게 한숨을 내뱉고서 다시 자리로 돌아와 앉았다.

할 일이 많지 않은 사무실은 시간이 느릿하게 흘러갔다. 봄이라서 그런지 창가 자리에 앉은 부장은 나른한 햇살을 받으며 연신 하품을 했고, 다른 사람들도 의욕 없는 모습으로 모니터나 서류를 들여다보고 있었다.

거래처에서 온 메일을 확인하던 서윤은 지잉 하고 짧게 울리는 진동에 얼른 휴대폰을 집어 들었다. 기주의 차에서 내린 지 두어 시간이 조금 더 지났으니 분명 잘 도착했다는 내용을 담은 문자일 것이다.

설레는 마음으로 버튼을 눌러 '옆집 오빠'라고 적힌 발신인을 확인하고서 그녀는 입매를 가늘게 늘여 웃었다. 이제는 옆집에 살지 않는 사람이지만 그가 저장해 놓은 것을 굳이 다른 이름으로 바꾸고 싶지는 않아 그대로 두고 문자 메시지를 확인했다.

〈도착. 늦어서 옷만 갈아입고 바로 나가야 할 것 같아요. 점심시간에 영상 통화 걸 거니까 남자랑 밥 먹지 말고. 벌써 보고 싶네요.〉

대부분의 점심 식사는 경은과 둘이 하는 편이지만, 가끔은 사장님이나 부장님과 함께 먹기도 하고, 과장님도 있고, 또 별로 내키지는 않지만 안진상 대리가 함께하는 경우도 종종 있었다. 물론 단둘이 먹는 일은 없지만. 그리고 아주 가끔은 거래처 직원들이 찾아와 같이 자리를 하기도 했다. 그러니 직장 생활을 하는 사람으로서 그런 자리를 피할 수는 없는 일. 굉장히 억지스럽고 쓸데없는, 말도 안 되는 소리임에도 웃음이 나는 건 왜인지 모르겠다.

나도 보고 싶다고 쓰려다가 괜히 속이 간질거려 그만두었다. 그 대신 서윤은 '점심 잘 챙겨 드세요'라는 다소 간단하고 건조한 문장을 골라 답장을 보내놓고 휴대폰을 내려놓았다.

경은이 가자미눈으로 서윤을 쳐다보며 뜨거운 김이 나는 커피를 책상 위에 올려놓았다. 서윤은 밝은 얼굴로 고맙다는 인사를 건네고 컵을 들어 올렸다.

"아무래도 수상해."

"네? 뭐가……."

"눈은 퉁퉁 부어가지고 왜 이렇게 실실 웃으실까 몰라. 내 생각엔 최 대리가 웃을 일은 딱 하나뿐인데 말이지."

눈치가 빠른 사람이라 역시 숨길 수 없겠구나 싶은 생각에 서윤은 휴대폰을 켜서 그의 문자를 경은에게 보여주었다. 그녀는 믿기지 않는지 커다랗게 뜬 눈으로 문자를 몇 번이나 읽고 또 읽었다.

"와, 대박! 정말 그 밤중에 찾아왔단 말이야?"

점심을 먹으며 자초지종을 들은 경은은 놀라움을 감추지 못하고 엄지를 치켜들었다. 서윤은 대답 대신 고개를 끄덕이며 발그레하게 얼굴을 붉혔다.

"난 그 의사 쌤 완전 범생이에 샌님처럼 생겨서 그럴 줄 몰랐거든. 서울 올라갔다고 했을 때 이젠 끝이구나, 그랬는데. 이거 진짜 반전이네. 완전히 정열적인 남자잖아. 어우, 부러워."

경은은 자기 일인 것처럼 가슴에 손을 얹고 몸까지 부들부들 떨며 기뻐했다. 하지만 서윤은 경은의 말에 입술을 샐쭉하게 내밀었다. 그녀의 단어 선택이 별로 마음에 들지 않은 탓이다.

"샌님이라뇨."

굳이 따지자면 단정하고 바르게 생긴 거지.

"아니, 뭐, 그게 그런 뜻이 아니라…… 그냥 선비님 같다는 말이지. 아하하."

경은의 억지스러운 웃음에 서윤도 따라 웃었다. 좋지 않은 뜻으로 한 말이 아니라는 것은 물론 알고 있었다. 따지고 보면 훈남 의사니 어쩌니 하며 그의 외모를 두고 찬양했던 사람은 오히려 경은이 아니었던가.

"그럼 이제 어떻게 되는 거야? 장거리 연애?"

"아, 그게……. 저도 곧 서울로 올라가야 할 거 같아요. 어차피 청주에서 자리 잡고 살 것도 아니고."

"에이, 잘되는 건 좋은데 아쉽네. 그동안 정들었는데."

경은이 침울한 표정을 지었다. 집은 아직 내놓지도 못한 상태고, 언제 떠날지도 확실치 않은데 당장 이별하는 사람처럼 말이다. 서윤은 청주에 남을 이유가 없다고 기주에게 했던 말이 떠올라 경은에게 미안해졌다.

"가끔 보면 되죠, 뭐. 그렇게 먼 거리도 아닌데."

식사를 마치고 일어서며 서윤이 대답했다. 그녀는 계산대로 빠르게 걸어가 점심값을 계산하는 것으로 그녀에게 미안한 마음을 대신했다.

"그나저나 어른들 반대 심할 텐데, 괜찮겠어?"

식당을 나와 걸으며 경은이 걱정스러운 얼굴로 물었다. 얼마 전 두 사람의 사연을 서윤에게서 들어 알고 있던 터였다.

"물론 힘들겠죠. 그래도 아직은 거기까지 생각하고 싶지 않아요. 미리 걱정한다고 해서 해결될 일이 아니니까요. 지금은 그 사람을 볼 수 있다는 생각만으로도 너무 행복해요."

희망이 보이지 않는 길고 힘든 싸움이 될 게 분명했다. 부모님 반대도 심할 테고, 지윤도 이해하지 못할 터였다. 그리고 그의 부모님 입장에서는 더더욱. 하지만 가시밭길임을 알면서도 발을 내딛지 않으면 숨이 막힐 것 같으니 어쩔 수 없다. 그 남자와의 끝이 해피엔딩이 아니라고 해도 선택은 오로지 하나뿐이었다. 그러니 지금은 아무 걱정 없이 앞에 주어진 행복만을 즐기고 싶었다.

"에휴."

서윤의 대답에 경은은 길게 한숨을 늘어뜨렸다. 당장은 그 사람이 아니면 죽을 것 같더라도 결혼해서 지지고 볶고 그렇게 살다 보면 결국 후회하는 게 결혼인데. 하지만 인생 선배들의 그런 말이 서윤에게는 절대 먹히지 않을 것이라는 걸 알기에 그냥 입을 다물어 버렸다.

"어, 전화 왔네."

손에 들고 있던 휴대폰에서 진동을 느끼고 서윤의 입이 헤벌쭉하게 벌어졌다. 점심시간에 전화하겠다던 그의 문자 때문에 내내 손에서 전화기를 놓지 못하고 기다리고 있던 터였다. 하지만 화상 통화가 아닌 일반 전화에 왠지 김이 샌다.

"네, 선생님."

서윤이 통화 버튼을 누르고 대꾸하며 경은에게 미안하다는 눈짓을 했다. 경은은 피식 웃더니 빠른 걸음으로 먼저 휙휙 걸어 나갔다.

[점심은 먹었어요?]

"네, 지금 먹고 나오는 길이에요. 선생님은요?"

[나도 먹었죠. 밥 먹고, 커피 한 잔 들고 옥상 올라왔어요. 근데 날씨가 너무 좋다. 하늘이 구름 한 점 없이 맑아요. 이런 날엔 서윤 씨랑 꽃구경 가면 좋을 텐데 안타깝네. 모레는 비 온다는데 주말 되면 벚꽃은 다 떨어지고 없겠어요. 같이 벚꽃 구경하는 건 그른 거 같아.]

"벚꽃 못 보면 유채꽃 보면 되고, 또 장미도 있잖아요. 그리고 내년에 봐도 되고, 내후년에 같이 봐도 되고요."

서윤이 대답하자 기주의 웃음소리가 나지막이 들려왔다. 미래를 약속한다는 건 이래서 좋은 것인가 보다. 꼭 지금 당장이 아니어도 무수히 많은 날들을 함께할 수 있는 것이기에.

[얼굴 보고 싶어서 영상 통화 하려고 했는데, 일하는 거 거들

다가 먼지 뒤집어쓰고, 또 페인트까지 잔뜩 묻었어요. 밥도 이러고 먹은 거 있죠. 저녁에 집에 가서 깨끗이 씻고 그때는 진짜 영상 통화 할게요. 나, 서윤 씨한테는 멋진 모습만 보이고 싶거든.]

"난 남자들 열심히 일하는 모습이 제일 멋있게 보이던데. 그러니까 괜찮아요, 선생님."

[남자드을?]

어떤 모습이든 괜찮다고 말해주려던 거였는데 기주는 엉뚱한 부분에서 반응을 보였다. 남자랑 밥도 먹지 말라더니, 아무래도 이 사람 질투심이 꽤 강한 모양이다.

"남자들은 일반적으로 일할 때가 멋있어 보인다는 말이었어요. 선생님 일하는 모습은 본 적이 없지만."

[어쨌든 다른 남자 일하는 모습 보고 반한 적 있다는 말이잖아요. 어디 여자들만 일하는 그런 무역회사는 없나?]

서윤의 변명에 기주가 까칠한 말투로 대답했다. 그녀는 결국 길가에서 크게 소리를 내어 웃어버렸다.

커피를 다 마셨는지 그는 내려가 봐야 한다며 밤에 통화하자는 인사를 남기고 전화를 끊었다. 서윤도 끊긴 휴대폰을 아래로 내리며 그가 말한 구름 없는 파란 하늘을 올려다보았다.

여느 연인들처럼 두 사람은 수시로 통화를 하고 문자 메시지도 주고받았다. 밤이면 화상 통화로 얼굴을 보며 얘기하느라 시간이 가는 줄을 몰랐고, 밥은 잘 챙겨 먹었는지, 잠은 잘 잤는지, 애틋하게 서로를 걱정하고 챙기기도 했다. 전화 통화나 주고받은 문자는 항상 보고 싶다는 말로 끝을 맺었고, 약속한 주말을 기다리며 더디 가는 시간을 원망하기도 했다.

금요일 아침. 서윤은 평소보다 일찍 자리에서 일어났다. 토요일로 정했던 그와의 약속을 금요일 저녁으로 앞당긴 탓에 깊은 잠을 잘 수가 없었던 것이다. 초등학교 시절 소풍을 앞두고 밤새 잠을 설쳤던 그때처럼 몇 번이나 깨어 시간을 확인하다가, 결국은 잠자기를 포기하고 새벽부터 출근 준비를 시작했다.

샤워를 하고 화장에도 평소보다 더 많은 공을 들였다. 국을 데워 아침 식사도 했고, 주말을 서울에서 보내기 위해 짐도 간단히 챙겼다. 그러고도 시간이 남아 옷장 문을 열고 어떤 옷을 입을까 한참 동안 고민을 했다. 평소라면 고속버스를 타고 이동할 것을 생각해 편안한 청바지를 선택하겠지만, 그래도 연인에게 예쁘게 보이고 싶은 마음이 더 우선이었다.

고민 끝에 서윤은 아끼던 원피스를 꺼냈다. 애써 꾸미고 멋을 낸 느낌이 드는 스타일이라 주로 결혼식이나 특별한 날에만 입던 옷이었다. 별일 없이 입기에는 조금 과한 것이 아닐까 싶은 생각도 들었지만 그녀는 신경 쓰지 않기로 했다. 멋진 모습만 보여주고 싶다던 그의 말처럼 저도 예쁜 모습을 보여주고 싶은 마음은 당연한 것이니까.

서윤의 복장은 회사에서도 눈길을 끌었다. 그동안 회사에 출근할 때도 늘 깔끔하고 단정한 차림새였건만, 오늘은 유난히 튀는 모양인지 보는 사람들마다 좋은 일이라도 있느냐며 알은척을 했다.

퇴근 시간이 되자 그녀는 먼저 간다는 인사를 남기고 쏜살같이 회사를 빠져나왔다. 그러고는 고속버스 터미널로 달려가 가장 빨리 출발하는 서울행 버스표를 샀다. 다행히도 시간이 맞아 곧바로 차에 올라탈 수 있었다.

그와 함께하고 싶은 것들을 머릿속에 하나하나 꼽다 보니 버스는 금세 그녀를 목적지에 내려놓았다. 두 시간을 넘게 달려왔음에도 지루할 틈도 없이.

기주는 터미널로 마중 나가지 못해 미안하다는 문자와 함께 주소와 약도를 보내왔다. 지하철역에서 그리 멀지 않은 곳이기에 서윤은 약도만으로도 금세 찾아낼 수 있었다. 아직은 간판조차 없지만 그가 일할 곳이라고 생각하니 들어가서 보고 싶은 마음이 간절했다.

서윤은 휴대폰을 꺼내 통화 버튼을 누르고 건물을 올려다보았다. 늦은 저녁인데도 아직도 공사가 한창인지 드릴 소리와 망치로 꽝꽝 두드리는 소리가 들려왔다.

[네, 서윤 씨.]

딱 두 번의 신호음 뒤에 바로 기주의 목소리가 들려왔다. 드디어 그의 얼굴을 볼 수 있다는 기대감에 서윤은 가슴이 두근거리기 시작했다.

"저 밑에 도착 했는데. 혹시…… 올라가도 돼요?"

[아뇨. 내가 곧 내려갈 테니까 오 분만 기다려요.]

소음 때문인지 그는 큰 목소리로 대답하고 바로 전화를 끊어 버렸다. 서윤은 대꾸할 틈도 없이 종료음을 들려준 휴대폰을 들여다보며 콧잔등을 찡긋거렸다. 단번에 딱 잘라 버린 그의 대답이 괜히 서운한 탓이다. 물론 사정이 있으니 안 된다고 한 것이겠지만 조금이라도 고민하는 게 느껴졌더라면 그러려니 했을 텐데.

서윤은 고개를 숙이고서 애꿎은 보도블록 바닥을 구두 끝으로 톡톡 두드리며 그를 기다렸다. 이른 봄의 싸늘한 저녁 바람에 몸도 바짝 움츠러들었다.

"미안해요. 많이 기다렸죠?"

기주의 목소리가 들려오자 서윤은 얼른 고개를 들어 올렸다. 그는 계단을 빠르게 달려 내려와 그녀의 앞에 섰다.

방금 세수를 했는지 그의 얼굴과 머리카락이 물에 살짝 젖어 있었다. 그는 옷소매로 대강 얼굴을 닦고 서윤을 향해 빙긋이 웃어 보였다.

"서윤 씨 오래 기다릴까 봐 서두르긴 했는데, 위에는 아직 공사 중이라 바로 나오기가 좀 그랬어요."

"괜찮아요. 일하시느라 그런 건데."

"벌써 아홉 시가 넘어버렸네. 배고프죠? 가요. 일단 저녁부터 먹어야겠어요."

손목을 올려 흘깃 시간을 확인한 기주가 그녀의 얼굴을 보며 걱정스러운 표정으로 말했다. 그러고는 몸을 돌려 걷기 시작했다. 서윤도 얼른 그의 옆에 다가가 보폭을 맞춰 나란히 걸었다.

"오늘 먼지를 많이 뒤집어써서 털고 씻고 하긴 했는데, 여전히 좀 지저분해요. 그래도 참아줄 거죠?"

앞을 보며 걷던 그가 살며시 고개를 돌려 서윤을 향해 물었다. 본인은 지저분하다고 말하지만, 캄캄한 밤에 먼지 좀 묻었다고 보일 리는 없고. 물에 젖은 머리카락과 촉촉한 얼굴 때문인지 서윤의 눈에는 더없이 산뜻하고 멋진 남자로 보였다.

서윤이 고개를 올려 그와 눈을 마주치는 사이, 기주의 따뜻한 손이 바람에 차가워진 그녀의 손을 잡았다. 손가락 사이사이로 그의 손가락이 얽혀드는가 싶더니, 잡힌 손이 어느새 그의 점퍼 주머니 속으로 쏙 들어갔다.

손잡고 나란히 걷기. 버스를 타고 서울에 오는 동안 그녀가 하나씩 손꼽으며 바랐던 것 중 하나였다. 이렇게 쉽게 이루어질 거라고는 생각도 하지 못했지만.

서윤은 콩닥거리는 심장을 진정시키기 위해 길게 숨을 들이마셨다. 얼굴이 붉게 달아오르는 느낌에 그녀는 고개를 숙이고 발끝을 바라보며 걸었다.

"좋은 곳으로 데려가고 싶은데 시간이 늦어서 근처에 갈 만한 데가 별로 없어요. 그리고 또 차림새가 이 모양이라."

"전 괜찮아요, 뭐든."

그의 손을 잡고 들어간 곳은 가정식 백반을 주로 하는 집이었다. 그래도 안면을 트고 매일 들락거리는 그런 곳은 아닌지 청주에서와는 달리 주인과 따로 알은척을 하지는 않았다.

기주가 점퍼를 벗자 남방에 군데군데 묻은 페인트 자국이 서윤의 눈에 들어왔다. 그녀는 그의 이런 모습을 예상치 못하고 옷을 너무 차려입고 나온 것 같아 민망해졌다.

2인분의 식사를 주문해 놓고 기다리는 사이, 서윤은 컵에 물을 따르고 수저를 챙겨놓았다. 그리고 기주는 몸을 앞으로 기울여 눈을 떼지 않고 그녀의 모습만 쳐다보았다.

"왜 그렇게…… 보세요."

"보고 싶었으니까."

부끄러움에 서윤이 고개를 숙이자 그는 아예 테이블에 엎드리

다시피 해서 그녀의 얼굴을 들여다보았다. 하지만 금세 나온 반찬 그릇들이 테이블을 차지해 버리는 바람에 그 자세는 그리 오래가지 못했다. 기주는 아쉬움이 가득한 얼굴로 상체를 바로 세웠다.

청주에서 보았던 그때보다 서윤의 얼굴은 한결 좋아 보였다. 까칠했던 입술도 윤기를 되찾았고, 그다지 살이 붙은 것 같진 않지만 표정만큼은 더없이 편안해진 느낌이었다.

진작 이럴걸. 감정을 깨달았던 그때, 좋아한다고 말하고 이렇게 지낼걸. 그랬으면 그동안 서로 힘들지 않았을 텐데.

"많이 먹어요."

고기가 담긴 접시를 그녀의 앞으로 옮겨주며 기주가 말했다. 서윤은 젓가락을 든 채 환하게 웃으며 고개를 끄덕였다.

"네, 선생님도요."

식사를 마치고 나온 두 사람은 몇 걸음을 걷다가 눈에 보이는 카페로 발을 들였다. 커피를 시켜놓고 자리에 마주 앉아 기주는 그녀의 앞으로 손을 불쑥 내밀었다. 무언가를 내놓으라는 듯한 그의 행동에 서윤은 뜻을 몰라 눈만 깜빡거렸다.

"손이요."

"아."

그제야 서윤은 그의 손 위로 천천히 제 손을 겹쳤다. 예전에 만나던 사람과는 보통 걷거나 영화를 보며 손을 잡은 적은 있었어도, 카페에 앉아 커피를 마시면서까지 이렇게 손을 잡고 있는 것은 처음이었다.

기주는 오른손으로 그녀의 손을 잡고 만지작거리며 내내 왼손으로 차를 마셨다. 아무것도 바르지 않은 깔끔하고 하얀 손톱도 매만져 보고, 손바닥을 펴서 볼 줄도 모르는 손금을 들여다보기도 했다. 가끔씩 옆을 지나치던 사람들이 그런 두 사람을 흘깃거리며 쳐다보았지만, 그는 별로 개의치 않았다. 그럴 때마다 그녀만 발그레하게 얼굴을 붉힐 뿐이다.

"가보셔야 하는 거 아니에요?"

벌써 세 번째 시간을 확인하는 기주의 모습에 서윤은 마음이 편치 않았다. 늦은 밤이지만 일이 끝나지 않은 상태에서 나온 걸 알고 있는 터라 그가 신경을 쓰는 건 당연하다고 생각했다.

"아니, 벌써 끝났죠. 키 맡기고 왔으니까 알아서 마무리했을 거고. 일하시는 분들이 나보고 좀 별종이래요. 보통은 인테리어 맡겨놓고 팔짱 끼고서 잔소리만 한다는데, 나처럼 팔 걷어붙이고 페인트칠까지 하는 사람 처음이라고. 성격 탓인가. 내가 일할 곳인데 구경만 하는 게 난 더 이상해서. 별로 도움 안 된다고 구박도 좀 받았어요."

사실 성격 탓이라기보다는 그렇게라도 하지 않으면 미칠 것 같아서였다. 뭐라도 하지 않으면 머릿속에 온종일 이 여자를 떠올리고, 당장에라도 달려가고 싶은 그런 마음 때문에. 그래서 도움이 안 될 걸 뻔히 알면서도 이것저것 일을 찾아 나섰고, 페인트칠을 하겠다고 롤러를 들었다가 싫은 소리도 꽤 들었다. 그러다 보니 이제는 인부들이 저를 거의 공사장 막내 취급하며 부려먹기에 이른 것이다.

"나도 보고 싶었는데. 선생님 진료실."

서윤은 조금 전 서운했던 마음을 은근슬쩍 내보였다. 동네 의원이나 진료실이 별다를 건 없겠지만 그래도 사랑하는 사람이 앉아 일할 곳이기에 한 번쯤 들여다보고 싶은 마음은 당연한 것이었다.

"어허! 거기에 땀 흘리면서 일하고 있는 남자들이 몇인데 서윤 씨한테 보여줘요? 그러다가 다른 남자한테 홀딱 반해 버리면 어쩌려고?"

올라가도 되냐는 물음에 안 된다고 딱 잘라 했던 대답이 설마 이런 이유일 줄은 몰랐다. 남녀 관계에 있어 적당한 질투는 필요하다고 생각하지만 이건 너무 과한 것 같은데. 이걸 어떻게 받아들여야 할까 싶은 서윤은 얼굴을 굳힌 채 눈동자만 데굴데굴 굴렸다.

"하여간 장난을 못 쳐. 그걸 또 곧이곧대로 듣고."

기주가 어깨를 들썩이며 웃었다. 서윤은 그제야 말장난에 당했다는 것을 알고 그의 손등을 살짝 꼬집으며 눈을 흘겼다.

"앗! 아, 아파."

별로 아프지는 않을 텐데도 기주는 엄살을 피우며 호들갑스럽게 손등을 비벼댔다. 그것도 장난임이 빤히 보여 서윤이 모른 척하자 그는 살포시 웃으며 그녀의 손을 다시 잡았다.

"지금은 먼지도 너무 많고 페인트 냄새도 심해서 그래요. 그리고 아직 집기고 뭐고 아무것도 없어서 휑하고. 공사 마치고 병원 같아지면 그때 보여줄게요."

"네."

작은 일에도 저를 배려하고 일일이 마음을 쓰고 있는 그를 오해한 것이 미안해졌다. 서윤은 크게 고개를 끄덕이며 대답했다.

그 후로도 한동안 두 사람은 손을 마주 잡고 실없이 웃으며 얘기를 주고받았다. 그사이에도 기주는 몇 번이나 시간을 확인했다. 혼자 있을 때는 그렇게도 안 가던 시간이 지금은 왜 이렇게 빨리 흐르는지 모르겠다.

카페의 영업 마감을 알리는 소리에 두 사람은 겨우 자리에서 일어섰다. 어느새 열한 시를 훌쩍 넘긴 터라 거리는 춥고 한산했다. 기주는 팔로 서윤의 어깨를 꼭 감싸 안고 다시 병원 건물을 향해 걸었다.

차를 세워둔 주차장에 다다라 보조석 문을 열고 서윤을 앉혔다. 그러고는 그도 운전석에 올라탔다.

"방배동 집은 그대로? 이사한 건 아니죠?"

"······네."

뜸을 들이다가 조그마한 목소리로 내뱉은 서윤의 대답이 왠지 석연치 않다. 차에 시동을 걸어놓고 그는 고개를 돌려 그녀의 얼굴을 들여다보았다.

카페에서 연신 웃던 모습과는 다른 표정. 크게 티를 내고 있지는 않지만, 분명히 불만스러운 얼굴이었다.

"왜요?"

이유를 묻기는 했지만 왜 그런 표정인지는 기주도 알 것 같았다. 이 여자의 마음도 제 마음과 별로 다르지 않을 테니까.

"저······ 정말 가요? 집으로?"

잠깐 망설인 끝에 서윤이 작은 목소리로 물었다. 애초에 청주에서 나설 때는 당연히 부모님이 계신 집에서 지낼 생각이었다. 바쁘다고 했으니 잠깐이라도 얼굴을 보고 함께 밥이라도 먹을 수 있다면 그나마 다행이라고, 더는 욕심부리지 말자고 그렇게 마음 먹었었다. 그런데 사람 욕심이라는 게 원래 이렇게 끝이 없는 것인지 두 시간이 넘도록 손을 꼭 잡고 마주 보고 있었으면서도 막상 집에 들어가라니 아쉽고 서운했다. 그래서 모든 자존심을 구겨 버리고, 밤을 함께 보내자는 그런 말을 하려는 것이다.

그녀의 말뜻을 단번에 알아들은 기주는 나지막하게 한숨을 내쉬었다. 그는 서윤을 향해 몸을 틀고 그녀를 지그시 바라보았다. 하지만 먼저 말을 꺼낸 서윤은 부끄러움에 발갛게 얼굴을 붉힌 채 고개를 아래로 푹 떨구었다.

"나 좀 봐요, 서윤 씨."

기주의 낮은 목소리에 서윤은 천천히 고개를 들어 그와 마주했다. 얼굴이 화끈거리지만 지금 용기를 내지 않는다면 밤새도록 보고 싶다 외치며 후회할 테니까.

잠시 바라보고 있던 기주가 몸을 기울이며 팔을 뻗어 그녀를 품에 안았다. 그는 서윤의 목덜미에 코를 묻고 숨을 크게 들이마셨다.

"아까 서윤 씨 만났을 때, 그때부터 계속 이렇게 안아보고 싶었어요."

"그럼, 안으면 되잖아요."

그녀도 조심스럽게 팔을 뻗어 그의 허리에 감았다. 그리고 속삭였다. 안고 싶을 때는 안을 수 있는 사이. 이미 그런 관계라고 생각했는데, 이 남자는 왜 망설이는 것일까.

"길거리에서 막 그래도 되나?"

금세 또 장난스러워진 말투가 얄미워 서윤은 가볍게 주먹을 쥐어 그의 등을 툭 쳤다. 그러자 피식 웃음을 내뱉은 기주가 천천히 그녀에게서 몸을 떼었다.

"솔직히 말하면, 저녁 먹을 때부터 계속 고민했어요. 어떻게 할까. 얌전하게 방배동 집으로 보내야 하나, 아니면 우리 집으로 가자고 살살 꼬드겨 볼까. 그것도 아니면 묻지도 말고 당연한 척 데려갈까. 카페에 앉아서도 '그래, 집으로 데려가자' 그랬다가, 또 '아니지 이럼 안 되는데' 그렇게 마음이 수십 번 움직였어요."

"그래서 내린 결론이 그거예요? 그냥 엄마 집으로 데려다주는 거?"

"네. 나도 서윤 씨랑 밤새 같이 있고 싶어요, 물론. 그런데⋯⋯ 오늘은 얌전하게 손만 잡고 잔다고 약속 못 해요. 서윤 씨 원래 예쁜 사람이지만, 오늘은 미치게 예뻐서 못 참을 거 같거든. 내가 그렇게 인내심 많은 놈이 아니라서요."

애써 꾸미고 왔는데도 한마디도 해주지 않는 사람에게 아주 조금 서운하던 차였다. 그 예쁘다는 말을 회사 사람들에게 듣고 싶었던 건 아니기에 당연한 마음. 그 서운함이 눈 녹듯 사라지고 수줍은 미소가 떠올랐다.

"그럼, 그런 약속 안 하면 되잖아요."

"나한테 실망할까 봐. 내가 하고 싶은 대로, 그렇게 성급하게 굴었다가 서윤 씨가 나한테 실망할까 봐 겁이 나요."

"선생님, 저 어린애 아니에요. 동화처럼 예쁘고 순수한 연애, 그런 거 꿈꿀 나이는 지났어요. 처음부터 이런 생각으로 오겠다고 한 건 아니지만, 그래도 같이 있고 싶어요."

서윤은 조금 더 용기를 내서 대답했다. 붉게 달아오른 얼굴을 하고도 그의 눈길을 피하지 않았다.

"그래요. 가요, 같이."

얕게 한숨을 내뱉은 기주가 고개를 끄덕이며 입매를 가늘게 늘여 웃었다. 이 밤을 함께 보낼 수 있다는 생각에 기쁘고 살짝 흥분도 되지만 한편으로는 무거운 마음. 환영받지 못할 관계라는 것을 빤히 알면서도 서윤을 향해 커져만 가는 욕심을 누르지 못하는 제 자신이 한심스러웠다.

"미안해요."

한참 도로를 달리다가 그가 뜬금없이 뱉은 말이었다. 서윤은 고개를 틀어 그의 옆모습을 물끄러미 바라보았다.

"갑자기 뭐가요?"

"이번에도 먼저 말하게 해서."

절대적으로 서윤의 마음보다 작아서도 아니고, 소심해서도 아니다. 신중한 성격 탓에 남들보다 몇 배 더 생각하고 행동하는 것뿐. 그러다 보니 용기를 내어 먼저 고백해 준 서윤에게 늘 미안한 마음이었다.

"미안해하지 마세요, 선생님. 선생님 입장 충분히 이해해요. 저보다 선생님이 더 어려운 처지라는 거, 저도 알거든요. 그래서 제가 용기 내지 않으면 우리 관계 힘들다는 것도 알고요."

"흠, 이해심도 많고, 속도 깊고, 또 예쁘고. 내가 사람 보는 눈이 기가 막혀."

서윤을 칭찬하는 건지, 아니면 자화자찬을 하는 건지. 애매한 그의 말에 서윤이 픽 웃음을 터뜨렸다. 기주도 따라 웃으며 한 손을 뻗어 다리 위에 얌전히 놓인 그녀의 손을 붙잡았다.

적색 신호에 걸려 차를 세우고, 기주는 고개를 돌려 서윤을 바라보았다. 단아하고 아름다운 모습. 보는 것만으로도 심장이 뻐근히 당겨지는 것 같았다.

그는 서윤과 잡고 있는 손을 들어 올려 그녀의 손등을 제 입술에 가져다 댔다. 쪽 하는 소리와 함께 촉촉한 입술이 닿자, 그녀는 수줍게 웃으며 고개를 숙였다.

그의 아파트에 도착해 엘리베이터에 올라탔다. 그의 집에 들어서면 어떤 일들이 벌어질지 예상하고 있기에 서윤은 긴장감을 감출 수 없었다.

9층에 몸을 내리자 바로 나타난 현관문. 계단식 아파트라 901호와 902호가 나란히 마주 보고 있었다.

"이 집엔 노부부가 살아요. 내가 집 보러 다닐 시간 여유만 있었어도 예쁜 아가씨가 사는 앞집으로 골랐……. 윽!"

902호를 손가락으로 가리키며 기주가 작은 목소리로 속삭이다가, 서윤에게 팔을 꼬집히는 바람에 터져 나오는 신음을 속으로 삼켰다. 서윤은 눈을 가늘게 뜨고 그를 노려보았다.

"아, 무서워. 절대 한눈은 못 팔겠네."

물론 다른 여자는 요만큼도 눈에 들어오지도 않지만.

픽 웃은 그는 도어록에 손가락을 가져다 댔다. 지문을 확인한 기계가 바로 문을 열어주자, 그는 서윤을 안으로 들여보냈다.

"아, 잠깐만요."

그는 현관에 선 채 문 안쪽에서 도어록 조작부를 열어놓고 버튼을 누르더니, 서윤을 다시 문밖으로 데리고 나왔다.

"자, 여기 검지를 이렇게."

서윤의 뒤에 선 그가 그녀의 오른손을 붙잡아 검지를 세우고 기계에 지문을 등록했다. 성공적으로 완료되었다는 신호음을 들으며 기주는 서윤의 귓가에 입술을 가져갔다.

"이 문 열 수 있는 사람이 몇 명인지 맞춰봐요."

"음, 네 사람?"

"땡!"

조금 전에 집주인인 그가 문을 여는 것은 보았고, 방금 등록된 제 지문, 그리고 적어도 그의 부모님 두 분도 포함되어 있을 거라고 계산하며 서윤이 대답했다. 하지만 가차 없는 오답 판정이 났다. 그 외에 누가 또 있을까 싶어 그녀는 허공을 바라보며 열심히 머리를 굴렸다.

"당신이랑 나, 우리 둘."

등 뒤에서 그녀의 허리에 팔을 감고 귓가에 속삭이는 대답에 서윤은 잘게 몸을 떨었다. 뭐라 말로 표현하기 힘든 벅찬 희열. 설렘과 가슴을 꽉 채운 행복감. 사랑하는 사람의 공간을 함께 공유한다는 것이 이렇게나 가슴 떨리는 일인지는 처음 알았다. 행여 이 행복이 내일 당장 깨진다고 하더라도, 오늘의 선택에 절대 후회는 없을 거라고 그녀는 생각했다.

서윤의 귓불에 가볍게 입을 맞춘 그가 그녀의 손을 잡고 손가락을 세워 닫힌 현관문을 다시 열었다. 그러고는 안으로 들어왔다.

먼저 거실로 올라선 그는 현관에 선 채 안을 둘러보는 그녀를 살며시 당겼다. 서윤은 구두를 벗고 올라와 그의 옆에 섰다.

"이쪽이 침실이에요. 안에 욕실 있으니까 거기서 편히 씻어요.

난 잠깐 나갔다 올 테니까."

"어디를요?"

발을 들인 지 몇 분도 채 안 되는 낯선 집에 혼자 남겨진다고 생각하니 순간 불안해졌다. 이 집에 들어올 수 있는 사람은 단둘뿐이라고 그에게 들었음에도 그사이 혹시 누가 찾아오는 건 아닐까 싶기도 했다. 자정이 다 되어가는 시간이라 그럴 리는 만무한데도 말이다.

"음, 저기, 아래 편의점에 좀. 오래 안 걸려요. 아, 뭐 사다 줄 거 없나? 필요한 거 없어요?"

기주가 발갛게 얼굴을 붉히며 목을 긁적였다. 뭔가 난처하고 난감할 때 나오는 그의 습관이라는 것을 서윤도 눈치챈 터라 더 이상 묻지 않기로 했다. 편의점에서 구할 수 있는, 늦은 시각임에도 꼭 사러 가야만 하는 그 물건이 무엇인지 그녀도 감을 잡았으니까.

"혹시 칫솔 있어요?"

"그건 욕실 수납장 열어보면 있어요. 다른 건요?"

서윤이 고개를 젓자 그는 성큼성큼 가서 침실 문을 열어주었다. 그녀는 거실에 내려놓았던 가방을 들어 올려 머뭇머뭇 방 안으로 몸을 들였다.

"갈아입을 옷은 있고?"

"가방에 있어요."

서윤이 입고 있던 바바리코트의 단추를 풀고 소매를 빼내 벗자, 기주가 받아 옷걸이에 걸어놓았다. 그러고서 방을 나서려던 그는 고개를 휙 돌려 그녀를 위아래로 쭉 훑어보았다.

"오늘 그렇게 입고 회사에 출근했던 거예요?"

연한 핑크색에 무릎 위로 십여 센티가 올라가는 길이의 원피스. 허리에 두른 얇은 벨트가 멋스러움을 더해주었다. 전체적으로 몸매를 드러내 주는 스타일이라 단정해 보이면서도 은근한 섹시함이 느껴지기도 했다. 함께 밥을 먹으면서도, 또 카페에서도 바바리코트를 벗어놓았으니 그때도 보긴 했었지만, 주로 앉아 있을 때뿐이어서 자세히는 보지 못한 터였다.

"네, 당연하죠. 회사 끝나고 바로 올라온 건데."

태연하게 대답하는 서윤을 보고 기주가 살짝 미간을 구겼다. 서윤과 같은 회사에 다니는 그 어떤 놈이 저 모습을 보며 종일 군침을 흘렸을 것을 생각하니 배 속에서 용암이 끓어오르는 것 같았다.

"안 되겠네. 그 옷 압수!"

흡사 들짐승이 으르렁거리듯 거친 음성을 내뱉은 그가 콧잔등을 잔뜩 찡그렸다 펴고 몸을 휙 돌려 나가 버렸다. 멍하니 선 채 그가 사라진 자리를 쳐다보고 있던 서윤은 기가 막혀 허! 하고 헛웃음을 터뜨렸다.

문소리를 듣고 서윤은 다시 거실로 나왔다. 함께 오겠다고 고집을 부린 건 저였지만, 좋아하는 사람의 집이라고 해서 태연하게 샤워를 하고 잠을 잘 수 있는 그런 성격은 못 되었다. 그런 탓에 집 안을 둘러보고 눈에 익혀둬야만 샤워든 뭐든 할 수 있을 것 같다는 생각이었다.

남자 혼자 사는 곳답지 않게 집은 깔끔하고 아늑했다. 청주에 있을 때 그의 아파트에 몇 차례 들어가 보았기에, 그때 쓰던 물건들을 고스란히 옮겨놓은 이곳이 크게 낯설지는 않았다.

거실에는 욕조가 딸린 큰 욕실이 있고, 큰 방 두 개와 작은 방 하나. 그중 작은 방을 서재로 꾸며놓았다. 서재의 창가 자리에는 커다란 앤틱 책상이 멋스럽게 놓여 있고, 나머지 벽면을 모두 가린 책꽂이에는 책들이 틈도 없이 빼곡하게 들어차 있었다.

문 앞에 서서 서윤은 책상에 앉아 책을 읽는 그를 상상했다. 바른 자세로 앉아 야무지게 입술을 닫고 책에 집중하는 모습. 그런 남자의 모습을 떠올리자 입매가 절로 가늘어졌다.

서재 문을 닫고 베란다 앞에 서자 선반 하나를 가득 채운 앙증맞은 다육 화분들이 눈에 보였다. 청주에 있을 때 저에게 선물로 화분을 가끔 사주며 함께 나눠 가졌던 걸 알고는 있지만, 그때 본 것은 대여섯 개에 불과했다. 그런데 언제 이렇게 사 모았는지. 저와 헤어져 있던 그 한 달 사이, 이 사람은 어떤 마음으로 이 화분들을 들여다보고 있었을까를 생각하니 가슴 한구석이 찌르르하게 아프면서도 한편으로는 설레고 떨리는 마음이었다.

서윤은 다시 침실로 돌아왔다. 깔끔하게 정리된 침대를 보니 은근히 열이 올랐다. 그녀는 가방을 열어 갈아입을 옷을 꺼내고 욕실로 향했다.

샤워를 마치고 수건을 꺼내 몸을 닦는 사이, 거실 쪽에서 인기척이 들려왔다. 편의점에 갔던 기주가 어느새 돌아온 모양이었다. 바짝 긴장이 되고, 가슴도 콩닥콩닥 뛰기 시작했다. 그녀는 재빠르게 옷을 챙겨 입고 수건을 머리에 감은 채 욕실을 나섰다.

"선생님 오셨어요?"

서윤이 작은 목소리로 거실을 향해 말했지만 그에게는 들리지 않았던지 욕실로 사라져 버렸다.

서윤이 수건으로 머리를 닦아내는 동안 샤워를 마치고 나온 그는 하얀 면 티셔츠에 반바지 차림이었다. 그녀가 보아온 중 가장 편안하고 격 없는 복장. 그녀도 헐렁한 티셔츠에 트레이닝복 바지를 입은 터라 야릇한 분위기는 아니었지만, 조용한 공간에 단둘이 있다는 사실, 그리고 곧 침대에 오를 거라는 생각만으로도 어색하고 부끄러운 밤이었다.

"이리 와봐요."

서윤을 바라보던 그가 그녀를 향해 손을 내밀었다. 서윤은 기주의 손을 잡고 그가 이끄는 대로 발을 옮겼다.

"앉아요."

거울 앞에 선 기주는 드라이기를 꺼내 들었다. 머리를 직접 말려주기라도 하려는지 코드를 꽂아놓고 그녀가 앉기를 기다렸다.

"주세요. 제가 할게요."

서윤이 그가 들고 있는 드라이기를 향해 손을 내밀었다. 하지만 기주는 장난스럽게 웃으며 그녀의 손을 피했다.

"얼른. 이게 아무한테나 막 해주는 서비스가 아니라고요."

그가 턱짓으로 다시 의자를 가리켰다. 서윤은 하는 수 없이 그의 앞에 앉았다.

위잉 소리와 함께 따뜻한 바람이 그녀의 긴 머리카락을 흩어놓았다. 기주는 그녀의 머리카락 사이사이로 손가락을 넣고 매만졌다.

"사실은 나, 이런 거 처음 해봐요."

큰 비밀이라도 되는 듯 기주는 거울로 마주친 그녀의 눈길을 슬그머니 피했다. 삼십대 중반의 나이가 되었으니 당연히 몇 번의 연애는 해보았지만, 그 상대자들 모두에게 이런 낯간지러운 행동을 스스럼없이 했던 건 아니었다. 게다가 서윤은 저를 두고 원래 다정하고 자상한 사람이라고 말했지만, 그건 모르시는 말씀. 깊게건 가볍게건 그와 만났던 여자들 중 두세 명쯤은 그 말에 울컥하며 반기를 들 것이 분명했다. 연애라는 것이 그저 단순하게 좋아하는 마음만으로 되는 것이 아니기에 어떤 여자에게는 이기적인 사람으로 남기도 했고, 또 어떤 여자에게는 일과 공부 외엔 아무것에도 신경 쓰지 않는 무관심한 남자가 되어 끝을 맺기도 했었다.

"서윤 씨가 생각하는 것처럼 내가 원래 그렇게 친절하고 다정한 사람은 아니에요. 마음에 없는 여자 차 태워주고, 같이 밥 먹고, 영화 보고, 그런 거 안 해요."

얼추 마른 머리카락을 매만지며 그가 드라이기를 끄고 조곤조곤 마음을 꺼내놓았다. 매우 늦은 감은 있지만 청주에서 마지막으로 만났던 날 헷갈린다고 했던 서윤의 말에 대한 대답이었다.

"선생님……."

서윤은 그렁그렁한 눈으로 거울 속의 남자를 바라보았다. 가슴 뭉클한 말에 그동안 이 사람으로 인해 아팠던 마음이 남김없이 씻겨 내려간 기분이었다.

"다 말랐다. 자, 이제 일어나요. 어색해도 침대에 눕긴 해야겠죠? 여기 앉아서 밤샐 거 아니라면."

가벼운 말투였지만, 기주도 이 상황이 자연스럽고 편하지는 않은지 얼굴과 목덜미가 선홍색으로 물들어 있었다. 침대로 다가간 그는 이불자락을 들추고서 서윤이 움직이기를 기다렸다. 그녀는 숨을 깊게 한 번 들이쉬고 침대에 올랐다.

"불 끌까요?"

"네."

서윤의 작은 목소리에 따라 기주는 전등을 껐다. 그러고는 협탁에 놓인 스탠드를 약하게 밝혔다. 한쪽 팔을 뻗어 그녀에게 내어주고, 조도가 낮은 불빛에 의지해 그녀의 얼굴을 바라보았다.

"아까 그대로 서윤 씨 집에 보냈으면, 나 지금 무지 후회하고 있었을 거예요. 같이 있으니까 이렇게 좋은데."

"저도요."

서윤의 떨리는 목소리를 듣고 기주는 그녀를 향해 모로 누웠다. 자유로운 한 손으로 살짝 열기가 느껴지는 그녀의 뺨을 감싸고 손가락을 움직여 살그머니 쓰다듬었다. 조심스럽게 움직이던 엄지손가락이 그녀의 입술 위에 올라앉았다. 그는 부드럽고 촉촉한 입술을 손가락으로 매만졌다.

"마음의 준비는 다 끝냈고?"

상체를 반쯤 일으키고서 서윤을 내려다보며 그가 속삭여 물었다. 그윽하게 바라보는 눈빛에는 욕망과 함께 애절한 마음이 가득했다.

"그건, 아까……."

서윤이 슬쩍 눈동자를 굴려 그의 눈길을 피하며 대답하자, 기주는 그녀를 향해 천천히 입술을 내렸다.

서윤의 콧잔등에 입을 맞춘 기주는 입술을 떼고 다시 그녀의 얼굴을 바라보았다. 살짝 감은 눈꺼풀이 가볍게 떨리는 것을 보며 그녀의 귓가에 속삭였다.

"사랑해요."

긴 속눈썹이 위로 말려 올라가며 서윤의 까만 눈동자가 그의 눈에 가득 들어찼다. 그의 떨리는 심장만큼이나 세차게 흔들리는 그녀의 눈동자. 그의 마음을 모르고 있었던 건 아닐 텐데도, 그녀의 가슴은 뜻밖의 고백을 받은 사람처럼 크게 오르락내리락했다.

"이 말은 꼭 먼저 해주고 싶었어요. 사랑해요."

다시 한 번 속삭인 그가 빠르게 고개를 숙여 그녀의 입술을 입 안에 담았다. 그는 깊게 빨아들인 입술을 놓아주었다가 다시 빨아들이고, 혀로 가볍게 핥다가 또다시 빨아들이기를 반복했다.

뜨거운 숨을 내뱉으며 열린 그녀의 입술 사이로 기주는 혀를 깊게 섞었다. 입안에서 수줍게 움직이는 그녀의 혀를 얽고, 풀어주듯 스르륵 놓았다가 또다시 옭아맸다.

서윤의 뺨을 매만지던 손은 어느새 그녀의 얇은 티셔츠 자락을 들추고 들어가 잘록한 허리를 쓰다듬었다. 부드럽고 촉촉한 살결이 손에 닿자, 배 속에서 불길이 치솟는 것처럼 피가 끓어올랐다. 입술을 뗀 기주는 상체를 일으키며 티셔츠를 머리 위로 벗어버렸다. 그러고는 그녀를 향해 몸을 기울였다.

제 옷을 벗어버릴 때와는 다르게 느릿느릿 그녀의 옷을 밀어올렸다. 매끄러운 피부, 머릿속을 몽롱하게 뒤흔드는 살 냄새. 옷자락이 올라가며 조금씩 드러나는 살결에 그는 연신 입을 맞추었다.

그녀의 숨소리가 점점 거칠어졌다. 마음의 준비는 아까 다 끝냈다더니 잔뜩 긴장하고 있는 게 확연히 티가 났다. 기주는 손을 올려 그녀의 허리에서부터 브래지어가 덮고 있는 바로 아래 부분까지 부드럽게 쓰다듬었다.

작은 둔덕 밑에서 배회하던 손이 뒤로 파고들자 서윤은 등을 살짝 휘었다. 그렇게 만들어진 공간에서 꼼지락거리던 그의 손에 의해 훅이 풀어지고, 그녀의 가슴을 감싸고 있던 브래지어가 헐거워졌다.

기주는 위로 말려 올라간 그녀의 티셔츠를 벗겨내고, 손가락을 걸어 가슴을 가리고 있는 방해물도 치워 버렸다. 그러고는 동그랗고 탐스러운 그 위에 조심스럽게 손을 올렸다.

서윤의 입에서 뜨거운 숨이 또 한 번 쏟아져 나왔다. 기주는 손가락으로 동그란 가슴 끝 작게 달린 열매를 어르며 반대쪽 것을 입안에 담았다.

"아, 선생님……."

서윤의 입술이 달싹였다. 기주는 그녀의 가슴에서 입을 떼어 자신을 부르는 입술을 다시 삼켰다.

이 느낌, 이 감촉, 그리고 달콤한 이 맛. 영원히 내 것으로 만들 수 있을까? 언제까지라도 원할 때, 원하는 만큼 느낄 수 있을까? 그런 생각을 하니 가슴이 뻐근하게 아팠다. 보통의 연인들과 달리 평탄치 않은 관계. 축복받을 수 없는 그런 인연. 우리는 왜 이렇게 힘든 사랑을 택해야만 했는지.

그의 혀를 깊게 받아들이며 서윤은 손을 올려 그의 상체를 어루만졌다. 등을 쓰다듬고, 단단한 근육을 조심스럽게 더듬었다. 기주는 입술을 떼고서 그녀의 손을 붙잡아 쿵쿵거리는 제 가슴

위에 올렸다.

그의 가슴을 매만지던 서윤은 손가락 끝으로 근육 사이사이 골이 진 곳에 선을 긋듯 그어 나갔다. 그 손길이 지나가는 곳을 따라 홧홧하게 불길이 이는 것처럼 뜨거웠다. 기주는 더 이상 참을 수가 없어 그녀의 손을 붙잡아 손가락에 입을 맞추고서 침대에 얌전히 내려놓았다.

이마에, 콧잔등에, 입술에, 그리고 가녀린 목덜미와 부드러운 가슴에 연신 입술을 찍으며 한 손으로 그녀의 허리를 은근하게 쓰다듬었다. 그러다가 손을 아래쪽으로 미끄러뜨리며 바지와 속옷을 함께 벗겨 내렸다. 그녀는 긴장한 듯 몸을 움찔거리면서도 옷이 수월하게 내려가도록 엉덩이를 슬며시 들어 올렸다.

벗겨진 옷이 침대 아래 어딘가로 떨어지고, 그는 밝지 않은 조명에 의지해 홀린 듯 여체를 바라보았다. 지난 며칠 머릿속으로 수없이 탐했던 이 몸을, 환하게 불을 밝힌 채로 눈에 담고 머릿속에 새겨 넣으면 좋으련만. 그런 생각을 하며 기주의 손이 어느새 서윤의 다리 사이로 파고들었다. 부끄러움과 흥분으로 그녀의 두 다리가 절로 오므라들었다.

"괜찮겠어요?"

서윤에게서 손을 뗀 그가 지그시 눈을 맞추며 물었다. 몸은 이미 터질 만큼 달아올라 여유를 부릴 수 없을 정도였지만, 마음만큼은 서두르고 싶지 않았다.

서윤은 보일 듯 말 듯 고개를 끄덕이고 두 팔을 그의 목에 감아 끌어당겼다. 벗겨진 채로 모두 내보이는 것보다 눈빛을 빤히 마주치고 있는 것이 어쩐지 더 적나라하게 느껴져 부끄러웠다.

허벅지를 부드럽게 쓰다듬자 다리 사이가 천천히 열렸다. 기주는 무릎을 움직여 그 중간에 자리를 잡고 앉았다.

평생, 영원히 사랑할게요.

그의 몸이 그녀의 안으로 조심스레 파고들어 왔다. 몸도 마음도 완벽하게 하나가 되는 순간. 서윤은 깊게 숨을 들이마시며 눈을 감았다.

서로를 갈망하는 크기만큼 소유하고 느낄 수 있도록 모든 고민을 털어버리고, 또 앞으로 일어날 일에 대한 걱정도 털어버린 채 기주는 그녀에게 온 힘을 쏟아부었다. 새벽으로 치닫는 시간도 아랑곳하지 않고 점점 깊이 파고드는 몸처럼, 서로를 향한 두 사람의 마음도 더욱 깊어져 갔다.

기주가 조심스럽게 빠져나가는 기척을 느끼며 서윤은 눈을 떴다. 어느새 환히 밝아버린 창밖. 눈이 부셔 살짝 얼굴을 찡그리다가 몸을 일으켰다. 서윤은 이불 속에 숨어 있는 옷가지를 주섬주섬 찾아 입고서 침대에서 내려섰다.

주말에도 바쁘다던 그는 나가기 위해 샤워를 하는지 욕실에서 물소리가 들려왔다. 일부러 그녀가 깨지 않도록 조심조심 일어난 것을 알면서도, 빈속으로 내보내고 싶지 않아 서윤은 주방으로 향했다.

"허!"

냉장고를 열어본 그녀는 기가 막혀 헛웃음을 흘렸다. 그 안에 채워진 것이라고는 달걀 한 줄과 주스 두 병, 그리고 이온음료 몇 개와 우유 한 병이 전부였다.

주방을 대강 둘러보자 당장 먹을 수 있는 거라고는 토스트기 옆에 얌전히 놓인 식빵 한 봉지뿐. 음식을 할 만한 재료라고는 단 한 가지도 눈에 띄지 않았고, 쌀도 없고, 밥을 해 먹은 흔적조차 없다.

"기막혀."

그러면서도 싱크대를 가득 채운 그릇들이 눈에 들어오자, 혀를 차지 않을 수가 없었다. 하는 수 없이 그녀는 식빵을 토스트기에 넣고, 냉장고를 다시 열어 달걀 몇 알과 우유를 꺼내 들었다.

"왜 벌써 일어났어요? 더 자도 되는데."

그의 목소리에 서윤은 얼른 뒤를 돌아보았다. 언제 나왔는지, 바스가운을 입은 그가 물에 젖은 머리를 수건으로 털어내며 주방을 향해 걸어왔다.

"일어날 때 됐어요. 원래 늦잠은 잘 안 자는 편이에요."

타닥타닥 기름이 튀는 소리를 듣고 서윤은 그의 말에 대답하며 프라이팬에 풀어놓은 달걀을 뒤집었다.

"아, 그래요. 덜 피곤했구나. 앞으로는 좀 더 늦게까지 괴롭혀 줘야겠네."

그녀의 뒤로 바싹 다가선 그가 능글맞게 속삭였다. 서윤은 지난밤에 겪은 그의 '괴롭힘'이 떠올라 헉하고 숨을 들이켰다.

귀와 목덜미까지 빨갛게 달아오른 그녀는 등 뒤에 들러붙은 그를 팔꿈치로 툭 쳐냈다. 지난밤의 열기가 아직 다 식지 않은 터라 몸이 절로 위험을 감지하고 움츠러들었다. 안 그래도 온몸의 세포 하나하나가 비명을 질러댈 듯 뻐근한 상태인데 말이다.

"타겠어요."

서윤이 뒤집개를 든 손을 프라이팬으로 가져가며 종알거리자, 손을 쭉 뻗은 기주가 버튼을 돌려 인덕션 전원을 꺼버렸다. 그러고는 두 팔을 서윤의 허리에 감고 가녀린 어깨에 턱을 올렸다.

"처음에 이 집 보러 왔을 때, 내가 제일 먼저 떠올린 생각이 뭔 줄 알아요?"

"음, 뭔데요?"

"이 주방에서 앞치마 매고 요리하는 서윤 씨 모습. 그땐 이런 날이 절대 안 올 줄 알았는데. 내가 서울 올라간다고 했을 때 서윤 씨가 그랬죠? 서윤 씨한테서 도망치는 게 결국 내가 내린 결론이냐고. 그래요, 그땐 그랬어요. 안 되는데, 안 되는데 하면서도 마음은 점점 뜨거워지니까 감당할 수가 없어서 도망치려고 했어요. 그랬는데……."

생각지도 못했던 대답에 서윤은 가슴이 뭉클했다. 그런 생각을 하면서도 떠나야겠다고 결심할 수밖에 없었던 그의 마음을 몰라준 제 자신이 바보 같고 한심스러웠다. 서윤은 허리를 감고 있는 그의 손 위로 제 손을 겹쳤다.

"그런 놈이 집을 보러 와서 그런 생각을 했어요. 침대를 들여놓고는 어젯밤처럼 서윤 씨 안는 생각도 했고. 나 진짜 나쁘죠?"

스스로도 기가 찬 듯 기주가 피식 웃으며 말했다. 서윤은 고개를 위로 들어 올려 뜨거워진 눈시울을 식히고 고개를 저었다.

"그렇게 생각했으니까, 저 다시 찾아온 거잖아요. 그대로 선생님이 날 잊었으면, 그럼 난……."

목이 메어 차마 말을 끝낼 수가 없었다. 울지 않기로 했는데. 눈물 흘리는 모습은 보여주기 싫은데. 그런데도 너무 기쁘고 행복해서 자꾸만 눈물이 나려고 했다.

"오늘 밤에 나가서 앞치마 사야겠다."

티 나지 않게 눈가를 손가락으로 찍어낸 그녀가 환하게 웃으며 그를 향해 돌아섰다. 그러고는 그를 슬쩍 밀어내며 접시에 달걀 프라이를 담고, 컵을 꺼내 우유를 따랐다.

"선생님, 어서 앉으세요. 이러다가 늦겠어요."

그녀는 싱크대와 식탁을 일부러 부산스럽게 오가며 준비한 음식들을 옮겨놓았다. 기주는 눈물을 그렁거리는 서윤을 보며 괜한 말을 했나 싶어 얕은 한숨을 쉬고 의자를 빼서 앉았다.

"그동안 뭐 드시고 살았는지, 냉장고가 아주 기가 막히던데요? 저 그릇들은 전부 장식용인 거죠?"

식탁에 마주 앉은 서윤은 손가락으로 그릇이 쌓여 있는 싱크대를 가리켰다. 남자 혼자 사는 집에, 더군다나 밥도 해 먹지 않는 사람이 식기류는 구색을 모두 갖춰 모셔두었으니 이상하게 생각되는 건 당연했다.

"아, 그거. 솔직히 말하면……."

또 나왔다. 난처할 때 목 긁적이는 저 버릇.

"서윤 씨가 올라오겠다고 해서 수요일에 잠깐 짬 내서 백화점 갔었거든요. 청주에서처럼 우리 단둘이 마주 앉아서 서윤 씨가 해주는 밥 먹고 싶어서. 그런데 막상 시간은 없고, 내가 그릇 종류가 뭐가 뭔지 알 수가 있어야죠. 그래서 세트로 한꺼번에 다 주문해 버렸어요. 사실은 옷장 열면 거기에 앞치마도 있고, 서윤 씨 가운도 있고, 또 집에서 간편하게 입을 옷도……."

그의 말이 길어질수록 서윤의 입이 점점 벌어졌다. 애초에 이곳으로 데려올 생각이었는지, 그렇게 완벽히 준비를 해놓고서도 시치미를 뚝 떼고 방배동으로 가라고 했다는 말이었다. 너무 기가 막힌 탓에 서윤은 저도 모르게 어이없는 웃음을 흘리며 뒷목을 붙잡았다. 이 남자를 대체 어쩌면 좋을까!

"아니, 뭐 그렇다고 오해는 하지 말고. 내가 그냥 워낙 준비성이 철저해서……. 아, 벌써 시간이 이렇게 됐네. 늦기 전에 빨리 나가봐야겠다."

빵을 입에 욱여넣은 그가 벽시계를 확인하고 슬그머니 일어섰다. 그러고는 뒷걸음질을 쳤다.

그는 서윤의 눈을 피해 재빠르게 방 안으로 사라졌다. 입술을 깨물고 있던 그녀는 그의 모습이 보이지 않자 피식 웃음을 터뜨리고 식탁을 정리하기 시작했다.

아무렴 어떤가. 저 남자가 그토록 나를 원했다는 뜻이고, 또 함께 있어 이렇게 행복한데.

몇 개 안 되는 설거지를 끝내놓고 서윤은 침실 앞으로 다가갔다. 문이 살짝 열려 있기는 했지만, 함부로 열 수는 없어 가볍게 노크를 했다. 방문은 기다렸다는 듯 안으로 벌컥 열렸다. 양복바지를 입고, 위에 하얀 와이셔츠를 걸친 그가 서윤을 바라보며 양눈썹을 추켜올렸다.

"노크 같은 거 안 해도 되는데."

"아, 혹시 옷 갈아입고 계실까 봐."

"지난밤에 볼 거 다 봤잖아요. 뭘 새삼스럽게."

"제가 언제! 불 껐잖아요."

조금 전의 일로 크게 혼날 것 같지는 않았는지 그는 다시 장난스러운 말투로 그녀를 대했다. 그런 그의 태도에 서윤은 화르르 얼굴을 붉히며 발끈했다. 기주는 와이셔츠의 작은 단추를 잠그던 손을 멈추고서 고개를 갸웃거렸다.

"스탠드는 켰는데?"

"그, 그래도 다 보일 정도는 아니었다고요."

"그럼 오늘은 환하게 밝혀놓고 해야겠네. 이왕이면 샤워도 같이?"

"하여간 정말!"

서윤은 시뻘건 얼굴을 두 손으로 가리고 뒤로 홱 돌아섰다. 기주는 터져 나오는 웃음을 가까스로 참아내며 그녀의 팔을 붙잡았다.

"이거 맬 줄 알아요?"

언제 그랬냐는 듯 장난스러운 표정을 지워 버린 그가 손에 들고 있는 넥타이를 그녀의 눈앞에 불쑥 내밀었다. 서윤이 그의 생일에 선물했던 바로 그 넥타이였다. 서윤에게 말은 안 했지만, 아침에 옷을 입을 때마다 그녀가 이렇게 넥타이를 매주는 상상도 수없이 했었다.

손가락 사이로 빠끔히 쳐다본 그녀는 큰 한숨을 내쉬고서 그를 향해 다시 돌아섰다.

"그 한숨의 의미는 뭘까?"

"체념이요. 선생님 장난에 일일이 반응하다가는 내가 늙어 죽겠구나 싶어서."

"장난 아닌데."

눈으로 그를 가볍게 흘겨보며 서윤이 넥타이를 받아 들었다.

팔을 위로 올려 그의 목에 두르고서, 길이를 가늠한 후 매듭을 지었다.

"근데 왜 양복을. 옷 버리면 어떡하고요."

"입어야 할 일이 좀 있어서요. 페인트칠은 다 끝났으니까 기껏 해야 먼지나 쌓이겠지, 뭐. 그런데 수상하네. 결혼도 안 한 아가씨가 왜 이렇게 능숙해?"

말은 장난스럽게 했어도 은근히 기분이 나빠지려고 했다. 이 하얗고 가느다란 손으로 다른 남자의 넥타이를 매주는 상상을 하니 미간이 절로 좁혀졌다.

"이상한 생각 마세요. 중학교 때 아빠한테 용돈 타내려고 배운 거거든요. 넥타이 매드리면 오천 원. 뽀뽀 추가하면 만 원."

"그럼 키스 추가는?"

금세 입꼬리가 올라간 그가 물었다. 서윤은 하늘을 올려다보며 고개를 절레절레 저었다. 이 사람을 당해내는 건 아무래도 무리인 모양이다.

"플래티늄 카드 정도면 되나?"

그의 말에 서윤은 살짝 눈을 흘기며 목이 조일 만큼 넥타이를 목 끝까지 꽉 당겼다. 큭 소리를 내뱉은 기주는 매듭을 느슨하게 풀어내고, 몸을 돌려 멀어지려는 그녀를 붙잡았다.

기주는 빠르게 고개를 기울여 그녀의 입술을 입안에 담았다. 지난밤에 과하다 싶게 물고 빨아댄 탓인지 탐스럽게 부어오른 입술이 아침부터 정신을 어지럽혀 참을 수가 없었다. 그는 그녀의 허리를 안아 바싹 끌어당겼다.

혀가 깊게 파고들자, 서윤은 두 팔을 들어 기주의 목에 감으며 화답했다. 곧 나가야 한다던 말이 떠올랐지만, 저를 번쩍 안아 침대에 내려놓는 남자를 말릴 생각은 요만큼도 들지 않았다. 기주는 서윤이 애써 매준 넥타이를 순식간에 풀어놓았다. 그리고 방금 입은 옷도 벗어 던졌다.

다시 샤워를 해야만 했던 기주는 재빠르게 바지를 입고 벗어 놓은 와이셔츠를 주워 몸에 걸쳤다. 그 바쁜 와중에도 넥타이는 서윤에게 매도록 하는 것을 잊지 않고 단추를 잠그며 그녀에게 고개를 들이밀었다.

"오늘 뭐 할 거예요? 혼자 심심할 텐데."

기주는 머리를 매만지며 거울 속의 서윤을 향해 물었다. 그녀는 기주가 쉽게 팔을 꿸 수 있도록 양복 재킷을 펼쳐 들고 옆에 서 있었다. 이제 막 결혼한 새댁이 남편의 출근 준비를 돕는 것처럼 예쁘고 수줍은 모습이다.

"서울 온 김에 오랜만에 친구들 좀 만나려고요."

"그래요, 그럼. 재밌게 놀고 저녁은 나랑 같이 먹어요. 나도 되도록 일찍 정리하고 들어올 테니까."

"네."

재킷을 입은 그가 서윤의 이마에 짧게 입을 맞추었다. 그리고 빠른 걸음으로 현관을 향해 걸어 나갔다.

"아 참, 이거 받아요."

구두를 신고서 문을 열려던 그는 잠시 멈칫하더니 주머니에서 지갑을 꺼냈다. 그러고는 카드 한 장을 뽑아 서윤에게 내밀었다.

"아니에요. 괜찮아요, 선생님."

키스를 퍼붓기 전 했던 말이 진심이었는지 그의 손에 들려 있는 카드 한 장. 하지만 서윤은 카드를 받지 않고 한 발 물러서며 고개를 절레절레 저었다.

"내가 미안해서 그래요. 서윤 씨 왔는데 같이 놀지도 못하고, 맛있는 것도 못 사주고. 친구들 만나면 이걸로 점심 먹어요. 이렇게라도 해야 내가 덜 미안해지니까. 그 대신 친구한테 내 자랑도 좀 하고."

"네."

서윤은 하는 수 없이 카드를 받아 들었다. 쓰든 안 쓰든 일단은 받아둬야 늦은 게 확실한 이 남자가 빨리 나갈 수 있을 테니까 말이다.

서윤은 커다란 기주의 슬리퍼를 얼른 발에 끼우고서, 현관문을 열고 나가는 그를 뒤따랐다. 엘리베이터가 올라올 때까지만이라도 함께 있기 위해서였다.

불행인지 다행인지 엘리베이터는 1층에 머물러 있었다. 버튼을 눌러놓고, 두 사람은 그 잠깐의 시간도 아까운 듯 눈을 마주쳤다.

"아, 그리고 옷도 좀 사면 좋겠네. 그 원피스 정말 압수할 거니까, 집에 갈 때 이 옷차림으로 가고 싶지 않으면 꼭 사 입어요."

"하여간 못 말려. 저 그럼 엄청 비싼 거 사 입어요."

"비싼 건 괜찮은데, 안 예쁜 걸로. 이렇게 좀 펑퍼짐한 거."

기주는 두 팔을 양옆으로 크게 벌렸다. 그가 표시한 만큼의 크기라면 임신복을 사더라도 부족할 정도였다.

"칫! 왜 비싼 돈을 주고 그런 걸 사 입어. 안 되겠다. 옷은 싼

걸로 사고 몇백만 원짜리 가방이라도 사야겠다."

혼잣말을 하듯 서윤이 종알거렸다. 브랜드니, 명품이니 이런 것에는 별로 흥미가 없지만, 종일 놀림만 당하고 있으니 괜히 튀어나온 말이었다.

"이 아가씨 봐라?"

기주가 게슴츠레하게 뜬 눈으로 서윤을 쳐다보았다. 물론 그녀의 장단에 맞춰주기 위한 연극임이 확 티가 나긴 하지만.

"플래티늄 카드잖아요. 그렇게 써줘야 예의지. 그러니까 얼른 나가세요. 카드 값 갚으려면 개원 앞당기고 빡세게 일하셔야 할 걸요?"

"알았어요. 저녁에 봐요."

서윤은 땡 소리와 함께 열린 엘리베이터 안으로 기주를 밀어 넣었다. 웃는 얼굴로 그가 손을 흔드는 사이 문이 닫히고, 층을 알리는 숫자가 하나씩 줄어들었다.

기주가 나가고 나니 집은 우울할 만큼 적막하고 고요해졌다. 서윤은 그가 급하게 나가느라 흩뜨려 놓은 현관 앞 신발들을 정리해 놓고 거실에 다시 올라섰다.

침실에 들어서자 사랑을 나눈 흔적이 가득한 침대가 눈에 들어왔다. 서윤은 얼굴을 붉히며 다가가 침구를 깔끔히 정리하고, 청소기를 돌렸다.

집 정리를 마치고 그녀는 휴대폰을 꺼내 연락처를 검색했다. 그러다가 눈에 들어온 김지영이라는 이름 석 자. 진성무역 재직 당시 언니 동생 하며 지냈던 사이인지라 서윤은 그 이름을 얼른 지나치지 못하고 머뭇거렸다.

이런 것도 사람의 이기적이고 이중적인 마음일까. 강민우와의 일이 있은 후 서윤은 알고 있는 그 어떤 사람과도 만나고 연락하는 것이 싫었었다. 그래서 휴대폰 번호도 바꿔 버리고 청주행을 택한 것이었다. 그때의 일에 대해서는 가족에게조차 말하고 싶지 않았고, 지금까지 친구도 한 번 만나지 않고 지냈던 터였다. 그동안 그녀의 세계에 있었던 사람은 오로지 권기주 한 사람. 그런데 막상 그로 인해 제 마음이 편안하고 행복해지니, 슬그머니 자신이 사직서를 낸 이후 어떤 일들이 있었는지 그게 궁금해진 것이다.

몇 번을 망설인 끝에 서윤은 친구들에게 연락하는 것을 미루기로 했다. 그리고 머뭇거리던 손가락을 놀려 지영에게 전화를 걸었다.

망설였던 서윤의 마음과 달리 지영은 아주 반가운 목소리로 그녀의 전화를 받았다. 지영과 서윤은 그리 길지 않은 몇 분의 통화로 약속을 잡았다.

그녀와 만나기로 한 장소는 다니던 회사에서 꽤 가까운 곳이었다. 지영의 집이 바로 회사 근처였던 탓에 멀리서 보자고 말하기가 미안해서였다. 조금 꺼림칙하기는 했지만 어차피 주말이라 그곳에서 회사 사람들을 만날 확률은 희박했다.

"지영 씨! 여기."

손을 흔드는 서윤을 보고서 지영이 환하게 웃으며 달려왔다. 원래도 멋을 부리는 아가씨는 아닌 데다가 집에서 가까운 곳이다 보니, 화장기 없는 얼굴에 야구 모자를 푹 눌러쓴 편한 차림새였다. 카페의 창가 자리에 마주 앉은 두 사람은 손을 맞잡고 흔들어대며 인사를 나누었다.

"언니! 이게 얼마 만이에요, 대체. 그동안 어떻게 지냈어요? 잘 지낸 거예요?"

"응, 그럼. 지영 씨도 잘 지냈지?"

"저야 뭐 만날 똑같죠. 언니 진짜 너무한 거 알아요? 어떻게 나한테까지 이렇게 연락 딱 끊어버리고. 휴대폰 번호도 없는 번호라 그러고."

한마디 말도 없이 사직서를 내고 나가 버린 서윤에게 서운했던지, 마음을 털어놓은 지영은 입술을 삐죽 내밀었다.

"미안. 내가 그때는 마음이 좀 그랬어."

정말 간사한 사람의 마음. 이제와 돌이켜 생각해 보면 피하지 말았어야 할 일이었다. 연애를 하다가 좋지 않게 끝을 보는 것은 아주 흔한 일이고, 또 애초에 속이고 만난 그 사람의 잘못임에도 왜 그런 선택을 했는지 알 수 없는 일이었다.

"지금은요, 괜찮아요?"

서윤의 손을 어루만지며 지영이 물었다. 회사를 그만두었던 그날이 여름이 되기 직전이었으니 거의 일 년 다 되어가는데도 그녀는 여전히 걱정스러운 표정이었다.

"좋아, 아주."

"얼굴도 좋아 보이긴 해요. 음, 그전보다 살은 좀 더 빠진 거 같긴 한데, 생기가 돈다고 해야 할까? 아무튼 다행이에요. 이렇게 웃는 얼굴 볼 수 있어서."

혹시나 꾸며낸 웃음은 아닐까, 한참이나 서윤을 살피던 지영은 겨우 마음을 놓았는지 환하게 웃으며 커피 잔을 들어 입에 가져다 댔다. 서윤도 그녀를 따라 찻잔을 들어 올리고, 포근한 햇

살이 내리는 창을 내다보았다.

"회사는 요즘 어때?"

잠시 동안 말없이 차를 홀짝이다가 서윤이 물었다. 애초에 지영을 만나기로 한 이유가 이것 때문이었지만 회포를 풀다 보니 어느새 잊고 있었다.

"회사야 뭐, 늘 그렇죠. 지긋지긋하고, 일은 많고, 윗사람들은 만날 이것저것 못 부려먹어 안달이고, 월급은 쥐똥만큼도 안 오르고."

지영의 밝던 얼굴이 회사라는 단어 한마디에 순식간에 어두워졌다. 땅이 꺼질 정도로 푸욱 한숨을 내뱉고서 두 손으로 턱을 괴었다. 통통하고 탐스러운 볼이 위로 밀려 올라가 얼굴이 우스운 모양으로 일그러졌음에도 그녀는 개의치 않았다.

"저기, 언니. 혹시 팀장님 얘기…… 궁금해요?"

자신의 대답이 잘못되었다는 것을 뒤늦게 깨달은 지영이 조심스럽게 물었다. 하지만 서윤은 선뜻 대답할 수가 없었다. 이 순간 갑자기 권기주 그 사람의 얼굴이 떠오른 탓이다. 상처라고 생각했던 강민우와의 일이 그 사람으로 인해 아무것도 아닌 게 되어버렸고, 또 오래지 않아 이렇게 행복한 얼굴을 할 수 있었다. 그러면서 왜 새삼 그의 일이 궁금해진 것인지. 악한 이는 반드시 벌을 받게 된다는 동화 속 이야기처럼, 강민우도 그렇게 살고 있기를 바라기라도 했던 걸까.

서윤은 쓴웃음을 속으로 삼켰다. 모두가 허무하고 부질없는 일. 궁금했던 일에 대한 대답을 목전에 두고 이제야 깨달은 것이다.

"음, 글쎄. 회사 잘 돌아가면 그 사람도 잘 있다는 말이겠지, 뭐. 그렇지?"

그냥 고개를 끄덕여 주길 바라며 서윤은 지영의 얼굴을 바라보았다. 하지만 지영은 침울한 표정을 짓고 입술을 쭉 내밀었다.

"네, 팀장님 두 달 전에 결혼했어요."

"그래, 그랬겠지. 잘됐네."

"잘되긴요! 언니는 억울하지도 않아요? 그렇게 당해놓고? 언니 그날 그렇게 가버리고, 우리는 그때 겨우 언니랑 팀장님이 사귀었다는 거 알았는데, 글쎄 팀장님이 일주일 만에 약혼을 한다고……. 어우, 정말 얼마나 화딱지가 나던지. 팀장이고 뭐고 확 들이받고 싶었는데 어쩌겠어요. 월급쟁이 신세에."

"그래, 생각해 주는 것만으로도 고마워, 지영 씨."

자기 일이라도 되는 것처럼 혈압을 올려가며 하는 말에 서윤은 열없이 웃어 보였다. 그리고 점심을 먹자는 말로 쓸모없는 대화를 끝내려는데, 그런 마음을 모르는 지영이 다시 입을 열었다.

"그래도 사실은, 팀장님 결혼까지 그렇게 순탄하진 않았어요. 언니 간 후에 새로 들어온 사람 환영회 자리에서 술 마시고 만땅 취해서 서윤아, 서윤아, 그러고 부르다가, 언니 찾아오라고 상 뒤엎고 깽판 치고. 그런데 그게 또 사장님 귀에 들어갔나 봐요. 그다음 날 불려 올라가시더니 얼굴 몇 군데 깨져서 오셨어요. 비서실 친구한테 들은 말로는 파혼하겠다고 했다가 사장님한테 맞았대요. 아시죠? 사장님 욱하는 성격. 아마도 그렇게 몇 번 맞고 포기하신 모양이더라고요."

청주로 찾아와 파혼하겠다며 다시 돌아오라고 했던 그 말이 빈말은 아니었던 모양이다. 그리고 그런 일들 때문에 다시 나타날 수 없었던 것이고. 어쨌든 지금은 하등 도움 안 되는 이야기지만 왠지 위안을 받는 기분이었다. 약혼녀라는 그 여자의 말처럼 자신이 '잠깐 데리고 논' 상대는 아니었다는 뜻이니까.

"여자 울리는 그런 사람들은 벌 좀 받아야 하는데, 괜히 언니만 회사 그만두고. 요샌 와이프 임신했다고 완전 칼퇴근이더라고요."

"나 진짜 괜찮아, 지영 씨. 지금은 좋아하는 사람도 생겼고, 그래서 아주 행복해. 우리 점심 먹으러 갈까? 맛있는 거 먹으라고 그 사람이 카드도 주던데."

서윤은 지영과 함께 카페를 나섰다. 무엇을 먹을지 메뉴를 고르느라 지영과 연신 떠들어대면서도 그녀의 머릿속은 기주의 생각만으로 가득 차 있었다.

지영과 점심을 먹고 헤어진 후, 서윤은 가까운 백화점으로 향했다. 으름장을 놓은 것처럼 큰돈을 쓸 생각은 없지만, 그가 원하는 대로 옷은 한 벌 사야겠다고 생각했다.

한 시간여의 쇼핑 후에 그녀가 고른 것은 속옷 한 세트와 청바지에 헐렁한 티셔츠 한 벌이었다. 기가 막힌 건 할인 코너에서 고른 청바지와 티셔츠보다 속옷값이 두 배는 더 비싸다는 것이다. 처음에는 그냥 겉옷만 살까 했었는데, 속옷 매장을 지나가다가 마네킹이 입은 것을 보고는 마음이 동해 버렸다. 속옷치고 가격이 제법 나가는 터라 그만둘까 하다가 그냥 사기로 했다. 어차피 눈으로 보고 즐길 사람은 카드를 내어준 그 사람일 테니까.

백화점에서 나온 서윤은 쇼핑백을 들고 버스에 올라탔다. 서울에서 살 때에는 대부분 지하철을 이용했었는데, 청주에서 생활하는 사이 어느새 버스가 익숙해져 있던 탓이다.

창으로 들어오는 바람이 서윤의 머리카락을 정신없이 흩어놓았다. 봄 냄새와 꽃향기가 가득 실린 바람이 기분 좋아 그녀는 창문을 닫는 대신 가방에서 머리끈을 꺼내 긴 머리를 묶었다.

서윤은 그의 아파트 한 정거장 전에 버스에서 내렸다. 오전에 집을 나서며 이곳에 큰 마트가 있는 것을 보았기 때문이다.

그녀는 기주가 좋아하는 음식을 머릿속에 떠올리고, 필요한 재료들을 하나씩 장바구니에 담았다. 요리에 큰 재능은 없는 터라 맛은 그저 그렇지만, 그녀의 손으로 직접 만든 음식을 일부러 더 잘 먹어주는 사람이라 이렇게 장을 보는 것도 즐거웠다.

할 수 있는 음식 종류는 몇 가지 안 되는 탓에 서윤은 반찬을 만들어 파는 코너에 들러 팩에 담아놓은 것을 몇 개 골랐다. 그러고는 요리 학원이라도 다녀야 하나, 잠시 고민을 했다.

장 보기가 거의 끝나갈 즈음 손에 들고 있던 휴대폰이 징징 진동을 울렸다. 서윤은 액정에 뜬 옆집 오빠라는 글씨에 입꼬리를 늘리며 통화 버튼을 눌렀다.

"네, 선생님."

[어디예요?]

전화기를 통해 들려온 그의 목소리. 요 며칠 새에 전화 통화는 수없이 했음에도 여전히 가슴이 두근거리고 떨려왔다.

"아파트 근처에 있는 마트예요. 장 봐서 들어가려고요."

[에이, 나랑 같이 가지. 오늘은 일찍 들어가려고 했는데. 무겁

고 힘들게 이것저것 사지 말아요. 밥은 나가서 먹어도 괜찮으니까.]

"집주인 되시는 분이 제가 주방에서 앞치마 입고 요리하는 모습을 보고 싶으시다네요. 그러니 어쩌겠어요. 또 하룻밤 신세지려면 해드려야지. 쌀도 사야 해서 배달시키려고요. 그러니까 걱정 마세요."

전화기 너머로 기주의 웃음소리가 들려왔다. 서윤도 따라 웃으며 어느새 무거워진 장바구니를 계산대 위에 올려놓았다.

[그게 더 걱정이네. 혼자 있으면서 문 막 열어주지 말고 집 앞에 놓고 가라고 해요.]

"네, 알았어요. 저 이제 끊어요, 선생님."

[그래요, 일찍 갈게요.]

전화를 끊은 서윤은 계산대에 카드를 내밀고 주소를 불렀다. 음식을 하는 데 엄마보다 두 배는 시간이 걸리는 터라 일찍 온다는 그의 말에 마음이 다급해졌다.

주차장에 차를 세운 기주는 빠른 걸음으로 엘리베이터 앞에 섰다. 손을 올려 버튼을 눌러놓고 저도 모르게 휘파람을 불어댔다. 그러다가 서윤이 주방에서 요리하는 모습을 머릿속에 그려보고는 피식 웃었다. 온종일 그녀를 떠올리며 몇 번이나 이렇게 웃었는지.

현관문을 열고 들어서자, 기주의 바람대로 앞치마를 두른 서윤이 주방에 서서 그를 맞았다. 보글보글 찌개가 끓는 소리와 함께 식욕을 자극하는 냄새가 코를 찔렀다. 기주는 구두를 벗고 성큼성큼 다가가 뒤에서 그녀의 허리를 둘러 안았다.

"어때요? 선생님이 상상했던 모습이랑 같아요?"

"음, 조금 다르긴 한데, 나쁘지 않네."

탐탁지 않은 기주의 대답에 서윤은 들떠 있던 마음이 축 가라앉았다. 이 사람을 위해 두 시간 동안이나 서서 일했는데. 다리가 아파도 의자에 한 번 앉지도 않고, 그가 맛있게 먹는 모습을 상상하며 내내 즐거웠는데.

"어떻게 다른데요?"

서윤이 입술을 샐쭉하게 내밀고서 물었다. 금세 바뀌어 버린 서윤의 말투와 표정을 살피며 기주는 그녀의 귀로 입술을 붙였다.

"일단은 주방이 폭탄 맞은 것 같은 상태는 아니었고, 또……."

"또?"

서윤이 살짝 고개를 틀어 그를 향해 가볍게 눈을 흘겼다. 폭탄 맞은 주방이야 일이 서투르고 마음이 급하다 보니 신경을 쓰지 못한 탓이지만, 그 외에도 또 다른 것을 지적하는 남자가 얄밉고 괘씸했다.

"앞치마를 두르고 요리하는 서윤 씨가 아니라, 앞치마만 두르고 요리하는……."

"어우, 정말!"

그가 말을 채 마치기도 전에 서윤이 팔꿈치로 치며 발끈했다. 장난기가 있다는 것은 알았지만, 이런 낯부끄러운 말도 서슴지 않는 사람인 줄은 차마 몰랐다. 권기주의 새로운 발견이라고 해야 할까? 물론 그게 딱히 싫은 건 아니지만.

"윽."

기주는 그녀를 놓아주고서 두 손으로 배를 움켜쥐었다. 별로 아프지도 않을 텐데. 엄살을 피워대는 게 빤해 보여 서윤은 아랑곳하지 않고 찌개 불을 줄이고 주방을 정리하기 시작했다.

"나 씻고 나올게요."

엄살이 통하지 않자 그는 아프다는 듯 잔뜩 찡그리고 있던 얼굴을 폈다. 그러고는 몸을 돌려 침실로 쓱 들어갔다.

"선비는 무슨. 완전 사기야."

서윤은 그의 이미지가 선비님 같다던 경은의 말을 떠올리고서 고개를 저으며 중얼거렸다.

잠시 후 샤워를 마친 기주가 말끔한 모습으로 식탁에 앉았다. 서윤은 밥통을 열어 밥을 퍼 담고, 수저를 챙겨 그의 앞에 가지런히 놓았다.

"어, 조심. 내가 할게요."

찌개 냄비를 들어 올리려는 서윤을 보고, 기주가 벌떡 일어서서 다가왔다. 그는 서윤을 의자에 앉혀두고 조심스럽게 냄비를 들어 식탁에 올렸다. 그러고는 서윤과 마주 앉아 수저를 들었다.

"냄새가 아주 좋은데요?"

"아시잖아요, 맛은 장담 못 한다는 거."

"그런데 뭘 이렇게 많이 차렸어요? 그냥 간단하게 하지. 나가서 사 먹어도 되는데 괜히 서윤 씨 고생시킨 것 같아 미안하네."

"사실은 이 중에 절반은 만든 게 아니라 사 온 거예요."

서윤이 부끄러운 듯 실토하며 얼굴을 살짝 붉혔다. 그녀의 말을 듣고 기주는 식탁에 차려진 음식들을 찬찬히 살펴보았다. 청주에서도 서윤이 해준 밥을 여러 번 먹어본 터라 어떤 것이 그녀의 솜씨고, 어떤 게 사 온 것인지 굳이 맛을 보지 않아도 대충 알 것 같았다. 하지만 모른 척하며 그는 접시에 담긴 것들을 모두 한 번씩 맛보고서 서윤이 만든 게 확실해 보이는 것들만 집중적으로 공략했다.

"내 입맛엔 이게 딱 좋은데. 맛있어요, 아주."

엄지를 추켜올리며 웃어주는 그를 보고 서윤은 왠지 모르게 눈시울이 뜨거워졌다. 이 사람과의 미래. 부부라는 이름으로 연을 맺고, 오늘처럼 이 사람을 위해 요리하고, 한집에서 살 수 있는 그런 날을 정말 맞을 수 있을까 하는 생각을 하니, 심장 끝이 아리고 코끝이 시큰했다. 처음에는 마음을 받아주지 않아도 좋다고, 모른 척해도 좋다고, 얼굴만이라도 볼 수 있다면 그걸로 족하다고 생각했는데, 사람의 욕심이라는 게 이렇게 끝을 모르는 모양이다.

서윤은 마음을 애써 감추고서 그와 마주 웃으며 수저를 들었다. 빨간 국물을 떠서 입에 넣었지만 맹맹한 듯 아무 맛도 느껴지지가 않았다.

일요일임에도 여전히 바쁜 기주 때문에 서윤은 친구들을 만난다고 했다. 청주에 내려간 후로 처음 만나는 것이라고 했으니 이야기꽃이 한창일 테고, 또 빠져나오기도 힘든 상황이라는 건 이해하지만, 그래도 기주는 그녀와 조금이라도 더 시간을 보내고 싶었다. 그래서 곤란해하는 그녀의 목소리를 알아채고서도 빨리 오라고 억지를 부리던 차였다.

"택시 타고 이쪽으로 와요. 여기서 같이 저녁 먹고, 내가 터미널로 데려다줄 테니까."

[네, 알았어요.]

"그래요, 도착하면 전화하고. 그럼 이따가 봐요."

통화를 마치고 기주는 얕은 한숨을 내쉬었다. 잠시 후면 다시 그녀를 청주로 돌려보내야 한다고 생각하니 벌써부터 기분이 낮게 가라앉았다.

"이 양반 또 땡땡이 중이시네."

옥상에 있는 것은 어떻게 알고 찾아왔는지, 인테리어 공사를 담당하고 있는 최 소장이 종이컵 두 개를 손에 들고 서 있었다. 그는 연기가 모락모락 오르는 커피 한 잔을 기주의 앞에 불쑥 내밀었다.

"언제는 방해만 된다고 나가 있으라면서요."

종이컵을 받아 들며 기주가 꿍얼거렸다. 동갑인 탓에 두어 번 술잔도 같이 기울였고 대화도 편하게 하는 상대였다. 최 소장의 말이 곱고 살가운 말투는 아닌지라 그도 덩달아 이렇게 떽떽거리게 되었지만, 일로 만난 사이라 아예 말을 놓지는 않았다.

"그러게 누가 그렇게 빼입고 오랬나. 먼지 풀풀 날리는 곳에 왜 양복을 차려입고 나와, 나오길."

기주는 오늘도 여전히 양복 차림이었다. 서운에게는 입어야 할 일이 있다고 둘러댔지만, 사실 그 입어야 할 일이라는 게 그녀에게 넥타이를 매달라고 하기 위해서였다. 그런 소원쯤이야 공사가 끝난 후에 말하면 될 일이지만, 기주는 굳이 미루지 않았다. 옷 한 벌쯤 버리는 게 무슨 대수라고. 그런데 막상 옷차림으로 자꾸 태클을 거는 최 소장 때문에 조금 후회가 되긴 했다.

"아무래도 병원에 가봐야 하지 않나 싶은데."

"병원?"

최 소장의 뜬금없는 소리에 커피를 입에 대던 기주가 고개를 휙 돌려 쳐다보았다. 일을 하다가 누가 다치기라도 한 건가 싶어 놀란 눈을 동그랗게 떴다. 하지만 최 소장은 꽤나 느긋한 자세였다. 인부가 다쳤다면 이럴 리는 없지 싶어 기주도 금세 놀란 마음을 내려놓았다.

"원장님 말입니다. 검사 좀 받아보시라고."

"지금 여기서 하고 있는 공사가 무슨 공사인지 잊어버렸을 리는 없고…… 내가 의사 같지가 않아요?"

기주는 미간을 살짝 찡그리며 되물었다. 은근히 자존심이 상하고 기분이 나쁘다. 진료 접수를 한 환자가 아니더라도 다른 사람들은 대부분 그를 보면 여기가 안 좋네, 저기가 아프네 하면서 조언을 듣기 바라는데.

"이런 동네 병원 말고 큰 병원 가보시라고. 조울증 뭐 이런 거 아닌가 몰라. 일주일 전만 해도 세상 다 산 사람처럼 죽을상이더니, 요 며칠은 입이 찢어져라 방긋거리다가, 지금은 왜 이렇게 또 우울한 건데요?"

"최 소장은 일 안 하고 내 표정만 살피시나?"

기주가 픽 쏘아붙이고 커피를 한 모금 입에 넣었다. 그러자 최 소장은 주머니에서 담배를 꺼내 입에 물었다.

"거기 경고 문구 있는 거 안 보입니까?"

기주의 목소리에 라이터를 당기던 최 소장의 손이 멈칫했다. 그렇지만 최 소장은 이내 상관없다는 불을 붙이고, 담배를 깊게 빨아들였다.

"오래 살아서 뭐하게. 저런 먼지 구덩이에서 일하다 보면 어차피 오래 못 살아요. 그나저나 조울증 그거 심각한 병이라던데. 병원 가봐요. 의사라고 뭐 다 말짱한 사람들만 있나? 내가 보기엔 원장님 아무래도 중증인 거 같아."

다른 사람에게는 그렇게 보이는 것도 당연했다. 청주를 떠나 서울에 올라와서는 정말 세상 다 산 놈처럼 제가 봐도 그런 얼굴이었고, 요 며칠간은 날아갈 듯한 기분이었다. 그런 데다가 지금은 또 한숨만 푹푹 쉬어대고 있으니. 서윤이 빨리 청주 생활을 접고 올라와야 이런 소리를 듣지 않을 텐데 말이다.

"음, 조울증하고는 좀 다르죠. 제 병명은 제가 잘 아니까 걱정은 마시고."

"아하! 그러니까 정상이 아닌 게 맞긴 맞네. 그래서 무슨 병인데요?"

기주가 스스럼없이 병이 있음을 인정하자, 최 소장은 의기양양하게 웃어 보였다. 얼굴을 슬쩍 붉힌 기주는 최 소장이 종이컵을 입에 대는 모습을 보며 입을 열었다.

"사랑."

"푸흡!"

최 소장의 입에서 시커먼 액체가 뿜어져 나왔다. 기주는 잽싸게 몸을 뒤로 빼며 빙긋 웃었다.

"사랑이라는 게 원래 그런 거예요. 미친 듯이 좋고, 죽을 것처럼 아프고. 그런 사랑 못 해봤으면 말을 말고."

최 소장에게 약 올리듯 말한 기주는 남은 커피를 한꺼번에 쭉

들이켰다. 그러고는 양복 재킷을 벗어 손으로 탁탁 털었다. 서윤이 오기 전에 먼지도 말끔히 벗어내고, 세수라도 해야 할 테니 말이다. 그런 기주를 보며 최 소장은 허공으로 짙게 담배 연기를 흘려보냈다. 밤낮 가리지 않고 일하는 직업. 그것도 시커먼 남자들뿐인 곳에서 일하느라 변변한 연애도 하지 못하는 그에게는 가슴을 후벼 파는 말이었다.

그 후로 최 소장은 기주의 뒤를 졸졸 쫓아다니며 어떤 여자냐, 얼굴은 예쁘냐, 사진을 보여달라 등등 꽤나 귀찮게 굴어댔다. 그래서 기주는 서윤으로부터 도착했다는 연락을 받고 최 소장의 눈치를 살피다가, 그가 한눈을 파는 사이 재빠르게 병원을 빠져나왔다. 서윤이 온 걸 알면 저도 인사를 하겠다고 따라 내려올 태세라 어쩔 수가 없었다. 말도 없이 사라졌다고 나중에 욕은 꽤 먹겠지만 말이다.

기주는 서윤과 함께 저녁을 먹은 후 버스 터미널로 차를 몰았다. 식사하는 내내 입가에서 웃음을 거둘 줄 모르던 그는 차를 운전하는 사이 한마디도 하지 않았다. 사랑하는 여자와 다시 떨어져 지내야 한다고 생각하니 마음이 축 가라앉은 탓이다. 그런 마음은 서윤도 별반 다르지 않은지 그녀도 조용히 입을 다물고서 핸들을 잡고 있는 기주의 옆모습만 빤히 바라보았다.

터미널에 도착해 기주는 서윤을 세워두고 매표소로 다가갔다. 청주행은 거의 십여 분마다 한 대씩 버스가 있어 가장 빠른 표를 사면 곧바로 버스에 올라타야 했다. 기주는 시계를 들여다보며 잠시 고민했다. 삼십여 분 후에 출발하는 표를 사서 커피라도 한 잔 마신 후에 보낼까, 아니면…….

그의 고민은 그리 오래지 않아 끝이 났다. 결정을 내린 그는 지갑을 주머니에 집어넣고 다시 서윤에게 성큼성큼 다가갔다.

"가요."

그녀의 손을 붙잡고서 차를 세워둔 곳을 향해 걸었다. 그가 이 끄는 대로 따라가던 서윤은 승강장이 아닌 왔던 길을 되돌아가고 있다는 것을 금세 알아챘다.

"선생님, 어디로 가는데요? 표는 안 사셨어요?"

"자리가 없다는데요?"

뒤따르던 서윤이 걸음을 멈추며 묻자, 기주는 말도 안 되는 대답을 하며 빙글거렸다. 기가 막힌 그녀는 그에게 잡힌 손을 빼내며 미간을 좁혔다.

"그게 말이 돼요? 오늘 일요일이라고요. 일요일 저녁에, 십 분마다 한 번씩 있는 버스가 어떻게 매진이에요?"

바보가 아닌 이상 이런 말을 믿을 리가 없었다. 서윤은 허리에 손을 얹으며 함께 청주까지 가겠다고 고집부리고 있는 게 빤한 남자를 흘겨보았다.

"빈자리는 많은데, 서윤 씨 태울 자리가 없다는데 어째요. 가요, 얼른."

"선생님. 선생님 마음은 알겠는데, 왕복 네 시간이 넘잖아요. 힘들게 뭐하러 왔다 갔다 그래요. 그냥 저 혼자 갈게요. 제 가방이리 주세요."

서윤은 기주가 들고 있는 가방을 향해 손을 뻗었다. 하지만 그는 팔을 뒤로 빼서 다가오는 그녀의 손을 피했다.

"뭐하러라니? 내 마음 안다는 사람이 이래요? 서윤 씨 서울까지 불러 내내 혼자 둬서 미안하고, 얼굴도 맘껏 못 보고. 가는 동안 조금이라도 더 서윤 씨랑 같이 있고 싶어서 그런 거니까, 고집부리지 말고 가요."

낮게 한숨을 내쉰 서윤은 결국 그의 말을 듣기로 했다. 조금이라도 더 같이 있고 싶은 마음이야 그녀도 마찬가지니까. 이렇게 헤어지면 또 일주일간 전화 통화로 만족해야 하는 사이라, 시간과 상황이 허락할 때를 이용할 수밖에 없었다.

주차장으로 다시 발길을 돌려 그의 차에 올라탔다. 운전대를 잡은 기주는 터미널에 올 때와는 달리 헤벌쭉 벌어진 입을 다물지 못하고 있었다.

서윤의 집에 도착했을 때는 열 시가 가까워진 시각이었다. 차가 멈춰 서자 그녀는 안전벨트를 풀고 기주를 안타까운 얼굴로 바라보았다. 두 시간을 또 운전해서 가야 할 것을 생각하니 미안한 마음이 가득했다.

"올라가서 차 한잔하고 조금 쉬었다 가세요. 계속 운전하기는 힘드실 텐데."

"싫은데요."

빙긋이 웃으며 대답한 기주는 서윤을 따라 안전벨트를 풀고 차에서 내렸다. 그러고는 뒷좌석에서 그녀의 가방을 꺼내 들고 엘리베이터를 향해 걸었다. 올라갔다가 가라는 말에는 싫다고 대답하더니, 오히려 그녀보다 앞서 걷는다.

"서울 가면 열두 시도 넘겠어요. 괜히 고집은 부려 가지고선."

손목시계를 확인한 서윤이 중얼거리자, 기주는 그녀의 손을 잡으며 옆에 바짝 붙어 섰다. 그러고는 귓가에 속삭였다.

"걱정 말아요. 자고 갈 거니까."

그의 대답이 기가 막혀 서윤이 입을 떡 벌렸다. 그때 바로 엘리베이터 문이 열리고, 기주는 그녀의 손을 잡아끌어 재빠르게 안으로 올라탔다.

"새벽에 출발하면 돼요. 지금은 운전 못 해. 아, 졸려. 졸음운전 위험한 거 알죠?"

뭔가 그럴싸한 구실을 가져다 붙이고 있지만 그럴수록 서윤은 더 기가 막혔다. 오는 내내 쌩쌩한 얼굴로 노래까지 흥얼거려 놓고선. 안 된다고 한 것도 아닌데 애써 핑계를 대는 그의 모습에 절로 웃음이 흘렀다.

"하여간 못 말려."

고개를 절레절레 흔들면서도 그녀는 그와 맞잡은 손에 꼭 힘을 주었다. 이 행복이 얼마나 갈는지 알 수 없기에 일분일초가 더 소중하고 안타깝다. 그러니 지금 그가 가야 할 곳이 서울이 아닌 바로 옆집이라고 해도 보내고 싶지 않은 마음은 당연했다.

☂

4월 중순의 날씨에도 꽃샘추위가 한바탕 기승을 부렸다. 서울에 있을 때는 내내 따뜻했던 날씨가 2, 3도까지 떨어지며 몸을 바짝 움츠러들게 만들었다. 그사이 병원 인테리어 공사는 끝이 났고, 기주는 막바지 오픈 준비에 더 바쁜 시간을 보냈다. 그리고 서윤은 부동산으로부터 주말에 집을 보러 오겠다는 연락을 받았다. 계약이 성사되면 곧 서울로 올라갈 수 있을 거라는 생각에 기쁘기도 했지만, 한편으로는 돌아오는 주말에도 그를 볼 수 없다고 생각하니 맥이 빠져 버렸다.

"평일에 오라고 했는데 멀어서 안 된대요. 대구 산다고. 조건은 맞으니까, 집만 맘에 들면 계약한다고 했어요."

[이번 주에는 내가 갈 테니까 기다려요. 토요일 오전에 볼일 좀 보고 바로 내려갈게요. 저녁 밖에서 먹을 거니까 괜히 장 보러 간다고 마트 들락거리지 말고 집에 있어요. 날이 꽤 추워요.]

"네, 알았어요."

우울했던 마음이 그의 말 한마디에 날아갈 듯 행복해졌다. 전화를 끊은 서윤은 그를 맞이할 생각에 마음이 바빠졌다.

기다렸던 토요일이 돌아오고, 오전에 잠깐 일을 보고 온다던 기주는 저녁이 다 되어서야 청주에 도착할 수 있었다. 그는 서윤의 집에 들러 그녀를 태우고서, 예전에 함께 왔던 레스토랑에 차를 세웠다.

안에 들어서서 웨이터의 안내를 받아 창가 자리로 다가갔다. 그 순간 마주친 익숙한 얼굴. 옆 테이블에 앉아 있던 민석과 해인이 손을 잡고 걸어오는 기주와 서윤을 뚫어지게 쳐다보고 있었다.

"야, 권기주!"

놀란 얼굴을 하고 해인이 앉은 자리에서 벌떡 일어섰다. 민석도 뒤따라 일어나더니 기주의 옆에 선 서윤을 유심히 쳐다보았다.

움찔 놀란 서윤은 기주에게 잡혀 있는 손을 슬며시 놓아버렸다. 친구일 뿐이라는 말을 듣기는 했지만 상대 쪽의 반응이 과한 탓도 있었고, 또 오랜 친구라고 했으니 저와 지윤의 관계를 알고 탐탁지 않게 여길 수도 있을 거라는 예상을 한 터였다. 하지만 기주는 빠져나가는 그녀의 손을 허락지 않고 더 꽉 붙잡았다. 환영받지 못할 관계라고 해서 친구들에게까지 그녀를 감출 필요는 없다고 생각한 탓이다.

"음, 우리 구면인 거 맞죠? 이민석이라고 합니다. 기주하고는 오랜 친구예요."

민석이 서윤을 향해 손을 내밀어 악수를 청했다. 기주에게 병원을 인계받던 날, 그 앞에서 눈물을 글썽이던 아가씨의 얼굴을 아직 잊지 않고 있었다. 그날 기주는 이 여자에 대해 한마디도 하지 않았지만, 이제껏 하지 않던 폭음을 하며 몰래 눈물을 흘리기까지 했다. 그리고 얼마 후 민석도 해인에게 두 사람의 관계에 대해 듣게 되었다. 그러니 별다른 설명이 없더라도 결국 그가 마음에 굴복했다는 것을 알 수 있었다.

"아, 전…… 최서윤이라고 합니다."

서윤이 기주의 눈치를 살피며 민석의 손을 마주 잡고 악수했다. 기주는 괜찮다는 듯 살며시 끄덕이고서 해인을 향해 고개를 돌렸다.

"이렇게 됐어, 해인아."

기주가 웃어 보이자, 해인은 길게 한숨을 내쉬었다. 기껏 병원도 넘기고 서울로 올라가더니, 이곳에서 이렇게 환한 얼굴로 나타날 줄은 상상도 하지 못했다. 해인은 가슴이 답답하고 숨이 턱 막히는 것 같았다. 그게 권기주를 향한 제 마음을 완전히 씻어내지 못한 탓인지, 아니면 눈앞의 이 여자와 함께할 그의 암울한 미래가 예상되어서인지는 잘 모르겠다.

"전에 본 적 있죠? 정해인이에요."

"네, 안녕하세요."

해인도 서윤에게 마지못해 손을 내밀었다. 하지만 말투에서도 표정에서도 절대 호의적이지 않다는 것이 티가 났다.

"서윤 씨, 괜찮으면 우리 합석할까요? 이 녀석이 옆 테이블에 앉아 있으면 그게 더 이상할 거 같은데. 형제 같은 사이니까 그냥 편하게 생각하시고요."

"됐어. 우린 그냥……."

"전 괜찮아요."

간단하게 거절하는 기주의 말을 서윤이 가로챘다. 끝내 손을 놓지 않는 것으로 보아, 그는 친구들에게 자신과의 관계를 숨길 마음은 없어 보였다. 더군다나 해인은 자신이 지윤의 동생이라는 것을 알고 있는 눈치였고. 그러니 기주가 합석을 거절하는 건 순전히 저를 위한 배려일 것이다. 그의 친구들도 자신과 기주의 관계를 탐탁지 않게 여길 게 분명했지만, 서윤은 이 상황을 피하지 않기로 했다.

"그래, 서윤 씨도 괜찮다잖아. 우리도 방금 전에 왔어. 아직 식사 주문 전이니까 같이 앉지, 뭐."

민석의 적극적인 권유로 결국 네 사람은 한자리에 앉았다. 민석이 해인의 옆으로 자리를 옮겨 앉고, 기주와 서윤이 나란히 앉았다.

"개원 준비는 잘 돼가냐?"

"음, 그럭저럭 끝나가는 중이야. 넌 어떤데? 잘 돼가?"

기주가 흘깃 해인을 한 번 쳐다보고 민석에게 물었다. 토요일 저녁에 단둘이 저녁을 먹겠다고 이곳에 와 있는 것을 보면 청주에 내려온 일이 아예 헛짓은 아닌 모양이었다. 연고 없는 외지에 있다 보면 서로가 온전히 그 상대자만을 들여다볼 수 있는 그런 기회가 꽤 자주 주어지기는 했다. 아무도 없는 외딴섬에 갇힌 사람들처럼 말이다. 물론 기주와 서윤도 그런 처지였기에 이런 관계까지 발전하게 된 것이었고.

"나도 그럭저럭."

"그럭저럭은 무슨. 웃기지 마셔."

기주의 질문이 무엇인지를 감지한 해인이 톡 쏘아붙이고서 차가운 물을 벌컥 들이켰다. 그러자 당황한 민석이 뒤통수를 긁적였다.

해인이 고른 와인이 크리스탈 잔에 채워지고, 곧이어 주문한 음식이 차례로 테이블에 깔렸다. 가볍게 잔을 부딪친 네 사람은 와인과 함께 식사를 시작했다.

"서윤 씨는 여기 계속 있을 거예요? 그럼 이 녀석 빼고 우리 셋이 삼총사 하면 되겠다."

일부러 약을 올리듯 민석이 빙글거렸다. 그제야 서윤은 오전에 집을 보고 간 젊은 부부를 떠올렸다. 그들은 집을 보자마자 계약하겠다며 결정을 했고, 한 달 후로 이사 날짜도 정해진 터였다.

"아뇨. 곧 이사해요. 저도 서울로 올라가려고요."

"그래요? 아, 아쉽네. 어떤 녀석 안달 내는 모습 좀 볼 수 있으려나 했는데. 사실 이 녀석이 속을 잘 안 드러내는 편이에요. 그래서 오랫동안 알아온 우리도 가끔 헷갈릴 때가 있는데, 이번엔 제대로 임자를 만난 거 같네. 서윤 씨 옆에 앉혀두고 안절부절못하는 거 보면."

"쓸데없는 소리 한다."

기주가 민석의 말에 미간을 잔뜩 찡그렸다. 지나온 과거에 크게 책잡힐 일을 한 적은 없지만, 그래도 십오 년을 볼꼴 못 볼꼴 다 보인 친구들이라 작정하고 달려들면 서윤에게 실망감을 주는 것쯤 순식간이었다.

"한 잔 더 하실래요?"

서윤의 잔이 빈 것을 보고 민석이 와인병을 집어 들었다. 그러자 기주가 잽싸게 그의 손에서 병을 빼앗아 제 옆에 내려놓았다.

"서윤 씨 술 잘 못해."

맥주 외의 도수가 높은 술에는 금세 얼굴을 붉히던 그녀였다. 그래서 민석의 권유에 금세 두 잔을 비워 버린 것이 은근히 걱정스러웠다.

민석과 기주가 아웅다웅대는 모습을 말없이 쳐다만 보고 있던 해인이 갑작스럽게 허! 하고 웃어버렸다. 서윤을 대하는 기주의 행동이 기가 막혔던 까닭이다. 원래가 친절하고 예의 바른 사람이라 주변을 잘 챙기기는 하지만, 서윤을 대하는 표정이며, 말투며, 행동 하나하나까지 권기주가 아닌 다른 사람을 보는 것 같았다. 민석의 말대로 기주가 속을 잘 드러내지 않는 편이라 몸에 밴 친절을 오해하는 사람들도 간혹 있지만, 지금처럼 수시로 얼굴을 붉히기도 하고, 다정히 웃는 모습은 정말 오랜만이었다.

"저 잠깐 화장실 좀 다녀올게요."

서윤이 작은 목소리로 말하고서 자리에서 일어섰다. 은근슬쩍 달아오른 술기운에 잠시 자리를 피하고 싶어졌다. 그녀가 화장실 쪽으로 사라지자, 해인도 뒤따라 자리에서 일어섰다.

"나도 화장실."

"해인아."

기주가 해인을 불러 세웠다. 여태 가만히 있던 그녀가 서윤이 자리를 비우자마자 일어나는 것은 그 의도가 너무나 빤해 보였다. 그렇다고 여자 화장실에 따라갈 수는 없으니, 해인을 말리는 것밖에 방도가 없었다.

"안 해. 너 절교한다 그럴까 봐 무서워서 입도 벙긋 안 하니까 걱정 붙들어 매."

해인도 그가 부른 이유를 알고 있는지 대뜸 투덜대는 말투로 대답했다. 그러고는 빠른 걸음으로 서윤이 간 곳을 향해 사라졌다.

일을 보고 나온 서윤은 세면대 앞에 서서 기다리던 해인과 마주쳤다. 처음 레스토랑에 들어섰던 순간부터 저를 곱지 않은 시선으로 쳐다보고 있던 그녀인지라 속이 뜨끔했다. 뭔가 하고 싶은 말이 있어 뒤따라온 것이겠지. 기주는 오랜 친구라고 말했지만, 여자의 직감으로 볼 때 친구일 뿐이라는 건 그 사람 혼자만의 생각인 것이 분명했다.

"용감한 성격인가요, 아니면 생각도 없이 감정에만 매달리는 무모한 성격인가요?"

빈정거림이 분명한 해인의 말에 서윤은 입술 안쪽을 지그시 깨물었다. 이런 상황을 예상치 못하고 그 자리에 합석한 건 아니었지만, 그렇다고 무심히 들어 넘길 수 있는 성격은 못 되는 터라 깊게 숨을 들이쉬며 끓어오르는 속을 다스렸다.

그 사람을 원하는 마음이 결코 비난받을 일이라고 생각한 적은 없다. 부끄러운 마음을 가진 적도 없다. 그래서 서윤은 위축 되지 말고 당당해지자며 마음을 다잡았다.

"굳이 대답해야 한다면, 마음이 깊어서라고 해야 할 것 같네요. 남들한테는 무모하게 보일 거라는 거 알면서도 포기 못 할 만큼 마음이 깊어서."

"그래요? 그럼 그 말, 끝까지 책임지길 바라요. 아무리 힘들어도 도망치지 말고 견뎌내라고요. 그 정도도 각오 안 하고 시작하진 않았을 테니까. 그쪽 언니 때문에 상처받은 마음, 또다시 헤집어놓는 일 없도록 말이에요. 기주 파혼하고 별일 아닌 것처럼 굴었지만, 그 후로 저렇게 웃는 거 처음 봐요. 그러니까 그쪽이 끝까지 책임져요. 두 번 다치지 않게."

예상했던 것과는 전혀 다른 말에 서윤은 아무런 대답도 하지 못했다. 차라리 헤어지라는 말이라면, 무슨 염치로 그를 만나는 거냐고 묻는다면, 그의 친구라는 것쯤 무시하고 똑같이 당신은 무슨 자격이냐고 따져 물을 텐데. 하지만 언니의 얘기를 들먹이는 것에는 서윤도 입을 다물 수밖에 없었다. 마음이 따르는 대로 하라고 언니에게 했던 충고로 두 사람의 결혼이 깨진 건 분명 아니었어도, 그렇다고 모든 걸 언니의 탓으로 돌린 채 나도 피해자가 아니냐고 주장할 만큼 뻔뻔하지는 않으니까.

해인이 화장실 칸으로 들어가는 것을 보고, 서윤은 세면대에서 손을 씻었다. 그러고는 다시 기주가 있는 곳을 향해 걸었다. 누가 뭐라고 해도 포기할 생각은 없다. 해인으로 인해 그를 향한 마음이 한층 더 단단해졌을 뿐.

식사를 마친 네 사람은 와인을 마신 탓에 대리기사를 불러놓고 밖으로 나왔다. 기주가 안에서 기다리자고 했지만, 왠지 삐딱하게 굴고 싶었던 해인이 고집을 부렸다.

날이 풀리지 않은 터라 바깥바람은 차고 매서웠다. 기주가 양복 재킷을 벗어 서윤의 어깨에 걸쳐 주었다. 서윤은 괜찮다고 말하려다가 그의 미간이 좁혀지는 것을 보고 입을 꼭 다물었다.

"기주 넌 서윤 씨 바래다 드리고 우리 집으로 와라. 오랜만에 술이나 진탕 마시게."

"됐거든."

기주가 인상을 쓰며 톡 쏘아붙였다. 주말에나 겨우 볼 수 있는 얼굴인데, 저녁 식사 시간을 방해한 것도 모자라 또 훼방을 놓고 있다.

"그럼 어디서 자려고?"

민석의 빙글거리며 말하는 모양새를 보니 자신을 놀리려는 것이 분명했다. 이대로 서윤과 차를 타고 가버리면 그 후의 일들이야 알 만한 성인들이라 그러려니 하겠지만, 뜨거운 밤을 보낼 예정임을 대놓고 표 내는 건 그녀에 대한 예의가 아니라고 생각했다. 더군다나 제 친구들 앞에서 말이다.

"그 입, 다물어라."

서윤이 선 반대 방향으로 슬쩍 고개를 돌린 기주가 어금니를 꽉 깨물었다. 그러고는 민석을 향해 낮게 으르렁거리듯 말했다. 십오 년간 큰 다툼 없이 한결같은 우정으로 지낸 사이지만, 오늘만큼은 친구가 된 것이 후회스러울 정도였다.

기주가 부른 대리기사가 먼저 도착하고, 네 사람은 작별 인사를 나누었다. 민석이 또 보자는 말과 함께 서윤에게 손을 내밀자, 기주가 그 손을 툭 쳐 내며 서윤의 손을 붙잡아 차 뒷자리에 올라탔다.

천천히 멀어지는 기주의 차를 향해 민석은 손을 흔들었다. 그러고는 내내 얼굴을 굳힌 채 있던 해인을 향해 돌아섰다.

"차에서 기다릴까?"

"아니, 바람 좀 더 쐬고 싶어."

"날 추운데, 고집은."

해인의 표정이 왜 이렇게 어두운지는 민석도 알고 있었다. 하지만 차마 아는 척할 수가 없으니 다독여 줄 수도 없다. 그래서 더 아픈 마음. 이 지긋지긋한 짝사랑은 언제쯤 끝나려는지.

"나도…… 사랑받고 싶다."

앉을 때 의자를 빼주고, 스테이크를 잘라주고, 추울까 봐 옷을 벗어주고, 차 문도 열어주고. 서윤에게 내내 신경 쓰고 챙겨주는 기주를 보며 해인은 사랑받고 싶다는 생각을 했다. 그런 사소한 행동이야 잠깐씩 만나던 남자들도 으레 해주던 것들이었지만, 기주의 표정과 눈빛에서 해인은 듬뿍 담긴 사랑을 볼 수 있었다. 그리고 그런 사랑을 받는 서윤이 부러웠다. 이제는 기주가 아니어도 괜찮을 것 같다. 저를 친구 아닌 여자로 보듬어줄 그런 사람이 절실히 필요할 뿐.

"받고 있잖아, 나한테. 왜, 이런 게 부러워?"

한숨과 함께 흘러나온 해인의 말에 민석이 제 마음을 툭 던져놓았다. 그는 기주처럼 양복 재킷을 벗어 해인의 어깨에 걸쳐 주고서 쑥스러운 듯 머리를 긁적였다.

"민석아, 손 한 번만 잡아볼래?"

"손은 왜?"

해인이 내민 손을 민석이 물끄러미 바라보았다. 무슨 생각으로 이러는 것인지는 알 수 없지만, 덥석 잡고 싶은 마음은 굴뚝같다.

"그래야 알지. 이 감정이 친구 이상 발전 가능한 건지, 아닌지."

"참 나. 겨우 그런 걸로 되겠냐? 나이가 몇인데. ……키스라면 또 모를까."

"뭐, 그것도 나쁘지 않고."

해인의 대답이 떨어지기가 무섭게 민석은 고개를 기울여 그녀의 입술을 덥석 물고 빨아들였다. 그녀의 어깨에 걸쳐 준 양복 재킷이 바닥으로 툭 떨어졌다. 하지만 둘 다 아랑곳하지 않았다.

☂

기주의 개원 준비는 순조롭게 진행되었고, 서윤은 다니던 회사에 사직서를 제출했다. 이사 날짜도 아직 남아 있어 후임자를 새로 뽑을 때까지 일은 계속하기로 했다.

서윤은 틈이 날 때마다 인터넷으로 전셋집 시세를 검색하고 부동산에 전화를 걸었다. 기주의 아파트에서 가까운 곳으로 집을 얻고 싶은 마음에 그 근방 시세를 알아보았다가, 어마어마한 숫자에 놀라 쓴웃음을 삼킨 채 다른 동네로 눈을 돌렸다.

병원 오픈일 이전에 도착할 수 있도록 그녀는 예쁜 벽시계를 하나 골라 택배를 보냈다. 화분이야 흔한 선물이기도 하고, 또 혹시라도 그의 부모님이 알게 될까, 이름을 쓴 리본을 달 수 없는 탓에 고심하다가 고른 것이었다.

[선물 잘 받았어요. 고마워요.]

오픈식을 하루 앞둔 날 밤, 두 사람은 각자의 침대에 누운 채 휴대폰을 붙들고 십여 분 가까이 화상 통화를 하는 중이었다. 시시콜콜한 얘기들로 시간을 채우다가, 분위기가 잠시 가라앉은 사이 기주가 벽시계 얘기를 꺼냈다.

"마음에 들어요?"

[그럼. 누가 고른 건데. 내 자리에서 제일 잘 보이는 곳에 걸어 놨어요. 서윤 씨 생각날 때마다 보려고.]

"그러다가 일하기 싫어서 시계만 보는 의사라고 오해받는 건 아니고요?"

[아, 그렇게 되나?]

화면에 담긴 서로의 얼굴을 보며 동시에 깔깔 웃다가 또 금세 낮아진 분위기. 오픈식이라는 의미 있는 자리에 사랑하는 사람을 부르지 못하는 기주도, 또 그 자리에 가고 싶다고 고집을 부리지 못하는 서윤도, 그 일에 대해서는 한마디도 꺼내지 않은 채 통화를 이어 나갔다. 그렇다고 서로의 마음을 모르는 것은 아니었다. 상대를 향한 미안함과 애틋함이 전화를 통해서도 고스란히 느껴지기에 굳이 말을 꺼내지 않고 묵인할 뿐이다.

"권기주 선생님. 내일이 오픈인데 소감이 어떠십니까?"

밝게 목소리를 가다듬은 서윤이 인터뷰라도 하듯 묻자, 기주는 생각을 고르는 듯 대답에 뜸을 들였다.

[음, 글쎄요. 그냥 별 느낌 없는데. 내일 또 술자리를 못 피하겠구나, 그런 생각?]

"에이, 그게 뭐야."

시시한 대답에 서윤이 입술을 삐죽였다. 그렇다고 거창한 대답을 기대했던 건 아니지만.

"아 참, 이번 주엔 제가 올라가요. 집 보러 다녀야 해서."

[집이요?]

당연한 일에 그는 무척이나 의외라는 듯한 표정을 지었다. 주말을 함께 보내고 헤어질 때마다 매번 아쉬움 가득한 얼굴로 서윤이 하루라도 빨리 서울로 올라왔으면 좋겠다고 했으면서.

"네. 이사 날짜가 얼마 안 남았잖아요. 이러다가 길에 나앉게 생겼어요. 몇 군데 알아보긴 했는데, 직접 가서 봐야 하니까."

[음, 서윤 씨, 내가 서윤 씨한테 이래라저래라 할 수 있는 일은 아니지만, 난 그래도 서윤 씨가 방배동 집으로 다시 들어갔으면 좋겠어요.]

기주의 대답에 서윤은 삐죽 입술을 내밀었다. 이 남자는 대체 연애를 하겠다는 건지, 말겠다는 건지. 그게 얼마나 위험한 일인 줄은 생각해 봤나?

"애초에 청주 내려올 때 독립할 생각으로 나온 걸요. 그래서 가전제품도 다 새로 산 거고. 서울로 다시 올라가더라도 집에는 안 들어가려고 했다고요."

[안 들어가면? 나 두고 선보러 다니려고요? 집에 안 들어가면 선봐야 한다면서.]

"네? 아니, 선은 무슨. 저번에도 안 봤다고 말했잖아요. 그때 전화로 약속 깨고 엄마한테 얼마나 혼났다고요."

뜨끔한 서윤이 벌떡 일어나 앉았다. 그 말을 여태 기억하고 있는 줄은 몰랐는데. 그때 기주에게 그런 소리를 한 건 그를 떠보고 싶은 마음이었지, 절대로 그 자리에 나갈 생각은 아니었다. 당황하며 해명하던 서윤은 입가에 잔뜩 웃음을 담은 그의 표정을 보고서야 또 그의 장난에 당했다는 걸 알고 눈을 흘겼다.

"나 집으로 들어가면 우리 전화 통화도 마음대로 못 할 걸요? 그리고 맘 편히 만나는 것도 힘들어지고. 또 선생님이 데려다준다고 할 때마다 난 혹시나 들키지 않을까 조마조마하고 걱정돼서 거절해야 하고요."

이 만남에 여전히 목이 마른 건 저뿐인 걸까. 서윤은 괜히 서운해졌다. 생각도, 행동도, 생활 패턴도 모두 그에게 맞춰가고 있는 저와는 달리, 그는 별로 변함이 없는 것 같아 서운하기도 했다.

[들키면, 결혼하겠습니다, 해야지. 언제까지 몰래 만날 건가?]

"겨, 결혼…… 이요?"

갑작스러운 단어에 서윤은 당황스러웠다. 함께 시간을 보내며 그와의 결혼 생활을 꽤 여러 번 꿈꿔보았지만, 이렇게 직접 말로 듣는 건 처음이라 청혼이라도 받은 것처럼 심장이 두근거렸다.

[어, 이 아가씨 봐라? 왜 모르는 것처럼 굴지? 서윤 씨 나랑 결혼 안 할 생각이었어요?]

"아, 아뇨. 그게 아니라……."

벌겋게 열이 오르는 볼을 매만지며 서윤이 말을 얼버무렸다. 프러포즈 같은 건 받아보질 못했으니 당연히 할 거라고 대답하기에는 왠지 억울했고, 그렇다고 안 한다는 대답을 할 수는 없었다.

[우리 결혼하겠다고 나서면 양쪽 집 어른들 속 많이 썩으실 거예요. 난 그 전까지는 부모님 곁에서 아들 딸 노릇 열심히 했으면 좋겠어요. 나중에 후회 없게 효도도 많이 하면서.]

어느새 기주는 장난기를 모두 거둔 숙연한 표정이었다. 부모님 얘기가 나올 때마다 어쩔 수 없이 무거워지는 마음. 사랑이 죄는 아니라지만, 죄를 지은 듯한 마음이 가끔씩 행복한 틈새를 찾아 비집고 들어왔다.

"선생님 말씀 듣고 보니까 제가 너무 제 생각만 한 것 같아요. 알았어요, 그렇게 할게요."

[고마워요, 말 잘 들어줘서.]

"고맙긴요. 선생님 말씀이 맞는데. 그만 주무세요. 내일 일찍 일어나셔야 하잖아요."

휴대폰을 들어 올리고 대화를 하자니 팔도 아파왔다. 언뜻 시간을 확인한 서윤은 아쉬운 마음을 접고 마무리 인사를 했다.

[그래요, 잘 자요.]

전화기에 대고 손을 흔들어대는 남자를 보며 서윤이 환하게 웃었다. 그러고는 종료 버튼을 눌렀다.

불을 끄고 자리에 눕자 기분이 우울해졌다. 마음 같아서는 휴가를 내고 올라가 오픈식도 보고 축하도 해주고 싶지만, 그럴 수 없는 현실에 마음이 아팠다.

후우, 서윤은 길게 한숨을 내쉬고 눈을 감았다. 그와 동시에 짧게 울린 진동 소리. 다시 휴대폰을 집어 올리자, 그가 보낸 메시지가 화면에 띄워져 있었다.

〈아직 못 한 말이 있는데.〉

이십 분은 족히 통화한 것 같은데. 그러고도 할 말이 또 있던가? 그런 생각을 하면서도 서윤은 배시시 웃으며 답장을 썼다.

〈무슨 말이요?〉

〈사랑해요.〉

곧바로 돌아온 대답에 그녀는 방금 전까지 우울했던 마음을 모두 잊어버렸다. 보조개가 쏙 들어가도록 입가에 웃음을 담은 서윤은 그에 대한 답을 쓰고 전송 버튼을 눌렀다. 그리고 다시 자리에 누웠다.

〈저도 사랑해요. 많이, 아주 많이.〉

자리를 잘 잡았는지 기주의 병원은 개원 일주일 만에 넘쳐 나는 환자들로 눈코 뜰 새 없이 바빴다. 토요일 진료를 마감하고서 겨우 숨을 돌린 그는 양복 재킷을 챙겨 들고 재빨리 진료실을 빠져나왔다. 주말 잘 보내라는 그의 활기찬 인사에 간호사들은 지치지도 않는 강철 체력이냐며 고개를 저었고, 기주는 그저 웃음으로 대답하며 병원을 나섰다. 물론 몸은 천근만근 힘들고, 환자들의 이야기를 들어주다 보면 마음까지 지치기 마련이었다. 특히나 연세가 있으신 분들은 몸이 아픈 증상을 호소하기보다 신세한탄과 하소연이 더 많은 탓에 정신적으로도 힘들었다. 그럼에도 날아갈 듯 힘이 나는 이유는 서윤이 집에서 기다리고 있기 때문. 일주일 만에 그 뽀얀 살을 마주 대고 비빌 수 있다고 생각하니 절로 기운이 나는 건 당연했다.

문을 열고 들어서자 음식 냄새가 가득했다. 주방에 선 서윤은 귀에 전화기를 대고 통화를 하느라 그를 향해 손만 흔들어 보였다.

"응, 오빠. 응, 내가 물어보고 전화 줄게. 그래, 오빠."

오빠라는 호칭이 들릴 때마다 기주의 눈썹이 꿈틀댔다. 함께 일하는 간호사가 남자친구와 통화하며 콧소리를 섞어 '오빠, 오빠' 하고 부르는 소리에는 아무 감흥이 없었는데, 서윤의 입에서 나온 '오빠'는 매우 신경에 거슬렸다.

"응, 오빠도 잘 지내고. 그래, 끊어."

통화를 마무리한 서윤은 휴대폰을 식탁에 내려놓고 기주의 앞으로 쪼르르 달려왔다. 하지만 그는 그다지 반갑지 않은 얼굴로 서윤을 바라보았다.

"누구랑 통화했어요?"

"사촌 오빠예요. 친구가 일러스트 작가인데, 일 좀 맡길 수 있냐고 해서."

"아, 사촌 오빠."

기주의 마음이 그나마 조금 누그러졌다. 혹시라도 선배라든지, 그냥 아는 오빠라는 둥의 대답이 나왔다면 화가 날 뻔했는데. 진짜 오빠를 오빠라고 하는 것에는 뭐라고 할 수가 없으니 말이다.

"나 좀 씻고 올게요."

"네."

혹시라도 좋지 않은 일이 있었던 걸까? 시큰둥한 얼굴 표정과 곱지 않은 그의 말투. 일주일 내내 이 시간만 기다렸던 서윤은 그의 반응에 은근히 서운해졌다. 일하느라 힘들었던 것인지 아니면 자신이 너무 예민하게 느끼는 것인지 모르겠지만, 평소와 다른 것만큼은 분명했다.

"선생님, 배고프세요? 저녁 지금 차릴까요?"

욕실에서 나오는 기주를 보며 서윤이 물었다. 국도 다 끓었고,

밥과 반찬도 다 준비하기는 했지만 저녁을 먹기에는 조금 이른 시간이었다. 하지만 그는 그녀의 목소리를 듣지 못했는지 아무런 대답이 없었다.

"선생님, 저녁 지금 드실 거냐고요."

제법 큰 목소리로 재차 물었다. 그렇지만 역시나 묵묵부답. 그는 수건으로 머리를 털며 침실로 쏙 들어갔다.

분명 못 들었을 리가 없는데. 꽤 큰 집이라지만 뻥 뚫려 있는 주방과 거실. 겨우 몇 미터 거리에 아무런 장애물도 없고, 또 소음도 없이 조용했다. 뭔가 심상치 않다 여긴 서윤은 그를 따라 침실로 들어갔다.

기주는 거울을 보며 머리를 정돈하고 로션을 발랐다. 문을 열고 들어선 서윤이 그를 빤히 쳐다보고 있다가 다시 불렀다.

"선생님!"

이번에는 서윤의 목소리에도 날이 서 있었다. 그런데도 그는 여전히 고개를 돌리지 않았다. 아무런 소리도 들리지 않는다는 것처럼, 눈 하나 깜빡하지 않은 채 의자에 걸어두었던 수건을 집어 들고 서윤을 지나쳤다.

"대체 왜 그러세요?"

"음? 뭘?"

방을 막 나선 그가 이제야 돌아섰다. 그러고는 아무 일도 없다는 듯 태평한 얼굴로 물었다. 기가 막힌 서윤이 허! 하고 콧방귀를 뀌었다.

"제가 몇 번이나 불렀잖아요. 왜 대답을 안 하세요?"

"나를? 언제?"

"어머, 기막혀."

금시초문이라는 얼굴에 저절로 헛웃음이 나왔다. 방 안까지 쫓아 들어가 불렀음에도 못 들었다는 게 말이나 되나.

"혹시 그 선생님 소리가 나 부르는 거었어요?"

"그럼 여기 선생님 말고, 다른 선생님이 또 있어요?"

다 들어놓고 엉뚱한 소리를 지껄이는 기주 때문에 서윤은 화르르 열이 올랐다. 그녀는 손부채로 붉어진 얼굴을 식혔다.

"내가 왜 서윤 씨 선생님인데요?"

"네?"

갑자기 왜 이러는지 알 수가 없다. 서윤은 어안이 벙벙해서 입을 벌린 채 다물지 못했다.

"솔직히 그렇잖아요. 서윤 씨가 내 제자도 아니고."

"아니, 병원에서는 다들 그렇게 부르니까……."

애초에 그런 의미에서 선생님이라 부르겠다고 합의까지 봤던 일 아니던가. 그때는 아무 상관 없는 듯 편하게 부르라고 해놓고서.

"서윤 씨가 그럼 내 환자던가? 우리 병원에 서윤 씨 차트는 없는 걸로 아는데? 보통은 연애하면 누구 씨, 오빠, 그렇게 부르지 않나? 나 앞으론 선생님이라고 부르면 대답 안 해요."

호칭이 불만이면 진즉 그렇다고 말할 것이지. 이렇게 유치하게 나올 줄은 정말 몰랐다. 그러니까 아까 전화 통화할 때 누구랑 통화한 것이냐고 물었던 이유가 그 때문인 모양이었다. 전화에 대고 오빠 어쩌고 했던 것 때문에. 평소에는 누구와 통화를 하든 묻지 않던 사람이 갑자기 누구냐고 물었던 것부터가 어쩐지 이상하다고 생각은 했다. 또 그때부터 이렇게 얼굴을 굳히고 있었던 거고.

어이가 없고, 기가 막혀 서윤은 실없이 웃어버렸다. 똑같이 유치하게 나가볼까, 아니면 소원대로 해줄까. 잠시 생각하다가 겨우 주말에만 잠깐씩 보는 처지에 그런 정도로 싸우고 싶지 않아 그가 바라는 대로 해주기로 마음먹었다. 선생님 소리가 워낙 입에 붙어 쉽지는 않겠지만.

"그럼 뭐라고 불러 드려요?"

"뭐 오빠면 좋고, 기주 씨도 괜찮고."

"오빠는 그래도 좀……."

몇 번의 연애를 해보았음에도 오빠라는 소리는 한 번도 입에 담아본 적 없었다. 물론 저보다 나이가 많은 사람이 대부분이었지만, 이상하게도 낯이 간지럽고 부끄러웠다. 그래서 보통 누구 씨, 하고 이름을 불렀었다. 그런데 왠지 이 남자에게는 그마저 쉽지 않았다.

"그럼, 음……."

서윤이 그의 곁에 바짝 다가섰다. 그러고는 그의 팔에 팔짱을 끼며 생각만으로도 빨갛게 붉어진 얼굴을 넓은 가슴에 묻었다.

"자기야?"

간신히 입 밖으로 꺼내놓고 부끄러워 눈을 꼭 감아버렸다. 그러면서도 입가에는 슬금슬금 웃음이 달리고, 귀와 하얀 목덜미도 화끈화끈 열이 올랐다.

아, 다시는 못 하겠다. 그냥 기주 씨라고 불러야지.

기주도 물론 몸이 후끈 달아올랐다. 빨갛고 작은 입술에서 나온 말에 중심으로 피가 확 쏠려 참을 수가 없었다. 간질거리는 애교하고는 거리가 먼 여자인 줄 알았는데, 겨우 한마디로 사람을 혹 보내 버리는 재주를 숨겨놓았던 모양이다. 그는 품에 안겨 있는 서윤을 번쩍 들어 침실로 성큼성큼 걸었다.

"한 번만 더 불러봐요."

침대에 그녀를 살며시 내려놓고 입술에 제 입술을 찍었다. 하지만 서윤은 고개를 절레절레 저었다. 난생처음 입에 담아본 말이라 쉽지 않은 탓이다.

"얼른."

또 한 번의 독촉에도 그녀는 역시 고개를 저었다. 묵비권 행사라도 하려는 듯 입술을 집어넣고, 얄밉게도 쏙 들어가는 보조개만 보여줄 뿐이다.

"그럼 밤새 무사하지 못할 텐데?"

"어, 음…… 미안하지만, 나, 그날이에요."

"뭐?"

청천벽력 같은 소리에 기주는 하늘이 노래지는 것 같았다. 아, 일주일 내내 허벅지를 꼬집으며 살았건만. 이 순간만 생각하며 병원에서 날아오듯 왔는데.

"밥 차려야겠다."

실망감이 가득 담긴 기주의 얼굴을 본 서윤은 입술을 비집고 나오려는 웃음을 참으며 침대에서 살짝 빠져나갔다.

"젠장."

침대에 홀로 남은 그는 망연자실한 채 낮게 읊조렸다. 일주일 동안의 피로가 한순간에 어깨로 내려앉는 것 같아 침대에 벌렁 누워버렸다.

서윤이 마지막으로 출근하던 날 경은은 펑펑 눈물을 흘려댔다. 그리고 진상은 고개를 숙인 채 눈조차 마주치지 않았다. 서윤이 작별 인사를 하며 악수를 청했음에도, 그는 바지 주머니에 손을 넣은 채 요지부동이었다. 하는 수 없이 서윤은 경은을 한 번 안아주고서 회사를 나섰다.

청주로 내려갈 때보다 살림이 많이 늘어난 탓에 이삿짐을 싸느라 꽤 고생을 했다. 필요 없어진 가전제품과 물건들은 중고로 처분하느라 손해도 많았다.

비었던 방에 다시 짐을 들이며 서윤은 엄마에게 등짝을 또 몇 대 두드려 맞았다. 다시는 속 썩이지 말고 얌전하게 있다가 시집이나 가라며 잔소리도 수없이 들어야만 했다.

"어우, 엄마. 내 등짝이 남아나질 않겠다, 정말. 자꾸 이러면 나 또 나가요!"

엄마에게 으름장을 놓았다가 결국 두 대를 더 맞았다. 서윤은 인상을 쓰며 손으로 등을 쓱쓱 문질렀다.

"죽으려면 뭔 짓을 못 해. 또 한 번 해봐, 어디."

책장 정리를 하는 서윤을 내내 구박하던 미경은 한숨을 크게 내쉬더니 그녀의 옆에 가 앉았다. 그러고는 박스에 담긴 책을 몇 권씩 꺼내 그녀에게 건네주었다.

"회사 일은 잘 마무리했어?"

"네."

"일 년도 안 돼서 들어올 거 뭐하러 나가, 나가길. 회사 사람들한테도 피해나 주고. ……마음 정리는 다 끝낸 거야?"

"응. 나 이제 괜찮아, 엄마."

책을 꽂아 넣던 서윤의 손이 주춤했다. 행복해서, 너무 행복해서 엄마에게 미안한 마음. 갑작스럽게 눈물이 핑 돌았다. 그녀는 몸을 낮춰 미경을 살며시 끌어안았다.

"미안해, 엄마. 정말 미안해."

"됐어, 이것아. 네 맘 편해졌으면 그걸로 됐어."

서윤은 한참 동안이나 엄마를 안은 채 기주를 떠올렸다. 눈시울이 뜨거워졌지만, 울지 않겠다고 약속했기에 참고 또 참았다.

짐 정리를 마친 후로는 인터넷 구직 사이트를 뒤지느라 또 며칠 바빴다. 경력 덕분인지, 외모 덕분인지, 서울에서도 직장은 어렵지 않게 구할 수 있었다. 강민우가 팀장으로 있는 진성무역보다는 작은 곳이어도 처우가 괜찮은 편이었다. 그리고 기주의 병원과도 먼 거리는 아니라 만족스러웠다.

서윤의 첫 출근 날, 점심시간이 끝날 즈음 기주의 전화가 걸려왔다. 한 시부터가 점심시간인 그의 병원과는 시간이 엇갈리는 터라 일부러 짬을 낸 것 같았다.

[회사는 어때요?]

"아직은 잘 모르겠지만, 그럭저럭 할 만은 해요."

[누구 귀찮게 구는 사람은 없고?]

"이제 겨우 반나절 일했거든요? 벌써 귀찮은 사람이 생기면 큰일이게요."

기주의 질문에 서윤이 새침하게 쏘아붙였다. 학교에 다닐 때도 그랬고, 직장에 다니면서도 그녀에게 관심을 보이는 남자들은 꽤 있었다. 하지만 서윤은 웬만해서는 여지를 주지 않았다. 그럼에도 안진상처럼 끈덕지게 달라붙는 사람도 있긴 했지만. 어쨌든 남자가 집까지 찾아와 귀찮게 구는 꼴을 기주에게 두 번이나 보였으니, 이런 얘기가 나오면 그녀는 무안해질 수밖에 없었다.

[오늘 저녁 같이 먹을 수 있어요? 첫 출근 기념으로 맛있는 거 사주고 싶은데.]

"음, 원래 환영회 겸 회식 있다고는 했는데, 팀장님이 오후 출장이라 미뤄졌어요. 퇴근할 때쯤 분위기 봐서 전화할게요."

[그래요, 알았어요.]

간단히 통화를 마무리하고 서윤은 다시 일을 시작했다. 아무리 경력이라지만, 첫날이라 알아서 일을 찾아 할 만큼 익숙하지 않은 탓에 눈치가 보이고 어색한 건 어쩔 수 없었다.

퇴근 시각이 되자, 사무실 사람들은 하나둘씩 내일 보자는 인사만 남기고 자리를 떴다. 팀 분위기가 원래 그런 건지, 아니면 팀장이 없어 일찍 가려는 것인지 모르지만, 회식이 아니더라도 가끔씩 자리를 갖던 청주에서와는 다른 분위기가 조금 아쉽기는 했다.

바로 퇴근할 수 있다는 서윤의 문자에 기주는 병원으로 와주었으면 좋겠다는 답장을 보내왔다. 정시에 퇴근을 하면 그의 병원 마감 시간보다 그녀가 더 빠른 탓이었다.

"많이 기다렸어요?"

뒤에서 들리는 반가운 목소리에 서윤은 그를 향해 얼른 고개를 틀었다. 연애를 시작한 이후로 평일 저녁에 보는 건 처음이라 그와 가까워진 거리가 새삼 실감이 났다.

"아뇨, 도착한 지 몇 분 안 됐어요."

"우리 뭐 먹으러 갈까? 먹고 싶은 거 있어요?"

"음, 오늘은 좀 매운 거?"

"일하느라 스트레스 받았나? 왜요, 못되게 구는 사람이라도 있어요?"

그녀의 손을 잡고 걸음을 옮기던 기주가 발을 멈칫했다. 그러고는 걱정스러운 얼굴을 하고 그녀를 쳐다보았다.

"아뇨, 그냥 성격 때문이에요. 할 일 없다고 손 놓고 있는 성격이 못 되는데, 아직 적응이 안 돼서 뭘 해야 할지 모르니까요. 다들 바빠서 계속 물을 수도 없고. 곧 괜찮아질 거예요. 처음이야 누구나 다 그렇죠, 뭐."

"힘들면 언제든 말해요. 억지로 애쓰지 말고요."

"왜요, 선생님이 일 대신 해주시게요? 제가 사회생활도 제대로 못 할까 봐 걱정돼요?"

"아니, 그런 건 아니고."

슬쩍 마주 웃고서 두 사람은 다시 걷기 시작했다. 그런데 몇 발짝 가지도 못하고 그는 또 걸음을 멈췄다.

"참, 나 이거 세탁소 맡겨야 하는데."

"그게 뭔데요?"

기주가 들어 올린 쇼핑백을 서윤이 흘깃 쳐다보았다. 세탁소에 간다는 걸 보니 빨랫감이라도 챙겨온 모양이다.

"가운이요. 잠깐이면 되니까 여기 있을래요?"

"아, 가운. 나도 선생님 가운 입은 모습 보고 싶은데."

서윤이 아쉬운 표정을 지었다. 단정한 저 남자의 얼굴에 잘 다려진 하얀 가운을 입은 모습을 상상하니 꽤 잘 어울릴 것 같았다. 세탁소에 맡기면 집으로는 가져오지 않는다는 말인데. 그럼 앞으로도 볼 기회는 별로 없다는 말이다.

　"혹시 그런 취향인가? 제복 같은 거 입고 하는 그런 거 좋아한다거나. 원하면 침대에서도 입어줄…… 읔!"

　기주가 고개를 기울여 서윤의 귓가에 속삭였다. 웃음을 참느라 한쪽 입꼬리만 위로 슬쩍 올라간 얼굴이었다. 그러다가 서윤에게 팔을 꼬집히고서 짧은 신음을 터뜨렸다.

　서윤은 벌게진 얼굴로 주변을 살폈다. 작은 목소리였지만 혹시라도 누가 들은 건 아닐까, 심장이 다 쪼그라들 지경이었다.

　"하여튼 못 말려!"

　손을 뿌리치고 성큼성큼 걷는 그녀를 기주가 홱 붙잡았다. 그러고는 왔던 길로 걸음을 되돌렸다.

　"배 많이 안 고프면 병원 잠깐 들렀다가 가요."

　"병원에요?"

　"진료실 보고 싶다면서요. 진작 보여줬어야 했는데. 내가 깜빡 잊었어요."

　"아!"

　전부터 보고 싶은 마음이야 굴뚝같았다. 하지만 처음 한 번을 제외하고는 주말마다 그가 청주로 내려왔던 탓에 지금까지 가볼 기회가 없었다. 더군다나 오픈식도 보지 못했으니 말이다.

　"가요."

　"네."

그의 장난에 화를 내려고 했던 건 어느새 잊고, 서윤이 수줍게 웃으며 고개를 끄덕였다. 그녀는 기대에 찬 발걸음으로 다시 병원을 향해 걸었다.

"다들 간 거 맞죠?"

신이 나 따라왔던 서윤이 건물 입구에 서서 잠시 주춤거렸다.

간호사들이 가방을 메는 것까지 보고 나왔으니 분명 다들 퇴근했을 테지만, 만일 누군가 남아 있다고 하더라도 서윤을 굳이 숨길 이유는 없다고 기주는 생각했다. 왜 아직도 미혼인지, 사귀는 사람이 있다면서 왜 오픈식에는 나타나지 않았는지 궁금해하는 그녀들에게 오히려 인사라도 시켜주고 싶은 마음이니까.

"맞긴 맞는데, 있으면 또 어때."

"그래도요. 왠지 좀……."

"얼른 올라와요."

그의 말대로 다들 퇴근한 게 확실한 듯 문이 굳게 잠겨 있고, 보안 장치까지 가동 중이었다. 기주는 주머니에서 카드 키를 꺼내 보안을 해제하고, 자물쇠에 키를 꽂아 문을 열었다.

앞서 발을 들인 기주는 벽에 붙은 스위치를 눌러 환하게 불을 밝히고 서윤을 맞았다. 새로 한 인테리어답게 깔끔하고 깨끗한 실내, 그리고 큰 병원과는 다른 포근함이 기주의 다정한 마음과 닮은 것 같았다. 서윤은 천천히 걸음을 옮기며 내부를 둘러보았다.

"아, 잠깐만 여기서 기다려요."

서윤을 두고 진료실 안으로 들어간 기주는 얼마 지나지 않아 다시 나타났다. 그녀가 보고 싶다던 하얀 가운을 단정히 걸치고,

입가에 부드러운 웃음을 담은 채였다.

그런 기주의 모습을 보며 서윤은 깊게 숨을 들이쉬었다. 상상했던 것보다 훨씬 더 멋진 모습. 하얀 가운이 저보다 더 잘 어울리는 사람이 있을까. 일 년을 가까이에서 보아왔던 사람이지만 가운을 입은 그는 새삼 달라 보였다.

"들어와요."

서윤은 진료실 문을 열고 서 있는 그를 지나쳐 안으로 들어섰다. 진료실 역시 깔끔하고 아늑한 공간. 큰 책상 위에는 몇 권의 의학 서적과 모니터가 놓여 있고, 그의 말대로 그 자리에서 가장 잘 보이는 맞은편에 서윤이 선물한 시계가 예쁘게 걸려 있었다.

"별거 없죠? 동네 의원이 다 이렇지 뭐."

"음, 제가 가본 병원 중에는 가장 특별한 곳인 거 같은데요."

"특별하다……. 어떤 점이?"

잠시 생각한 기주가 답을 모르겠다는 듯 고개를 갸웃했다.

"가운을 입은 선생님이 너무 멋있어서?"

"그건 그렇지."

팔짱을 끼고 서 있던 그는 아주 당연하다는 듯 고개를 끄덕거렸다. 그러자 서윤은 못 말리겠다는 말을 내뱉으며 피식 웃음을 터뜨렸다.

"이리 와봐요."

의자로 가 앉은 기주가 서윤을 향해 손짓했다. 그녀는 이곳저곳으로 눈을 돌려 내부를 살펴보며 그에게 다가갔다.

"여기."

허벅지를 손으로 툭툭 두들기는 그를 보고 서윤이 미간을 좁히며 고개를 흔들었다. 침대에서야 이런 것 저런 것 다 해보았다지만, 일터에서 그런 야릇한 자세는 부끄러워 차마 할 수가 없었다.

"얼른."

그는 말을 듣지 않는 여자의 허리를 잡아 제게로 바짝 끌어당겼다. 갑작스러운 그 힘 때문에 서윤의 몸이 기우뚱거리고, 결국엔 그의 뜻대로 다리 위에 안착했다.

서윤이 일어서려고 힘을 주자, 기주는 그녀의 허리를 감고 있는 팔에 힘을 꽉 주었다. 왠지 부끄럽고 민망한 포즈에 그녀는 뺨을 붉혔다.

"우리 둘밖에 없는데 뭐가 어때서."

"그래도 이건 자세가 좀……."

그녀가 부끄러움에 고개를 숙였다. 그러자 오히려 기주의 얼굴과 더욱 가까워졌다.

눈앞에 보이는 빨간 입술. 기주는 탐스럽게 반짝이는 그 입술을 살며시 입안에 담았다.

☂

서윤은 서울에 올라온 후로 평일 중 이틀 저녁을 기주와 만나 데이트를 즐겼다. 그리고 그 외의 시간은 기주가 말한 대로 부모님과 보내도록 노력했다. 서윤은 엄마의 저녁 준비를 도우며 곁눈으로 요리법을 배웠고, 기주는 그녀를 만나지 않는 시간에 주로 운동을 했다.

토요일에 서윤은 기주의 병원 진료가 끝나는 시간을 기다리며 점심때부터 혼자 그의 집에서 밥을 하고 반찬을 만들었다. 그렇게 음식을 해놓으면, 기주도 밖에서 밥을 사 먹지 않고 그녀가 만들어놓은 것들을 챙겨 집에서 먹는 편이었다.

서울에 올라와 아쉬운 점이 있다면 외박은 절대 할 수가 없기에 청주에 있을 때보다 주말에 함께 보내는 시간이 줄어들었다는 것. 그리고 데이트 후에도 대문 앞까지는 차마 데려다주지 못하고 한 정거장 전쯤에서 헤어져야 한다는 것 정도였다.

기주도 토요일 밤에 서윤을 집 근처에 내려주고 나서 부모님이 계신 본가에 가서 잠을 자고, 일요일 아침을 부모님과 함께 먹었다. 속 썩이기 전에 최대한 효도하자고 서윤에게 했던 말을 저도 그렇게나마 지키기 위함이었다. 기주의 어머니 혜숙은 갑작스레 달라진 그의 태도에 몇 번이나 저러다가 말겠냐며 꿍얼거렸다. 하지만 일요일 아침마다 콧노래를 부르는 것으로 보아 아들과 함께하는 아침이 반가운 것만은 분명해 보였다.

토요일 진료를 마치고, 기주는 집으로 가기 위해 빠르게 책상을 정리했다. 엄마의 매운탕 비법을 알아냈다는 서윤이 그의 집에서 저녁 준비를 하고 있다고 연락을 해왔기 때문이었다. 물론 매운탕에 그의 마음이 급해진 건 아니지만.

바쁘게 진료실을 나서는데 주머니에서 휴대폰이 울렸다. 기주는 발을 멈추고서 전화기를 꺼내 들었다.

"예, 어머니. 지금요? 미리 연락을 주시지. 네, 알았어요. 곧 갈게요."

전화를 끊고 나니 기분이 푹 가라앉았다. 어머니가 병원 앞 카페에 와 있다는 그다지 달갑지 않은 전화였다. 밤이면 어차피 본

가로 갈 텐데. 사전 약속도 없이 병원 앞에 와서 통보하듯 말하는 어머니의 행동이 못마땅한 건 당연했다. 더군다나 서윤이 집에서 기다리고 있는 상황에 말이다.

병원을 나선 기주는 혜숙이 기다리고 있다는 카페로 발을 들였다. 그리 넓지 않은 공간이라 창가에 앉은 그녀의 모습은 바로 찾을 수가 있었다. 그런데 문제는 어머니 혼자가 아니라는 것. 맞은편에 젊은 여자가 함께 앉아 그녀와 다정하게 대화를 하는 중이었다.

"어, 왔니?"

기주가 다가오는 모습을 발견한 혜숙이 손을 들어 알은척을 했다. 그러자 같은 테이블에 앉아 있던 여자는 자리에서 일어서서 그를 향해 다소곳이 고개를 숙여 인사했다.

"안녕하세요."

"예. 안녕하세요."

누구인지, 왜 어머니와 함께인지 이유도 알지 못한 채 그도 고개를 꾸벅 숙였다. 하지만 왠지 좋지 않은 예감. 덫이라고 하기엔 거창하지만, 어쨌든 그런 기분이다.

"어서 앉아. 이쪽은 엄마 제자야. 이 근처에서 같이 점심 먹고, 차 한잔하고 있었어. 너도 커피 마실래? 내가 살게."

혜숙은 어정쩡하게 서 있는 그를 당겨 자리에 앉혔다. 그러고는 지갑을 들고 재빨리 자리를 벗어났다.

"채영이에요. 한채영. 기주 씨 얘기는 선생님께 많이 들었어요."

"아, 예."

그녀의 이름을 듣는 순간 그는 어머니가 왜 굳이 그의 퇴근 시간에 맞추어 이곳에 와 있었는지, 그것도 왜 이 여자와 함께인지를 단숨에 파악했다. 며느리 삼고 싶은 제자가 있다며 어머니가 최근 몇 번이나 채영이라는 이름을 입에 올렸던 탓이다. 시간 내서 만나보라는 권유를 그냥 귓등으로 흘려들었더니, 결국 이 사달이 나버린 것이었다.

숨이 턱 막히듯 답답해진 기주는 넥타이를 헐겁게 잡아 내렸다. 그러고는 입을 꼭 다문 채 데면데면. 이 사태를 어찌해야 할지 모르겠다.

어느새 커피를 들고 온 혜숙이 기주의 앞에 잔을 내려놓고 자리에 앉았다. 시커먼 색의 아메리카노를 보고 기주는 서윤을 머릿속에 떠올렸다. 청주에서 만나기 전까지는 별 인연이 아니었던 서윤도 제 커피 취향을 기억하고 있었는데, 정작 어머니는 아들의 취향을 모르시는 모양이다.

"엄마가 얘기한 적 있지? 해외 지사에서 오 년 근무하다가 한국 들어온 지 몇 달 안 됐어. 이곳 생활 아직 적응 안 됐을 테니까, 둘이 가깝게 지내면서 기주 네가 좀 도와주었으면 해서 엄마가 불렀어. 마침 회사도 멀지 않고."

이미 사전 모의가 되었던 듯 여자는 입가에 잔잔한 미소를 담은 채 잠자코 듣기만 했다. 그러니 이 자리가 불편하고 부담스러운 건 기주뿐이었다.

"난 볼일이 있어서 그만 가봐야겠다. 채영아, 기주한테 저녁 맛있는 거 사달라고 해. 알았지?"

그렇게 혜숙은 기주에게 채영을 떠넘기듯 넘기고 자리를 떴다.

난감하고 답답한 상황에 기주의 등에서 진땀이 흘렀다.

"대충 감 잡으셨죠? 오늘 이 자리, 어떤 의미인지."

혜숙이 사라지고도 여전히 말이 없는 기주를 향해 채영이 물었다. 그는 표 나지 않게 한숨을 내쉬고 고개를 끄덕였다.

"네. 알 것 같네요."

"저는 사실 알고 나왔어요. 기주 씨 얘기는 저 고등학교 때부터 선생님께 가끔 들었고요, 사진도 여러 번 봤어요. 제가 존경하는 선생님 아들이라 부담감이 없진 않았는데, 그래도 뵙고 싶었거든요."

채영이 숨기지 않고 호감을 표현했고, 기주는 그럴수록 더 난감해졌다. 사랑하는 여자는 제집에서 한창 저녁 준비를 하느라 바쁠 텐데, 저는 맞선 자리에 앉아 있는 상황이라니. 물론 모르고 나온 것이라고 해도 서윤에게 미안한 마음이 들지 않는 건 아니었다.

"선생님께서 기주 씨 걱정 많이 하세요. 혼기가 지났는데, 결혼도 안 하고, 연애할 생각도 없는 모양이라고. 저 보고 구제 좀 해달라고 하시던데."

여자는 수줍게 얼굴을 살짝 붉히면서도 하고 싶은 말을 조곤조곤 꺼내놓았다. 하지만 기주의 머릿속에는 어떻게 이 자리를 마무리 지어야 할지 그 생각뿐이었다.

"그랬군요. 그런데 채영 씨, 사실 저 만나는 사람 있습니다. 물론 그 사람하고 결혼도 할 생각이고요. 아직 어머니께 말씀을 못 드렸어요. 그러다 보니까 오늘 같은 일이 생겼네요. 죄송합니다. 귀한 시간 내서 나오셨을 텐데."

"아…… 그래요? 그럼 전 벌써 퇴장할 시간인 거네요?"

채영의 얼굴에 순간 당황한 빛이 역력했다. 하지만 그녀는 놀란 표정을 재빨리 갈무리하고, 다시 미소를 보였다.

"초면에 무례라는 건 알지만, 솔직하게 말씀드리지 않으면 다음에 이런 불편한 상황 또 생길 것 같아서요."

"음, 만나는 분 있다는 말씀은 선생님도 제 입을 통해서 아시게 되는 것보단 아드님께 직접 듣는 게 낫겠죠? 그럼 전 오늘 차마시고, 저녁 잘 먹고 헤어진 걸로 할 테니까 뒷마무리는 기주 씨가 해주세요. 전 선생님의 자랑거리인 아들이 마음에 안 든다는 말 할 자신 없거든요. 또 사실도 아니고."

순순히 물러나겠다는 뜻을 밝히면서도, 그녀는 아쉬움을 감추지 못했다. 솔직하고 당찬 성격에 야무진 말투와 예쁜 얼굴. 혜숙이 며느리로 욕심을 낼 만큼 충분히 괜찮은 여자이긴 했다.

그녀는 조심스럽게 의자를 뒤로 빼며 일어섰다. 그리고 옆에 놓아둔 핸드백을 집어 어깨에 걸었다. 기주도 그녀를 따라 일어났다.

"그럼 가볼게요. 아쉽긴 한데 가망성 없는 일에 시간 흘리고 싶진 않아서요."

"죄송합니다."

기주가 고개를 숙여 인사하자, 채영도 가볍게 묵례하고 돌아서 카페를 나갔다. 기주는 낮게 안도의 한숨을 내쉬었다. 눈치가 빠른 여자라 다행이지, 그렇지 않았다면 꽤 애를 먹을 뻔했다.

그는 손목을 올려 시간을 확인했다. 서윤이 목 빠지게 기다리고 있을 텐데. 방금까지 함께 앉아 있던 여자는 그의 뇌에서 순식간에 사라지고, 어느새 서윤이 그 안을 틈도 없이 가득 채웠다.

그날 기주는 집에 들어서자마자 서윤을 품에 안았다. 신발도 벗기 전에 현관 앞까지 쪼르르 달려 나온 그녀를 잡아 성급하게 키스를 했고, 침대까지 가지도 못하고 거실 소파에서 사랑을 나누었다.

저녁을 먹은 이후에도 그는 한참 동안이나 서윤을 잡고 놔주지 않았다. 그러다가 결국 열두 시가 넘어버렸고, 늦은 밤이라 위험하다는 핑계를 들어 그녀의 집 대문 앞까지 데려다주는 위험천만한 일도 감행했다.

서윤을 들여보내고, 기주는 길가에 차를 세워놓고 한참을 있다가, 그녀의 방에 등이 꺼지는 것을 보고서야 시동을 걸었다. 채영과의 자리가 어떤 영향을 준 건 아니지만 왠지 모르게 드는 불안감. 언제쯤 아무런 마음의 짐 없이 그녀를 곁에 둘 수 있을까를 생각하니, 심장이 저릿했다.

아침부터 들이닥친 혜숙 때문에 기주는 머리가 지끈 아팠다. 지난밤 서윤을 들여보내고는 시간이 너무 늦어 본가로 가지 않고 집으로 돌아온 터였다. 그 탓에 최근 들어 함께하던 부모님과의 일요일 아침 식사에 참석할 수가 없었고, 혜숙은 그걸 핑계 삼아 그의 집으로 찾아온 것이다. 사실은 채영과의 만남이 어떻게 되었는지가 더 궁금했던 것이겠지만.

"전화라도 하고 오시죠."

서윤과 만나기로 약속을 해놓고 외출 준비 중이던 기주는 어머니의 방문이 달가울 수가 없었다. 그래서 시큰둥한 말투가 절로 튀어나왔다. 혜숙은 아들의 그런 반응에도 아랑곳하지 않고 거실로 올라섰다.

"어디 나가려고?"

"네, 약속이 있어서요. 차 한잔 드려요?"

기주의 모습을 위아래로 훑어본 혜숙이 주방으로 걸음을 옮겼다. 기주는 주머니에서 휴대폰을 꺼내 서운에게 삼십 분 늦게 나오라는 문자를 찍어 보내고, 뒤늦게 주방으로 향했다.

"주스 있으면 한 잔 주고."

기주가 냉장고 문을 열자, 혜숙은 그의 뒤에 서서 안을 흘깃 들여다보았다. 반찬 그릇 몇 개가 가지런히 놓인 모습. 기주가 평소 집에서 밥을 해먹지 않는다는 걸 알기에 혼자 사는 아들의 집에 여태 반찬 한 번 해다 나른 적이 없는데. 이건 분명 누군가의 손을 탄 냉장고였다. 그것도 남자가 아닌 여자의 손길.

주방으로 눈을 돌려보니, 어제도 밥을 해먹었는지 보온 시간을 알리는 숫자는 만 하루가 지나지 않았고, 싱크대에도 전에 없던 식기와 주방 용기가 종류별로 다양하게 채워져 있었다. 기주가 이 집으로 이사 왔을 당시 들렀을 때는 없던 물건들이 그새 꽤 많이 늘어난 것이다.

"혹시 채영이 만나기로 했니?"

혜숙은 기주가 글라스에 따라 내민 주스를 받아 들며 물었다. 온통 의심스러운 것투성이지만 모른 척 시치미를 떼버렸다. 냉장고를 손댄 여자가 누구인지 궁금하기는 해도, 채영에게서는 긍정적인 답변을 들었던 터라 그녀에게로 마음이 더 기운 탓이다.

"그거 궁금해서 오신 거죠? 그런데 아니에요. 저 그 아가씨 다시 만날 일 없어요. 그러니까 혹시라도 그런 자리 또 만들지 마세요. 그리고 선볼 생각도 없으니까, 어제처럼 저 모르게 약속 잡고 불러내는 일도 하지 마시고요."

"저녁까지 잘 먹었다면서 싫은 척은."

"안 먹었어요. 어머니 가시고 바로 헤어졌습니다. 제가 곤란할까 봐 그 아가씨가 둘러댄 거예요."

기주의 대답에 혜숙은 끙 앓는 소리를 냈다. 아무리 제자라지만 실례를 범한 것 같아 미안하고 무안했다.

이렇게 된 이상 이 집에 드나드는 여자를 애써 모른 척할 필요가 없어진 건가? 어떻게든 올해 안에 나이 먹은 아들을 장가보내야겠다는 생각 때문에 혜숙은 또 다른 흔적을 찾아볼까 하다가 단도직입적으로 묻기로 했다.

"너 만나는 아가씨 있지? 시치미 뗄 생각 마. 네 손으로 밥 안해먹는 녀석이 이 식기며, 밥이며, 냉장고에 반찬들이며. 엄마가 탐정 놀이라도 할까? 욕실이랑 침실까지 다 확인해야 인정할래?"

빼도 박도 못할 증거를 들이대는 혜숙 때문에 기주는 미간을 좁히며 체념의 한숨을 내쉬었다. 욕실에 가면 어제 서윤이 쓰고 간 칫솔이 제 것과 나란히 걸려 있을 것이고, 또 침실 휴지통에는 어머니에게 보이기엔 민망한 사랑을 나눈 흔적들이 아직 치우지 못한 상태로 남아 있었다. 그동안 연락 없이는 그의 집에 발걸음을 하지 않던 어머니인지라 너무 안일하게 생각한 것이 문제였다.

"네, 맞아요. 있습니다. 그러니 앞으로는 제발 그런 자리 만들지 마세요."

"그러니까 진작 말을 했었어야지. 알았으면 내가 그런 쓸데없는 짓을 했겠니? 아무리 채영이가 탐이 나더라도, 네가 만나고 있는 사람이 있다면 당연히 그 사람이 먼저야. 그래, 어떤 아가씨니?"

제대로 이야기를 들어야겠다는 듯 혜숙은 주스 잔을 식탁에 내려놓고 의자를 빼 앉았다.

"착하고 바른 아가씨요. 예쁘고, 야무지고, 따뜻하고. 무엇보다 제가 많이 좋아하는 사람이에요."

"몇 살인데?"

"서른하나예요."

"양친은 다 계시고?"

"네."

기주의 말대로라면 큰 결격 사유는 없는 듯 보였다. 어떤 집안인지, 어떤 일을 하는지, 재산이 얼마나 되는지 등의 그런 조건은 별로 따지지 않는 편이라 사람만 바르다면 허락하지 않을 이유가 없었다. 파혼 후로 여자 만나는 일에 아무런 관심이 없어 보이던 아들이 많이 좋아하는 사람이라고 하니, 엄마로서 기대에 차는 마음은 당연했다.

"그래, 언제 보여줄래?"

서윤의 이야기를 꺼낸 순간부터 마음의 각오는 한 상태였지만, 어머니 앞에 그녀를 내보일 생각을 하니 숨이 턱 막히는 건 어쩔 수가 없다.

"조금만 더 있다가요, 어머니."

"네 나이가 몇인데 조금만 더 있다가야. 이렇게 집까지 들락거릴 정도면 깊은 사이 아냐? 뭐하러 시간을 낭비해?"

"그냥 가까이 지내다가 정식으로 교제한 지 얼마 안 됐어요. 때 되면 말씀드릴게요."

결혼하고 한집에서 지내고 싶은 마음이야 간절하지만, 이제야 겨우 그녀를 가까이에 두고 누리게 된 행복을 이렇게 깨고 싶지는 않았다. 그녀가 누구라는 것을 어머니가 알게 되는 그 순간부터는 전쟁의 시작. 서윤을 향한 목마름을 아직은 충분히 채우지 못했기에 힘든 시간은 할 수 있는 최대한 뒤로 늦추고 싶었다.

아침부터 어머니 때문에 가슴이 답답했던 기주는 서윤을 데리고 공원을 찾았다. 속이 트일 만큼 맑고 시원한 공기가 필요했던 탓이다.

여름이 가까워 볕은 뜨거워도 가끔씩 불어오는 선선한 바람과 맑은 하늘 탓에 산책을 즐기기에 더없이 좋은 날이었다. 날이 좋아 가족 단위로 놀러 온 사람들도 꽤 많았다.

기주는 공원 입구에서 산 돗자리와 도시락을 한쪽에 들고, 서윤의 손을 잡은 채 좁게 난 산책로를 걸었다. 인적이 드문 곳을 찾아 비탈길로 자꾸 빠지다 보니 어느새 시끌벅적한 소음은 멀어지고, 바람에 흔들려 사그락거리는 나뭇잎 소리만 가득했다.

한참을 걷다가 나무 그늘 아래에 돗자리를 펼쳐 서윤을 앉혔다. 그리고 도시락 뚜껑을 열어 가운데에 놓아두고 그녀에게 젓가락을 뜯어 건넸다.

"생각보단 괜찮아 보이네. 어서 먹어요."

충동적으로 공원을 향해 운전대를 돌린 터라 입구에서 파는 도시락 외에 선택의 여지가 없었다. 인근 식당은 도떼기시장을 방불케 했고, 그런 곳에서 점심을 먹었다가는 속이 트이기는커녕 터질 만큼 더 답답해질 것 같았다.

그럭저럭 먹을 만은 한 맛이었다. 그럼에도 기주는 입맛이 나지 않아 몇 번 집어 먹다가 젓가락을 내려놓았다. 서윤도 그다지 내키지 않는지 기주의 눈치를 살피다가 덩달아 젓가락질을 멈췄다.

"배 안 고프면 그만 먹고, 이따가 맛있는 거 먹으러 가요."

"네."

서윤의 대답에 기주는 도시락 뚜껑을 덮어 한쪽으로 밀어놓고서, 그녀의 허벅지를 베고 벌렁 누워버렸다.

"어머, 선생님! 누가 보면 어쩌려고."

"아무도 없어요. 누가 올 만한 곳도 아니고. 내가 뭐 힘이 넘쳐서 이 먼 곳까지 걸어왔는지 알아요?"

"하!"

서윤이 기가 막혀 헛웃음을 쳤다. 하지만 기주는 아랑곳하지 않고 그의 머리를 슬쩍 밀어내는 서윤의 손을 붙잡아 깍지를 꼈다. 그러고는 입술에 가져다 댔다. 그녀의 손등에 쪽 소리가 나도록 입을 맞추기도 하고, 슬그머니 입안으로 빨아들이기도 했다.

서윤은 잡혀 있지 않은 다른 손을 올려 그의 머리를 살금살금 쓰다듬었다. 한낮의 평화로움. 그런데 이상하게도 마음은 편하지가 않았다.

"선생님, 혹시 무슨 일 있어요?"

아침에 만난 후부터 지금까지 그는 몇 번 입을 열지 않았다. 잘 떠들기도 하고 장난도 꽤 치던 사람인데, 오늘은 웃는 모습도 보지 못한 것 같았다. 아니, 어제부터였던가? 평소와 달리 현관문을 열고 들어오자마자 성급히 입을 맞추었던 그때. 그 순간부터 느꼈던 왠지 모를 불안함을 서윤은 떨쳐 버릴 수가 없었다.

"그런데 나 왜 도로 선생님이 된 거지?"

기주는 서윤의 대답을 피하려고 일부러 딴소리를 하며 미간을 찡그렸다. 그의 표정을 본 서윤은 뜨끔한 마음에 눈동자를 다른 곳으로 돌려 버렸다.

"제대로 다시 불러요."

"어…… 음…… 자기야."

서윤이 고개를 기울여 그의 귀에 대고 수줍게 속삭였다. 그러자 기주는 눈을 가늘게 뜨고 고개를 절레절레 흔들었다. 점잖게 잠자고 있던 다리 가운데 어떤 녀석이 간질거리는 그녀의 목소리에 불끈불끈 신호를 보낸 탓이다.

"그렇게 부르는 건 집에서만 해요. 여기서 확 잡아먹고 싶어지니까."

"어우, 정말!"

기분이 좀 나아졌는지, 그의 장난기도 다시 되살아나는 것 같았다. 서윤은 얄밉다는 듯 그를 흘깃 노려보았지만, 오히려 마음이 놓였다.

"최서윤 씨."

"……네."

달리 불리어진 이름에 서윤도 기분이 이상한 건 마찬가지. 흠칫 놀란 그녀는 그의 머리를 매만지던 손을 멈추고, 고개를 숙여 그와 눈을 마주쳤다.

"호텔 갈래?"

목적이 빤한 물음에 그녀는 소매를 걷어 드러난 그의 팔을 찰싹 내려쳤다. 어제도 밤늦게까지 붙잡고 놔주질 않고서. 운동을 꽤 즐기더니 강철 체력이 된 모양이다.

"왜요, 무슨 생각 했는데? 난 졸려서 자고 싶어 그런 건데."

"졸리면 여기서 주무시죠, 권기주 씨."

기주는 몸을 돌려 그녀의 품으로 깊게 파고들었다. 그가 내뱉는 뜨거운 숨이 서윤의 얇은 티셔츠를 통해 고스란히 느껴졌다. 그런 자세가 그다지 편치 않은 서윤은 배에 힘을 잔뜩 주고 숨을 참았다.

눈을 감고 한참이나 말이 없던 그가 서윤이 불편해하는 걸 느꼈는지 다시 하늘을 향해 바로 누웠다. 그러고는 눈을 떠 나른한 표정으로 그녀를 올려다보았다.

커다란 기주의 손이 다가와 서윤의 뺨을 감쌌다. 엄지손가락으로 그녀의 입술을 살살 어루만지던 그는 입매를 늘이며 손을 그녀의 목 뒤로 옮겨 가까이 당겼다. 서윤이 고개를 숙이자, 그도 한 팔로 바닥을 짚으며 상체를 높였다. 그렇게 마주한 입술. 기주는 깊게 혀를 섞으며 생각했다. 이 키스로 당신과 내가 하나가 되길. 아무리 힘들어도, 아무리 지쳐도, 절대 떨어질 수 없도록 완벽히 한마음 한 몸이 되길.

8. 마음 변하지 말고, 힘들어 하지도 말고, 지치지도 말고

　명후의 여름옷을 사 입히기 위해 미경은 지윤을 데리고 쇼핑을 나섰다. 어린아이를 시이모께 맡기고 지윤은 회사에 복직을 했는데도, 집안 살림이 여전히 **빡빡한** 것 같아 마음이 쓰인 탓이다. 지윤이 몇 번이나 거절하기에 미경은 내 손자 내 마음대로 옷도 못 사 입히느냐며 큰소리를 치고서야 대여섯 벌의 옷을 사서 안길 수 있었다.

　버스를 타고 돌아오는 길에 명후가 떼를 쓰며 울기 시작했다. 아무리 어르고 달래도 그치지 않아 미경과 지윤은 집 앞 정류장까지 오지 못하고 한 정거장 전에 내려야만 했다.

　사람 많은 버스가 싫었던 건지, 명후는 언제 울었냐는 듯 지윤의 품에 안겨 쌕쌕 잠이 들었다. 그 탓에 지윤은 아이를 안고, 미경은 양손에 쇼핑백을 들고 어둑어둑해진 길을 걸었다.

저만치 떨어진 곳에 젊은 남녀가 다정히 서 있었다. 작별 인사를 하는 듯 남자는 여자의 이마에 입을 맞추고 여자는 남자를 향해 손을 흔들었다. 한창 깨가 쏟아질 시기인지 그러고도 두 사람은 발길을 돌리지 못하고 여전히 아쉬운 듯 손을 잡고 있었다.

"하이고, 좋을 때다."

그런 모습을 멀리서 지켜본 미경은 낮게 한숨을 내쉬며 빈정거림이 은근히 섞인 투로 말했다.

"왜, 부러워요? 엄마도 해, 아빠랑. 길에서 뽀뽀도 하고 손도 잡고."

"부럽긴. 다 늙어서 내가 미쳤니? 서윤이 생각나서 그러지. 남들은 저렇게 다정히 연애도 하고, 결혼도 하고 그러는데, 그 기지배는 뭐가 모자라서 그 모양인지 모르겠다."

"뭘, 요새 서른한 살은 나이 든 축에도 안 껴. 근데 엄마, 저거 혹시…… 서윤이 아냐?"

지윤이 남자와 함께 있는 여자를 향해 손가락질했다. 몇 걸음 가까이 다가가자, 얼굴은 자세히 보이지 않지만 대충 사람을 알아볼 수 있을 정도는 되었다. 더군다나 가족처럼 친숙한 사람은 멀리서 뒷모습만 보더라도 눈에 딱 들어오는 법이니까.

"뭐야? 서윤이?"

미경은 눈을 가늘게 좁히며 고개를 앞으로 쑥 뺐다. 지윤의 말을 듣고 보니 정말로 서윤이 맞는 것 같았다.

"맞네, 서윤이. 그런데 저 기지배 혹시 그 팀장 놈 다시 만나는 거 아니겠지?"

미경이 발걸음을 재촉했다. 서윤이 연애를 하는 건 말릴 생각 없지만, 팀장이라는 그놈을 다시 만나는 것만큼은 다리몽둥이를 부러뜨려서라도 말리고 싶었다. 그래서 남자가 차를 타고 자리를 뜨기 전에 얼굴을 확인하려는 것이다. 그런데 옆에서 걷던 지윤이 갑자기 미경의 팔을 붙잡았다.

"엄마, 아냐. 아니다. 내가 잘못 봤나 봐. 우리 저쪽으로 가자, 응?"

"아니긴 뭐가 아냐. 서윤이 맞구먼."

"아니, 엄마."

함께 서 있는 남자가 누구인지 먼저 알아본 지윤은 심장이 벌렁거리고 손이 다 떨렸다. 꽤 오래 보지 못한 사람이지만 그래도 한때 결혼을 약속했던 사이였기에 그녀의 눈에는 누구보다 익숙할 수밖에 없었다.

엄마가 알아보기 전에 얼른 피해야 하는데. 마음만 다급했지, 머릿속이 하얗게 비워져 대책이 얼른 생각나질 않았다. 지윤은 미경이 다가가지 못하도록 말렸지만, 미경은 거칠게 그 손을 뿌리쳤다.

"최서윤!"

미경의 목소리에 작별 인사를 하던 젊은 남녀가 고개를 휙 돌렸다. 그녀의 생각대로 역시 서윤이었다.

"어, 엄마."

가까이 다가간 미경은 서윤의 얼굴을 확인하고서 옆에 선 남자를 돌아보았다. 그리고 그 순간 생각하지 못했던 남자의 정체에 놀라 손으로 입을 틀어막았다.

서윤은 얼굴이 하얗게 굳어버렸고, 기주는 숨을 훅 들이쉬며 눈을 꼭 감았다가 떴다.

"오랜만에 뵙겠습니다, 어머님."

기주는 미경을 향해 허리를 굽혀 인사했다. 미경은 손에 들고 있던 쇼핑백을 힘없이 떨어뜨리고 손으로 뒷목을 붙잡았다. 지윤은 혹시라도 엄마가 쓰러질까 무서워 그녀의 팔을 꼭 붙잡았다.

"자, 자네…… 자네가 대체 어떻게……."

"엄마, 내가, 내가 설명할게요. 집으로 가요, 네?"

겨우 정신을 수습한 서윤이 기주의 앞을 막아섰다. 하지만 기주는 제 어머니에게 교제하는 여자가 있음을 밝혔던 그때부터 이미 각오를 한 상태라 크게 당황하지 않았다. 그는 서윤을 슬쩍 뒤로 당기며 발을 움직여 미경의 앞에 섰다.

"내가 뭘 잘못 본 거지? 그렇지?"

미경은 기주와 서윤을 다시 번갈아 보다가 서윤의 두 팔을 붙잡고 물었다. 애원하는 엄마의 눈길. 제발 아니라고 답해주길 바라는 그 눈길에 서윤은 고개를 푹 숙여 버렸다.

"일단 어머니부터 집으로 모셔야 할 것 같아요. 많이 놀라신 거 같은데."

기주가 차 뒷좌석 문을 열고 미경을 부축했다. 그러자 미경은 거센 손길로 기주를 뿌리쳤다.

"놔! 내가 자네 차를 왜 타. 우리 이제 볼 일 없는 인연 아닌가. 됐으니까 자넨 그만 가보고, 서윤이 넌 얼른 집으로 들어가."

"어머님, 이대로는 걸어서 가시기 힘드세요. 제가 가서 말씀드릴 테니까 차에 타세요."

"내가, 내가 왜 자네 어머니야!"

기주가 다시 미경의 팔을 잡자 그녀는 크게 성을 내다가 몸을 휘청거렸다. 워낙 놀란 터라 다리에 힘이 빠져 몸을 제대로 가누지 못했다.

"서윤 씨, 어머니 좀 차로 모셔요."

"그래, 엄마. 이대로는 못 가요. 얼른 타."

거부하는 미경을 억지로 차에 태우고서 기주는 서윤의 집을 향해 차를 몰았다.

집에 있던 서윤의 아버지 형일은 인터폰을 통해 미경의 상태가 심상치 않음을 느끼고서 맨발로 마당까지 뛰어나왔다.

"여보! 당신 왜 그래? 괜찮아? 서윤아, 네 엄마 무슨 일이냐?"

"아빠, 일단 안으로 들어가요."

서윤의 재촉에 다 같이 거실로 들어왔다. 미경을 소파에 앉혀두고 기주가 살피는 사이, 서윤은 주방으로 달려가 물을 떠왔다. 지윤은 방에 아이를 눕혀놓고 다시 거실로 나왔다.

"그런데 자네는 어쩐 일인가?"

미경의 상태가 조금 나아지고서야 형일의 눈에 기주가 들어왔다. 이 자리에 있어야 할 이유가 없는 의외의 인물. 미경의 상태가 이렇게 된 것과 기주의 등장은 아무리 생각해도 연관성이 없어 보였다.

"아빠, 그게……."

서윤이 먼저 입을 열었다. 그런데 막상 머릿속이 백지가 되어버려 무슨 말을 어떻게 해야 할지 떠오르지가 않는다.

"제가 말씀드리겠습니다, 아버님."

"됐네, 필요 없어. 듣고 싶지 않으니까, 자네는 그만 가보게.

그리고 우리 다시는 볼 일 없었으면 좋겠네. 오늘 일은 아예 없었던 걸로 치세."

소파에 몸을 기대고 앉은 미경이 기주의 말을 막고 가라며 손을 내저었다. 눈으로 본 것만으로도 서윤과 어떤 사이인지 충분히 알 수 있는 상황. 도저히 귀로 듣고 확인할 자신은 없었다.

"대체 그게 무슨 소리야?"

형일은 여전히 어리둥절했다. 어떤 일이 있었는지는 감을 잡을 수 없지만, 감당하기 힘든 큰일이 있었던 것만은 분명해 보였다. 그는 기주를 향해 고개를 돌렸다.

"자네가 설명 좀 해보게."

기주는 형일과 미경의 앞에 무릎을 꿇고 앉았다. 그러자 서윤도 재빠르게 그의 옆에 무릎을 꿇었다.

뭔가 맞지 않는, 있을 수 없는 그 조합에 형일도 이상한 낌새를 채고 이마에 잔뜩 주름을 잡았다.

"아버님, 어머님, 믿기 힘드시리라는 건 알지만…… 제가 서윤 씨를 많이 좋아합니다."

"뭐?"

청천벽력 같은 소리에 형일도 뒷목을 붙잡았다. 둘이 나란히 앉을 때부터 뭔가 낌새가 심상치 않더니만 결국엔 이런 소리였다. 그는 몇 번이나 크게 심호흡을 해대더니 다시 정신을 차리고 기주와 서윤을 쳐다보았다.

"대체 언제부터, 얼마나 가깝게 지낸 거냐."

"청주에 있을 때 바로 옆집에 살았습니다. 그때부터 조금씩 정이 들었어요. 안 된다는 건 저희도 잘 알고 있지만, 헤어질 수 없을 만큼 깊이 사랑하고 있습니다. 결혼 허락해 주십시오."

기주의 말에 형일은 또다시 뒷목을 잡고 옆으로 돌아앉았다. 갑작스럽게 서울을 떠난 서윤이 마음을 잘 추스르고 돌아왔으면 하는 생각에 크게 간섭 않고 놔두었더니, 이런 사달이 나버렸다. 사위로서야 손색없는, 오히려 과분한 녀석인 것은 알지만, 그래도 사람으로서 맺어질 수 있는 인연이 있고, 그래서는 안 될 인연이 있는 것이다.

"지윤이 너! 너도 한통속이지? 너는 알고 있었던 거 맞지!"

미경이 갑작스레 지윤을 향해 소리쳤다. 청주라는 말을 듣고 보니, 서윤을 보러 가야겠다고 할 때마다 지윤이 은근슬쩍 말렸던 일이 떠올랐다. 반찬이라도 가져다줄까 하고 함께 가보자고 하면 갑작스럽게 일이 생겼다며 명후를 봐달라고 떠맡기기도 했고, 또 주말에 형일과 함께 가봐야겠구나 했을 때는 어떻게 귀신같이 알았는지 서윤이 서울로 올라오곤 했다. 그게 모두 둘이 가까이 지내는 걸 들킬까 봐 꾸민 일이라 생각하니, 괘씸하기가 짝이 없다.

"네 탓이야, 이게 다 너 때문이야, 이것아."

미경이 지윤을 원망하며 등을 철썩 내려쳤다. 지윤은 그저 입을 꼭 다물고서 죄인처럼 고개를 숙였다.

옆집에서 지낸다는 것은 알았지만, 누가 이런 관계로 진전되리라는 것은 상상이나 했을까. 하지만 입이 백 개라도 지윤은 할 말이 없었다. 애초에 이런 불편하고 어려운 관계가 만들어진 건 모두 제 탓이니까.

"자네 집에서는 알고 있나?"

어느덧 정신을 차린 형일이 기주를 향해 물었다. 기주는 고개를 푹 떨구었다.

"아뇨, 아직 말씀 못 드렸습니다."

"그래, 그럼 아시기 전에 이쯤에서 그만두세. 그 댁에 두 번 죄지을 수는 없는 일이야."

형일은 더 이상 얘기하고 싶지 않다는 듯 자리에서 일어섰다. 그리고 미경도 붙잡아 일으켰다.

"아버님, 그럴 수 없습니다. 저희 부모님은 제가 설득하겠습니다. 그러니 제발, 허락해 주십시오."

"아빠, 나도 선생님 포기 못 해요. 이렇게 쉽게 그만둘 수 있는 마음이면 애초에 시작도 안 했어요."

기주와 서윤의 애원이 방으로 들어가는 두 사람의 발을 붙잡았다. 형일은 서윤을 향해 고개를 돌렸다.

"엄마 좀 눕혀야겠다. 서윤이 넌 방으로 들어오고, 자넨 그만 돌아가 보게."

형일과 미경이 사라지고, 방문이 꽝 소리를 내며 닫혔다. 기주는 굳게 닫힌 문을 한동안 바라보다가 서윤을 향해 돌아섰다.

"괜찮겠어요?"

"네, 걱정 마시고 선생님 가보세요. 우리 집은 제가 알아서 할 테니까."

"그럴 수야 있나. 일단 어머니 쉬셔야 할 거 같으니까 오늘은 가고, 내일 다시 올게요."

서윤은 고개를 끄덕이고, 기주가 그녀의 머리에 손을 얹어 부드럽게 쓰다듬었다. 서윤을 혼자 전쟁터에 두고 가는 것 같아 마음이 편치 않지만, 그렇다고 계속 함께 있을 수는 없다. 어차피 길어질 싸움이고, 견뎌내야 할 일. 하루 이틀 매달린다고 해서 허락받을 수 없는 일인 걸 알기에 일단은 후퇴하기로 했다.

서윤이 안방으로 들어가는 것을 보며 기주도 몸을 돌렸다. 그러다가 문득 함께 있던 지윤이 떠올랐다. 그는 다시 몸을 틀어 지윤을 향했다.

"지윤 씨, 괜찮으면 나랑 잠깐 얘기 좀 할래요?"

"아, 네."

지윤은 기주를 따라 밖으로 나섰다. 삼 년 만에 보면서도 미안한 마음을 떨쳐 낼 수 없어 눈도 차마 마주치지 못하고 고개를 숙였다.

"그동안 잘 지냈어요?"

기주가 걷던 발을 멈추고 지윤을 바라보았다. 삼 년이라는 시간이 흘렀지만, 아이 엄마가 되어 살이 조금 붙은 것 빼고는 별로 달라진 것이 없어 보였다.

"네."

"이렇게 보게 될 줄은 몰랐죠?"

기주가 허탈하게 웃음을 흘리며 물었다. 이 여자는 또 얼마나 어이없고, 기가 막혔을까를 생각하니 뒤늦게 미안한 마음이었다.

"그러게요. 청주에 있다는 말은 서윤이 통해 들었는데, 정말 상상도 못 했어요."

"그랬겠죠. 미친놈이 아닌 이상 이런 관계 시작도 안 했을 테니까. 그런데도 나, 서윤 씨 포기가 안 됐어요. 내가 미쳤구나,

생각하면서도 서윤 씨를 놓을 수가 없었어요."

담담한 기주의 말에 지윤은 고개를 끄덕였다. 서윤을 바라보던 눈빛, 그리고 머리를 쓰다듬어 주던 손길에 사랑이 가득 담겨 있다는 것을 그녀도 느꼈던 터였다. 호감으로 시작했지만, 마음을 깊게 나누지는 못했던 저를 대하던 것과는 분명 다른 감정이라는 것을 그녀도 알 수 있었다.

"미안해요, 지윤 씨."

"기주 씨가 왜요. 애초에 잘못한 건 난데."

지윤이 무겁게 고개를 저었다. 결혼을 하고서도 가끔씩 이 사람이 떠오를 때가 있었다. 그때마다 늘 미안하고 죄스러운 마음이었다. 그리고 그 마음이 무뎌질 때쯤 서윤을 통해 소식을 들었다. 그 후로 지금까지 일 년여쯤, 서윤을 생각할 때면 덩달아 떠오르던 얼굴. 아무래도 이런 일이 생기려고 그랬던 모양이다.

"지윤 씨. 지난 일로 미안해할 필요 없어요. 내가 미안한 건, 나랑 서윤 씨와의 관계가 지윤 씨는 편치 않을 테고, 또 지윤 씨 남편분도 곧 알게 될 테니까요."

"내 일은 내가 알아서 할 테니까 저까지 신경 쓰지 마세요. 기주 씨랑 서윤이 관계 두 팔 벌리고 환영은 못 하지만 그렇다고 뻔뻔하게 반대할 입장도 못 되니까 전 그냥 가만히 있을 게요."

"그래요, 반대 안 하는 것만 해도 고마워요. 그럼 난 그만 가 볼게요. 지윤 씨가 서윤 씨랑 부모님 좀 잘 살펴주세요. 아, 그리고 이거."

기주가 재킷 안주머니에서 지갑을 꺼내고, 그 안에서 명함을 한 장 뽑아 지윤에게 건넸다. 휴대폰 번호는 그대로지만 삼 년 전

마지막 연락을 주고받은 터라 그녀가 기억하고 있을 리는 없다고 생각했다. 또 이미 연이 끝난 사람에게 기억하느냐, 마느냐를 굳이 묻는다는 것도 우습고 말이다.

"미안하지만 혹시라도 무슨 일 생기면 나한테 연락 좀 주면 안 될까 해서요. 어머님도 많이 충격받으신 거 같고, 또 서윤 씨도 걱정이고."

"네, 알았어요."

기주는 지윤에게 묵례로 인사하고 몸을 돌려 대문을 나섰다. 담벼락 너머로 서윤의 방 창문을 쳐다보았지만 그녀는 아직 부모님과 함께 있는지 불이 밝혀지지 않은 채였다.

퇴근길에 만난 기주와 서윤은 저녁을 먹기 위해 식당에 마주 앉았다. 서윤은 잠을 제대로 못 잤는지 푸석푸석한 얼굴을 하고 밥을 간신히 몇 술 뜨다가 슬그머니 수저를 내려놓았다. 평소에는 별로 가리는 음식 없이 잘 먹는 그녀였지만, 걱정거리가 있을 때는 볼이 금세 홀쭉해지도록 잘 안 먹는 편이라 기주는 걱정이 됐다.

"조금 더 먹어요."

"잘 안 먹혀요."

서윤이 설레설레 고개를 저었다. 부모님께 폭탄을 안겨놓고 밥이 잘 넘어가면 그건 자식이 아니라 말 그대로 웬수일 것이다. 기주는 손을 뻗어 테이블 위에 올라와 있는 서윤의 손을 살그머니 붙잡았다.

"안 먹히는 거 당연한데, 그래도 먹어요. 몸이 지치면 마음도 쉽게 지치고, 그러면 생각도 나약해지는 법이에요. 이대로 나 포기할 거예요?"

"무슨 말도 안 되는 소릴."

서윤이 가볍게 눈을 흘겼다. 이렇게 평생 허락받지 못한다고 하더라도 이 남자를 포기할 생각은 눈곱만큼도 없다.

"그러니까 얼른 먹어요. 먹고 힘내야죠. 대신 체하지 않게 천천히."

"네, 알겠어요."

그녀는 다시 수저를 들었다. 집에서 머리를 싸매고 누워 있을 엄마를 생각하면 밥이 먹히지 않는 건 당연하지만, 기주의 말대로 지치지 않기 위해 억지로라도 먹기로 했다.

식사를 마치고는 죽집에 들러 죽을 포장해 집으로 갔다. 하지만 미경은 방문을 꼭 걸어 잠근 채 얼굴도 보이지 않았다.

다음 날부터 기주와 서윤은 퇴근 후 매일 함께 집으로 왔다. 서윤은 미경 대신 저녁 준비를 했고, 기주는 죽을 열심히 사다 날랐다. 물론 미경이 죽을 먹는지 아니면 그냥 버리는지는 알 수가 없었다. 저녁에 와서 보면 늘 빈 그릇뿐이었으니 말이다.

그렇게 나흘이 지난 날이었다. 서윤과 기주가 집에 들어왔을 때 미경은 식탁에 앉아 혼자 소주를 홀짝이고 있었다. 부스스한 머리와 핏기 없는 허연 얼굴로 안줏거리도 없이.

"어머님, 빈속에 술 드시면 안 돼요."

기주가 빠르게 다가가 미경의 손에서 잔을 빼앗았다. 하지만 미경은 소주잔을 그의 손에서 다시 빼앗아갔다.

"이리 내. 자네가 사다 놓은 죽 먹었어. 서윤이 저 기지배 얼굴

보니까 밥 잘 먹고 다니는 것 같아서 나만 굶기 약 올라서 먹었네."

뒤따라 주방으로 들어온 서윤이 미경의 말을 듣고 안도의 숨을 내쉬었다. 엄마가 어느 정도 기운을 차린 것 같아 마음이 놓였기 때문이다.

"그럼 딱 이 잔만 드세요. 더는 안 됩니다."

소주병을 보니 겨우 두어 잔 마셨을까. 크게 무리는 없는 양이라 기주는 잔을 양보하는 대신 병을 들어 뚜껑을 닫았다.

"가지가지 한다, 아주. 병 주고, 약 주고. 내가 그렇게 걱정되는 것들이 이런 짓거리를 벌여?"

"엄마아."

서윤이 입술을 삐죽 내밀었다. 엄마가 반대하는 것은 당연한 일이라고 해도, 저와 기주의 사랑을 '짓거리'라고 표현하는 말은 듣기가 싫었다.

"자네 와서 좀 앉게. 서윤이 너도."

미경의 말에 서윤과 기주는 그녀의 맞은편에 나란히 앉았다. 미경은 들고 있던 잔을 홀짝 비우고서 길게 한숨을 내뱉었다.

"서윤이한테 얘기는 대강 들었네."

두 사람의 관계가 들통나고 난리를 피웠던 그날, 그나마 이성적이었던 형일이 서윤을 불러 자초지종을 물었다. 그리고 미경도 자리에 누워 등을 진 채 이야기를 모두 들은 터였다.

입이 마르고 목이 타는지 미경은 겨우 한 마디를 꺼내고는 소주잔을 들었다가 잔이 빈 걸 확인하고 다시 내려놓았다. 그리고는 혀로 입술을 축였다. 그 모습을 보고 있던 서윤은 얼른 자리에서 일어나 컵에 물을 따라 미경의 앞에 내려놓았다.

"내가 처음에 둘이 좋아한다는 말 듣고는 이것들이 미쳤지, 미치지 않고서야 있을 수 없는 일이지 그랬는데, 얘길 듣고 며칠 동안 곰곰이 생각해 보니 외지에서 둘이 서로 의지하다 보면 그럴 수도 있겠구나, 젊은 사람들이니까 그렇게 지내다 보면 정이 들 수도 있겠구나, 그렇게 이해했어. 했는데……."

미경은 말을 잇지 못하고 깊이 한숨을 내쉬었다. 서윤이 따라 놓은 물을 벌컥벌컥 들이켜고는 속이 답답한 듯 주먹으로 가슴을 쿵쿵 두드렸다.

"기주 군, 자네가 자네 어머니 아버지 입장에서 한번 생각해 보게. 우리 서윤이, 며느리로 받아들일 수 있겠나?"

미경의 말에 기주는 고개를 푹 숙였다. 허락을 구하는 입장이지만, 안 된다는 것을 모르지는 않는다. 그래서 서윤과 만나 행복하면서도 가슴 한구석엔 돌덩이가 박힌 듯 늘 편치 않았었다.

"그럼 허락이야 어찌 됐든 억지로라도 결혼한다고 쳐. 자네 부모님께서 우리 서윤이한테 마음 열고 예뻐하실 수 있을 거라고 생각하나?"

"그건 살면서라도 차차……."

기주가 고개를 들어 올렸다. 사실 그가 믿는 구석이 있다면 바로 그 부분이었다. 어떻게든 반대를 이기고 결혼이라도 하게 된다면, 부모님도 서윤을 누구의 동생이 아닌 그녀 자체로 보고 받아들일 수 있을 거라고 생각했다. 그럼 차차 인정해 주시겠지. 따뜻하고 반듯한 여자니까. 하지만 미경의 생각은 다른지, 그녀는 심하게 인상을 구기며 그의 말을 가로챘다.

"차차? 한번 미운털 박히면 아무리 예쁘게 보려고 노력해도 안 되는 게 사람 마음이야. 싫은 사람은 무슨 짓을 해도 밉보이는 법이지. 내가 반대하는 이유가 그걸세. 어찌어찌해서 결혼했다 치세. 그래도 평생 구박덩이 되는 거 빤한데, 자네 같으면 곱게 기른 딸자식 그런 결혼 시켜놓고 발 뻗고 살 수 있을 것 같나? 긴 말 않겠네. 자네 집안에서 알면 시끄러워질 텐데, 그 전에 그만두세."

단호히 결론을 내린 미경이 식탁에서 일어섰다. 그리고 더는 할 말도, 들을 말도 없다는 듯 돌아서서 주방을 벗어났다. 다급해진 기주가 미경을 뒤따라 벌떡 일어났다.

"어제 이미, 말씀드렸습니다."

"선생님……."

놀란 서윤은 기주를 올려다보았다. 그리고 미경은 방으로 향하던 발을 멈칫거렸다.

"하! 결국 일을 내는구먼. 대답이야 안 들어도 빤하지만, 그래 뭐라 하시던가."

미경의 깊은 한숨에 기주는 다시 고개를 숙였다. 그리고 아무런 대답도 하지 못했다.

"졸도나 안 하셨으면, 그게 다행인 거지."

기주의 집안 어른들께 두 번이나 죄를 저질렀으니 어떻게든 죗값을 치러야겠다고 생각은 하지만 당장은 머리가 무거워 아무 생각을 할 수가 없었다. 절레절레 고개를 흔들던 미경은 그대로 방으로 들어가 버렸다.

"후우!"

넥타이를 헐겁게 풀어낸 기주가 긴 한숨과 함께 의자에 다시 풀썩 앉았다. 조급해하지 말자고 마음먹고서도 막상 그만두라는 말을 듣고 나니 그게 잘 되지 않았다.

"선생님, 어른들께도 알리신 거예요?"

서윤이 그의 손을 잡으며 걱정스러운 얼굴로 물었다. 기주는 천천히 고개를 끄덕였다.

"네. 본가에 들렀었어요. 어머니는 내가 만나는 사람 있다는 거 이미 알고 계셨고, 또 서윤 씨 부모님도 알게 되신 마당에 더 감출 필요 없다고 생각해서요."

그의 말에 서윤은 고개를 푹 숙였다. 제집의 상황보다 훨씬 나빴으면 나빴지, 덜 하지는 않았을 것이다. 그런 걸 이 남자 혼자 감당했다고 생각하니 미안해서 얼굴을 쳐다볼 수가 없었다.

"충격받으셨을 텐데."

어디 충격만 받았을까. 서윤의 집에서 보인 반응은 그에 비하면 아주 양호한 수준이었다. 그동안 그와 만나온 여자가 지윤의 동생이라는 것을 안 그의 어머니는 처음에는 무슨 헛소리냐며 믿지 않다가, 진지한 그의 얼굴을 보고 두 차례나 뺨을 갈겼다. 그러고는 심하게 역정을 내다가 그 울분을 못 이겨 혼절 직전까지 이르렀다. 또한 아버지는 그를 미친놈 취급하며 아예 상대도 하지 않았다.

"너무 걱정 말아요. 시간은 걸리겠지만, 잘될 거예요."

기주는 서윤을 향해 얕게 웃어 보였다. 하지만 그 웃음에도 걱정이 가득 담긴 게 티가 나서 서윤은 마음이 아팠다.

"그만 가봐야겠어요. 어머님은 서윤 씨가 잘 좀 살펴 드려요."

기주는 자리에서 일어서 현관으로 나섰다. 다시 2차전을 치르러 가야 할 시간. 벌써부터 몸도 마음도 지치는 것 같았지만, 그녀의 입술에 가볍게 입을 맞추는 것으로도 부쩍 힘이 났다.

토요일 진료를 마친 기주는 또다시 서윤의 집으로 찾아왔다. 하루도 빠지지 않고 방문한 지가 어느덧 2주째였다. 그동안 형일과 미경은 어느 날은 회유로, 또 어느 날은 질책으로 두 사람의 관계를 반대했고, 또 어떤 날은 아예 방문을 걸어 잠근 채 상대도 하지 않는 것으로 의사 표현을 하기도 했다.

서윤의 집은 저녁 식사를 하려던 참이었다. 주말이라 시간을 내 친정에 온 지윤이 저녁상을 차렸고, 형일과 미경은 식탁에 앉아 있다가 기주의 얼굴을 보고 크게 한숨을 내쉬었다.

"어, 저기…… 기주 씨도 와서 앉아요."

살살 눈치를 살피던 지윤이 한 벌의 수저를 챙겨 빈자리에 놓아두며 의자를 빼주었다. 서윤도 재빨리 밥통을 열어 기주 몫의 밥을 퍼서 식탁에 올렸다.

"앉긴 어딜 앉아. 앞으로는 안 봤으면 좋겠다고 몇 번을 말했는데."

"엄마, 그렇다고 식사 시간에 온 손님을……."

지윤의 핀잔에 미경은 더 이상 토를 달지 않았다. 먹는 것에 대해서만큼은 누구에게든 베풀어야 직성이 풀리는 성격이라 어쩔 수 없었다. 집 앞에 내놓은 폐지를 주워가는 할머니도 가끔씩 불러 식사를 대접하는 사람이기에 한 가족이 될 뻔했던, 더군다나 여전히 미안한 마음이 남아 있는 기주에게는 그리 모질게 굴지 못했다.

"잘 먹겠습니다."

기주는 손을 씻고 냉큼 식탁에 와 앉았다. 그러고는 넉살 좋게 인사하며 수저를 들었다.

미경과 형일은 아무런 말도 없이, 기주와 서윤에게 눈길 한 번 주지 않은 채 밥을 먹었다. 그러면서도 미경은 고기 접시를 아주 슬쩍 기주의 앞으로 밀어놓았다.

기주는 식탁 아래로 손을 내려 옆자리에 앉은 서윤과 몰래 손을 맞잡았다. 겸상을 했다고 해서 어른들이 곧 허락할 것이라고 생각하진 않지만, 그래도 한결 마음이 누그러진 것 같아 다행이라고 위안했다.

조용한 분위기에서 식사를 마치고 기주는 서윤을 도와 설거지를 하겠다며 나섰다. 지윤이 말리기는 했지만 적극적으로 움직이는 그의 고집을 꺾지는 못했다.

서윤은 옷에 물이 튈까 봐 기주에게 앞치마를 걸어주고서 싱크대 앞에 나란히 섰다. 서윤이 수세미질을 해서 건네면 기주는 깨끗하게 물에 헹궈 식기건조대에 엎어놓았다.

미경과 지윤은 식탁에 앉아 두 사람의 뒷모습을 바라보았다. 행복하고 다정해 보이는 모습. 꽤 잘 어울리는 한 쌍이다. 대놓고 애정 행각을 벌이고 있는 건 아닌데도 깊이 사랑하는 사이라는 것이 느껴졌다. 언뜻언뜻 서로를 바라보는 눈빛에서, 사소한 것들을 챙겨주는 행동에서, 또 박대를 무릅쓰고도 매일 찾아와 불편한 기색 없이 미경과 형일을 대하는 기주의 마음에서 진심 어린 사랑을 볼 수 있었다.

하지만 아무리 그렇다고 이런 말도 안 되는 혼사를 허락할 수야 없지 않나. 결혼 생활이라는 게 사랑하는 마음만 가지고 되는 게 아닌데. 미경은 고개를 절레절레 젓고 자리에서 일어섰다. 저렇듯 알콩달콩한 두 사람의 모습을 눈에 담아봐야 마음만 더 심란해질 뿐이었다.

설거지를 마친 기주는 닫힌 안방 문 앞에 서서 내일 또 오겠다며 큰 소리로 인사했다. 그리고 서윤은 그를 배웅하기 위해 함께 집을 나섰다.

뉘엿뉘엿 해가 저물고 있었다. 한낮의 뜨거운 열기는 사라졌지만, 바람 한 점 없는 후덥지근한 날이었다. 기주는 와이셔츠 소매를 걷어붙이고 서윤의 손을 잡았다.

"우리 산책이나 할까요?"

"네."

서윤이 웃으며 고개를 끄덕였다. 후끈한 열기도 아랑곳하지 않고 두 사람은 틈 없이 찰싹 달라붙었다.

사람이 적은 한적한 길을 골라 느릿느릿 걷다 보니, 어느새 하늘은 어두워지고 가로등이 어스름한 길을 밝혀주었다.

"벌써 일 년이 넘었네. 청주에서 서윤 씨 만났을 때 한창 더운 여름이었는데."

"그러게요. 시간이 참 빠르죠?"

직접 말하지는 않았지만 행복해서, 너무 행복해서 빠르게 느껴지는 게 아닐까, 두 사람 모두 같은 생각을 했다.

기주는 서윤과 맞잡은 손을 풀어 그녀의 어깨를 감쌌다. 그리고 그녀의 손을 제 허리에 둘러주었다. 더운 날씨 탓에 끈적끈적

땀도 흐르지만 개의치 않았다.

"난 지금도 가끔 그날이 생각나요. 첫날 서윤 씨 마주쳤을 때 손에 치킨 봉지 들고 엘리베이터 안에서 혼자 중얼거리던 거."

기주가 회상하듯 고개를 들어 먼 하늘을 올려다보았다. 바로 옆에 두고도 서윤을 떠올리면 입가에 슬그머니 웃음이 달렸다.

"그거 또 놀리는 거죠?"

"아니, 놀리는 게 아니라……."

서윤이 기주를 향해 눈을 살짝 흘기고, 그는 그런 여자가 예뻐 고개를 틀어 그녀의 정수리에 입을 맞추었다.

"서윤 씨랑 만나면서부터 가끔 그날이 떠올랐어요. 우리가 그렇게 다시 만나지 않았으면 난 지금 뭘 하고 있을까. 여전히 웃을 일도 없고, 병원이랑 스포츠 클럽이나 왔다 갔다 하면서 그렇게 재미없게 살고 있지 않을까. 그런데 지금 생각해 보면, 딱히 그러고 있을 것 같진 않네."

"왜요, 더 예쁘고 멋진 여자 만나서 행복하게 잘 살고 있을 것 같아요?"

서윤이 입술을 삐죽였다. 기주는 빙긋이 웃고서 그녀의 어깨를 감은 팔에 힘을 주어 더 가까이 끌어당겼다.

"음, 거기서 서윤 씨를 만나지 않았어도 우린 언제든, 어디서든 만날 운명이 아니었을까, 그런 생각이 들어서요. 지윤 씨 덕분에 알게 된 사이지만, 그런 인연이 아니었어도 난 결국 서윤 씨를 사랑하게 되지 않았을까, 내 생각은 그래요."

기주의 말에 서윤은 걷던 발을 멈추었다. 심장 끝이 찌르르하게 떨리고, 금세 눈시울이 뜨거워졌다. 어쩌면 우린 운명이 아니었을까 하는 그의 말. 어느 곳에서, 어떤 모습으로, 그 어떤 관계로 만났더라도 사랑할 수밖에 없는 그런 운명이라는 말에 눈물을 흘리지 않을 수가 없었다.

"어허, 또 운다."

기주의 손이 그녀의 눈가로 다가가자, 서윤은 얼른 고개를 뒤로 뺐다. 그러고는 손가락으로 눈물을 찍어 닦아냈다.

"선생님이 그런 소리 하니까⋯⋯."

"왜 자꾸 선생님이래."

"그러는 선생님은요. 예전이나 지금이나 여전히 서윤 씨, 그리고 말도 안 놓으면서."

"서윤 씨를 서윤 씨라 부르지 그럼 뭐라고 불러요? 그리고 난 평생, 죽을 때까지 서윤 씨한테 존대할 건데?"

"왜요?"

"내가 사랑하는 사람이니까, 존중하는 의미에서."

기주의 대답에 서윤은 배시시 웃음이 났다. 가끔 '서윤아' 하고 다정하게 불러주었으면 하는 마음도 있었고, 왜 말을 놓지 않나 그런 생각을 하기도 했었다. 그런데 또 이렇게 감동을 주는 소리라니. 평범한 여자에서 순식간에 아주 특별한 사람이 된 것만 같았다. 서윤은 그를 올려다보다가 충동적으로 발뒤꿈치를 들어 올렸다. 그리고 그의 뺨에 입을 맞추었다.

금세 떨어져 나가는 입술이 아쉬웠는지 기주가 그대로 고개를 숙였다. 그리고 가볍게 다물어진 그녀의 입술을 가르고 혀를 밀어 넣었다.

한참이나 지속된 키스는 깊고 집요했다. 평소의 부드럽고 감미로운 키스가 아닌, 불안하고 힘든 그의 마음이 고스란히 담긴 키스였다. 설레고 흥분되기보다는 왠지 모르게 아픔이 느껴지는. 그래서 서윤은 길거리라는 걸 인식하고서도 그의 목에 팔을 감으며 짙게 화답했다.

어디선가 부스럭거리는 기척을 듣고 기주와 서윤은 화들짝 놀라며 몸을 떨어뜨렸다. 서윤은 부끄러워 차마 고개를 들지 못한 채 소리가 난 반대 방향으로 황급히 몸을 돌려 걸었다.

픽, 작게 소리 내어 웃은 기주가 그녀의 손목을 붙잡았다. 그러고는 주차되어 있는 누군가의 자동차 아래쪽을 긴 손가락으로 가리켰다.

"뭔데요?"

서윤의 작은 목소리에 대답이라도 하는 듯 야옹 하고 울음소리가 들려왔다. 그녀는 빨개진 얼굴을 손으로 가리고서 기주처럼 피식 웃어버렸다.

"그만 가보셔야 하지 않아요?"

다시 길을 걷다가 서윤이 물었다. 헤어지기는 매우 아쉽지만, 기주가 그의 부모님께도 매일 찾아가는 것을 알고 있는 터라 더 이상 붙잡고 있을 수가 없었다.

"오늘은 안 가도 돼요. 두 분 집에 안 계시거든. 어머니 머리 좀 식힐 겸 하루 바람 쐬러 가신다고 오지 말라네요."

어차피 집에 계시더라도 얼굴조차도 뵐 수 없는 상황이지만.

서윤과의 관계를 밝힌 이후로 매일 찾아가기는 했어도 계속 문전박대를 당한 터였다. 도어록 비밀번호가 바뀌어 집에 들어가 볼 수도 없었고, 밖에서 아무리 벨을 누르고 문을 두드려도 어머니는 꿈쩍도 하지 않았다. 부모 자식 간의 연을 끊고 싶지 않으면 빨리 정신 차리고, 이 말도 안 되는 관계를 당장 정리하라는 것이다. 그래도 그나마 전화는 피하지 않는 아버지가 오늘은 집에 없으니 헛수고 말라고 얘기해 준 터라 서윤과 이렇게 느긋한 시간을 보낼 수가 있었다.

"아, 혼자 집에 가기 싫다. 서윤 씨 외박시키면 난리 나겠죠?"

기주의 얼굴에 아쉬움이 가득 묻어났다. 둘이서 오붓한 시간을 지낸 지가 한참이라 서윤도 같은 마음이었다. 그녀는 그의 팔에 팔짱을 끼며 머리를 기댔다.

"내일 아침에 갈게요."

"정말?"

그녀가 고개를 끄덕이자, 기주의 입꼬리가 가늘게 늘어졌다. 지난 2주간 서윤의 집과 부모님 댁을 오가며 몸과 마음이 지칠 대로 지쳤음에도, 그녀의 약속에 힘이 불끈 솟아나는 것 같았다.

아침 일찍 잠에서 깬 서윤은 샤워를 하고 서둘러 외출 준비를 했다. 기주와 만날 생각에 그녀도 은근히 마음이 부풀어 있었다. 요즘 들어서는 매일 보는 얼굴이지만, 바늘방석 같은 자리에서 부모님께 냉대를 당하며 함께 있는 것과는 다른 오랜만의 꿀 같은 시간이었다.

서윤은 옷장을 열어 무릎을 덮는 길이의 하얀 민소매 원피스를 꺼내 입었다. 그리고 긴 머리를 하나로 단정히 묶어 올렸다.

조심스럽게 방문을 열고 나온 순간 때마침 아침 식사 준비를 하기 위해 일어난 미경과 마주쳤다. 미경은 서윤의 모습을 위아래로 훑어보더니 못마땅하다는 표정을 지었다.

"기주 군 만나러 가는 거니?"

"……네."

서윤은 잠시 뜸을 들이다가 대답했다. 천연덕스럽게 거짓말을 하는 성격이 못 되는 탓에 아니라는 말이 차마 나오지 않았다.

"혹시 너, 기주 군 집에도 들락거리고 그러는 거야?"

서윤은 입을 열지 못하고 고개를 푹 숙였다. 나이 서른이 넘었으니 집에 들락거리느냐는 엄마의 말이 무엇을 뜻하는지 모르지 않기 때문이다.

서윤에게서 대답이 나오지 않자, 그렇다는 뜻으로 알아들은 미경은 이마를 짚으며 식탁 의자에 풀썩 앉아버렸다.

"아이고, 내가 대체 전생에 무슨 죄를 지었기에 두 딸년이 다 결혼 문제로 이렇게 속을 썩이는 건지 모르겠다. 안 된다는 거 빤히 알면서, 어떻게 지들끼리 맘 맞았다고 몸을 함부로 굴려, 굴리길. 내가 너 그렇게 키웠니? 네 멋대로 하고 다니라고 그렇게 가르쳤어?"

속이 상한 마음에 미경은 독한 말을 퍼부었다. 요즘 세상에야 원나잇이니 하는 그런 것도 흔하디흔한 일이라는 걸 알면서 내 딸만큼은 결혼 전까지 얌전하고 조신하게 있을 거라고 그런 착각을 하고 사는 건 아니었다. 하지만 상대가 상대이니만큼 미경으로서는 생각하고 싶지 않은 일이었다.

"엄마! 그런 식으로 말씀하지 마세요. 마음은 그 사람한테 전부 줘버렸는데 그게 무슨 소용인데. 아무리 뭐라고 하셔도 우리 안 헤어져요. 결혼 같은 거 못 해도 난 상관없어. 하지만 절대로 헤어지진 못 해요. 못 그만둬."

서윤이 큰 소리로 외쳤다. 삼십일 년을 통틀어 엄마에게 이렇게 큰 소리를 쳐 본 건 처음이었다. 안 되는 관계라는 걸 알면서도 시작할 수밖에 없었던 마음은 왜 아무도 이해해 보려 하지 않는지.

"너 이 기지배, 뭐가 어쩌고 어째? 뭘 전부 줘? 아이고, 세상에. 너 당장 방으로 들어가! 얼른 못 들어가!"

버럭 내지르는 미경의 고함에도 불구하고 서윤은 입술을 깨물며 빠르게 거실을 지나쳐 현관으로 나아갔다. 그리고 눈앞에 보이는 운동화에 성급히 발을 꿰고 밖으로 나와 버렸다.

쉼 없이 달려온 그녀는 버스 정류장에 다다라서야 비로소 발을 멈추었다. 훅훅 가쁜 숨을 내쉬느라 잠시 허리를 굽혔다가, 눈에 확 띄는 주황색 운동화에 아차 하고 깨달았다. 입고 있는 원피스에는 전혀 어울리지 않는 신발이라는 걸. 사람들의 눈길이 자꾸만 제 발에 향하는 것 같아 부끄러웠다. 하지만 다시 집으로 돌아갈 수는 없는 일. 엄마에게 그렇게 큰 소리를 치고 나온 주제에 말이다. 서윤은 얼굴에 철판을 깔은 듯 사람들의 시선을 외면했다. 그리고 곧 다가오는 버스에 올라탔다.

서윤이 도착했을 때 기주의 집은 쥐 죽은 듯 조용했다. 평소 습관대로라면 이미 일어나 운동까지 마치고 왔을 시간인데도 그는 등을 돌린 채 침대에 누워 있었다. 처음에는 또 장난을 치려는 건가 싶었는데, 가까이 다가가서 보니 깊은 숨소리가 들려오는 것이 여전히 잠에 취해 있는 것 같았다.

많이 힘들겠지. 많이 지쳤겠지. 평소보다 조금 과했던 엄마의 말에 저는 울컥하고 말았는데, 이 사람은 모든 걸 혼자 감당하고 있으니 얼마나 힘이 들까. 제 앞에서는 태연한 척 굴지만 사실은 그렇지 않다는 걸 알고 있는 그녀였다.

서윤은 발소리를 죽여 침대 앞으로 다가갔다. 그리고 조심스럽게 이불을 들춰 그 안으로 몸을 들였다. 팔을 뻗어 넓은 등을 살며시 껴안았더니, 그새 잠이 깼는지 기주가 고개를 돌리며 몸을 뒤척였다.

"잠깐만요, 선생님. 잠깐만 이러고 있어요, 우리."

서윤의 바람대로 그는 베개에 다시 머리를 붙였다. 그러고는 제 몸을 감은 그녀의 팔을 부드럽게 쓰다듬었다.

"언제 왔어요?"

"지금요. 금방."

대답한 서윤은 그의 등에 얼굴을 묻었다. 이 사람의 목소리를 듣는 순간 엄마랑 말다툼을 하며 아팠던 마음이 눈 녹듯 사그라드는 것 같았다.

"무슨 일 있었어요?"

"아뇨, 왜요?"

티 내지 않으려고 했는데 그는 짧은 두어 마디의 대화만으로도 그녀의 상태를 금세 알아챘다.

"목소리가 좀 안 좋은 거 같은데."

기주가 다시 그녀를 향해 고개를 틀었다. 서윤은 붉은 눈시울을 들키지 않으려고 더 깊게 얼굴을 파묻었다.

"아뇨, 아니에요. 일은 무슨."

아무 일도 없다지만 대답하는 목소리가 울먹이고 있는 것 같았다. 무엇 때문인지는 묻지 않아도 빤한 일이라 기주는 그녀의 상태를 군이 확인하는 대신 손등을 토닥여 위로했다.

"아, 있어요, 일. 나 오늘 신발을 잘못 신고 나왔어요. 그래서 밖에 못 나가요. 하루 종일 집에만 있어야 할 거 같은데."

살짝 고개를 든 서윤이 간질거리는 목소리로 그의 귀에 속삭였다. 유혹의 뜻이 분명한 목소리에 눈을 가늘게 뜬 기주는 그녀를 향해 몸을 돌려 누웠다.

어느새 마음이 편해졌는지 서윤은 수줍은 얼굴로 웃고 있었다. 기주는 손가락으로 그녀의 입술을 천천히 쓸었다.

"그 말 오늘 톡톡히 책임져야 할걸요."

서윤이 고개를 끄덕이자 기주는 이불을 걷고 침대에서 몸을 일으켜 앉았다. 그리고 두 팔을 활짝 벌려 기지개를 켰다.

"난 샤워부터 해야겠다."

둘만의 공간에서 모처럼 맞이한 평안과 행복. 이 행복이 깨지지 않고 영원하면 좋으련만. 침대를 벗어나는 기주를 보며 서윤은 피식 웃어버렸다.

욕실에서 나는 물소리를 듣고서 그녀는 주방으로 향했다. 그리고 아침 준비를 위해 냉장고를 열었다가 아무것도 없이 텅 비어 있는 안을 보고 절레절레 고개를 저었다. 2주 넘게 신경을 못 썼으니 당연한 일이다. 마음 같아서는 당장 지갑을 들고 마트로 달려가야 하지만, 주황색 운동화가 그녀의 발목을 붙잡았다.

"뭐 해요?"

잠시 후 욕실에서 나온 기주가 수건으로 물기를 닦으며 다가왔다. 기주가 씻는 사이 커피를 뽑아 식탁에 멍하니 앉아 홀짝이던 서윤은 그를 보고 빙긋 웃었다.

"저 대신 마트 좀 다녀오셔야겠는데요. 냉장고가 텅 비어서 먹을 게 하나도 없어요."

"음, 배고파요?"

뭔가 마음에 들지 않는다는 듯 그의 미간이 좁혀졌다. 혼자 장을 보러 가는 건 아무래도 싫은 모양이다.

"아뇨, 전 그냥 커피면 되는데, 선생님 드실 게 없어서요."

"그럼 뭐, 이따가 시켜서 먹죠. 난 바빠서 못 나가요. 하루 종일 집에만 있겠다는 누구랑 놀아줘야 하거든."

서윤의 손에 들려 있는 머그잔을 빼앗아 식탁에 내려놓은 그가 그녀의 무릎 아래로 손을 넣어 위로 번쩍 안아 올렸다. 순간 놀란 서윤은 꺅 하는 소리를 지르며 두 팔로 그의 목을 감았다.

성큼성큼 거실을 지나친 기주는 침대 위에 서윤을 사뿐히 내려놓고 부드럽게 입을 맞췄다.

"울지 말고, 속상해하지도 말아요. 우린 늘 이렇게 함께 있을 거니까."

대답을 원하는 듯이 기주가 그윽한 눈빛으로 서윤을 내려다보았다. 가슴이 뭉클해진 그녀는 살그머니 고개를 끄덕였다.

기주의 입술이 다시 그녀의 입술을 덮었다. 그리고 그 사랑의 깊이만큼 혀가 깊숙하게 파고들었다.

두 차례 뜨겁게 사랑을 나누고서 점심이 다 되어서야 배달 음식으로 허기를 채웠다. 식사 후엔 거실 소파에 앉아 함께 영화를 보고, 주인공들의 키스 장면에서 덩달아 키스를 나누며 또 깊게 몸을 섞었다. 그러고 나니 어느덧 저녁때가 다가왔다. 집으로 돌아가야 할 시간. 두 사람 모두 한숨이 짙다.

기주는 서윤을 데려다주기 위해 함께 집을 나섰다. 그녀는 주황색 운동화를 꿰어 신으며 놀리지 말라고 그를 향해 슬쩍 눈을 흘겼지만, 그는 놀릴 생각은커녕 마음만 아팠다. 옷과는 전혀 어울리지 않는 엉뚱한 신발을 신고 나올 수밖에 없었던 이유, 아침부터 울먹였던 그 이유가 모두 저 때문인 것만 같아 미안하고 또 미안했다.

"아버님, 어머님, 저 왔습니다."

서윤의 집에 도착한 두 사람은 함께 거실에 올라섰다. 기분이 좋지 않은 듯 차를 운전하며 말 한마디 없던 기주는 언제 그랬냐는 듯 넉살 좋게 큰 소리로 외쳤다. 하지만 집 안에는 아무런 기척이 없다.

주방에는 도마 위에 몇 가지 채소가 썰다 만 채로 있었고, 현관에는 미경이 늘 신던 슬리퍼가 보이지 않았다. 서윤이 안방으로 달려가 문을 열어보았더니 그곳도 역시나 텅 비어 있었다.

"어디 슈퍼라도 가셨나? 저 옷 갈아입고 식사 준비해야 할 것 같은데, 선생님 저녁 드시고 가실래요?"

서윤이 묻자 기주는 손목시계를 한 번 쳐다보고 고개를 저었다. 서윤의 부모님이 계시다면 일부러라도 함께 앉아 밥을 먹겠지만, 오늘은 제 부모님을 찾아뵙는 일이 조금 더 급했다. 두 분이 집에 들어가시기 전에 도착해야 어떻게든 집 안으로 밀고 들어갈 수 있으니 말이다.

"오늘은 그냥 가야 할 것 같은데. 대신 내일 또 올게요."

"선생님, 다음 주엔 저도 같이 가요. 인사부터 드려야 맞는 거잖아요. 뒤에 숨어서 선생님 혼자 감당하게 하고 싶지 않아요."

"나중에요. 우리 어머니도 아직은 받아들이기 힘드신 모양이에요."

기주는 서윤의 뺨을 한 번 쓰다듬고 벗었던 신발을 다시 신었다. 지윤의 동생이 아닌 최서윤이라는 한 여자로 부모님 앞에 보이고 싶은 마음은 그도 굴뚝같지만 아직은 시기상조였다. 또한 집 안에는 들어가지도 못하고 문전박대나 당하는 주제에 서윤까지 그런 수모를 당하게 할 수는 없는 일이었다.

"집에 혼자 있어야 하는데, 괜찮겠어요?"

"선생님은, 내가 무슨 어린애도 아니고. 걱정하지 마세요."

"그래요, 그럼. 대신 문 잘 잠그고. 이따가 밤에 전화할게요."

대문 앞 차를 세워둔 곳까지 기주를 배웅하고 서윤은 다시 집 안으로 들어왔다. 그리고 반바지에 헐렁한 티셔츠로 옷을 갈아입고 나와 앞치마를 두르고 주방에 섰다.

뚝배기에 쌀뜨물이 담긴 것을 보고 된장찌개를 끓이려던 거구나 생각한 서윤은 채소를 마저 썰기 위해 칼을 들었다. 그런데 뭔가 이상하다. 꺼내놓은 지 몇 시간은 족히 지난 듯 물기 없이 말라 버린 재료들. 식사 준비를 하다가 잠시 나갔다고 보기에는 무리가 있었다.

갑작스레 마음이 불안해졌다. 다급히 휴대폰을 찾아 엄마에게 전화를 걸었지만, 전화기가 꺼져 있다는 안내음이 들려왔다. 아버지의 전화도 역시나 마찬가지. 혹시라도 무슨 일이 생긴 건 아닐까, 서윤은 심장이 덜컹 내려앉는 것 같았다.

초조한 마음을 감추지 못하고 주방을 빙빙 돌았다. 그러다가 이번에는 지윤에게 전화를 걸었다. 주말에는 집에 한 번씩 꼭 들르거나 전화라도 하던 언니였기에 만일 무슨 일이 생긴 거라면 그녀가 알고 있을 확률이 제일 컸다.

[어, 서윤아.]

"언니, 혹시 엄마랑 같이 있어?"

몇 번의 연결음 끝에 지윤의 목소리가 들려왔다. 서윤은 다급한 마음에 다짜고짜 물었다.

[아니. 나 병원이야. 시어머니 몸이 갑자기 안 좋아지셔서 어제 입원하셨거든. 근데 엄마는 왜? 무슨 일 있어?]

오히려 되돌아오는 물음에 서윤은 절망스러웠다. 정말로 무슨 일이 생긴 걸까. 불안감에 휩싸여 손톱을 이로 잘근잘근 씹었다.

"어, 그게 언니, 엄마가 연락이 안 돼. 나 밖에 나갔다가 지금 들어왔는데, 주방이 밥 하다가 급하게 나간 것처럼 어질러져 있어서. 시간도 꽤 오래된 것 같고."

[아빠는?]

"아빠도 전화 안 받으셔. 무슨 일 있는 건 아니겠지, 언니? 나 아침에 엄마랑 다투고 나갔단 말이야."

[기주 씨 때문에?]

"······응."

대답하는 서윤의 목소리가 울먹거렸다. 이럴 줄 알았다면 엄마한테 대들지 않았을 텐데. 그냥 등짝 몇 대 맞고 조용히 삭히는 건데. 아니지, 그냥 뻔뻔하게 아니라고 거짓말이라도 해야 했을까.

[어떡하지? 나 지금 가볼 수가 없는데. 일단 네가 나가서 좀 찾아봐. 엄마 자주 놀러 가는 문구점 있지? 거기랑 윤 씨 아주머니네 먼저 가보고.]

"알았어, 언니."

[서윤아, 너무 크게 걱정하지 마. 별일 없을 거야. 엄마 찾으면 전화해.]

"응."

지윤은 언니답게 차분히 서윤을 다독였다. 그럼에도 불안하고 걱정되는 마음이 가라앉은 건 아니지만.

방으로 들어간 서윤은 열쇠를 찾아 주머니에 넣었다. 그리고 휴대폰을 손에 쥔 채 바로 집을 나섰다.

"혹시 우리 엄마 여기 안 오셨어요?"

서윤은 동네를 전부 뒤지고 다녔다. 똑같은 질문만 벌써 스무 번째. 동네에 오래 살아온 만큼 이집 저집 엄마가 갈 곳은 꽤 많았다. 어릴 적에 그녀도 엄마의 손을 잡고 많이 따라다녔던 터라 기억에 있는 곳은 무조건 찾아다닌 것이다.

한 시간 반을 그렇게 돌아다녔더니 땀이 흘러 옷이며 머리가 흠뻑 젖어버렸다. 언니와도 두어 번 더 통화를 했지만 병원에서 나올 수 없는 그녀가 도움이 되지는 않았다.

한참을 헤매고 다니다가 눈앞에 보인 포장마차에서 발이 멈추었다. 아빠가 엄마와 가끔 들러 우동에 소주를 한 잔씩 하시던 곳이기에 혹시나 하는 마음에서였다.

주황색의 천막을 들추고 안을 들여다본 순간 서윤은 꽉 막혔던 가슴이 겨우 뚫리는 것 같았다. 그리고 동시에 목구멍에서 무언가가 왈칵 치밀어 올랐다.

"엄마!"

포장마차에는 우동 한 그릇을 놓고 미경 혼자 앉아 술잔을 기울이고 있었다. 그 모습에 안도감이 드는 한편 얼마나 속상하고 열이 오르던지. 서윤이 큰 목소리로 외쳤지만 미경은 눈길조차 주지 않고 빈 잔에 소주를 따랐다.

"엄마, 정말! 내가 얼마나 찾아다녔는지 알아요?"

"네 엄마 귀 안 먹었어, 이것아. 조용히 하고 와서 앉기나 해."

한숨을 푹 내쉰 서윤은 땀에 절어 꿉꿉한 몸으로 미경의 맞은편에 앉았다. 미경은 우동 한 그릇을 추가로 주문하고, 주인이 가져다준 빈 잔에 소주를 따라 서윤의 앞에 내밀었다. 그사이 서윤은 언니에게 엄마를 찾았다며 문자를 찍어 보냈다.

"휴대폰은 왜 꺼놨어요?"

"배터리 없어 꺼졌나 보지. 안 가지고 나왔어."

"그럼 아빠는."

"아침에 낚시 간다고 나갔다. 너 때문에 머릿속 복잡하다고."

"어우, 난 정말 그런 것도 모르고."

서윤은 주인이 금방 가져다 놓은 물컵을 들어 냉수를 벌컥벌컥 들이켰다. 차가운 물이 속을 훑고 내려가자 겨우 마음이 진정되는 것 같았다.

"걱정이 되긴 되던?"

"그럼 안 되겠어요? 밥 준비 하다 말고 주방에 다 어질러 두고서 나갔는데, 무슨 급한 일 생긴 건 아닌가, 혹시라도 혈압 올라 병원에 실려 간 건 아닌가, 별별 생각을 다 했다고요."

"그렇게 걱정되는 년이 엄마한테 바락바락 대들고 나가?"

"그랬으니까…… 걱정을 한 거지."

미경이 한 입에 털어 넣은 소주잔을 탁 소리가 나게 내려놓으며 눈을 흘기자, 서윤은 기가 죽어 고개를 푹 숙였다.

"나 혈압 안 높아, 이것아. 네가 기주 군이랑 결혼한다는 것보다 더 놀라 혈압 오를 일은 앞으로 없을 테니까, 쓸데없는 걱정 말아. 아침에 찌개 끓이려다가 네 아버지 낚시 간다기에 관두고 나온 거야."

"아침에 나와서 종일 뭐 했는데요? 여기는 이제야 열었을 거고."

"그냥 좀, 속 답답해서 바람 쐬고 돌아다녔지 뭐."

하지만 바람을 쐬었다 하기엔 해만 쨍쨍하니 무덥고 뜨거웠던 하루. 집에서 신는 슬리퍼에 다 늘어난 옷을 입고 어디를 헤매고 다녔을까를 생각하니 가슴이 또 울컥했다. 땡볕에 익은 듯 불그스름한 미경의 얼굴이 그제야 서윤의 눈에 띄었다.

"미안해, 엄마."

"미안하면, 관둘겨?"

미경이 소주병을 들어 빈 잔에 또 술을 가득 채웠다. 서윤은 차마 대답하지 못하고 제 앞에 있는 잔을 들어 단숨에 삼켰다.

"네들 어렸을 때 말이야, 동네에 관상 좀 본다 하는 사람이 있었거든. 그 사람이 그러더라, 작은 사위는 의사 사위를 보게 될 거라고. 그 작은 사위가 아들 노릇 톡톡히 할 테니, 나이 먹어 호강하려면 절대 반대하지 말라고. 그래서 네 언니가 기주 군이랑 결혼한다고 했을 때, 그 점쟁이 반은 맞추고 반은 못 맞췄네, 그랬거든. 작은 사위가 아니라 큰 사위가 의사라고. 하…… 근데, 그 결혼 깨지고 네가 기주 군이랑 결혼한다고 나설 줄 누가 알았겠니."

처음 들어보는 이야기에 서윤은 고개를 들어 엄마를 쳐다보았다. 기주의 말대로 어쩌면 우린 정말 운명이 아니었을까. 언제든, 어디서든 만날 운명이었던 걸까. 그런 생각에 기주에 대한 마음이 한층 더 단단해지는 그녀였다.

"그러고 보면, 그 점쟁이가 완전히 용한 사람이 맞긴 맞는 모양이다. 그럼 내가 반대를 하지 말아야 하는데……. 엄마도 기주 군 싫지 않아. 사람 반듯하고, 착하고, 집안도 좋고, 능력도 있고. 우리한테야 과분한 사람이지. 그런데 서윤아, 엄마는 늙어 호강하는 것보다 네 행복이 먼저야. 그래서 반대를 안 할 수가 없어."

"그러니까 허락해 주세요, 엄마. 나 그 사람 없이는 절대 행복할 수 없어. 언니 때 이미 겪었잖아요, 마음에 다른 사람 담아두고 하는 결혼 어떻게 되는지."

서윤은 소주잔을 들어 올리는 미경의 손을 덥석 붙잡았다. 그리고 울먹이는 목소리로 애원했다.

"서윤아, 결혼은 두 사람 마음이 맞는다고 해서 그게 다가 아닌 거야. 결혼하면 시금치에 '시' 자도 싫다는 소리가 괜히 있는 줄 알아? 조건 좋고 예쁘고 맘에 드는 며느리를 맞아도 진심으로 마음 여는 게 쉽지 않은 판에, 웬수 같은 집안 딸자식 데려다가 며느리 삼으면 아무리 예쁜 짓을 해도 그게 곱게 보이겠느냐고."

"나, 다 참아낼 수 있어요. 선생님만 옆에 있으면 괜찮아. 그리고 그분들도…… 내가 노력하면 언젠간 받아들여 주시지 않을까? 엄마, 그렇지 않을까?"

물론 집안의 반대를 무릅쓰고 하는 결혼이 마냥 행복하기만한 꽃길이라고는 생각지 않는다. 그만큼 큰 인내와 희생이 필요하다는 것도 알고 있다. 또 그런 결혼을 했던 커플들 중 다수가 난관을 이겨내지 못하고 결국엔 지쳐 이혼을 선택했다는 얘기들도 적잖이 들어왔다. 하지만 그럼에도, 그 사람이 곁에 없으면 살 수가 없을 것 같다. 밥을 먹을 수도 없고, 잠을 잘 수도, 숨을 쉴 수도 없을 것 같다. 살아 있다는 것 자체가 아무런 의미가 없을 것이다.

서윤은 의자를 움직여 엄마의 옆으로 바싹 붙어 앉았다. 그리고 두 팔로 그녀를 꼭 끌어안았다. 그런 서윤을 밀어낸 미경은 술이 오른다며 두 손으로 얼굴을 쓸었다. 하지만 그것이 흐르는 눈물을 감추기 위한 것임을 서윤은 모르지 않았다.

☂

밤이 되었음에도 불구하고 대지는 뜨거운 열기를 훅훅 내뿜었다. 기주가 본가 현관 앞 계단에 쭈그리고 앉아 부모님을 기다린 지도 어느덧 세 시간. 더위와 허기에 지쳐 몸이 땅에 달라붙을 것처럼 늘어졌다.

오늘은 이쯤에서 일어서야 하려나.

밤 열 시를 넘어선 시각이었다. 하루 이틀 내로 담판 지을 수 있는 일이 아닌 바에야 쓸데없이 기운을 빼는 건 미련한 짓에 불과할 뿐이다.

기주는 조급하게 굴지 말자고 스스로를 다독이며 몸을 일으켰다. 그런데 그 순간 덜컹 대문이 열리는 소리와 함께 성태와 혜숙이 마당 안으로 들어섰다.

"늦으셨네요."

성태와 혜숙은 기주의 목소리를 들은 척도 하지 않고 계단을 오르고, 기주는 현관문 앞에 바짝 붙어 섰다. 평소 같으면 계단을 달려 내려가 가방이라도 건네 들었겠지만, 오늘만큼은 그럴 수가 없었다. 까딱 방심했다가는 집 안에 발도 들이지 못하고 또 내쳐질 것이니 말이다.

"그 아가씨랑은 정리하고 온 거니?"

"어머니, 제발⋯⋯."

서윤과 헤어지기 전에는 코빼기도 보일 생각 말라던 어머니였다. 그러니 그녀에게는 당연한 물음이지만, 기주로서는 송곳으로 심장을 후벼 파듯 아픈 말이었다.

"일단 안으로 들어가지."

도어록을 해제한 성태가 현관문을 열고 서 있었다. 그 안으로 혜숙이 먼저 들어서고, 기주가 바로 뒤를 따라 들어갔다.

보름 만에 본 어머니의 얼굴은 퀭하니 안색이 영 좋지 않았다. 쓰러지듯 소파에 몸을 묻는 모양새가 지푸라기 빠진 허수아비처럼 힘이 없었다. 맞은편에 앉은 기주는 입술을 깨물며 고개를 숙였다. 그런 어머니의 모습을 눈에 담고서는 하고 싶은 말을 모두 쏟아낼 수가 없기 때문이다.

"그 아가씨랑 헤어질 생각으로 온 거 아니면 가봐. 앞으로도 올 필요도 없고. 난 똑같은 말 되풀이할 기운 없어. 부모 자식 연

끊고 살아도 상관없으면, 나가서 네 마음대로 해."

힘없이 주절거린 혜숙은 손으로 이마를 짚으며 눈을 감았다. 더 이상은 대화조차 싫다는 뜻이었다.

"어머니, 아버지. 제 나이 서른여섯입니다. 감정에 휘둘려서 앞뒤 구분 못 하고 떼쓰는 그런 어린애 아니에요. 서윤 씨와의 관계, 두 분이 이해 못 하실 만하다는 것도 잘 알고 있어요. 하지만 저도 그 사람과 시작하기 전에 충분히 고민하고 생각했습니다. 그런데요, 아무리 생각해도 우리가 안 될 이유는 단 한 가지뿐이었어요. 지윤 씨와의 파혼으로 인해서 그 집안이라면 무조건 배척하고 싶은 어머니 마음이요."

"뭐? 뭐가 어째? 어떻게 이유가 그것뿐이야? 다른 건 둘째 치고, 너 그 아가씨랑 형부 처제 할 뻔했던 사이야. 그런데 결혼이 말이 되니? 그게 가능하다고 생각해? 세상천지에 그렇게 남우세스러운 일이 어디 있어!"

방금 전까지도 혈기 없이 늘어져 있던 혜숙이 흥분해 벌게진 얼굴을 하고 소리쳤다. 그러고는 손과 입술을 파르르하니 떨었다.

"네, 맞습니다, 어머니. 저희 형부 처제 할 뻔했던 사이지, 형부 처제로 엮였던 관계 아니에요. 어머니도 잘 아시잖아요, 저 지윤 씨랑 그렇게 깊은 사이 아니었다는 거. 안 될 이유 없다고 생각해요."

흥분한 혜숙과는 달리 기주의 목소리는 덤덤했다. 이 결혼이 가능한지는 저 자신에게도 수백 번 던졌던 질문이었고, 또 그때마다 늘 같은 결론이었기에 그는 초연히 대답할 수 있었다.

사실 가장 큰 문제일 수도 있지만, 생각에 따라서는 아무런 문제가 되지 않을 수도 있는 일. 남들 앞에서 혼인 서약을 하고 예식을 올린 것도 아니요, 또 파혼이라는 게 이혼처럼 흔적이 남는 것도 아니었다. 더군다나 지윤과는 호감을 가지고 만났던 상대일 뿐, 그녀와 인척 관계로 맺어진다고 해도 낯부끄러울 일은 결코 없었으니까.

　"청첩장까지 찍어 돌렸는데 깊은 관계 아니었다고 그러면, 누가 그걸 믿어? 그리고, 일일이 해명이라도 하고 다닐래? 그 애랑은 깊게 사귄 거 아니었으니까, 그 동생이랑 결혼해도 상관없다고?"

　"벌써 삼 년 전 일이에요. 그 사람이 지윤 씨 동생이라고 광고하고 다닐 것도 아닌데, 누가 안다고요. 그건 심한 억지예요, 어머니."

　"입 다문다고 정말 아무도 모를 것 같니? 너 날 잡고 할머니 생신 때 그 아이 인사시킨다고 데려와서 고모, 작은아버지들 다 봤어. 그리고 결혼식 준비하면서 네 이모도 두 번은 봤고. 너 결혼식 할 때 친척들 안 부를 거야? 그 아가씨 가족으로 와 있는 지윤이 아무도 못 알아본다는 보장 있어? 너 파혼하고 있지도 않은 괴상한 소문들 돌아서 엄마 아버지 고개도 못 들고 다녔어. 그런데 이 일 알려져 봐. 남 얘기 좋아하는 사람들 얼마나 신이 나서 떠들어대겠니?"

　"어머니는 제가 행복한 것보다 남들 이목이 더 중요하세요? 제 결혼은 누구를 위한 겁니까? 어머니, 저 지금까지 두 분께 자랑스러운 아들이 되려고 많이 노력했어요. 그리고 그 기대에 한 번도 어긋난 적 없었다고 생각해요. 물론 파혼 문제로 힘드셨던 건 알지만, 어쨌든 그건 제 뜻은 아니었으니까요. 그런데요, 저…… 그렇게 살았던 시간들이 하나도 행복하지 않았어요. 전 어머니 아들이니까 늘 모범생이어야 했고, 또 아버지 아들이니까 당연히 의사가 되어야 했고요. 사실 저도 고등학생 때는 친구들이랑 어울려서 담배도 피워보고 싶고, 술도 마셔보고 싶고 그랬어요. 그렇게라도 늘 바쁜 아버지 어머니 관심도 끌어보고 싶었고요. 하지만 저는 학생들한테 존경받는 김혜숙 선생님 아들이니까, 그러다가 문제 생기면 어머니가 손가락질 받으실 테니까, 그래서 매번 꾹 참았습니다. 공부하기 싫을 때도 어머니 아들은 늘 1등이어야 했으니까 공부했고, 대학도 어려서부터 무조건 의대 가야한다고 세뇌당하듯 그랬으니까, 그래서 전 제가 뭘 하고 싶은지도 모르고 살았어요, 그동안."

"너 지금, 나랑 네 아버지가 널 불행하게 만들었다는 거니? 그 뜻이야?"

혜숙이 자리에서 벌떡 일어섰다. 혈압이 뻗쳐 올라 느긋이 앉아 있을 수가 없었다. 그러다가 이내 현기증을 느끼고는 손으로 이마를 짚으며 다시 주저앉았다.

"당신은 흥분 좀 가라앉혀. 기운도 없다던 사람이 왜 이래?"

놀란 성태가 그녀의 안색을 살폈다. 혜숙은 성가시다는 듯 힘 없는 손길로 그를 밀어냈다.

"글쎄요, 저도 잘 모르겠어요. 그렇지만 한 가지는 확실해요. 지난 삼십육 년 중에 서윤 씨 만난 후부터 지금까지가 가장 행복했다는 거요. 끝까지 반대하시겠다면 저도 억지로 허락 구하지 않겠습니다. 그 대신 다른 여자 엮어서 원치 않는 결혼 시킬 생각 마세요. 남의 집 아가씨 데려다가 평생 독수공방시킬 생각 아니시면."

기주의 목소리가 가늘게 떨리고, 눈가가 붉어졌다. 이렇게 부모님 가슴에 대못 박는 소리나 하려고 끈질기게 앉아 기다렸던 건 아니었다. 그럼에도 울컥하는 마음에 가슴속 깊이 꼭꼭 묻어두었던 말들을 꺼내고야 만 것이다.

"뭐, 뭐, 뭐야? 너 지금 그걸 말이라고 하니?"

혜숙이 또 파르르하니 흥분해 소리쳤다. 모자간의 다툼을 더이상 두고 볼 수 없던 성태는 벌떡 일어나 두 사람 사이를 가로막고 섰다.

"아, 좀! 진정하라니까! 기주 너, 그만 가. 그리고 나도 그 집이랑 사돈 맺고 싶은 생각 없으니까 가서 다시 생각해 보고, 네 뜻대로 하려거든 집에는 발 들일 생각 말아라."

단호한 말투로 승강이를 마무리 지은 성태는 혜숙을 부축해 방으로 데리고 들어갔다. 거실에 덩그러니 남겨진 기주는 두 손을 올려 붉어진 눈시울을 손바닥으로 꼭 눌렀다.

십여 분을 혼자 앉아 있다가 밖으로 나와 차에 올라탔다. 시동을 걸고 액셀러레이터를 밟아 어디론가 향하지만, 집과는 다른 방향. 딱히 목적지를 정하지 않은 채 수많은 차량들 속에 섞여 그냥 그렇게 달릴 뿐이었다.

멍하니 운전을 하다가 문득 정신이 들었을 때 기주의 차는 서윤의 동네 어귀에 들어서고 있었다. 그는 서윤의 집 앞에 주차하고 휴대폰을 꺼내 들었다. 밤 열두 시가 넘은 시각. 그녀의 방 등이 꺼져 있는 것도 확인했고, 또 몇 시간 후면 출근해야 할 사람임을 알면서도 기주는 보고 싶다는 마음을 누르지 못하고 통화 버튼을 눌러 버렸다.

[선생님?]

아직 잠들지는 않았는지 서윤의 목소리는 금세 들려왔다. 기주는 안도의 한숨을 내쉬고서 입을 열었다.

"안 자고 뭐 해요? 내 생각했나?"

[음, 글쎄요?]

그녀는 기주가 원하는 답을 바로 내어주지 않았다. 그래서 너무 늦었다는 생각에 전화로 목소리만 듣고 가려고 했던 그의 마음에 오기가 생겨 버렸다.

"잠깐 나올래요?"

[지금요? 어딘데요?]

침대에 누워 있다가 벌떡 일어난 듯 서윤의 목소리가 흔들렸다. 그리고 곧 그녀의 방에 옅은 불이 밝혀졌다.

"서윤 씨 집 앞이요."

[네? 아, 알았어요. 잠깐만 기다리세요. 금방 나갈게요.]

띠릭 하는 종료음을 듣고 기주는 귀에 댄 휴대폰을 내렸다. 그리고 고개를 돌려 그녀의 집 대문을 바라보았다.

잠시 후 아주 천천히 문이 열렸다. 그리고 그 사이로 서윤이 몸을 움츠린 채 빠져나왔다. 걸음 소리가 마당을 지나 집 안까지 들리는 건 아닐 텐데도, 그녀는 살금살금 도둑고양이 같은 걸음으로 그의 차가 서 있는 곳까지 다가왔다.

"선생님, 이 시간에 웬일이에요?"

차에 올라탄 서윤은 눈을 동그랗게 뜨고 물었다. 화장기 없는 발그레한 뺨, 그리고 급히 묶고 나온 듯 몇 올의 머리카락이 삐져나온 것을 보니 자려고 누워 있었던 건 맞는 모양이었다.

"그냥. 보고 싶어서요."

기주가 대답하고서 서윤을 향해 얕게 미소 지었다. 하지만 그 웃는 얼굴이 서윤의 눈에는 슬퍼 보이기만 했다.

"어른들 뵙고 오신 거예요?"

서윤이 조심스럽게 묻자 기주는 고개를 끄덕였다. 그러고는 곧장 몸을 기울여 그녀의 어깨에 턱을 걸고 눈을 감았다.

"나…… 위로 좀 해줄래요?"

기주가 낮게 중얼거렸다. 이런 말이 서윤을 아프고 힘들게 한다는 걸 알지만 기주는 애써 괜찮은 듯 포장하지 않았다. 오늘만큼은, 지금 이 순간만큼은 있는 그대로 약한 모습까지 모두 내보이고 지친 몸과 마음을 그녀에게 위로받고 싶었다.

서윤은 두 팔을 기주의 등에 둘렀다. 그리고 이유는 묻지 않은 채 그가 저에게 해주었던 것처럼 가볍게 토닥거렸다. 엄마와 다투고 힘들었던 마음이 별것 아닌 이 손짓으로 크게 위로가 되었던 것처럼, 이 사람의 마음도 어루만져 줄 수 있으면 좋겠다는 그런 생각을 했다.

"나, 인사드리겠다고 고집부리지 않을게요. 천천히 해요, 우리."

기주는 소리 없이 또 고개만 끄덕였다. 그러고는 그도 팔을 올려 그녀를 안았다.

두 사람은 그렇게 서로를 감싸 안은 채 한참 동안 말없이 앉아 있었다. 그러다가 기주의 배 속에서 나는 꼬르륵 소리를 듣고 서윤은 낮은 한숨을 내쉬었다. 그녀는 그에게서 몸을 떼었다.

"요 앞에 포장마차 있어요. 우동이라도 드실래요?"

기주가 뒷목을 긁적이며 멋쩍게 웃었다. 서윤의 위로가 꽤 효과가 있었는지 아픈 마음이 달래지고 나니 비로소 허기가 몰려왔다.

차에서 내린 서윤은 기주의 팔에 팔짱을 끼웠다. 그리고 바짝 몸을 붙였다. 그렇게 걷다 보니 금세 포장마차가 눈에 들어왔다. 주황색의 천막을 걷고 안에 들어선 서윤은 플라스틱 의자를 빼서 앉으며 우동 두 그릇을 주문했다.

잠시 후 주인아주머니가 푸짐하게 그릇을 채운 우동 한 그릇을 기주 앞에 내려놓았다. 그리고 젓가락도 하나만 놓아주었다.

"또 먹으면 살쪄."

서윤에게 투박한 한마디를 툭 내뱉은 아주머니는 고개를 돌려 기주를 쳐다보았다. 그러더니 다시 서윤에게로 시선을 돌렸다.

"이 총각이 그 의사 선생?"

아주머니의 말에 서윤은 헉하고 숨을 멈췄다. 엄마와 앉아 있을 때는 알은척 한 번 하지 않고 묵묵히 일만 하시더니, 이야기는 모두 귀에 담았던 모양이다. 서윤은 저도 모르게 검지를 입술에 가져다 댔다. 저녁에 있었던 일을 비밀로 해달라는 나름의 신호였다.

하지만 그 신호를 먼저 본 건 아주머니가 아닌 기주였다. 그와 눈이 마주친 서윤은 다른 손으로 입술에 붙은 제 손가락을 슬그머니 붙잡아 내렸다.

"아, 술 마셔서 빨간 거였구나."

다른 때보다 유난히 발그스름해 보이는 서윤의 뺨이 그제야 이해된 기주는 젓가락으로 우동 면발을 건지며 고개를 끄덕거렸다. 괜히 부끄러워진 서윤은 두 손으로 뺨을 감쌌다. 겨우 세 잔 마셨을 뿐인데, 그는 귀신같이 눈치를 챘다.

그릇을 비운 기주가 지갑을 꺼냈다. 그러자 아주머니는 됐다며 손사래를 쳤다.

"이 늦은 시각까지 고생하시는데 제가 어떻게 공짜로 먹겠습니까. 어서 받으세요."

"아, 됐다니께. 어여 가. 밥 굶고 다니지 말고 기운 내고. 예쁜 색시 놓치지 말고."

서로를 끌어안은 채 눈물 콧물 다 빼고서, 싸워도 먹고 싸우자며 소주에 우동을 남김없이 먹고 간 모녀의 사연이 아주머니는 매우 인상 깊었던 모양이다.

아주머니는 주름이 자글자글한 거친 손으로 기주의 등을 툭툭 두들겼다. 그러고는 집에 들어가야겠다며 두 사람을 밀어냈다.

"감사히 잘 먹었습니다."

한사코 고집을 부릴 수 없어 지갑을 다시 넣은 기주는 깍듯이 인사하며 아주머니의 투박한 손을 꼭 쥐었다가 놓았다. 부모님으로 인해 아프고 힘들었던 밤이지만 의외의 이에게서 받은 위로가 적잖이 힘이 된 터라 고맙다는 표현이었다.

퇴근 무렵 서윤은 바짝 애가 닳아 있었다. 기주에게 몇 번이나 문자를 보내고 전화를 걸었음에도 연락이 닿지 않는 탓이다.

무슨 일이 생긴 건 아닐까, 걱정이 되고 마음이 조마조마했다. 최근 들어 그와 부모님의 사이가 심하게 틀어진 상태라 작은 일도 무심히 넘길 수가 없었다.

기주의 병원은 오늘부터 하계휴가에 들어갔다. 하지만 휴가가 없는 서윤은 그와 함께 시간을 보낼 수가 없었고, 그로 인해 기주는 며칠 전 어린애처럼 골을 냈었다. 공식적으로야 서윤도 생리휴가나 월차의 사용이 가능하지만, 입사한 지 얼마 되지도 않은 그녀가 휴가계를 올릴 분위기는 아니었다. 그래서 정시에 퇴근해 오랜만에 밖에서 데이트를 하려고 계획을 세웠는데, 어찌된 일인지 열 번이나 전화를 했는데도 그의 목소리는 들을 수가 없었던 것이다.

가방을 챙겨 들고 나온 서윤은 기주의 아파트로 갈까 하다가 생각을 바꿔 제집으로 향했다. 부모님이 알게 된 이후로는 하루도 빠짐없이 그녀의 집에 들러 얼굴을 비추고 갔던 사람이라 그쪽이 더 엇갈리지 않을 확률도 높았다.

기주에 대한 걱정을 가득 안고 집에 도착한 서윤은 아주 기가막힌 광경을 목격하고는 혀를 차지 않을 수 없었다. 주방에서 분주히 움직이는 미경과, 그 옆 식탁에 등을 보인 채 앉아 무언가에 집중하고 있는 기주 때문이었다. 미경이야 한창 저녁 준비를 할 시간이라 당연한 모습이지만, 이 남자는 대체 왜 이러고 있는 건지 알 수가 없다.

서윤은 집에 오는 내내 걱정했던 마음을 그제야 내려놓았다. 하지만 그와 동시에 은근히 약이 오르기도 했다.

"선생님, 여기서 뭐 하고 계세요?"

서윤의 목소리에 기주가 고개를 들었다. 그러더니 씩 웃으며 두 손을 올려 그녀의 앞에 내보였다.

"보시다시피."

한 손에는 멸치 몸통, 그리고 또 한 손에는 멸치 대가리. 그는 말 대신 직접 보여주는 것으로 대답을 대신했다.

"제가 몇 번이나 전화했는지 아세요?"

"아 참, 휴대폰. 거실에 뒀나?"

그제야 두리번거리며 전화기를 찾는 기주의 모습에 서윤은 기가 찼다. 집에 와 있을 거면 연락이라도 미리 해주던지 할 것이지. 둘만의 오붓한 데이트 기회를 놓쳤다는 걸 이 사람은 알고 있기나 한 걸까?

"저 옷 갈아입고 나올게요."

서윤이 볼멘 투로 얘기하고서 쿵쿵 거실을 지나 방으로 들어갔다. 그러자 기주는 미경의 눈치를 슬쩍 살피다가 자리에서 일어나 서윤을 뒤따라갔다.

"언제 온 거예요?"

가방을 책상 위에 내려놓은 서윤이 기주의 발소리를 듣고 돌아보지도 않은 채 물었다. 목소리에 가시가 섞여 있다는 걸 느낀 기주는 뒤에 서서 그녀의 허리에 슬그머니 팔을 둘러 안았다.

"오전에요. 집에 혼자 있으니까 심심해서. 어머니랑 나가서 점심도 먹고, 같이 시장도 다녀왔어요. 시장에 어머니 아시는 분들이 사위냐고 물으시는데, 어머니 대답은 없으셔도 아니라고 부정도 안 하시던데요?"

"정말요? 정말 엄마가 선생님 데리고 시장에 갔었다고요?"

놀란 서윤이 뒤로 홱 고개를 돌렸다. 겨우 시장 한 번 데려간 게 무슨 대수냐고 할지 모르겠지만 서윤의 집에서는 매우 특별한 일이기 때문이다.

미경과 형일은 서윤이 태어나기 전, 그러니까 두 사람이 결혼하고 신혼 무렵부터 이 동네에 터를 잡고 살았다. 그러니 햇수로는 삼십오 년이나 된 일이다. 그리고 시장에서 오래 장사를 한 사람들은 일주일에 네댓 번씩 시장에 들락거리는 미경을 모르려야 모를 수가 없었다. 가끔 서윤이나 지윤이 따라나설 때에도, 보는 눈이 많다며 후줄근한 차림으로는 나서지 못하게 하는 사람이 바로 미경이었다.

"데려갔다고 말하기는 좀 그렇고, 내가 그냥 따라나선 거예요, 억지로. 배고프다고 시원한 냉면 사달라고 했더니, 돈도 잘 벌면서 사달란다고 눈도 흘기시던데?"

기주의 말에 서윤은 풉 웃음을 터뜨렸다. 어쩌면 지윤과 결혼한다고 나섰을 때 이미 겪어보아서 잘 알고 있는 것인지도 모르지만, 미경을 대하는 기주의 태도는 과히 수준급이었다. 이런 경우 대부분은 점심을 사드리겠다고 할 테지만, 그랬다면 미경에게 퇴짜를 맞았을 것이 틀림없었다.

"아까 내가 전화 안 받아서 화났던 거예요?"

서윤의 얼굴이 풀어진 것을 보고 기주가 물었다. 순간 서윤은 그에게 미안한 마음이 들었다. 이 사람이 그렇게까지 노력한 것을 모르고서 괜한 일에 심술을 낸 것이다. 최근 들어 그를 대하는 엄마의 태도가 많이 달라지기는 했지만, 그래도 종일 함께 있는 건 쉬운 일이 아니었을 텐데.

"난 그런 것도 모르고. 사실은 무슨 일이 있는 거 아닌가, 걱정했었거든요. 그래서 얼굴 보는 순간 그냥 좀 그랬어요. 미안해요."

몸을 뗀 기주가 서윤과 마주 보도록 그녀를 돌려세웠다. 그러고는 입술에 가볍게 입을 맞췄다. 마음 같아서는 덥석 안아 침대에 눕히고 진하게 키스를 퍼붓고 싶지만, 방문을 열어놓은 상태라 욕심을 부릴 수도 없는 처지였다.

"멸치 똥 따다 말고 뭐 해!"

주방에서 미경의 목소리가 날카롭게 들려왔다. 두 사람의 만남을 묵인하고 있는 그녀였지만, 한방에 같이 있는 건 여전히 신경이 쓰이는 모양이었다.

하긴, 지금 정도만 하더라도 서윤에게는 매우 감지덕지한 일 아닌가. 포장마차에서 한바탕 울고불고했던 후로, 미경은 서윤에게 기주와의 만남을 정리하라거나 하는 닦달을 하지 않았다. 그리고 매일 제집처럼 드나드는 그에게도 아무 말 없이 식탁 한 자리를 내준 것이다. 또 저녁 식사 시간이 그의 퇴근 시간에 맞추어 삼십여 분 늦어졌고, 밥상에도 당연하다는 듯 네 벌의 수저가 놓여졌다. 그리고 아버지가 좋아하는 음식 위주로 차려졌던 식탁이 기주가 잘 먹는 것들로 조금씩 바뀌어가고 있다는 것. 그것 또한 변화의 증거이기도 했다. 그렇다고 해서 함께 식사하며 살갑게 대화를 한다거나, 다정하게 눈길을 준다거나 하는 일은 없었다. 그러니 결론적으로 반허락을 받은 셈이라고 해야 할까? 기주의 집에서 두 사람의 관계를 허락하고 나선다면, 이쪽도 굳이 반대할 일은 없어 보였다.

"예, 나갑니다, 어머니!"

기주가 큰 소리로 대답하고서 서윤에게 다시 한 번 재빠르게 입을 맞췄다. 그리고 몸을 돌려 곧바로 방을 빠져나갔다.

☂

작은 아버지의 회갑으로 친척들이 모두 한자리에 모였다. 그 자리에서 기주는 어머니의 얼굴을 몇 달 만에야 겨우 마주했다. 지난번 큰 다툼이 일었던 후로 여름과 가을이 지나가고, 어느새 해를 얼마 남겨놓지 않은 겨울이 되어 있었다.

"기주 나이가 지금 몇이지?"

"서른여섯입니다."

"어이구, 올해도 다 갔는데. 그러다가 마흔 금방이야. 빨리 장가가야지. 나이만 먹어 어쩌려고."

왜 또 그 얘기가 안 나오나 했다. 식사가 끝나고 다과를 즐기다가 작은아버지가 입을 열고, 뒤이어 사람들의 시선이 모두 기주에게로 쏟아졌다.

"선이라도 봐야 하지 않나? 요새는 결혼정보회사 그런 데서 만나는 사람도 꽤 있는 것 같던데. 기주 정도 능력에 인물이면 그래도 만나겠다는 여자가 아직 줄을 설 텐데."

"돈 버는 능력 말고 다른 능력이 딸리나 보죠, 뭐. 그러니까 파혼당하고 여태 여자 하나를 못 사귀었지."

기주와 동갑내기 사촌인 동주였다. 학생 시절 모범생이었던 기주와 비교당하며 늘 기죽어 살았던 녀석이라 그런지, 그의 파혼

이후로는 그것을 약점 잡아 이런 식으로 비아냥거리곤 했다. 그 때문에 어른들에게 질타도 받았지만, 그동안 쌓인 감정이 많은 탓에 여전히 같은 태도를 고수하는 녀석이었다.

"그건 동주 네가 걱정할 일이 아니지 않냐?"

기주는 픽 가벼운 웃음을 지으며 대꾸했다. 상대해 봐야 별로 효율적이지 못한 일이었다. 그 대신 기주는 어른들이 모여 앉아 계신 쪽으로 고개를 돌렸다.

"저 만나는 사람 있습니다. 제 결혼은 제가 알아서 할 테니까 걱정들 마세요."

"너……."

기주의 말에 지금껏 눈길 한 번 주지 않던 혜숙이 고개를 홱 들었다. 그녀는 화르르 끓어오르는 얼굴로 말을 꺼내려다가 친척들의 시선이 집중되자 이내 입을 다물어 버렸다. 이곳에서 기주와 말싸움이 붙었다가 자칫 그 망신스러운 일이 알려질까 걱정이 되어서였다.

"어머, 형님! 그럼 진작 서두르지 그러셨어요. 해 넘기기 전에 했으면 좋았을 텐데. 이제 며칠 남지도 않아서 올해 안엔 힘들겠네."

"어떤 아가씬데요? 언니도 봤어요?"

작은어머니와 고모가 혜숙의 심정을 눈치채지 못하고 반색하며 물었다. 혜숙은 푸르락누르락한 얼굴빛으로 자리에서 벌떡 일어섰다.

"난 바쁜 일이 있어 그만 가봐야겠어요. 당신도 어서 일어나요. 그리고 기주 너도 따라와. 집에 가서 나 좀 보자."

혜숙에게서 크게 불편한 기색을 느꼈는지 사람들은 입을 다물고서 서로 눈치만 살폈다. 혜숙은 코트와 가방을 챙겨들고서 재빨리 그곳을 빠져나왔다.

"너 미쳤니? 친척들 앞에서 그 애 얘기가 하고 싶어? 엄마 말은 이제 말 같지도 않아?"

집에 도착한 혜숙은 기주가 뒤따라 들어서자마자 크게 소리쳤다. 차를 타고 집에 오는 동안에도 화를 삭이지 못한 탓이었다.

"그렇게라도 안 했으면, 제가 이 집에 발이라도 들일 수 있었겠어요? 어머니는 어머니 체면만 중요하시죠. 제 마음 이해해 보려는 노력은 단 한 번이라도 해보신 적 있으세요?"

"뭐가 어째? 내가 네 마음을 왜 이해해. 어떻게 이해해! 말 같은 소리를 해야 이해를 해도 할 거 아냐!"

"이봐, 당신 진정 좀 하라고! 가뜩이나 요새 몸도 안 좋은 사람이 왜 이래?"

버럭버럭 소리를 지르는 혜숙을 성태가 나무라며 팔을 잡아 소파에 앉혔다. 하지만 그녀는 다시 벌떡 일어서며 손부채질로 끓어오르는 열을 식혔다.

"내가 지금 진정하게 생겼어요?"

"어머니, 무조건 그렇게 반대만 하지 마시고요. 제발 서윤 씨 딱 한 번만 만나봐 주시면 안 되시겠어요?"

"내가 그 아일 안 봐 이러니? 상견례 때도 봤고, 너 지윤이랑 결혼 준비하면서도 한 번 봤잖아. 그런데, 그 아이가 뭐가 그렇게 특별해서! 뭘 그리 대단한 아이라고 부모 가슴에 대못을 박으면서까지 이래!"

"그렇게 말고요. 지윤 씨 동생으로 말고, 그냥 아들이 좋아하는 여자가 어떤 사람인지 그 자체로 한 번만 봐주세요. 서윤 씨 이름, 얼굴, 그리고 지윤 씨 동생이라는 것 외에 그 사람에 대해 아는 거 전혀 없으시잖아요, 예?"

"싫어, 무조건 싫어. 지구 상에 여자가 그 아이 하나뿐이어도 나는 너 그 아이랑 결혼 못 시켜! 차라리 그냥 평생 혼자 살아, 이 녀석아!"

애걸하듯 간절한 아들의 목소리에도 혜숙은 손톱만큼의 물러섬도 없이 역정만 내고서 방으로 들어가 버렸다. 방문이 꽝! 하고 큰 소리를 내며 닫혔다. 혜숙과 기주 사이, 굳게 닫힌 문이 두 사람 사이의 영원한 단절을 알리는 것만 같았다.

"드릴 말씀이 있습니다."

평소와 같이 서윤의 집에서 저녁 식사를 마친 후였다. 그녀와 함께 설거지를 끝낸 기주는 주방에서 나와 미경과 형일의 앞에 무릎을 꿇고 앉았다. 기주에게서 사전에 아무런 언질을 받지 못한 터라 서윤도 영문을 알 수 없었지만, 그래도 그녀는 같은 자세로 옆에 자리를 잡았다.

미경은 과일을 깎던 손을 멈추고 기주를 쳐다보았다. 잔뜩 긴장하고 있는 듯한 얼굴 표정을 보니 쉬운 얘기가 아님은 분명해 보였다.

"아버님, 어머님, 저 서윤 씨와 결혼하고 싶습니다. 부디 허락해 주셨으면 합니다."

놀란 서윤이 휘둥그레진 눈으로 기주를 바라보았다. 하지만 형일과 미경은 예상했다는 듯 무겁게 한숨만 내뱉었다. 기주의 얼굴을 빤히 쳐다보던 형일이 먼저 입을 열었다.

"부모님께 허락은 받았는가?"

"죄송합니다. 그건…… 아무래도 어려울 것 같습니다. 그래서 어머님, 아버님 두 분만 모시고 조촐하게 식 올렸으면 합니다."

기주가 차마 고개를 들지 못하고서 대답했다. 며칠 전 작은아버지 생신에 있었던 일로 허락은커녕 어머니와의 관계만 훨씬 악화됐을 뿐이다. 그래서 고민에 고민을 거듭한 끝에 내린 결론. 이대로는 몇 년이 걸릴지 모르는 일이라 한쪽에서 어쩔 수 없이 포기해야 할 상황을 만들어 버리는 게 차라리 낫겠다는 생각이었다.

미경과 형일은 한동안 입을 꼭 다물고서 침울한 표정으로 앉아 있었다. 그리고 기주와 서윤은 고개를 숙인 채 부모님의 대답을 기다렸다.

기주는 입이 바짝 마르고 목이 탔다. 비록 서윤과의 만남을 묵인하고 있던 분들이지만, 한쪽에서 인정받지 못한 결혼을 흔쾌히 승낙할 부모는 없기에 긴장이 되는 것은 당연했다.

"난…… 못 하겠네. 당신이 얘기해요."

미경이 한참 만에야 입을 뗐다. 그녀는 형일을 향해 중얼거리고서 자리에서 일어섰다. 그러고는 비척비척 걸어 방 안으로 모습을 감추었다.

미경의 뒷모습을 바라보고 있던 형일은 안방 문이 완전히 닫히고서야 고개를 돌렸다. 그리고 서윤과 기주를 응시했다.

"네들 만나는 거 지켜보면서 네 엄마랑 나 그동안 많이 고민하고, 얘기도 많이 해봤다. 그러면서 이런 상황 예상 못 했다면 그건 거짓말일 테고. 그리고 또 기주 군 나이도 있으니까 이렇게 계속 지내는 것도 무리긴 무리겠지. 너희 둘, 유난히 정이 깊다는 건 나도 안다. 그래서 안 된다고는 말 못 해. 네들 찢어놓고 눈물 나게 하면 우리 눈에서는 피눈물 날 테니까. 그래서 말인데…… 살아, 같이 살아."

"아빠……."

"감사합니다! 감사합니다, 아버님!"

형일의 말에 서윤은 눈물을 글썽였다. 그리고 기주는 커다란 목소리로 인사하며, 절을 하듯 넙죽 허리를 굽혔다. 이토록 쉽게 허락이 떨어질 거라고는 예상치 못했기에 대답을 하면서도 얼떨떨할 정도였다.

"내 얘기 아직 안 끝났네."

성급한 기주의 대답에 일침을 놓은 형일은 입이 마른 탓에 찻잔을 들어 올렸다. 그리고는 단숨에 벌컥 들이켰다. 아직 식지 않은 뜨거운 찻물이 식도를 훑고 내려갔다. 그는 눈살을 한 번 찌푸리고서 또다시 깊은 한숨을 내쉬었다.

"예, 죄송합니다. 말씀하세요, 아버님."

형일의 나무라는 말투에도 기주는 길어지는 입꼬리를 단속하지 못했다. 그는 슬그머니 팔을 뻗어 서윤의 손을 꼭 붙잡았다. 비록 제 부모님께는 인정받지 못한 결혼이지만, 그래도 남은 생을 사랑하는 사람과 함께 보낼 수 있다는 생각에 가슴이 벅차올랐다.

"……같이 사는 건 허락하겠는데, 대신 결혼식은 생략하세.

자네 쪽 부모님이랑 일가친척 없는 자리에 우리가 무슨 좋은 일이라고 나서겠나."

잠시 머뭇거리던 형일이 말을 이었다. 그러자 방금 전까지도 기쁨을 감추지 못했던 기주의 얼굴이 일순간에 굳어져 버렸다.

"그리고 이 일로 우리는 자네 집안에 또 죄를 짓는 셈이네. 그래서 말인데…… 자네 부모님 마음 여실 때까지는 자네도 서윤이도 이 집에 발걸음 하지 말게."

말을 마친 형일은 자리에서 벌떡 일어섰다. 그리고 곧바로 몸을 돌렸다. 기주와 서윤의 얼굴을 차마 마주할 수 없었기 때문이다. 일찌감치 방으로 달아나 버린 아내가 이해는 되면서도 참으로 야속한 순간이었다.

"아빠!"

"아버님."

뜻밖의 말에 놀란 기주와 서윤은 냉큼 형일의 다리를 붙잡고 매달렸다. 허락인 줄 알았는데 결론은 허락의 말이 아니었다.

"사실 그렇지 않은가. 자네 지금 서윤이 데리고 살겠다고 자네 부모님과 연까지 끊길 마당인데, 죄지은 우리가 어떻게 욕심부릴 거 다 부리고 살겠어. 힘들게 키워놓은 아들자식 빼앗아오는 거나 마찬가진데. 그러면 안 되지 않겠나?"

"그래도 아버님, 꼭 그렇게까지……."

기주는 목이 메어 말을 끝까지 잇지 못했다. 왈칵 쏟아질 것 같은 눈물을 참기 위해 입술을 꼭 깨물었다.

"자네, 허락 안 하신다고 부모님 원망하지 말게. 이건 누가 봐도 안 되는 혼사야. 당연하신 일이지. 우리가 애초에 독하게 마음먹고 두 사람 떼어놨어야 하는 건데, 내가 모질지 못해서 결국 일이 이렇게 됐네."

형일이 고개를 슬쩍 틀어 두 사람을 바라보았다. 기주는 벌게진 눈으로 저를 올려다보았고, 서윤은 줄줄 눈물을 흘리고 있었다. 그런 자식들의 모습을 눈에 담고 있으려니 가슴이 아파 그의 눈시울도 붉어졌다.

"아빠, 제발⋯⋯. 이런 게 어디 있어요. 나 안 보고 살겠다고? 어떻게, 어떻게 그래? 아빠 정말 그럴 수 있어요?"

"서윤이 짐은 둘이 얘기해서 알아서 옮겨가도록 해."

바짓가랑이를 붙들며 애원하는 서윤을 떼어내고, 형일은 성큼 발을 놀려 안방으로 들어가 버렸다.

망연자실한 표정으로 앉아 있던 기주는 이내 팔을 뻗어 서윤을 끌어안았다. 그녀는 그의 따뜻한 품에 얼굴을 묻고서 엉엉 소리를 내어 울어버렸다.

서윤의 눈물이 멈춘 건 그로부터 한참이나 지나서였다. 방으로 들어가 버린 부모님은 그 후로 아무런 기척이 없었다.

기주는 서윤을 데리고 자리에서 일어섰다. 얼마나 울었는지 그녀의 눈과 얼굴이 시뻘겋게 물들어 있었다. 그는 코트를 집어 들고서 서윤의 손을 잡고 집을 나섰다.

유난히 추운 밤. 허연 입김이 둥그런 달을 향해 날아올랐다. 급격한 기온 차에 서윤이 몸을 떨자, 기주는 그녀의 어깨 위에 커다란 코트를 덮어주었다.

"우리 잠깐 얘기 좀 해요."

그가 손을 뻗어 서윤의 뺨을 부드럽게 쓰다듬었다. 그의 목소리는 어느새 평정을 되찾은 듯싶지만, 벌건 눈시울 때문인지 얼굴은 여전히 슬퍼 보였다.

서윤이 고개를 끄덕이자, 그가 앞서 대문을 빠져나갔다. 그리고 집 앞에 세워진 검정 세단의 문을 열어 그녀가 올라타기를 기다렸다.

차에 오르자마자 기주는 시동을 걸고 히터를 올렸다. 따뜻한 곳으로 자리를 옮길까 했지만, 단둘이 조용하게 이야기할 공간이 더 절실했던 터라 이내 생각을 접어버렸다.

어느새 차 안 공기가 훈훈하게 데워지고, 기주는 재킷 주머니에서 작은 상자를 꺼냈다. 뚜껑을 열자 크기가 다른 두 개의 반지가 반짝이며 빛을 내고 있었다.

"멋지게 청혼하면서 주고 싶었는데, 결혼까지는…… 우리 욕심이 너무 컸나 봐요. 아버님 어머님 입장에서는 이 방법이 최선이실 거예요. 그러니까……."

기주의 눈가가 다시 붉어졌다. 그는 눈물을 참아내며 애써 입가에 미소를 올렸다.

두 개의 반지 중 크기가 작은 반지를 집어 든 기주는 서윤의 손을 잡아 약지에 끼워주었다.

"선생님……."

코끝이 찡하고 눈물이 핑 돌았다. 서윤은 제 손가락에 끼워진 반지를 만지작거리며 그를 바라보았다.

안타깝고 미안하다. 반지를 고르고, 어떤 방법으로 청혼할까 고민했던 남자를 웃게 해줄 수가 없어서. 행복하게 해줄 수가 없어서.

"우리 그냥 이렇게 지내요. 보고 싶을 때 보고, 목소리 듣고 싶을 땐 전화하고, 지금처럼. 그 대신…… 끝까지 마음 변하지 말고, 힘들어 하지도 말고, 또 지치지도 말고. 그럴 수 있죠?"

결혼을 위해 서윤마저 부모님과의 연을 끊는 건 기주가 바라는 일이 아니었다. 그렇게까지 고집을 부려 감행한 결혼이 결코 행복할 수 없으리라는 걸 알기 때문이다. 어머니 아버지의 승낙을 얻지 못한 채 반지를 고르고, 어떻게 청혼을 할까 고민하는 동안 그는 전혀 행복하지 않았다. 여느 남자들이 프러포즈를 준비하며 느끼는 그런 설렘과 기쁨이 아닌 죄책감이 요 며칠 그를 힘겹게 만든 탓이다. 하물며 서윤까지 부모님과 그런 관계가 된다면 그런 결혼이 무슨 소용일까. 그래서 기주는 그녀와의 사랑을 지키기 위해 결혼 대신 마침표 없는 연애를 선택할 수밖에 없었다.

왜 남들처럼 평범하게 결혼을 하고, 예쁜 아이를 낳아 기르는 그런 행복을 누릴 수 없는 거냐고 원망하고 싶은 마음은 없다. 사랑에는 책임과 희생이 따르는 법이니까. 남들보다 조금 어렵고 조금 특별한 사랑을 선택한 만큼, 그들보다 조금 더 큰 희생이 필요한 것이라고 그렇게 스스로를 위안할 뿐이다.

눈가에 눈물을 매단 채로 천천히 고개를 끄덕이는 서윤을 기주가 당겨 품에 안았다. 힘겹고 아프지만, 함께 있어 외롭지 않은 밤이었고, 함께 있어 결코 춥지 않은 겨울이었다.

9. 함께할 수 있어 가슴이 더 뜨거워지는

기주가 신부대기실에 들어서자 해인이 환하게 웃으며 손을 흔들었다. 노출이 과하지 않은 홀터넥의 웨딩드레스에 하얀 작약 부케를 든 그녀는 서른여덟이라는 나이가 믿기지 않을 만큼 아름답고 화사했다.

카메라 플래시가 터질 때마다 해인은 입꼬리를 늘여 웃었지만, 기주는 그녀가 긴장하고 있다는 것을 확연히 느낄 수가 있었다.

"정해인, 축하한다. 어때, 행복하냐?"

"응, 완전."

기주가 다가서자 바짝 굳어 있던 해인의 얼굴이 비로소 풀어졌다. 그녀는 답지 않게 수줍은 미소를 지었다.

"그러게, 민석이 속 좀 어지간히 썩이지 그랬어."

민석이 청주로 내려가고 얼마 지나지 않아 두 사람은 연애를 시작한 듯 보였다. 하지만 해인은 민석에게 곁을 완전히 내어주지 않았고, 그 탓에 민석은 엄청나게 속을 끓여댔다. 시시때때로 서울에 올라와 기주를 붙잡고 하소연을 하며, 죽을 만큼 술을 퍼마시고 간 게 족히 열 번도 넘을 것이다. 그런 두 사람이 그때부터 꼬박 이 년이 지난 지금에서야 겨우 결실을 맺는 것이다.

"기주 넌 어때?"

"뭐, 나도 좋아. 우리 사랑도 여전히 건재하고, 우리 어머니 고집도 여전히 건재하고. 그래도 행복해."

해인이 질문을 되돌리자 기주는 밝게 웃으며 어깨를 으쓱였다. 이렇게 결혼식이나 돌잔치에 참석할 때마다 부러운 마음이 들지 않는다면, 그건 분명 거짓이다. 서윤과 부부라는 이름으로 살지 못하는 것이 안타깝고 아쉬운 건 당연했다. 하지만 여전히 그녀가 곁에 있다는 사실에 그는 늘 감사했고, 또 여전히 식지 않는 뜨거운 사랑에 행복했다.

"서윤 씨는? 같이 안 왔어?"

"어, 화장실 갔어. 곧 올 거야."

기주의 말이 끝나기 무섭게 서윤이 신부대기실 안으로 들어왔다. 그런데 어찌 된 일인지 곱게 차려입은 스커트가 흠뻑 젖은 채였다.

"언니, 축하해요."

"그래, 고마워."

서윤이 축하 인사를 건네며 가까이 다가왔다. 지난 이 년 동안 기주와 여러 번 함께 만난 터라 어느새 언니라는 호칭이 자연스러워진 사이였다.

"어! 서윤 씨 옷이 왜 이래요? 다 젖어버렸네."

서윤과 해인이 인사하는 사이, 기주의 시선은 어느새 서윤의 젖은 스커트를 살피고 있었다. 그는 미간을 잔뜩 좁히고서 주머니에서 손수건을 꺼내 스커트의 젖은 부분을 꼭꼭 눌러 닦아냈다.

"요 앞에서 아이랑 부딪치는 바람에. 아이가 물병을 들고 있었거든요. 괜찮아요, 곧 마르겠죠, 뭐."

서윤은 해인과 카메라맨의 눈치를 살피며 민망한 듯 기주의 손을 슬그머니 밀어냈다. 옷의 젖은 부위가 허벅지 쪽인 만큼 보는 사람에 따라서는 부적절한 행동으로 느껴질 수도 있기 때문이었다.

"해인아, 미용실 몇 층이지? 드라이기라도 빌려서 좀 말려야겠는데."

"3층에 있어. 하여간 지 애인은 엄청나게도 아끼시지. 언제 시간 내서 이민석 씨한테도 자기 여자 아끼는 방법 좀 가르쳐 주지 않으련?"

입을 삐죽이면서도 순순히 대답하는 해인을 뒤로하고, 기주는 서윤과 함께 신부대기실 밖으로 나왔다. 기주가 엘리베이터를 향해 움직이자 서윤은 발을 멈추고 그의 팔을 붙잡아 세웠다.

"정말 괜찮아요. 그것보다 식 금방 시작할 텐데 들어가요, 우리. 사람 많아서 서 있을 자리도 없겠다."

서윤의 말대로 식장 안은 매우 혼잡하고 정신이 없었다. 호텔의 가장 큰 홀임에도 하객들이 워낙 많아서인지 발 디딜 틈조차 없을 정도였다. 하지만 그 대부분이 해인의 아버지 쪽 손님인 탓에 식이 끝나자마자 사람들은 썰물처럼 빠져나가고, 막상 사진 촬영을 할 때는 단상이 휑하니 비어 있었다. 친구라고는 기주와 이제는 남편이 된 민석뿐인 해인의 협소한 인맥 관계, 그리고 늦은 나이에 치르는 결혼식이 아무래도 문제인 모양이었다. 그래서 해인의 부탁을 받아 서윤은 옷이 덜 마른 채로 신부의 친구가 되어 사진을 찍을 수밖에 없었다. 그리고 그 결과물로 그녀의 손에 들린 하얀 부케. 받을 사람을 미리 정해두지 않고 무작위로 던진 부케가 하필 서윤이 서 있는 자리로 날아들었고, 받으면 안 된다는 생각이 머릿속에 떠오르기도 전에 손이 먼저 움직여 버린 것이었다. 서윤은 부케를 내려다보며 난감한 표정을 지었다. 일이 온종일 꼬이기만 한다.

신혼부부를 태운 웨딩카가 떠날 때까지 옆을 지킨 기주와 서윤은 지칠 대로 지친 몸을 이끌고 카페에 자리를 잡고 앉았다. 몸에 카페인을 충전해 주지 않으면 운전도 못 한다던 기주의 응석 때문이었다.

"신경 쓰여요?"

테이블 위에 놓인 부케를 말없이 내려다보고만 있는 서윤에게 기주가 넌지시 물었다. 그녀는 차마 대답하지 못하고, 꽃다발 아래로 늘어진 리본만 만지작거렸다.

"미안해요."

기주의 목소리가 처연하게 들려왔다. 서윤은 리본에서 손을 떼고, 고개를 들어 그를 마주 보았다.

"기주 씨가 왜요. 내 잘못인데. 내가 어쩌다가 덥석 받아버려서……."

서윤은 다시 고개를 숙여 원망스러운 제 손과 애물단지 부케를 쳐다보았다.

그와 결혼하기 힘들다는 건 당연한 사실이고, 또 거의 포기하고 있기는 했다. 하지만 1프로의 희망조차 없이 마음을 모두 비운다는 건 불가능한 일이었다. 혹시 그런 날이 오지 않을까. 언젠가는 하얀 드레스를 입고 이 남자와 결혼식을 올리는 날이 있지 않을까. 그런 막연한 기대감을 마음속 한구석에 깊이 숨겨놓았기에, 부케를 받고 6개월 안에 결혼을 안 하면 평생 못 한다는 그런 속설들이 자꾸만 그녀의 머릿속을 어지럽혔다. 게다가 어디 그뿐인가. 부케를 받으면 신랑 신부의 행복을 빌어준다는 의미에서 백 일간 말려두었다가 태우거나 신부에게 다시 선물한다고 들었다. 그러니 이 부케는 서윤의 집에 곱게 모셔두어야 했고, 그 사이 보는 이들을 힘들게 할 것이 틀림없었다.

"눈앞에 날아오는 걸 어떻게 그냥 보고만 있겠어요. 손이 저절로 움직이는 건 당연한 거지. 속상한 마음 애써 감추지 말고 그냥 나 원망해요. 화를 내도 좋고, 마음 안 풀리면 때려도 괜찮고. 남들 다 해주는 거, 난 해줄 수가 없으니까 서윤 씨는 그래도 돼요."

담담하게 말한 기주가 팔을 뻗어 그녀의 손을 붙잡았다. 그의 말에 서윤은 억지로라도 마음을 감추지 못한 것이 오히려 미안해졌다.

"때리긴 왜 때려요. 보는 것도 아까운데."

금세 마음이 풀린 서윤은 잡힌 손을 뒤집어 그의 손가락 사이사이에 깍지를 꼈다. 함께 있을 수 있다는 것만으로도 이렇게 행복한데. 괜한 일로 기주를 속상하게 한 것 같아 그의 마음도 풀어주고 싶어졌다.

"음, 우리도 오늘은 신혼부부처럼 놀아볼까요?"

상체를 살짝 기울이며 서윤이 기주의 귀에 속삭였다. 그녀의 말뜻을 얼른 알아채지 못한 기주는 설명을 원하는 듯 눈썹을 위로 추켜올렸다.

서윤은 발그스레하게 얼굴을 붉히며 창밖을 손가락으로 가리켰다. 기주의 눈길이 그녀의 손가락이 가리킨 곳을 뒤따랐다. 해인과 민석의 결혼식을 치른 호텔이 서윤의 손가락 끝에 걸려 있었다.

기주의 입꼬리가 가늘게 늘어졌다. 지친 얼굴로 운전조차 힘들다며 카페로 들어온 건 그새 잊었는지 순식간에 얼굴에 생기가 돌았다.

"원샷!"

마음이 급해진 기주는 아직 식지 않은 커피 잔을 들어 올려 서윤의 잔에 가볍게 부딪쳤다.

☂

해인의 결혼식이 있고 일주일이 지난 주말이었다. 갑작스러운 성태의 호출에 기주는 쏜살같이 본가로 달려갔다. 작은아버지의 회갑 날 어머니와 다툰 후로 집에는 처음 발걸음 하는 것이니 일년 하고도 몇 개월 만이었다.

그래도 그동안 집안의 공식적인 행사에는 빠짐없이 참석했던 기주였다. 아버지야 가끔 병원을 찾아가 얼굴을 보았지만, 어머니를 만날 방법은 그것뿐이었다. 결혼 문제로 의도치 않게 부모님의 속을 썩이고 사이가 틀어졌어도, 자식으로서의 도리는 당연히 해야 했다.

기주가 도착했을 때 성태와 혜숙은 거실 소파에 자리를 잡고 앉아 있었다. 심각하고 중대한 사안은 아닌지 성태는 신문을 보던 중이었고, 혜숙은 온다는 사실조차 모르고 있었던 듯 그의 방문에 놀란 눈치였다.

"그쪽으로 앉아라."

성태의 뜻에 따라 기주가 소파에 앉자, 옆에 앉아 있던 혜숙이 함께 앉는 것도 싫다는 듯 벌떡 일어섰다. 서윤과 완전히 끝을 내고 선을 보기 전까지는 아들로 생각지 않겠다며 여전히 고집을 부리고 있는 그녀였다.

"당신도 그냥 있어. 내가 할 얘기가 있어서 부른 거니까."

근엄한 성태의 말투에 혜숙은 주춤주춤 소파에 다시 엉덩이를 붙였다. 자상하고 따뜻한 남편이지만 녹록한 사람은 아닌지라 그의 말을 무시할 수가 없었다.

"그 아가씨 한번 보자꾸나."

"예? 아버지……."

전혀 예상치 못한 말에 기주는 멍하니 넋이 나가 버렸고, 놀란 혜숙은 고개를 번쩍 쳐들었다.

"여보! 당신 미쳤어요? 갑자기 그게 무슨 소리예요?"

혜숙이 파르르하게 입술을 떨었다. 그동안 아들의 결혼에 대해서는 같은 의견을 가지고 있던 사람이기에 이런 상황은 한 번도 예견해 보지 못한 터였다.

"둘이 시간 맞춰 약속 잡고 알려다오."

"네, 아버지. 감사합니다, 아버지. 감사합니다!"

이제야 제대로 정신이 든 기주는 자리에서 벌떡 일어섰다. 그리고 몇 번이나 허리를 굽히며 흥분한 목소리로 인사했다.

"성급히 굴지 마라. 사람이나 한번 보자는 거지, 아직 허락한 거 아니다."

성태의 일침에도 기주는 입이 찢어져라 웃으며 고개를 조아렸다. 성태는 더 할 말이 없는지 소파 팔걸이를 손으로 짚고 자리에서 일어섰다.

"당신 대체 왜 이래요, 응? 어쩌려고 이러느냐고요!"

혜숙이 성태의 팔을 붙잡았다. 그녀는 발등에 불이 떨어진 사람처럼 다급해졌다. 그가 무언가를 하겠다고 마음먹으면 미적지근하게 대강 끝나는 법이 없었다. 그러니 이 일도 어떻게든 끝장을 보고 말 것이다.

"당신, 내 나이가 내년에 칠십이라는 건 알아?"

"그, 그게 무슨 상관이라고요."

"나이 칠십에 손주는커녕 아들놈 장가도 못 보내고 있는 내가 불쌍해서 그래. 당신, 저 녀석 그 아가씨랑 헤어질 때까지 얼굴 안 보겠다고 했지? 그럼 당신은 보지 말고 살아. 나는 내년에 아들, 며느리, 손주 다 데리고 칠순 잔치 할 거야."

성태는 대수롭지 않은 일이라는 듯 가볍게 대답하고 혜숙의 손을 떼어냈다. 그리고 몸을 돌려 방으로 향했다.

사실 그의 마음이 움직인 건 해인과 민석의 결혼식에서였다.

성태는 해인 아버지와의 친분으로 결혼식에 참석했고, 그곳에서 우연히 서윤의 모습을 보게 된 것이다.

그날 성태는 축의금만 전달하고 홀에는 들어가지 않았다. 제 아들이 결혼 문제로 속을 썩이고 있는 마당에 남의 결혼식에 가서 속없이 박수나 치고 있을 만큼 마음이 여유롭지가 않았던 탓이다.

"괜찮니? 어디 다친 데 없어?"

의사라는 사명감 때문일까? 다친 곳을 묻는 아가씨의 목소리가 호텔을 나서려는 그의 발걸음을 붙잡았다. 고개를 돌리자 젊은 여자가 대여섯 살 정도의 아이를 일으켜 세우고 있는 모습이 눈에 들어왔다. 방금 전에 그의 앞을 달려 지나간 아이였다. 물병을 들고 있던 아이는 여자와 부딪쳐 넘어졌는지 그녀의 스커트가 잔뜩 젖어 있었다. 하지만 결혼식에 참석하기 위해 곱게 꾸미고 온 것이 분명한 여자는 옷이 젖은 것은 아랑곳도 하지 않았다.

"아프지는 않고? 누구랑 같이 왔니?"

카펫이 깔려 있는 호텔이라 넘어졌다고 해도 다칠 정도는 아니었다. 하지만 여자는 얼굴 한 번 찡그리지 않고 아이를 꼼꼼히 살핀 후에 보호자까지 찾고 있었다.

어찌 보면 별일도 아니다. 그냥 마음이 예쁜 아가씨구나 하고 돌아서면 될 일. 그럼에도 이상하게 그 젊은 아가씨의 모습이 성태의 시선을 붙잡고 놓아주지를 않았던 것이다.

아, 그런데 저 아가씨 왠지 낯이 익다. 어디서 보았는지는 정확히 기억나지 않지만 분명 처음 보는 얼굴은 아니었다. 의료 계통에 종사하는 사람이려나. 아마도 지금 이 결혼식에 와 있는 사람들의 절반 이상이 그쪽 계통의 직업을 가진 사람들일 것이다. 그러니 어디에선가 보았을 가망성도 충분히 있기는 했다.

하지만 아가씨가 사라지고서도 성태는 자리를 뜨지 못했다. 왜인지는 모르겠지만 기억이 날 듯 말 듯 한 여자의 모습이 자꾸만 그의 신경을 건드리고 있는 탓이었다. 그리고 오 분도 채 되지 않아 그는 그녀가 누구인지를 알 수 있었다. 다시 나타난 그녀가 제 아들 기주와 손을 잡고 있었기 때문이다. 그때 비로소 성태는 오년 전쯤 지윤과 기주의 상견례 자리에서 본, 사돈처녀가 될 뻔했던 그 아가씨를 기억해 냈다.

사실 그다지 자세하게 기억이 나는 건 아니었다. 상견례라는 게 사돈처녀에게 관심을 줄 만큼 마음이 여유롭지가 않은 자리니까 말이다. 더군다나 그날 하루, 고작 두어 시간 한자리에 앉아 식사를 했을 뿐이었다. 그리고 또 한때는 아예 생각조차 하기 싫은 사람들이었고. 그럼에도 어렴풋이 떠오르는 그 아가씨에 대한 기억은 티 없이 맑은 웃음을 가졌다는 것. 그 상견례 자리에서 처음 서윤이라는 아가씨를 보았을 때, 어딘가 모르게 어두운 구석이 보이는 지윤보다 사돈처녀가 될 그 아가씨가 조금 더 욕심이 난다는 생각을 아주 잠깐 했던 적이 있었다.

그렇게 해인의 결혼식에서 서윤을 보고 성태는 일주일 내내 그

아가씨를 떠올렸다. 지윤의 동생으로 말고 아들이 좋아하는 한 여자로만 오롯이 보아줄 수 없느냐고 그동안 기주에게 세뇌당하듯 그런 말을 들어왔던 탓인지, 젖은 옷은 아랑곳없이 아이를 살피는 예쁜 마음을 가진 아가씨가 자꾸만 생각났던 것이다.

사실 사람의 인성이라는 게 그럴 때 보이는 법이 아니던가. 예기치 않은 상황에 닥쳤을 때 저도 모르게 나오는 말과 행동. 더군다나 지켜보는 사람이 있다는 것은 알 리 없으니 절대 가식적이고 계산적인 행동은 아닐 것이었다.

오랜 기간 동안 수많은 환자들을 대면했고, 그래서 사람의 표정과 말투, 행동을 보면 그 사람이 어떤 사람인지 대강 파악할 수 있을 만큼 반관상쟁이에 가깝기도 했다. 그런 면에서 볼 때 그 아가씨는 며느릿감으로 합격점. 손을 꼭 잡고서 사랑스러운 눈으로 서로를 바라보고 있는 아들과 서윤의 모습이 자꾸 떠올라 더 이상은 반대를 할 수가 없었다.

본가에서 나온 기주는 곧장 차에 올라타 시동을 걸었다. 기쁘고, 흥분되고, 가슴이 벅차고, 손이 떨린다. 지금 당장, 서윤의 얼굴을 보지 않으면 심장이 터져 나갈지도 모르겠다. 그는 주머니에서 휴대폰을 꺼내 다급한 손길로 통화 버튼을 눌렀다. 그러고는 전화기를 귀에 대고 다른 손으로 운전대를 따각따각 두드렸다. 두 번, 세 번, 서윤의 목소리 대신 벨소리가 들려올 때마다 마음이 점점 조급해지기만 했다.

[네.]

"서윤 씨, 지금 어디에요? 집?"

그녀의 목소리가 들려오자 기주가 다짜고짜 물었다. 침착한 성격이라 의사 시험에 합격하고도 평정을 잃지 않았는데, 지금 이 순간만큼은 흥분된 마음을 누를 수가 없었다.

[글쎄, 어디일까요?]

"장난하지 말고. 급해요. 빨리 말해요."

[나 지금 기주 씨 집에 와 있는데. 왜요, 무슨 일 있어요?]

기주의 목소리가 평소와 다르다는 걸 느꼈는지 서윤이 장난 섞인 말투를 버리고 냉큼 대답했다.

"알았어요. 금방 갈게요."

전화를 끊고 그는 곧바로 차를 달렸다. 삼십여 분의 거리가 오늘따라 왜 이렇게 멀게 느껴지는지 모르겠다. 평소보다 신호에도 더 많이 걸리는 것 같고, 어쩐지 교통 체증도 심하게만 느껴진다. 아버지의 말처럼 한번 보겠다는 것뿐이지 허락을 받은 건 아님에도 마음은 하늘을 날아갈 것처럼 붕붕 떠올랐다.

현관문 소리에 서윤이 다급하게 달려 나왔다. 기주는 신발을 벗고 거실에 올라서자마자 그녀의 허리를 잡아채 품에 안았다.

"무슨 일……."

서윤이 눈을 동그랗게 뜨고 물었다. 하지만 말이 채 끝나기도 전에 기주가 그녀의 입술을 집어삼켰다. 그것 외에는 들뜬 마음을 억누를 방법이 없었던 탓이다.

입술을 거칠게 빨아들이며 그녀의 허리에 감은 팔에 힘을 주었다. 아주 작은 틈조차 없이 몸을 밀착하고, 서윤의 입안으로 혀를 깊게 넣어 헤집었다.

기주가 서윤의 좁고 가녀린 등을 손바닥으로 쓸어내리다가, 이

내 티셔츠를 들추고 그 안으로 손을 넣었다. 그녀는 팔을 올려 그의 목에 감으며 낮은 신음을 흘렸다.

툭 브래지어 훅이 풀어지고, 그녀가 허전함을 느낄 사이도 없이 기주의 크고 뜨거운 손이 가슴을 덮었다. 그는 한참 동안 빨아들이던 입술을 놓아주고 그녀의 티셔츠 자락을 잡아 위로 훌러덩 벗겨냈다. 서윤이 잘게 몸을 떨자, 기주는 그녀를 덥석 안아 올렸다. 그러고는 성큼성큼 거실을 가로질러 침실 안으로 들어섰다. 침대에 그녀를 내려놓고, 동그란 가슴을 입안에 담았다. 성급한 그의 몸짓에 아직 준비가 되지 않은 서윤은 얼굴을 살짝 찡그렸다.

"아, 미안."

그녀의 표정을 살피며 기주가 낮게 웅얼거렸다. 그러면서도 빠르게 움직이는 허리는 멈출 줄을 몰랐다.

모든 힘을 서윤에게 쏟아부은 기주는 한참 만에야 뜨거운 움직임을 멈추고서 침대 위로 늘어졌다. 얼굴은 여전히 그녀의 가슴에 묻은 채였다.

"무슨 일 있었어요?"

서윤이 그의 뒤통수를 부드럽게 쓰다듬으며 물었다. 침대에서는 늘 뜨거운 사람이었지만 그래도 이렇게 성급히 구는 모습은 본 적이 없어 의아했다. 전화를 걸어 어디냐고 묻던 순간부터 지금까지 평소의 권기주와는 너무 다른 모습이라 묻지 않을 수가 없었다.

"아버지께서 서윤 씨 보고 싶어 하세요."

기주가 손으로 그녀의 동그란 가슴을 어루만지며 대답했다.

서윤은 두 손으로 그의 얼굴을 잡아 번쩍 쳐들었다.

"저, 정말요?"

놀라 말까지 더듬는 서윤에게 고개를 끄덕여 주고 기주는 다시 그녀를 향해 입술을 내렸다. 몸이 또다시 바짝 달아올랐지만 그보다는 이 행복한 순간을 함께할 수 있어 가슴이 더 뜨거워지는 그런 날이었다.

에필로그

신랑 권기주, 신부 최서윤. 두 사람의 결혼식임을 알리는 축지가 예쁜 글씨로 적혀 있다. 연미복을 입은 기주는 몇 발짝 떨어진 곳에서 축지를 바라보며 행복한 웃음을 지었다.

그토록 소망하던 일이 드디어 이루어지는 순간. 하지만 이렇게 되기까지 모든 일이 순조로웠던 건 아니었다. 그리고 지금도 역시 마음을 풀지 않은 어머니 혜숙 때문에 이 결혼식이 완벽하다고 말할 수는 없었다.

성태는 서윤을 세 번째 본 자리에서 날을 잡자며 허락의 뜻을 내비쳤지만 혜숙은 다시 머리를 싸매고 몸져누우며 반대를 했다.

"당신이 아무리 반대해도 난 애들 결혼시킬 거야. 그러니까 이제 그만 포기해."

성태의 그런 으름장도 혜숙에게는 통하지 않았다. 그래서 결국 상견례는 생략할 수밖에 없었고, 그나마 성태의 추진으로 기주와 서윤은 예식장을 잡고 청첩장을 찍어 돌렸다. 그리고 마침내 결혼식에 이르게 된 것이다.

"결혼식이고 나발이고, 난 절대 참석 못 해요. 나 없이 결혼 시키려거든 당신 마음대로 해요."

그렇게 끝까지 뜻을 굽히지 않는 혜숙 대신 성태는 기주의 고모를 혼주석에 앉히겠다고 선언했고, 결국 혜숙은 오늘 아침 기주가 집을 나설 때까지 결혼식에 참석할 생각은 없다는 듯 자리에 누워 있었다. 그러니 어렵게 이룬 결실이지만 기주의 마음 한구석은 여전히 힘들고 불편했다. 앞으로도 서윤이 겪어야 할 많은 고통과 인내의 길이 눈앞에 훤히 보이기 때문이었다.

준비를 마친 서윤이 신부대기실로 향하고, 기주도 그 뒤를 따라 안으로 들어갔다. 머리를 위로 올리고, 하얀 웨딩드레스를 입은 서윤의 모습. 과하게 꾸미지 않은 옅은 화장에도 그녀는 반짝반짝 눈이 부실만큼 아름다웠다.

카메라맨의 요청대로 자세를 취하며 기주와 서윤은 대기실에서 몇 컷의 사진을 찍었다. 이미 야외 촬영을 해보긴 했지만 모델처럼 포즈를 잡고 사진을 찍는 일은 여전히 어색하고 적응이 되지 않았다.

"그럼 이번에는 신랑분이 신부님 입술에 살짝 입을 맞춰주세요. 네, 그 상태 그대로. 자, 찍습니다."

입맞춤 사진을 마지막으로 대기실에서의 촬영이 끝이 났다. 카메라맨이 밖으로 나가는 것을 확인한 기주는 서윤의 손을 잡으며 얼굴을 마주했다.

"갑자기 생각난 게 있는데……."

기주가 옅게 웃음을 띠며 목을 긁적였다. 무슨 일을 떠올렸기에 또 저 버릇이 나왔는지는 모르겠지만, 예사로운 얘기는 아닌 듯 목덜미에 살짝 감도는 붉은 기를 서윤은 알아챌 수 있었다. 그녀는 조금 전까지도 잔뜩 긴장하고 있던 마음을 풀고 말간 눈으로 그를 올려다보았다.

"뭔데요?"

"음, 예전에 우리 청주에 있을 때 내가 생일날 취해서 서윤 씨한테 추태 부렸잖아요."

추태라는 단어에 서윤이 피식 웃었다. 그녀의 입장에서는 그걸 한 번도 추태라고 생각해 본 적이 없기 때문이다. 이미 그를 원하는 마음이 간절했던 그녀에게는 그날의 일이 결코 불쾌하거나 싫을 수가 없었다. 그러니 추태라는 단어는 그다지 어울리지 않는 말이었다. 그가 내뿜었던 뜨거운 숨과 닿을 듯 말 듯 아슬아슬했던 입술이 그날 밤새도록 그녀를 괴롭히기는 했지만, 싫어서라기보다는 취중에 그가 마음을 드러낸 건 아닐까 하는 기대 때문이었을 것이다.

"그날 내가 꿈 얘기 했던 거 기억해요?"

"네."

기주의 물음에 서윤이 고개를 끄덕였다. 무슨 꿈을 꾸었는지 아느냐며 키스라도 할 듯 다가왔던 그때의 일이 그녀의 기억에 여전히 생생했다.

"그 꿈이 바로 이거였어요."

작게 속삭인 그가 고개를 기울여 서윤의 입술에 살며시 입을 맞추었다. 마음 같아서는 짙게 키스하고 싶지만, 화장이 지워지기라도 하면 큰일이라 욕심을 꼭꼭 눌러야만 했다.

"내가 결혼식장에서 신부한테 이렇게 키스를 했는데, 그 사람이 바로 서윤 씨였거든요. 그런데 그게 정말로 이루어졌네."

"아!"

서윤은 낮게 감탄의 소리를 흘렸다. 그저 키스쯤이 아니었을까 하고 막연하게 상상만 했을 뿐. 그가 이런 비밀을 감추고 있는 줄은 몰랐던 것이다.

"서윤 씨, 고마워요. 내 아내가 되어줘서. 그리고 변치 않고 이렇게 옆에 있어줘서. 앞으로도 힘든 일 많을 거고, 또 웃게만 해 준다는 그런 약속은 못 하지만 대신 최선을 다할게요."

기주가 손가락을 움직여 잡고 있는 그녀의 손을 부드럽게 쓰다듬었다. 그토록 염원하던 부부의 연을 맺는 순간. 하지만 무조건적인 행복을 줄 수 없음이 안타깝고 미안했다.

"저도요. 저도 잘 할게요. 그리고 저…… 기주 씨한테 할 말이 있는데요."

그의 시선을 피해 서윤이 살짝 고개를 숙였다. 무슨 말이기에 뜸을 들이는지는 모르겠지만 그녀는 선뜻 입을 열지 못하고 얼굴을 붉혔다.

"뭔데요, 말해봐요."

"선물이라고 해야 할지…… 여기예요. 이 안에."

그녀는 잡고 있던 기주의 손을 슬그머니 당겨 제 아랫배 쪽에 가져다 댔다. 안 그래도 붉던 얼굴이 더 시뻘겋게 달아올랐다.

"서윤 씨, 정말, 진짜예요? 정말로?"

자신의 손이 닿은 그녀의 아랫배를 잠시 멍하게 쳐다보던 기주는 뒤늦게야 무슨 뜻인지를 알아챘다. 그의 얼굴에 희열이 가득 차올랐다. 기뻐하는 기주의 얼굴을 보며 그녀도 살그머니 웃어 보였다.

"아직 병원을 못 가서 확실하진 않은데, 생각해 보니 그때 그 날인 것 같아요."

서윤이 말한 그날이라면 아마도 아버지가 서윤을 보고 싶다고 했던 날을 뜻하는 걸 거다. 그날 기주는 정신없이 집으로 달려가 그녀를 안았고, 워낙 흥분했던 터라 피임도 하지 못한 채 일을 저질렀다. 그리고 그날이 서윤과 관계한 후로 딱 한 번 피임을 빼먹은 날이기도 했다.

"고마워요, 정말 고마워요."

기주는 두 팔을 뻗어 서윤을 덥석 품에 안았다. 저도 바랐던 일이지만, 아버지 성태도 하루빨리 손주를 보았으면 좋겠다고 은 근히 그를 압박하곤 했다. 하지만 서윤이 부담을 느끼거나 힘들 어 할까 싶어 한 번도 그런 마음을 드러낸 적은 없었다.

"기주야! 권기주!"

기주가 가슴 벅찬 소식에 흠뻑 젖어 있을 무렵 민석의 목소리 가 들려왔다. 대기실 안으로 불쑥 발을 들여놓은 그는 두 사람이 꼭 끌어안고 있는 광경을 목격하고 얼른 뒤로 돌아섰다.

"야! 넌 그새를 못 참고. 그런 건 신혼여행 가서 해라, 응?"

저보다 더했으면 더했지, 결코 빠지지 않는 녀석이 터진 입이라고 핀잔을 준다. 민석의 과한 반응이 기막혀 기주가 픽 웃으며 입을 열었다.

"웃기고 있네. 그러는 넌 그렇게 잘 참아서 차 안에서……."

"야!"

민석이 쏜살같이 달려와 손으로 기주의 입을 틀어막았다. 그러고는 벌게진 얼굴로 서윤의 눈치를 살살 살폈다. 서윤도 무슨 말인지 대충 알아듣기는 했지만, 웃음을 참으며 모른 척 민석과 마주친 눈을 피했다.

"너, 저기, 그…… 어머니 오셨어. 얼른 나가봐."

기주는 제 입을 막고 있는 민석의 손을 붙잡아 내렸다. 놀라 동그래진 눈이 민석을 바라보았다.

"뭐? 어머니? 우리 어머니?"

믿기지 않는 사실에 띵하니 머리가 울리는 것 같았다. 기주는 민석의 진지한 얼굴을 보며 빈말이 아니라는 걸 알아채고 감격과 기쁨의 미소를 입가에 담았다. 그는 재빠르게 서윤의 입술에 입을 맞추고 대기실에서 달려 나갔다.

"어머니!"

곱게 차려입은 한복과 전문가의 손길이 느껴지는 화장에 머리 모양까지. 그가 집을 나설 때까지 자리에 누워 있던 어머니라고는 믿기지 않을 만큼 혜숙은 완벽했다. 기주가 다가오자 혜숙은 그의 얼굴을 보기 싫다는 듯 확 고개를 돌려 버렸다.

"감사합니다, 어머니. 정말 감사해요."

"너 좋으라고 온 거 아니야. 허락하는 것도 아니고. 어차피 하는 거 내가 빠지면 남들이 이상하게 생각할 테니까, 사람들 입에 오르내리는 거 싫어서 온 거야. 엄마 속 있는 대로 뒤집고 하는 결혼, 그래 얼마나 잘 먹고 잘 사는지 어디 두고 보자."

혜숙의 말투는 냉기가 뚝뚝 흘러 떨어질 정도였지만 그래도 기주는 기쁜 얼굴을 감추지 못했다.

결혼을 한다고 해서 당장 모든 게 다 좋아지리라고 생각지는 않는다. 검은 머리가 파뿌리 될 때까지 행복하게 잘 살았습니다, 하는 그런 동화 속에나 있을 법한 인생을 기대하며 결혼을 하는 것도 아니다. 살다 보면 왜 결혼을 했는지 후회하게 될 때도 있고, 또 어쩌면 부모님이 반대할 때 말 들을걸 하고 돌아보는 날이 있을지도 모른다. 모두들 이 사람이 아니면 안 된다는 마음으로 결혼을 하겠지만, 그중 일부는 전쟁처럼 싸우기도 하고 또 이혼을 선택하기도 하니까.

하지만 최선을 다하겠다고 약속한 이상 그만큼의 행복은 늘 따라줄 것이라고 그는 믿는다. 그리고 언젠가 어머니도 마음을 여는 날이 올 것이다.

그때는 모두가 웃을 수 있겠지.

그때는 더없이 행복하겠지.

그리고 그때도 우리의 사랑은 여전하겠지.

외전 1

　요란한 알람 소리에 잠이 깬 서윤이 몸을 꼼지락거렸다. 기주는 머리맡으로 재빠르게 손을 뻗어 탁상시계의 작은 버튼을 눌러 껐다. 그러고는 서윤을 품에 꼭 그러안았다.

　지난밤 서윤이 잠든 후에 기주가 휴대폰을 몰래 꺼놓았었다. 게다가 바로 찾지 못하도록 서랍 안에 숨겨두기까지. 그런데 언제 또 일어나 쓰지도 않는 알람시계를 찾다가 맞춰놓은 것인지 알 수가 없다.

　"더 자요."

　낮게 가라앉은 기주의 목소리가 서윤의 귓가에 자장가처럼 들려왔다. 그녀는 사랑하는 남자의 달콤한 목소리에 취해 뜬 눈을 다시 감았다.

　"으응, 안 돼. 나 일어나야 해요."

서윤은 잠에 취해 중얼거렸다. 머릿속에는 일어나야 한다는 생각이 가득한데도 몸이 자꾸 늘어졌다. 그런 마음을 알아서인지, 아니면 몰라서인지, 기주는 그녀가 다시 잠들도록 머리를 살살 쓰다듬었다.

"오늘은 그냥 쉬어요. 아버지도 오지 말라 그러시고, 나도 피곤하고."

결혼을 한 지 3개월 째였다. 그동안 서윤과 기주는 일요일 아침마다 그의 본가에서 아버지와 함께 식사를 했다. 물론 아버지보다는 어머니 혜숙과의 관계를 진전시키기 위한 일이지만, 지금껏 혜숙은 단 한 번도 식탁에 마주 앉은 적이 없었다.

기주는 어깨 아래까지 내려간 이불자락을 붙잡아 머리 위로 끌어 올렸다. 요새 들어 깊은 잠을 자지 못하는 아내를 조금이라도 더 재우고 싶은 탓이었다.

다시 잠든 듯 쌕쌕거리는 서윤의 짙은 숨결이 기주의 목덜미를 간질였다. 그는 입을 가늘게 늘여 웃음을 짓고, 덩달아 눈을 감았다.

"아니야, 안 돼요."

나른히 가라앉는 몸과 함께 정신도 느슨해진 순간 서윤이 그의 품 안에서 벗어났다. 그러고는 몸을 일으켰다. 기주도 곧바로 잠에서 깨고, 하품을 하며 일어나 앉았다.

"그렇게 애쓰지 않아도 돼요, 서윤 씨. 무리해 봐야 좋을 거 없잖아요."

"무리라뇨. 내가 가고 싶어서 가는 건데. 반찬은 어차피 아주머니께서 다 해놓으시고, 전 가서 국만 끓이는 건데요, 뭘. 겨우 그걸로 무리한다고 그러면 사람들한테 욕먹어요."

"그런 뜻 아니잖아요. 서윤 씨 요새 잠도 깊게 못 자고, 체중도 줄었어요. 이런 상황에서 어머니 마주쳐 봐야 괜히 스트레스 받으니까 그렇죠."

임신을 했는데도 체중이 늘기는커녕 오히려 약간 줄은 터였다. 입덧이 심해 영양 주사로 버텨내다가 이제야 겨우 가라앉았으니 기주로서는 걱정이 되는 게 당연했다. 의사라는 직업을 가졌지만 임신으로 인해 생기는 일련의 증상들은 어찌할 수가 없어 안타까웠고, 또 마음까지 편하게 해줄 수가 없는 형편이라 더욱 미안했다.

"나 스트레스 안 받아요. 그러니까 걱정 말고, 잠 깼으면 얼른 가서 씻기나 해요. 준비하고 나가야죠."

"어떻게 스트레스를 안 받아요? 그건 빤한 거짓말이지. 고집 피우지 말고 다시 누워요, 빨리."

"정말 안 받는다니까요? 내가 언제 부모님 댁에 다녀와서 예민하게 군 적 있어요? 나 진짜 편한 마음으로 가는 거예요. 사실 처음에는 어머님 무섭기도 하고, 또 아예 방에서 안 나오시니까 속상하기도 하고 그랬는데, 다시 생각해 보니까 어머님도 저한테 마음을 완전히 닫으신 건 아니더라고요. 진짜로 볼 마음 없으면 방문 잠그시거나 아니면 아예 나가 버리시지, 제가 방 드나들도록 놔두시겠어요? 결혼 반대하실 때는 기주 씨 문전박대 하셨다면서요. 그래도 제가 매주 찾아가는 거 그냥 두시는 거 보면 마음 열 생각 있으신 거예요. 그럴수록 제가 더 잘해야죠."

서윤의 말도 일리는 있었다. 남들 보는 눈 때문에 결혼식에만 참석했지 절대 며느리로 받아들이는 건 아니라던 어머니였다. 그러면서도 일요일 아침에 꼬박꼬박 찾아가는 건 여태껏 아무런 말이 없었다. 가봐야 물론 침대에 누운 채 방문을 등지고서는 사람이 들어가도 꼼짝도 하지 않았지만.

그렇게 실랑이 끝에 두 사람은 본가에 도착했다. 문을 활짝 열어주며 맞이하는 성태와 달리 오늘도 혜숙은 코빼기도 내비치지 않았다.

"안녕히 주무셨어요, 아버님?"

"오, 그래. 어서 와라."

일주일 만인데도 서윤은 어제 본 사람처럼 자연스럽게 인사했고, 성태는 입가에 번지는 웃음을 감추지 못하며 그녀의 등을 토닥였다. 하나뿐인 아들에게는 눈길도 한 번 주지 않은 채 그는 서윤과 함께 거실로 올라섰다.

"몸은 좀 어떠냐? 어디 불편한 데는 없고?"

"예, 괜찮아요."

"그래, 다행이구나."

몸 상태가 어떤지는 어제도 전화로 묻지 않으셨던가. 함께 사는 남편도 실력이 꽤 괜찮은 의사인데 이분은 뭐가 그리 걱정이신지. 시아버지와 며느리 사이가 애틋해도 이렇게 애틋할 수가 없다. 이럴 거면 결혼 허락을 진즉에 해주셨어야지.

"괜찮기는. 잠도 깊게 못 자면서. 자다가 몇 번씩 깨고 그래요."

기주가 티 나도록 불퉁거렸다. 서윤의 고집을 꺾지 못한 일에 심술이 나 있는 탓이었다. 괜한 소리를 한다는 듯 그녀가 살짝 눈을 흘기며 팔꿈치로 그의 옆구리를 툭 쳤다.

"저 어머님께 인사드리고 나올게요."

서윤은 안방을 향해 종종 걸었다. 처음에만 해도 얼굴도 보려 하지 않는 혜숙이 무서워 문 앞에서 목소리만 높여 인사를 했었다. 하지만 지금은 꽤 단련이 되었는지 노크에 응답이 없어도 당연한 듯 문을 열고 들어갔다. 물론 그렇다고 혜숙이 그 인사를 받은 적은 없다. 서윤과 기주가 식사를 마치고 집을 나설 때까지 그녀는 등만 보인 채로 미동도 없이 누워 있을 뿐. 언젠가는 성태가 하나뿐인 아들자식 이혼하는 꼴을 봐야 속이 시원하겠느냐고 혜숙에게 다그치기도 했었지만, 그럼에도 기주 내외를 대하는 그녀의 태도는 여전히 냉담했다. 아들의 이혼을 바라는 것은 아니지만, 배 아파 낳은 어미의 뜻을 거스르고서 말도 안 되는 혼인을 한 그 행태가 괘씸했기 때문이었다.

"어머님, 안녕하셨어요. 저 왔어요."

뒤통수에 눈이 달려 보이는 건 아닐 텐데도 서윤은 혜숙의 등에 대고 허리를 숙여 인사했다. 하지만 혜숙은 깊게 잠든 사람처럼 아무런 반응이 없었다. 차라리 뭐하러 왔느냐고, 안녕하지 못하다고 그렇게 악다구니라도 써주면 좋으련만.

"저 오늘은 시금치된장국 끓일 건데. 모시조개 넣으면 ‘어머님이 좋아하신다고 아버님께서 살짝 알려주셨어요. 식사 준비 다 되면 나오셔서 함께 드시면 좋겠어요. 저희 엄마가 저랑 기주 씨 만나는 거 반대하실 때 그러셨거든요. 제 얼굴 보니까 밥 잘 먹고 다니는 것 같아 약 올라서라도 안 굶으신다고. 저 요새 입덧도 끝나고 밥 되게 잘 먹어요, 어머님. 그러니까 어머님도 식사 거르지 마시고 같이 드세요."

조곤조곤한 서윤의 목소리는 대답 없는 메아리가 되어 사라졌다. 그럼에도 그녀는 낙담하지 않고 방을 나섰다.

냄비에 끓여 간만 맞추면 되도록 재료 준비를 해온 터라 식사 준비는 그리 오래 걸리지 않았다. 준비된 반찬을 접시에 예쁘게 담아 식탁에 올리고, 새로 한 밥과 국을 떠서 상을 차리기까지 이십여 분. 그 시간 동안 혜숙의 마음은 여전히 요지부동이었고, 결국은 세 사람만 식탁에 마주 앉았다.

"새아가, 다음 주부터는 집에서 쉬도록 해라. 잠도 깊게 못 잔다면서 너무 애쓰지 말고 쉴 수 있을 때 쉬어."

국이 시원하다며 칭찬을 한바탕 해대고서 밥을 먹던 성태가 넌지시 말을 꺼냈다. 사전 모의라도 있었던 듯 부자가 빠르게 눈짓을 주고받았다.

"아니에요, 아버님. 애쓰긴요. 제가 뭘 대단한 거라도 한다고. 그리고 저 어제 낮잠 많이 자서 그런 거예요. 이 사람이 괜한 소리를⋯⋯."

"아니다. 이제 슬슬 몸도 무거워질 때고, 또 산모가 마음이 편해야 아이도 건강한 법이야. 그러니까 말 들어."

"거봐. 아버지도 안 와도 된다고 하시잖아."

조용히 있던 기주가 중간에 끼어들었다. 서윤은 식탁 아래로 손을 내려 그의 허벅지를 손가락으로 쿡 찔렀다.

"진짜로 제가 오고 싶어서 오는 거예요, 아버님. 몸 무거워지고 정말 힘들면 그땐 제가 말씀드릴게요. 곧 있으면 회사도 쉴 텐데 일주일에 한 번 오는 것도 못 하게 하시면 심심해서 어떡해요."

"하, 거참. 좋다, 그럼 앞으로는 아침 대신 점심 먹자꾸나. 집에서 밥 먹는 거 말고, 나가서. 우리 새아가 먹고 싶은 거 내가 전부 사줄 테니까."

기주의 눈치를 살핀 성태가 대안을 내놓았다. 하지만 서윤은 고개를 끄덕이는 대신 보조개가 쏙 들어가도록 웃어 보였다.

"그럼 아침은 제가 와서 차릴 테니까, 아버님께서 점심 사주세요."

어, 이게 아닌데. 이렇게 되면 혹 떼려다 오히려 혹을 하나 더 붙인 격이 아닌가.

기주는 기가 막혀 헛웃음을 쳤다. 그나마 일요일 점심때가 둘이서 가장 여유롭고 오붓하게 휴식을 즐길 수 있는 시간인데 그마저 포기하라니. 절대로 그럴 수는 없다.

"아니, 그런……."

입을 여는 순간 서윤이 그의 발을 꾹 밟았다. 기주가 고개를 돌려 쳐다보자 서윤은 입꼬리를 올려 웃음을 지으면서도 눈을 살짝 흘겼다.

"그럼 되죠?"

동의를 구하는 질문에 기주가 항변하려고 했지만 서윤이 또 한 번 그의 발을 꾹 눌렀다. 그러고는 주제를 돌려 성태와 다른 대화를 이어 나갔다. 못마땅한 기주가 서윤을 뚫어져라 쳐다보았지만 그녀는 아랑곳하지 않았다.

집에 도착한 기주는 주차장에 차를 세웠다. 그러고는 말도 없이 차에서 내려 엘리베이터를 향해 걸었다. 뒤따라 내린 서윤은 종종걸음으로 바짝 붙어서며 그의 팔에 팔짱을 끼웠다.

"삐쳤어요?"

"놔요, 힘들지도 않다면서 왜 매달려요?"

기주가 엘리베이터 버튼을 누르며 퉁명스러운 목소리를 내뱉었다. 집에 오는 내내 입 한 번 열지 않더니 틀어져도 단단히 틀어진 모양이다. 그러면서도 팔에 걸린 서윤의 손을 떼어내지는 않지만.

"힘들어서 매달리는 게 아니라 좋아서 매달리는 거죠."

"좋긴 무슨. 좋다면서 내 말은 그렇게 안 들어요? 안 믿어요."

기주가 뾰족하게 대답을 던지고서 열린 엘리베이터 안으로 발을 들였다. 서윤도 그를 따라 올라탔다.

"기주 씨도 좋지만 아버님도 좋은 걸 어떡해요."

살살 웃으며 대답하는 모양새가 아주 기가 막혔다. 이 여자는 이 년 넘도록 반대를 한 아버지가 밉지도 않을까? 지금은 비록 세상에 둘도 없는 시아버지와 며느리처럼, 혹은 아버지와 딸처럼 그렇게 지내고 있지만, 아들인 저도 지난날을 생각하면 한 번씩 울컥 치솟는데.

"아, 그래서 대놓고 양다리를 걸치시겠다?"

"음, 양다리는 아니고요, 굳이 따지자면 어장 관리?"

"어장 관리? 와, 진짜. 안 그런 척 하더니 완전 선수구나?"

"글쎄요. 때에 따라서는."

서윤이 배시시 웃으며 그의 팔에 더 꼭 달라붙었다. 기주는 결국 꽁했던 마음을 풀고 피식 웃어버렸다.

"우리 아기는 딸이었으면 좋겠다."

엘리베이터에서 내려 기주가 현관문을 열자, 서윤이 안으로 들어서며 뜬금없는 소리를 해댔다. 거실로 올라서던 그의 발이 우뚝 멈추었다. 손은 어느새 목을 긁적이고 있었다.

"왜 갑자기 그런 소린……. 딸이…… 좋아요?"

"아들이면 기주 씨 닮을까 봐요. 힘들게 낳아서 길러났더니, 처가에는 일주일에 두세 번씩 가면서 자기 부모님한테는 한 번 가는 것도 안 가려 하고."

"그거야……."

그야 물론 처가에 가는 건 몸도 마음도 편하니까. 얼마 전까지도 입덧이 심했던 서윤이 친정 엄마가 해준 밥은 그나마 잘 먹는 편이었고, 또 살갑게 맞아주시니 스트레스 받을 일도 없지 않은가.

"알아요. 기주 씨 마음 아는데, 그래도 그럼 안 되죠. 어른들 반대하실 때 우리 뭐라고 했어요? 최선을 다하면 언젠가 받아주시지 않겠느냐고 그랬잖아요. 그런데 겨우 일주일에 한 번 가는 것도 안 가면, 그게 정말 최선을 다하는 거 맞아요? 나도 어머님한테 예쁨받는 며느리 되고 싶어요. 힘들 땐 힘들다고 말할 테니까, 그때까지는 우리 같이 노력해요."

서윤의 말에 기주는 절로 고개가 숙여졌다. 사람의 마음이 왜 이렇게 간사하고 이기적인지. 어른들의 반대에 부딪쳤을 때의 그 애절한 다짐과 약속들은 어느새 흐려져 있었다. 그는 서윤의 앞으로 한 발 가까이 다가섰다. 그러고는 그녀의 두 손을 꼭 맞잡았다.

"괜한 고집부려서 미안해요. 그리고 고맙고요. 이렇게 멋지고 좋은 여자를 어머니는 왜 못 알아보시는지 모르겠네."

"그래서 그거 알아달라고 자꾸 찾아가고, 기회 만드는 거라고요. 그러니까 협조 좀 해주세요."

"그래요, 알았어요."

기주는 고개를 끄덕이며 빙긋이 웃었다. 서윤은 그런 그의 얼굴을 빤히 들여다보았다.

"아무래도 애정이 식은 거 같아."

투정을 부리듯 입술을 뾰족이 내놓고 하는 그녀의 말에 기주는 미간을 잔뜩 좁혔다. 왜 느닷없이 애정 타령인지는 모르겠지만, 절대적으로 수긍할 수 없는 얘기였다.

"음? 무슨 소리지, 그게? 서윤 씨는 이렇게 부풀어 있는 내 사랑이 안 보이나? 지금 막 심장이 터질 거 같은데. 어제보다 오늘 더 사랑하고, 십 분 전보다 지금은 더더 사랑하고, 지금보다 내일은 더더더 사랑하게 될 게 확실한데?"

"거짓말. 예전 같았으면 이런 타이밍에서 화끈하게 한번 안아주고, 찐하게 키스도 해주고 그랬을 거 아니에요. 식은 거 맞아."

서윤이 밉지 않게 눈을 흘겼다. 그러고는 침실을 향해 몸을 돌렸다. 피식 웃음을 터뜨린 기주는 그녀의 손목을 잡아 세웠다.

"왜 이렇게 능글맞아졌을까?"

서윤의 입술에 가볍게 입맞춤을 한 그가 허리를 굽혀 조심스럽게 그녀를 안아 올렸다. 그녀는 두 팔을 자연스레 그의 목에 감았다.

"뭐…… 능글맞은 누구랑 같이 살다 보니까요."

"그 누구가 누군데요?"

"같이 사는 사람 누구 또 있어요?"

이마를 맞대고 침실을 향해 들어가는 두 사람. 애정이 식었다느니 어쨌다느니 하면서도 입가에 번진 행복은 감출 수가 없다.

외전 2

저녁 식사를 마친 혜숙과 성태는 TV를 켜놓고 거실 소파에 나란히 앉았다. 하지만 성태는 TV 화면에는 눈길 한 번 주지 않고 휴대폰만 들여다보았다. 이 양반이 나이 칠십에 늦바람이 났나. 혜숙은 이맛살을 찌푸리고서 그를 쳐다보았다.

요새 들어 그는 틈만 나면 휴대폰을 붙잡고 살았다. 예전에는 전화를 걸고 받는 것 외에는 휴대폰을 사용하는 일이 없더니, 최근에는 손에서 아예 내려놓지를 않았다. 매일 뭔가를 쳐다보며 실실 웃음 짓는 것을 보고 있으려니 괜한 의심이 들기도 했다.

"뭘 그렇게 봐요?"

궁금함을 참다못해 혜숙이 고개를 길게 빼서 그의 휴대폰을 훔쳐보려 했다. 그러자 그는 화면이 보이지 않도록 냅다 몸을 돌려 버렸다.

"당신은 알 거 없어."

딱 자르는 대답에 그녀는 기가 찼다. 함께 사십여 년을 살아오며 이런 식의 대꾸는 처음이었다. 뭐든 속이는 것 없이, 감추는 것도 없이, 그렇게 함께 늙어온 남편이었는데, 알 거 없다니.

"아, 그 녀석 참. 이 손가락 좀 보게."

성태는 입가에 배시시 웃음을 지으며 혼잣말을 중얼거렸다. 눈길은 여전히 휴대폰에 고정한 채였다.

알 거 없다면서. 그럴 거면 혼자 있을 때 보던가, 아니면 입을 다물던가. 배알이 뒤틀린 혜숙이 그의 휴대폰을 잡아채려고 잽싸게 손을 뻗었다. 하지만 성태는 이런 상황을 미리 예상했는지 팔을 위로 휙 들어 올렸다.

"아, 대체 뭔데 그래요!"

"내 손주 초음파 사진이야. 당신은 관심도 없으면서 뭘 그래."

성태의 대답에 혜숙은 쯧 혀를 찼다. 애기 초음파 사진을 저렇게 얼이 빠져 쳐다봤다고? 더군다나 '우리 손주'도 아니고 '내 손주'란다. 유치하게.

"참 나, 난 또 뭐라고."

별로 관심 없다는 듯 대꾸했지만 궁금하지 않을 리가. 혜숙은 엉덩이를 살짝 움직여 그와의 간격을 좁혔다. 그러고는 다시 한번 목을 길게 뺐다.

그녀가 관심을 보이는 것 같아 성태는 반대편 소파로 자리를 옮겨 앉았다. 일단 미끼를 물었으니 애가 닳도록 만드는 건 시간 문제였다.

"이렇게 보니 날 닮은 것 같기도 하고……."

"무슨. 형태도 제대로 안 보이는 거 가지고 누굴 닮았는지 어떻게 안다고. 그리고 닮으면 지 엄마 아빠를 더 닮지, 한 다리 건너 당신 닮았겠어요?"

"이거 봐, 이거. 이 코가 아주 오뚝한 게 딱 나 닮은 거 같다니까."

말로는 보라면서 보여줄 생각은 하지 않는 그가 휴대폰 화면을 손가락으로 톡톡 두들겼다. 그 행태가 기막혀 혜숙은 입술을 삐죽였다.

"그러면 기주 닮은 거겠죠. 그리고 뭐, 서윤이 그 아이도 코가 오뚝한 게 예쁘기만……."

혜숙은 아차 싶은 생각에 입을 다물었다. 객관적으로야 인물은 좋지만, 그렇다고 서윤이 예쁘다는 말을 제 입으로 하고 싶지는 않았다.

"근데 아들이래요, 딸이래요?"

하지만 아이에 대한 관심은 역시나 끊을 수가 없었다. 그래서 은근슬쩍 질문을 던졌다. 아직 병원에서 성별을 알려줄 시기는 아니지만 그래도 분명 알고 있을 것이었다.

"당신이 그건 알아서 뭐하게? 어차피 관심도 없고, 볼 생각도 아니면서."

성태는 퉁명스럽게 대답하면서 자리에서 일어섰다. 휴대폰을 주머니에 집어넣은 그는 서재로 들어가 버렸다.

"어머, 저 양반이!"

알려줄 것도 아니고, 초음파 사진을 보여줄 것도 아니면서. 괜히 약만 올려놓고 사라진 그가 얄미웠다. 아, 그러고 보니 이거

요샛말로 낚인 건가? 제 앞에서 휴대폰을 꺼내 들고 실실 웃어댄 게 관심을 끌어내기 위한 연극이었을까? 어이가 없어 헛웃음이 흘러나왔다. 아이를 앞세운다고 누가 봐줄 줄 아나.

하지만 한 번 머릿속에 자라난 궁금증은 수그러들 줄을 몰랐다. 지금은 몇 주쯤이나 되었는지, 출산 예정일이 언제인지, 손자인지 손녀인지, 또 요새 초음파 사진은 얼마나 잘 보이기에 누구를 닮았네, 안 닮았네 하며 중얼거리는 건지.

묻고 싶었지만 물을 수가 없었다. 의도적으로 던져 놓은 그물에 낚였다는 것이 자존심 상하기도 했고, 또 묻는다고 해서 순순히 대답해 줄 그가 아니었다. 분명 그걸 무기 삼아 기주 내외와의 화해를 시도할 테니 말이다.

핏줄에 대한 갈망을 미끼로 한 성태의 낚시질은 그 이후에도 지속되었다. 그는 서재에서 혼자 있다가도 기주나 서윤에게 전화가 왔다 하면 침실이든 거실이든 혜숙이 있는 곳을 찾아 꼭 그 옆에서 통화를 했다. 통화 음량을 줄여놓았는지 상대방의 목소리는 전혀 들리지 않는 탓에, 성태가 아기와 서윤의 몸 상태에 관한 질문을 던지면 혜숙은 그에 대한 답을 들을 수 없으니 궁금증만 점점 더 커진다는 게 문제였다.

어느 날은 성태가 샤워를 하는 사이 휴대폰을 찾아 몰래 열어 보았다. 도대체 아기가 어떻게 생겼기에 할아비를 닮았느니 어쨌느니 하는지, 또 얼마나 컸는지도 궁금해 도저히 참을 수가 없었던 것이다.

그런데 세상에. 언제부터 휴대폰에 암호를 걸어놓았는지 알 수가 없다. 반평생 함께 살며 비밀이라고는 없었던 사람이. 집 현관 비밀번호, 그의 생일, 제 생일, 그리고 결혼기념일까지 모두 입력해 보았지만 번번이 실패였다.

"당신 뭐 해?"

언제 씻고 나왔는지 성태가 뒤에 바짝 서 있었다. 암호를 푸는 일에 너무 집중해 있던 탓에 아무런 기척도 느끼지 못했던 모양이었다. 화들짝 놀란 혜숙은 손에 쥐고 있던 휴대폰을 침대 위로 툭 떨어뜨렸다.

"아니, 그냥 난, 소리가 자꾸 나서……."

무안해진 혜숙이 얼굴을 벌겋게 붉히며 몸을 돌렸다. 암호 오류 입력 초과라는 문구가 화면에 분명 떠 있을 텐데도, 성태는 도망치듯 방을 나서는 그녀에게 아무 말도 하지 않았다.

주방에 들어선 그녀는 차가운 물을 따라 벌컥벌컥 들이켰다. 이러다가 아기가 태어나도 정말 보지 못하는 것은 아닐까 하는 초조함이 갈증을 일으킨 탓이다.

"대체 꼴이 이게 뭐야."

혜숙은 한숨을 깊게 내쉬었다. 식탁에 물컵을 내려놓는 손길이 마냥 거칠었다.

정말로 아들 내외가 보기 싫어서 안 보고 있는 것일까, 아니면 자신이 세 사람에게 따돌림을 당하고 있는 것일까, 이제는 그마저 헷갈리기 시작했다. 일요일마다 성태는 아들 내외를 데리고 아침 식사를 하는 것도 모자라 점심엔 외식을 한다고 함께 나가 버리는데, 그렇게 집에 혼자 덩그러니 남겨질 때마다 느끼는 소외감이라니. 이건 뭔가 잘못되어도 한참 잘못된 것 같다.

"그래, 새아가야. 내일이 병원 가는 날이라고? 기주 녀석 휴진이냐? 같이 가는 거지?"

휴대폰을 귀에 댄 성태는 평소와 다르게 커다란 목소리로 통화를 하며 주방으로 들어왔다. 젖은 머리카락을 닦아내던 그는 수건을 목에 두르고서 커피포트에 물을 올렸다.

"조금이라도 불편한 곳 있으면 참지 말고 바로 얘기해. 아기 용품도 슬슬 준비할 때 되지 않았니? 그럼 내일 병원 들렀다가 백화점에서 보자꾸나. 이 애비가 필요한 거 전부 사주마. 아니, 내가 사주고 싶어 그러지. 나이 칠십에 보는 첫 손주인데, 자꾸 거절하면 애비 섭섭해진다. 그래, 그래, 그럼 내일 보자."

뭐가 그렇게도 좋은지 전화를 끊고서도 성태의 입가에는 흐뭇한 웃음이 걸려 있었다. 혜숙은 그가 즐겨 마시는 차를 꺼내 앞에 내어주며 흘깃 눈치를 살폈다.

"출산 용품 사주려고요?"

"준비할 때 됐지. 예정일도 머지않았는데."

"그러니까, 그, 예정일이 언젠데요."

혜숙이 주뼛주뼛 물었다. 벌써 네 번째 반복된 질문. 그때마다 성태에게서는 무슨 상관이냐며 싸늘한 대답만 돌아왔다. 그리고 이번에도 역시나. 그는 크흠 하고 헛기침을 할 뿐, 대답할 생각이 없는 것 같았다.

"당신이 가봐야 뭐가 필요한지 알기는 해요?"

은근히 관심을 표현하며 굽히고 들어갈 때 모른 척 받아주면 좋으련만. 마음이 상해 버린 혜숙은 성태를 향해 톡 쏘아붙였다.

"내가 뭘 알아야 하나? 나야 지갑이나 열면 그만인 거지. 뭐가 필요한지는 물건 파는 사람들이 더 잘 알 거 아냐."

"그러다가 바가지나 쓰지. 그 사람들은 판매 실적 올려야 하니까 이것저것 다 사라고 할 텐데."

"우리 서윤이가 얼마나 야무진데. 뭐가 필요한지는 벌써 다 알아놨겠지. 그리고 바가지 좀 쓰면 어때서. 내 귀한 손주한테 들어가는 돈, 난 요만큼도 안 아까워. 한 번을 쓰더라도 필요하니까 만들어 파는 거겠지. 필요하다면야 내가 집이라도 못 내놓을까. 왜, 당신도 가고 싶어?"

진작부터 그녀의 마음을 알고 있던 성태가 웃음을 꾹 참으며 물었다. 그는 끓는 물을 찻잔에 따르며 대답을 기다렸다.

"가고 싶긴, 누가."

혜숙은 퉁명스럽게 대답하고 몸을 홱 돌렸다. 자존심도 상하고, 마음을 들킨 게 부끄럽기도 해서 얼굴이 벌겋게 달아올랐다.

"그 말 진심이야? 정말 안 가고 싶어? 이쯤에서 고집 꺾지 않으면 당신 정말로 손주 얼굴 못 봐. 이만큼 했으면 됐잖아. 이게 대체 뭐야? 애들도 괴롭고, 우리도 괴롭고. 끝까지 고집 피우는 것도 별로 어른답지 못해. 자, 선택해. 난 내일 저녁 약속 있으니까 쇼핑 마치고 당신이 애들 저녁까지 사주든지, 아니면 이대로 평생 등지고 살든지."

성태의 말투는 매우 단호했다. 이 기회를 놓쳐 버리면 하나뿐인 아들과 정말로 평생 등지고 살아야 할지도 모를 일. 혜숙은 그를 향해 다시 돌아섰다.

검사를 마친 서윤은 기주와 함께 담당 의사인 신애 앞에 나란히 앉았다. 서윤은 그녀에게 질문을 던져 놓고 눈을 반짝이며 대답을 기다렸다. 하지만 돌아오는 건 고즈넉한 미소뿐이었다.

"선생님, 너무하세요. 이제 알려주셔도 되잖아요. 저 오늘 출산 용품 사야 하는데, 아들인지 딸인지 알아야 파란색을 살지 핑크색을 살지 결정하죠, 네?"

16주면 초음파로 태아 성별 확인이 가능하다고 하건만, 막달이 다 되어가도록 몇 번을 물어도 신애나 기주나 모두 묵묵부답이었다. 귀한 선물을 받아놓고, 성별이 뭐가 그리 중요하느냐며 오히려 핀잔만 들었을 뿐. 하지만 배 속에 아이를 품은 엄마로서는 궁금하지 않을 수가 없었다. 어떤 아이가 태어날까, 어떻게 생겼을까, 어떻게 키워야 하나, 머릿속에 매일 그림을 그리려니 딸인지 아들인지부터 알아야 구체적인 상상도 가능할 터였다. 이제는 법적으로도 확인이 가능한 시기가 지났는데, 돌아오는 대답은 오늘도 마찬가지다.

"그냥 흰색 사요."

"아잉, 선생니임."

서윤은 신애와 기주를 번갈아 쳐다보았다. 그러자 신애는 대답을 미루듯 기주에게로 눈길을 돌렸고, 기주는 웃음을 담은 채 고개를 슬며시 저었다.

"건강하기만 하면 되는 거지, 그게 그렇게 중요해요?"

"아니 무슨 특급 기밀사항도 아니고! 알았어요, 이제 안 물을게요."

기주를 향해 서윤은 입술을 뾰족이 내밀었다. 그녀는 신애에게 고개를 꾸벅여 인사하고 기주보다 먼저 진료실을 나가 버렸다.

"그렇게 좋아? 나도 시집이나 갈걸. 배 아파 죽겠네."

아내가 토라져 나가는 모습을 보면서도 빙긋이 웃는 기주를 보며 신애가 물었다.

"지금도 안 늦으셨어요. 가까이에 좋은 분 있으면 얼른 잡으세요."

"두 사람, 참 특이한 인연이야. 난 뭐, 그런 인연도 없는 거 같고, 이 나이에 사랑 타령도 우습고. 그래서 그냥 포기하려고."

신애는 기주가 청주에 내려가기 전 이곳 종합병원에서 함께 근무하던 동료이자 선배였다. 지윤과 만나던 당시 함께 식사를 하기도 했고, 또 인사도 여러 번 나누었던 사이라 그의 결혼식에서 지윤과 서윤이 자매라는 것을 금세 알아차렸다.

"특이한 인연이 아니라, 특별한 운명이요. 전 그렇게 생각해요."

기주가 자리에서 일어서며 그녀의 말을 정정했다. 어쩌다가 맺어진 그런 인연이 아니라, 반드시 만나야만 했던 운명. 예전부터 운명을 믿고 살았던 건 아니지만, 서윤에 대한 사랑을 깨달은 후로는 믿어 의심치 않았다.

진료실을 나온 기주는 앞에서 기다리던 서윤의 허리에 팔을 감았다. 그리고 정수리에 입을 맞추었다. 그러자 뽀로통하게 부어 있던 그녀의 얼굴에 금세 웃음이 떠올랐다.

"가요."

기주는 서윤을 태워 성태와 약속한 장소로 차를 몰았다. 출산용품 전부를 사주겠다는 아버지의 뜻이 매우 감사하기는 해도 뭔가 아쉽고 안타까운 마음. 이런 일은 대개 어머니와 함께여야 맞지 않은가. 결혼을 허락하면서부터 아버지가 든든한 지원군이 되어주기는 했지만, 서윤의 끊임없는 노력에도 어머니가 마음을 열지 않는 것이 그는 못내 마음 아팠다.

병원에서 멀지 않은 백화점이라 두 사람은 십여 분 만에 약속 장소에 도착했다. 다소 혼잡한 로비를 두리번거리다가 성태를 먼저 발견한 서윤이 환하게 웃음을 지었다. 기주의 손을 잡고 발걸음을 옮기려는 순간 멈칫. 그의 옆에 선 또 다른 사람을 발견한 것이다.

"저기…… 기주 씨."

"응? 왜요?"

서윤이 가리키는 쪽으로 눈길을 돌린 그는 무언가를 잘못 본 듯 미간에 잔뜩 힘을 주었다. 그러다가 이내 얼굴이 서서히 풀어지며 옅은 미소가 담겼다.

고개를 돌려 서로를 마주 본 기주와 서윤은 맞잡은 손에 꾹 힘을 주었다. 서로의 마음이 같다는 걸 알게 되었던 그 순간보다, 몸과 마음이 하나가 되었던 그 순간보다, 그리고 결혼식을 올리던 그때보다 훨씬 더 가슴 벅찬 그런 순간이었다.

fin.

작가 후기

글을 쓰기 시작한 지 어느덧 4년이 되었습니다만, 소재를 떠올리고 스토리를 구상하고 글을 써 내려가는 일련의 작업들은 여전히 어렵기만 합니다. 지금도 노트에는 기본적인 줄거리에 이름과 나이만 가진 수많은 주인공들이 사랑해야 할 상대와 만나기 위해 저를 매일 콕콕 찔러대며 자극하지만, 제가 좀 많이 게으르고 또 손이 느려서일까요? 여전히 노트 속에 그대로 방치 중이랍니다.

그런 상황에 비하면 〈그럼에도 우리는〉의 기주와 서윤은 대기 중인 다른 주인공들을 제치고 대략 3개월 반만의 짧은(?) 기간에 사랑을 이루고 결실을 맺게 되었네요. 물론 책 속에서는 꽤 오랜 시간 힘들었던 그들이지만요.

작년, 한창 더위가 기승을 부리던 그 무렵에 이 글을 써 내려가기 시작했습니다. 처음 시작은 그랬어요. 지인들 몇이 모인 단체 채팅방에서 수다를 떨다가 우연히 '관계'에 관한 이야기가 나왔습니다. 구체적으로는 '사랑하기에 매우 어려운 관계'에 놓인 그런 사람들의 이야기랄까요. 그 이야기 속에서 저는 기주와 서윤 이 두 주인공을 떠올리게 되었고, 그것을 토대로 그날 바로 글을 쓰기 시작했습니다.

작업을 시작하고 며칠 지나지 않았을 때입니다. 지인께서 저에게 물으시더군요. "요즘 쓰는 글은 어떤 내용이니?" 하고. 그래서 짧게 대답했습니다. 형부가 될 뻔했던 남자와 처제가 될 뻔했던 여자가 사랑하게 되는 얘기라고. 그랬더니 대뜸 들려오는 대답이 "막장이네."였어요.

그때부터 심각한 고민을 했습니다. 소재는 막장이지만 막장처럼 느껴지지 않도록 쓰는 일. 그게 이 글이 완결되기까지 저에게 가장 큰 과제였던 것 같습니다.

이 책을 다 읽으시고 지금 후기를 살펴보시는 독자님들께서는 어떻게 느끼셨을까요. 제가 과연 그 과제를 잘 풀어냈는지 무척 궁금하네요.

글의 주 배경이 된 청주. 그중 어느 곳은 '아, 그 집!' 하고 많은 분이 아실 것 같지만, 저는 아직 그 만둣국 맛을 보지 못했답니다. 아쉽게도. 그래서 그 짧은 대여섯 줄의 글을 쓰기 위해 제가 모 작가님을 살짝 좀 괴롭혔습니다. 저 대신 고생해 주신 썰 작가님. 저 때문에 연 이틀이나 뜨거운 한여름에 땀 뻘뻘 흘려가며 고추만둣국을 드시고 오셨답니다. 그것도 한낮에요. 이 지면을 빌어 감사하다는 말을 다시 한 번 전합니다. 또한 글의 처음부터 마지막까지 조언을 아끼지 않으며 함께해 주셔서 정말 감사합니다.

늘 제 편이 되어 응원해 주는 다락방 식구들, 그리고 든든한 후원자인 남편과 우리 가족, 항상 감사하고 사랑합니다. 또한 제가 방황(?)하고 있을 때 선뜻 품어주신 청어람 팀장님과 책이 나올 때까지 애써주신 관계자님들 모두 감사합니다. 제가 손이 많이 느려 참 죄송할 따름이에요.

그리고 보이지 않는 곳에서 늘 응원해 주시는 독자님들, 사랑합니다. 새해 복 많이 받으시고, 항상 건강하세요. 이렇게 새해 인사를 전할 수 있는 1월이라 참 좋습니다.

다음에는 더 좋은 글, 더 재밌는 글, 그리고 작가로서 조금 더 발전된 모습으로 찾아뵙겠습니다.

아 참! 기주와 서윤의 2세가 아들이냐, 딸이냐, 직접적으로 제가 언급하지는 않았습니다만, 외전 속에 잘 숨겨두었답니다. 대부분 알아채셨을 거 같은데…… 아닌가요? 맞죠?